Gloria Gray
Jenseits von Verhausen

GLORIA GRAY

JENSEITS VON VERHAUSEN

VIKKI VICTORIAS
DRITTER ZWISCHENFALL

KRIMI

dtv

Von Gloria Gray
sind bei dtv außerdem erschienen:
Zurück nach Übertreibling. Vikki Victorias erster Zwischenfall
Grüße aus Bad Seltsham. Vikki Victorias zweiter Zwischenfall

MIX
Papier aus verantwortungsvollen Quellen
FSC® C019821

Originalausgabe

Umschlaggestaltung: FAVORITBUERO, München
Umschlagmotive: shutterstock.com
Satz: C.H.Beck.Media.Solutions, Nördlingen
Gesetzt aus der DTL Documenta 10/14˙
Druck und Bindung: Druckerei C.H.Beck, Nördlingen
Printed in Germany · ISBN 978-3-423-21887-0

»Ein ewig Rätsel will ich bleiben
mir und anderen.«
Ludwig II.

»Sie wären überrascht, wie viel es kostet,
so billig auszusehen.«
Dolly Parton

1

Der alte Trottel steigt zu Mario in den Wagen, lässt sich schnaufend auf den Beifahrersitz plumpsen und knallt die Tür zu. Hoffentlich verschüttet er nichts aus seinem mistigen Starbucks-Kaffeebecher, denkt Mario.

»Hat sich irgendwas getan?«, fragt der Alte und justiert seine potthässliche Armbanduhr. Mario schüttelt den Kopf. Was soll sich auch schon getan haben? Mit kaum merklich hochgezogener Oberlippe starrt er wieder nach vorn durch die Windschutzscheibe. Ehrlich, höflicher geht's nun wirklich nicht.

Wozu sind wir überhaupt hier?, möchte er den nach kaltem Rauch miefenden Kessler anblaffen. Und das nicht zum ersten Mal an diesem Abend. Seit Stunden parken sie schräg gegenüber von diesem Einzelhaus im Siebzigerjahre-Stil in Trudering, observieren, warten, und nichts rührt sich. Gar nichts. Kein Wunder, in einer todelnden Nebenstraße im Münchner Osten, in der grünstichigen Dunkelheit, spätabends um halb elf. Da dürfte auch die nächsten hundert Jahre kaum Relevantes zu erwarten sein, was für eine Streamflexx-Doku von Belang sein könnte!

Mehr und mehr zweifelt Mario an Kesslers Geschichte, dass der mit dem Streaming-Anbieter einen Vertrag über eine achtteilige Dokumentation abgeschlossen hat. Ist wahrscheinlich einfach schamlos gelogen, um Marios Motivation zu steigern.

Oder Kessler hat schlicht und ergreifend den Verstand verloren.

Wovon genau diese ominöse Doku handeln soll, verschweigt er Mario nämlich. Es sei sicherer, wenn er »vorerst nur den tagesaktuellen Anweisungen« Kesslers folge, »noch ohne das große Ganze zu kennen«. Ach wirklich? Wie geheimnisvoll! Wird am Ende schon so ein enttäuschender Quark sein.

Als Kessler vorhin mit seinem eigenen Wagen zum Kaffeeholen und Pinkeln gefahren ist, hat der auf dem Posten gebliebene Mario mal eben kurz sein Auto verlassen, um einen Blick auf das Klingelschild am Gartenzaun des Hauses zu werfen, vor dem sie jetzt bereits seit Stunden ausharren. Aus reinem Interesse, vielleicht ließe sich daraus was rückschließen. Dort steht lediglich der Name Maruschka. Sagt ihm nichts. Kann er sich auch nicht merken. Schade. Was hatte er erwartet?

Der Kaffeegeruch im Wageninneren wird an nervtötender Intensität nur noch von Kesslers Schlürfgeräuschen überboten. Scheint heiß zu sein, die schwarze Brühe! Alte Männer klingen einfach anders als junge. Schon das Schlucken, das Atmen, das Hüsteln. Die ganze anstrengende Aura des Verfalls schwingt mit. Geht Mario fürchterlich auf die Nerven. Eigenartig, dass er so eine Art Grundverachtung nicht unterdrücken kann.

Beide Männer, der junge wie der alte, warten weiter schweigend in dem japanischen Zweitürer. Monotonie in Zeitlupe. Vorerst haben sie sich leergelabert. Und das, obwohl Kessler ohne Punkt und Komma reden kann. Er ist einer von denen, die immer genau wissen, wie der Hase läuft. Es will also was heißen, wenn er mal die Pappen hält. Das Radio ist auch aus.

»Wenn sich was rührt, sofort draufhalten«, erinnert Kessler Mario etwa zwanzig Minuten später, wohl vor allem, um die Stille zu durchbrechen. Stunden nebeneinander im Auto zu verbringen, schlaucht. Da verliert jeder dem anderen gegenüber an Würde, was immer an Würde noch vorhanden gewesen sein mag.

Apropos Würde: Ob Kessler vorhin Marios Popelrollerei bemerkt hat? Und wie er das feste Klümpchen diskret in den Fußraum des Wagens geschnipst hat?

»Yo«, entgegnet Mario tonlos. Letztlich ist Kessler ein nicer Dude, menschlich okay. Guter Geselle, gute Ansichten. Ein bisschen abgerissen und verkommen vielleicht, so ein sechzigjähriger, drahtiger Berufsjugendlicher, der mit seinen Strubbelhaaren und der rauen Qualmerstimme auf intellektuell macht, dabei aber fast eher wie ein Obdachloser wirkt. Seine gerötete Haut sieht aus, als würde er sie sich permanent mit Peelingsalz einreiben, und seine dünnen Streichholzbeine belegen, dass er keinen Drink verschmäht. Ist halt eine Typfrage. Stoppelige Wichtigtuer, irgendwo zwischen Macho und Hippie, Oldschool-Sofarebellen, denen man ihre vierzigjährige Raucherkarriere ansieht und die Sitzpinkeln noch für entmannend halten, für so was wird's schon auch Frauen geben – oder Männer, die das mögen.

Mario hatte nicht lange überlegt, als Kessler ihn vor zehn, elf, keine Ahnung, vierzehn Tagen anrief, um ihm den Vorschlag für eine Zusammenarbeit zu unterbreiten. Er war verwundert, nach längerer Zeit wieder von Kessler zu hören, und dann auch noch in solch einer Angelegenheit, aber nachdem er sich erkundigt hatte, was an Kohle drin sei ('n Fuffi pro Stunde, nicht schlecht) und ob es nicht hinderlich sei, dass er mit Filmarbeiten bislang doch nix am Hut gehabt habe (»Überhaupt kein Problem«), schlug er ein.

Ihm blieb, offen gesagt, auch nicht recht viel anderes übrig.

Seine gerade mal seit einem halben Jahr existierende Privatdetektei lief nicht einfach nur beschissen, was immerhin geheißen hätte, dass sich ab und an mal ein kleiner Auftrag in seine Zwanzig-Quadratmeter-Kanzlei verirrt hätte. Nein. Sein Laden lief *mehr* als beschissen. Seit Eröffnung hatte er sage und schreibe *einen* mageren Auftrag an Land gezogen und bei der Abrechnung jener mühsamen Ermittlung (der Fahndung nach der abtrünnigen Schwester eines fragwürdigen Geschäftsmanns, den Mario eher für einen gewieften Pädo als für einen besorgten Bruder hielt) sogar noch Zahlungsprobleme mit dem Kunden gehabt, was bedeutete, dass er auf einem Drittel des in Rechnung gestellten Betrags sitzen blieb.

Natürlich hätte Mario mit seinen fünfundzwanzig Jahren noch ausreichend Zeit, sein im vergangenen Jahr abgebrochenes Bachelorstudium wiederaufzunehmen, auch wenn er dank expliziter Nichtvorbereitung gleich mal mit Pauken und Trompeten durch die erste Vorprüfung gefallen war. Schriftzeug ist halt null sein Ding, also fuck it.

Sehr wenig ist Marios Ding, muss man dazusagen, und er ist nicht so dumm, sich darüber nicht im Klaren zu sein.

Die Gründung der Privatdetektei *Sulfak Investigationen* war Marios einzige Berufsidee, die er irgendwie mit sich in Einklang bringen konnte. Hat nicht geklappt, sei's drum, fuck it zum Zweiten.

Dann war auch schon vor zwei Wochen Kesslers Anruf gekommen. Definitiv nicht ungelegen.

»Ich würde gern im Zweierteam mit dir eine große Doku über ein besonders heißes Eisen drehen«, hatte Kessler angedeutet und hinzugefügt, das sei alles top secret und von der Brisanz her nicht ganz ohne. »Eine Vertrauenssache.« Sie würden mit ihren Handys filmen, qualitativ überhaupt kein

Problem. »Mittlerweile werden ganze Spielfilme mit iPhones gedreht.« Schon klar. »Ich brauche einen Kompagnon. Hättest du Lust?« Kessler hatte wohl vermutet, dass Mario, nun, da er zum frischgebackenen Neueröffnungsdetektei-Loser aufgestiegen war, der verzagt in seiner floppenden Privatermittlerbude sitzt, jedes noch so dubiose Handlanger-Jobangebot annehmen würde und notfalls auch dazu bereit wäre, ein paar Einstellungen mit der Handlampe auszuleuchten oder sonst welche Hiwi-Tätigkeiten durchzuführen. Da hatte er sich aber geschnitten, der dreiste Kessler ... Nein, doch nicht. Mario sagte zu. Natürlich. Er hatte Lars Kessler ja schon damals, nach ihrer ersten Begegnung vor ein paar Jahren, gegoogelt. Und das Ergebnis dieses Onlinechecks war echt überraschend gewesen. Lars Kessler hatte sich als ehemaliger Journalist und mehrfacher Bestsellerautor herausgestellt, der sich legendäre Kriminalfälle vornahm, daraus kommerzielle Thriller strickte, indem er sich auf seinerzeitige Ungereimtheiten und Ermittlungsfehler im jeweiligen Fall konzentrierte und diese mit Originaldokumenten belegte. Von den Verwicklungen des Geheimdienstes in das Wiesn-Attentat von 1980 über das NSU-Debakel und den polizeiinternen Drogenskandal um die *Dreckige Siebzehn* bis hin zur Wirecard-Affäre, um nur ein paar Beispiele zu nennen. Kessler hatte Dutzende solcher Reality-Aufdeckungsromane veröffentlicht.

Macht man mit so was eigentlich ein Vermögen, oder ist das letztlich auch nur ziemlich überschaubar?

Mario hatte sich eines der vielen Bücher Kesslers online gratis gerippt, musste aber nach dreißig Seiten abbrechen. Zu öde. Er kennt sich mit Büchern zwar nicht die Bohne aus, hat, ehrlich gesagt, noch nie einen Roman zu Ende gelesen (er bevorzugt TikTok), aber Kesslers Schreibe fand er irgendwie auffällig kacke.

Dennoch: Mit seinem Konzept schien dieser Typ ziemlich erfolgreich zu fahren. Von daher konnte sich das mit dem angeblichen Streamflexx-Deal, den er erwähnt hatte, durchaus im Bereich des Möglichen bewegen. Was Mario ausreichend beruhigte und den Ausschlag gab zuzusagen. Die Kohle stimmt. Und der Rest kann Mario doch schlussendlich egal sein. Besser, als auch nur einen einzigen Tag länger in seiner Detektei auf der Schwanthalerhöhe rumzusitzen und die eigene Firmenpleite abzuwarten.

Und da wären wir nun. Trudering bei Nacht.

Jetzt hätte Mario Bock auf einen Kaugummi. Er öffnet das Fahrerfenster einen Spalt. Herbstluft, eher brrr-kalt draußen. Mario hört Kessler auf dem Beifahrersitz atmen. Wieso kann Atmen bei manchen zu einem Dauergeräusch ausarten? Hat der Alte im Golfkrieg eine Lunge verloren?

Nichts tut sich. Nicht mal ein Radfahrer verirrt sich in diese Gegend. In dem Haus, auf das sie wie die Blöden starren, brennt kein Licht. Wie lange es wohl noch dauern wird, bis Kessler aufgibt und sie's für heute gut sein lassen und nach Hause fahren können?

Bei ihrem ersten gemeinsamen Undercover-Dreh vor neun, zehn, keine Ahnung, zwölf Tagen, mussten sie nicht so lange warten wie heute. Da war Mario wie vereinbart nachmittags um halb zwei im Olympiapark erschienen, und dann haben er und Kessler aus sicherer Entfernung heimlich so ein kurioses Paar aufgenommen, das sich dort zum Essen traf. Er ein Rockertyp und sie eine auffällige Langbeinige mit extravagantem Hut und dicken Tüten, so eine transidente Trulla, die er schon mal irgendwo gesehen hatte, im Fernsehen oder so. Mehrere Stunden dauerte dieses Treffen im Restaurant des Olympiaturms. Er saß vier Tische entfernt, das Handy, so gut es ging, aufrecht an ein Glas gelehnt und auf *Record* gedrückt. Nur Laberei zwischen den beiden, also dem Rocker und der Tusse. Noch dazu ohne Ton. Völlig sinnlos, fand Mario. Der Kessler, der währenddessen unten vor dem Turm wartete, bis die beiden Zielpersonen wieder rauskamen, hatte zuvor seine pseudomotivierende Leier abgespult, auf die bloß die ganz Einfältigen einsteigen: »Warte nur, das alles wird einen Sinn ergeben, später, im Schnitt.« Rhabarber, Rhabarber. Mario hätte ihn ungespitzt in den Boden rammen können.

Ob Mario nicht doch aus diesem faden Projekt aussteigen sollte? Ganz höflich, natürlich! Eventuell unter einem Vorwand? Gesundheitliche Gründe vorschützen oder persönliche … »Ich möchte nun *doch* wieder studieren«, so die Tour?

Genau das überlegt Mario, als etwa eine Viertelstunde vor Mitternacht ein dunkler Kombi vorfährt und direkt vor der Einfahrt des Hauses stehen bleibt. Mario und Kessler sitzen immer noch in Marios geparktem Toyota, keine fünfzehn Meter entfernt, greifen gleichzeitig nach ihren iPhones, halten filmend drauf und werden Zeuge, wie drei große Männer in Anoraks aussteigen und, ohne sich auch nur einmal umzusehen, direkt auf das Gartentor zumarschieren, es routiniert mit einem Griff über die obere Kante am Innenknauf öffnen, völlig ungeniert auf die Haustür zugehen und sofort am Schloss herumzumanipulieren beginnen, wobei sie sich zunächst ein bisschen schwertun, bis die Tür schließlich doch nach innen aufschwenkt.

»Das … scheiße, das sind Einbrecher … ganz offensichtlich, oder?«, stammelt Mario, und sein Herz rast plötzlich dermaßen, dass er befürchtet, Kessler könne es hören. Der wiederum murmelt übercool, beinah selbstbeschwichtigend: »Einfach draufhalten. Sieh zu, dass du's richtig belichtet kriegst. Wir machen sonst nichts, nur bestmöglich filmen, alles klar?« Kessler klingt, als würde er meditieren. Als wäre das alles genau nach seinem Geschmack. Mittlerweile hört Mario ihn nicht mehr atmen, sondern nur noch seinen eigenen Herzschlag.

»Sollten wir nicht die Polizei rufen? Oder wenigstens …« Mario setzt das Handy ab, kratzt sich am Kopf, macht Anstalten, irgendwie aktionistisch zu werden, woraufhin der sein Handy unverändert stoisch vors Gesicht haltende Kessler ihn mit einem gebieterischen »Nicht. Nicht!« zur Räson bringt. »Film weiter. Wir machen nichts. Wir rufen niemanden an, wir steigen nicht aus, und wir gehen auch nicht rein … nicht rein. Das ist wirklich gefährlich, hörst du? Wir warten ab.«

Mario findet Kesslers Anweisung so ungeheuer demütigend, dass sie schon fast wieder annehmbar ist. Belehrungen sind so gar nicht sein Ding, aber er will mal nicht so sein. Entsprechend wird er sich fügen, einfach das Maul halten und weiterfilmen. Guter Junge.

Durch Marios spaltbreit geöffnetes Fenster dringt nach circa zwei Minuten ein erstickter Schrei, der bei Gott nichts Gutes verheißt, im Grunde aber so leise ist, dass man ihn sich auch bloß eingebildet haben könnte. Eskaliert da gerade was? Es wird ungemütlich, egal, ob mit oder ohne Schrei.

Nur wenig später bewegen sich die drei bemützten Eindringlinge in gemäßigtem Galopp wieder zur Haustür heraus, immer noch erstaunlich entspannt, passieren in Schattengestaltmanier das offene Gartentor, steigen in ihren Kombi und fahren zügig davon.

»Wir rufen die Polizei, sobald wir wieder draußen sind«, kündigt Kessler an, bleibt mit seiner iPhone-Kamera am Ball, steigt aus, stolpert, wankt auf seinen Fußballen kurzzeitig wie ein sehr alter Bernhardiner und nähert sich vorsichtig dem Haus, dessen Tür, genau wie das Gartentor, sperrangelweit offen gelassen wurde.

Wir rufen die Bullen, sobald wir wieder *draußen* sind, hat er gesagt? Heißt das, wir gehen da *rein?* Mario verfolgt den schleichenden Kessler genau. Hat der überhaupt eine Vorstellung davon, was er da gerade vorhat?

Mario ist sich noch unsicher, ob es ihm wohl gelingen wird, alles auszublenden, doch wie von Zauberhand gelenkt tut er es Kessler gleich, wenn auch widerwillig und zaghaft, verlässt filmend den Wagen, und gemeinsam betreten sie das Haus wie auf Samtpfoten. Mit eingeschalteter Handy-Taschenlampe bewegen sich beide übervorsichtig voran, schleichen Schritt für Schritt durch den Flur, als gelte es, ebenso wenig Spuren zu verwischen wie zu hinterlassen, was jedoch, das ist beiden klar, ernsthaft nur dann gelänge, wenn sie ihre Ärsche gar nicht erst ins Haus bewegt hätten. Aber sie sind nun mal Dokufilmer – das ist natürlich was anderes.

Ganz schön biedere Einrichtung, analysiert Mario und fragt sich, ob die Bewohner seine Einschätzung wohl als Kompliment auffassen würden.

Sie teilen sich auf, Kessler gibt zackige Anweisungen, und folglich ist es Mario, der sich das obere Stockwerk vornimmt. Weshalb auch er es ist, der durch die Linse seines Smartphones den blutüberströmten Oberkörper eines erbarmungswürdig röchelnden Greises entdeckt, der auf einem rot durchnässten Bett zuckend um sein Leben kämpft.

Eine verendende Gestalt, die mit letzter Kraft nach Luft ringt. Es ist das Schrecklichste, was Mario je gesehen hat.

Und mit beinah erleichternder Vehemenz schießt ihm ein Gedanke durch den Kopf: Womöglich wird aus dieser windigen Streamflexx-Doku ja tatsächlich was mit Hand und Fuß.

2

Es hat geblitzt. Instinktiv schließe ich die Augen und spüre förmlich das gleißend helle Rot auf meiner Netzhaut. Purpur. Wie schön. Radarkontrolle. Sofort öffne ich die Augen wieder und prüfe den Tacho. Fünfunddreißig Stundenkilometer bin ich drüber. Gibt's ja gar nicht. Mit knappen hundert statt sechzig Sachen donnere ich übern Ring, Höhe Olympiagelände, vierspurig, bei herrlichem Münchner Herbstwetter. Großer Gott, das Beweisfoto wird unanfechtbar sein. Gestochen scharf, perfekt belichtet, unverkennbar ich. Im Mini Cooper, mit blonder Plastikmähne unter blauem Sommerhut samt extrabreiter Krempe. Ganz in Gedanken. Da schaut man immer am vorteilhaftesten.

Rechts schließt ein Porsche zu mir auf, und dieser Grattler hinterm Steuer grinst mich mit seinem Heiratsschwindlergesicht höhnisch durch die Seitenscheibe an. Ja doch! Ob er Lippen lesen kann? Schon braust er davon, auf Nimmerwiedersehen. Eine jener Begegnungen ohne richtiges Ende.

Blick wieder geradeaus.

Ziemlich aufgewühlt überlege ich, wie ich die nächste Zeit ohne Auto leben soll. Eines ist nämlich klar, diesmal gibt's nicht bloß Geldstrafe und Punkte. Diesmal heißt's: *Führerschein weg.*

Ich überleg und überleg im Wunschdenkenmodus. Vielleicht war kein Film im Kasterl? Rettet mich der Toleranzabzug? Oder ein Topanwalt? Blödsinn. Ich bin fällig. Zum ersten Mal in meinem Leben ohne Fahrerlaubnis! Das wird was werden.

Der ganze Tag ist im Eimer.

Vor lauter Tragödie verpass ich beinah, rechts abzufahren, schaff's aber gerade noch, einzuscheren, in einem Manöver, das bereits einen weiteren Entzug meines Lappens rechtfertigen würde (diesmal lebenslänglich). Weg da, lieber Audi, und Entschuldigung. Echt sorry. Mei, brems halt dann. Aufzublenden brauchst jetzt deshalb auch nicht gleich wie ein Wilder. Das schmälert mein Bedauern doch nur.

Es ist nur ein winziger Schritt von Scham zu Groll.

Geschafft, richtige Spur, alle unversehrt.

Es besänftigt mich fast, dass man mich endlich erwischt hat. Wenn ich überlege, wie oft ich schon gegen Verkehrsregeln verstoßen habe und ungeschoren davongekommen bin ... wirklich höchste Zeit, dass man mir das Handwerk legt.

Und wenn ich dann noch an all die sonstigen Sünden denke, die ich in meinem Leben begangen habe, du liebes bisschen, ich käm aus dem Kerker nie mehr raus, simmas uns ehrlich.

Jetzt wirst du sagen: »Vikki, du brauchst Hilfe!«

Ah geh! Wer braucht die nicht.

So. Bremsen. (Siehste, kann ich auch.) Jetzt stehe ich als Erste vor der roten Ampel Ecke Lerchenauer Straße, und der vorhin geschnittene Audi lauert direkt hinter mir. Des a no'! Ich vermeide jeglichen Blick in den Rückspiegel. Wird auch vorbeigehen.

Tut's auch. Die Sonnenstrahlen, die gegen die Scheiben prallen, erschweren die Sicht, als ich in kurzen Abständen noch zweimal rechts abbiege und dann links eine Rampe hochfahre, zum Parkdeck am Olympiaturm. Für Besucher des Olympiageländes. Olympiasee, Olympiahalle, Olympiastadion, Olympiaschwimmhalle, Eissportzentrum, Biergarten, Minigolf, Theatron, einfach nicht meine Gegend. Ich fremdel hier immer ein bisschen.

Das Parkdeck ist mitteldicht belegt, ich stelle mich in eine Lücke zwischen zwei silbernen Sportwagen. Die Leute müssen ein Geld haben! Nach der Handtasche greifen, aussteigen, absperren. Schnurstracks stöckel ich auf meinen Pumps den Teerweg Richtung Olympiaturm entlang, ist nicht weit, aber weit genug, um auf halber Strecke rechter Hand an einer Süßigkeitenbude vorbeizukommen, so einem Anhänger mit Verkaufsklappe. Den Typen dahinter, den Zuckerwatte- und Schokoapfelverkäufer, würde ich normalerweise gar nicht wahrnehmen, doch er ruft mir zu: »Hey, ich kenn dich! Du hast mir vor zwanzig Jahren die Haare geschnitten! Da warst noch 'n Kerl!«

Aha. Haare, Kerl, früher. Hochinteressant.

Das mag schon sein, mit dem Haareschneiden, weil damals hab ich eine Zeit lang als Friseur gearbeitet, in der Innenstadt. Noch bevor ich mich vollends Friseur*in* nennen konnte. Zweifelsfrei als Frau verortet hab ich mich aber natürlich bereits in jener Phase. Wie auch in jeder anderen …

Wie gesagt, mag schon sein, dass ich diesem Grobklotz in dem fahrbaren Naschwarenverschlag vor Urzeiten, lange bevor ich Künstlerin und Bühnenperson wurde, mal einen Schnitt verpasst hab. Aber, na ja, also, sein Tonfall verrät mir, dass es sich bei seinem Hinweis weniger um eine nostalgische Rückbesinnung handelt als vielmehr um kaum verhohlene Herablassung. *Ich weiß, wo du herkommst, Fräulein.*

Das weiß ich selbst. Als ob ich akratt von ihm einen Dämpfer bräuchte, ein Flügelstutzen, weil ich ja so meterweit über dem Boden schwebe … Pff, gerade ich! Die Erfinderin von 3G: geächtet, gerupft, geerdet.

»Schön. Deine Frisur sitzt immer noch perfekt. Alles Gute«, lasse ich vom Stapel, weil ich ein fest vernietetes Pokerface irgendwann zur höchsten Maxime erhoben habe. Aber schon auch, weil mir ausgefeilte Schlagfertigkeiten immer erst in den angekratzten Minuten danach einfallen.

Ich winke dem Knallkopf noch freundlich zu, ohne meinen strammen Marsch auch nur einen Moment zu unterbrechen. Du mich auch.

Mit der Zeit regt man sich nicht mehr über die Worte auf, die einem um die Ohren gehauen werden, sondern nur noch über die niederen Beweggründe der Leute.

Heititeiti. So furchtbar war's nun auch wieder nicht.

Ich komme am Fuß des Olympiaturms an, bin etwa zehn Schritte von der Betoneinfassung des Fundaments entfernt, von wo aus der Riese über zweihundertneunzig Meter in die Höhe schießt.

Ich bleibe stehen, Kopf in den Nacken gelegt, und luge andächtig nach oben. Mein Blick folgt der zylinderförmigen Wandfläche, die sich da himmelwärts verjüngt. Ins malerische Blau hinein. Mit dem Wahrzeichen auf Du und Du. So gigantisch, so hoch, letztlich irre. Und hätte ich das Empfindungspotenzial eines Kindes, wäre der Anblick auch phänomenal.

Da ich aber die dreiundvierzigjährige Abgeklärtheit in Person bin, weiß ich um die Aussichtslosigkeit, diese Dimensionen zu erfassen, und lasse den Versuch lieber gleich bleiben. Nicht zuletzt auch deshalb, weil mitten auf dem Grasfleckerl direkt vor mir ein Mädel posiert, das eifrig von seinem Freund fotografiert wird. Möchtegernschnitte vor Funkturm. Dagegen stinkt jeder Monolith ab.

Ihr Jäckchen achtlos auf die Wiese geschmissen, steht sie sexy verrenkt im Ärmellosen da, in dem Versuch, verführerisch rüberzukommen. Ein aussichtsloses Unterfangen. Aber man weiß ja nie. Vielleicht folgen dieser ungelenken Maus ja ein paar Millionen Spanner auf ihrem Instagram-Kanal. Könnte sein, denn sie hat einen riesigen Busen. Besonders links.

Mensch, hängt die sich rein. Sie imitiert den Sonnengruß, Yoga-Pose, gespielte Gelassenheit auf Biegen und Brechen, instruiert dabei aber herrisch ihren total auswechselbaren Freund: »Mach mal mehr in *dem* Winkel, versuch, misch weiter von *der* Seite draufzukriejen.«

Gerade will ich weitergehen, als sich eine Hand auf meine linke Schulter legt – so was hab ich gern –, und die dazugehörige Stimme sagt: »Das hab ich davon, dass ich pünktlich bin!«

»Äh! Wieso, bin ich doch auch. Genau zwei«, haspel ich hölzern, nachdem ich mich reflexhaft umgedreht und den Wolf registriert habe. Ich stutze, weil er irgendwie ... irgendwie ramponiert wirkt, derangiert. Ungewöhnlich. So ungewöhnlich wie auch seine Einladung zum Lunch ins Restaurant im Olympiaturm. (*Restaurant181*, benannt nach der Höhe in Metern, auf der es sich befindet, what else.) Das hat er noch nie getan, also mich ohne Angabe von Gründen in ein gehobenes Lokal bestellt, zu dem wir beide eigentlich keinen näheren Bezug haben. Zumindest nicht, dass ich wüsste.

Wenn wir uns sonst zum Essengehen treffen, tun wir das meistens kurzfristig, auf Zuruf, irgendwo ganz zwanglos in der Stadt.

»Und? Bist du heute Nacht pünktlich um drei aufgestanden, um die Uhr eine Stunde zurückzudrehen?«, dröhnt der Wolf übertrieben lebhaft und greift auf seltsame Weise ans

Revers seiner Lederjacke mit dem Switch-Blades-Logo. Mit beiden Händen. *Wie* er das macht, zeigt mir endgültig, dass er gerade nicht er selbst ist. Die Unruhe in Person. So was fällt einem doch sofort auf, wenn man einem Menschen gegenübersteht, mit dem man mal zusammen war. Egal, wie lang das schon her sein mag.

Ich nicke Wolfs Standardwitz ab, jedes Jahr derselbe, indem ich sage: »Na klar, wie üblich. Komm, auf geht's, ich hab Hunger.« Jetzt red ich selber schon ganz beklommen daher. Komisch, alles komisch. Und Wolfs grauer werdender Bart ist heute auch so kurz geschnitten wie seit Ewigkeiten nicht mehr.

»Hunger? Sehr gut. Ist ja eigentlich auch schon drei«, rechnet er vor, und übrigens: Wegen mir könnte man die Zeitumstellung ruhig abschaffen. Genau wie Sommerreifenwechsel und Sonntage. Tage wie heute.

»Alles okay?«, frage ich ratlos, und er antwortet spitzbübisch und flüssig: »Alles bestens!« Seine Lieblingslüge, vor allem seit ihn die Midlife-Crisis voll im Griff hat.

»Entschulljung?«, ertönt es hinter meinem Rücken. Der Wolf schaut über meine Schulter, und auch ich wende mich der Rufenden zu. Ach du Scheiße.

»Könnten Sie vielleicht ein Video von uns beiden machen?« Es ist die Tussi im ärmellosen Kleid, die uns in Kölschem Singsang bittet, sie und ihren Freund »so schräg von unten« abzulichten, »damit man den janzen Turm halt auch mit auf dem Bild hat. Ginge das?«. Sie erteilt einfach gern Anweisungen.

Ob das ginge? Klaro. Der Wolf gibt sich einen Ruck, fährt mit einer Hand über seine zu einem strengen Zopf zusammengezurrten Haare, macht ein paar Schritte über den Rasen, greift nach dem Handy des Typen (bäh) und nimmt aus der

Hocke heraus schon mal Maß. Du, seit einiger Zeit hat beim Wolf (47) die Altersweitsichtigkeit eingesetzt, weswegen er das Handy auch ganz weit von sich weghält, damit er auf dem Bildschirm überhaupt noch einigermaßen sieht, was er da so Pi mal Daumen abfilmt. Pfusch lass nach. Wenn *ich* die Wahl hätte zwischen dem Wolf und einem Selfie-Stick: Selfie-Stick.

Der Wolf und vielleicht mal eine Brille aufsetzen? Haha, guter Gag. Muss ich mir merken.

Da haben sie sich den Richtigen ausgesucht, unsere beiden Touris aus dem Rheinischen, die inzwischen eng aneinandergeschmiegt gemeinsam ein paar Posen durchexerzieren. Sie winkelt ein Bein an und schiebt es vor die Hüfte ihres Freundes, der wiederum verträumt in die Ferne schaut, dabei aber mit dem kleinen Finger Richtung Turmspitze zeigt. Fast schon Performance Art. Und der Wolf macht klick. Dann folgt eine Kombination aus breakdanceartigen Moves von ihr, die ihr Freund mit stoischem Armeverschränken und hochgezogenen Augenbrauen konterkariert. Auch nicht schlecht. Alles in allem wirklich behindert. Aber halt normal.

Selbstverständlich wirst du jetzt gleich aufschreien: »Hallo? *Behindert* sagt man doch nicht mehr, Vikki!« Aber da hast du dich geschnitten. Und zwar sauber. *Behindert* sagt man nämlich nur dann nicht mehr, wenn man Behinderte damit meint. *Behindert* im Sinne von *restlos bescheuert* hingegen, das geht natürlich schon noch.

Schwul verwendet man ja auch kaum mehr in Zusammenhang mit Homosexualität, sondern meint damit eher etwas, das *irgendwie lahm* ist. Ja mei, nichts bedeutet mehr das, was es eigentlich bedeutet.

Also cool down.

Nicht meine Schuld.

Die schamfreie (restlos behinderte) Show von Bernhard und Bianca unterm Olympiaturm scheint beendet. Überschwänglich wie nur was danken die zwei dem Wolf für die Fotosession und mir fürs Nichtstun. Winken, Kopfwedeln, Kindergärtnerinnengrinsen, ein bisschen viel des Guten. Sie sind derart obsessiv lieb, dass ich gleich gar nicht weiß, ob sie den Wolf und mich eventuell nur angesprochen haben, weil der Wolf, als rauer eins neunzig großer Biker-Rocker, und ich, als offensichtliche Transperson, so ein exotisches Paar abgeben, über das sich die beiden ihrer eigenen Weltoffenheit rückversichern wollen. Naive Eiferei, weißt schon. Brauchst nicht meinen, dass das so weit hergeholt wäre.

Hach, ich fühle mich benutzt. Und geschändet ... Schnief!

Geht schon wieder.

»Tschüssli«, ruft uns die Tussi mit den unterschiedlich großen Brüsten allen Ernstes zu, aber das ist im Rheinland vielleicht Usus und klingt dort nicht ganz so geistesgestört wie für unsere Ohren. Aber du, ich kann mich nie entscheiden, ob ich solche superfreundlichen Leute niedlich finden oder fürchten soll. Sind es nicht genau diese plakativ Herzensguten, die letzten Endes Rezensionen im Netz verfassen, wie: »Das Hotel war total super, leider hat es während unseres gesamten Aufenthalts geregnet. Daher 0 von 5 Punkten.«

Ich kann mich auch täuschen.

Tschüssli.

Als wir drei Minuten später in den Lift des Olympiaturms steigen, hat sich an Wolfs Unausgeglichenheit wenig geändert. Ich sehe, wie angespannt er ist. Die geräumige Kabine wuppt uns mit Ohrendruck auslösenden sieben Metern pro Sekunde nach oben, wie uns eine Lautsprecherstimme mitteilt. Leider bin ich zu blöd, auf die Schnelle umzurechnen, ob das in etwa dem Tempo entspricht, mit dem ich vorhin in die verdammte Radarfalle gerast bin.

Apropos.

»Mich ham's vorhin geblitzt«, kredenze ich so nebenbei.

»Ei! Wie viel drüber?«

Der Lift katapultiert uns weiter nach oben, ich sage: »Mindestens gute dreißig.«

»Puh«, leidet der Wolf mit. Er selbst hat circa viertausend Punkte in Flensburg, kennt die Angestellten dort persönlich. Wenn also einer Ahnung hat, dann er. Trotzdem entschärft er erst mal: »Keine Ahnung, ob der Lappen da fällig ist. Beim Bußgeldkatalog hat doch noch nie jemand durchgeblickt. Und dann diese ständigen Verschärfungen …«

»Und *wie* ich fällig bin!«

»Drei Monate Entzug und Depperltest«, haut der Wolf raus. Hat er's also doch sofort einzuordnen gewusst.

»Jetzt, wo ich's weiß, wär's mir fast lieber gewesen, wenn's d'es mir ned gsagt hätt'st«, maule ich. »Aber danke.«

»Sehr gern!«

Auf der Ebene des Restaurants steigen wir aus, wie erwähnt in hunderteinundachtzig Metern Höhe, und ich muss schon sagen, man merkt, dass sich der Raum innerhalb einer Dreiviertelstunde einmal komplett um die eigene Achse dreht. Ist nicht ohne. Über die geschmackvoll eingedeckten Tische hinweg sehe ich das südöstliche München von oben, bis hin zur Alpenkette. Maßstabsgetreu. Der Himmel darüber wirkt wie eine blaue Kuppel. Einfach bestmögliches Wetter. Wir haben Föhn, aber ich hab trotzdem keine Kopfschmerzen.

Eine barsche Bedienung mit leichtem Ausschlag im Gesicht nimmt uns in Empfang, der Wolf bejaht die Frage nach der Reservierung, wir werden wie unter Zeitdruck an unseren Platz geführt und passieren dabei mehrere große Topfpflanzen und einen Tisch, an dem vier voll ausstaffierte Starnberg-oder-Tegernsee-Luder in ihren späten Dreißigern mit frischen Aufspritzgesichtern sitzen, optisch wie aus einem Guss. Teures Make-up, teure Stoffe, dementsprechendes Getue. Klassische Mit-den-Händen-ein-Herz-Formerinnen und Vaginal-Bleacherinnen. Ihnen könnten unter anderem die beiden Sportwägen gehören, zwischen denen ich geparkt habe. Nur geraten. Im Vorbeigehen vernehme ich die Begriffe Thermomix und Tibet. Kenn ich. Beides.

Der Wolf überlässt mir den cremefarbenen Sessel mit der Aussicht auf die Fensterwand. Ich nehme Platz, er ebenso. Wir greifen nach den gereichten Speisekarten, ich rücke sinnloserweise eines der beiden Messer zurecht (das äußere), von gerade auf *sehr* gerade, und kucke durch die Scheiben. Die Stadt aus der Vogelperspektive, das ist schon auch ein bisschen reizüberflutend. Erst versucht man, sich zu orientieren, und dann merkt man, es ist völlig unerheblich. »Ah, da ist der Marienplatz!« Schön! Na und?

Heijeijei, auch wenn ich mich wiederhole, die Plattform dreht sich echt ganz schön zügig. Natürlich nicht wie ein Karussell, aber zu konzentrieren brauchst du dich auch nicht unbedingt drauf.

»Ich bin wirklich gespannt, wieso du diese Location gewählt hast«, sage ich, während ich meine Aufmerksamkeit längst dem Innenraum widme. Dunkle Holztische, bräunlicher Holzboden, warme Wandtöne, nett.

Der Wolf sieht von der Karte auf, schnauft und sagt einfach: »Lass uns erst bestellen.«

Was wir auch tun, bei einem neu aufgetauchten Kellner, so einem ganz Smarten, mit Löwenbändigermentalität, die Kathi würde Fuckboy dazu sagen. Unsere Order geht schnell:

Menü 2, die Dreigänge-Version. Plus Wein des Hauses, der Soundso, ja, passt, großes Wasser dazu, Wasser *mit*, nee, doch *mit ohne*, wunderbar.

»Sooo«, ziehe ich das Wort in die Länge und signalisiere – die Ellenbogenspitzen auf der Tischfläche abgestützt und mit gefalteten Händen –, dass ich zum Gesprächsbeginn bereit bin. Meinen gebieterischen Augenkontakt nicht zu vergessen.

»Hast du heute von dem Prozess über den Vergewaltigungsfall in Düsseldorf gelesen?«, lenkt der Wolf ab. Ich kenn ihn doch. Er macht noch ein bisschen auf unverfängliches Geplauder, bevor er zum Eigentlichen kommt. Luftholen. Noch schnell eine Prise Gossip aus den Medien zur Vorspeise.

Ich sage, nein, von dem Fall hätte ich nichts gelesen, und schalte mehr oder weniger auf Durchzug, weil ich mich kaum konzentrieren kann, so sehr brenne ich darauf, zu erfahren, weshalb wir hier sind. Zuvor geht es in Wolfs Schilderung aber noch um einen brutalen Vergewaltiger, der gerade sein Opfer verklagt, weil es ihn während des Vorgangs mit Corona angesteckt hat, was aufgrund der Details wirklich witzig ist, und ich muss mehrmals laut auflachen, wohingegen der Wolf typischerweise nicht auch mal nur andeutungsweise schmunzelt, weil das nicht sein Style ist. Seine Spaßetterln performt er immer mit versteinertem Gesicht. Ist angeboren, wie eine charmante Masche eben angeboren sein kann.

Doch trotz ewig ernster Mimik hat der Wolf Humor bis zum Abwinken, genauso übrigens wie auch Jähzorn und geschäftlichen Ehrgeiz. Und kulturellen Feinsinn. Der Mann frisst sich quasi selbst von innen auf. Unter anderem wegen dieses energetischen Spannungsfelds hab ich mich seinerzeit – vor über fünfzehn Jahren – auch ganz schön heftig in ihn verguckt. Zum einen deshalb und zum anderen, weil er kein Mensch ist, der seinem Gegenüber nur aus dem Grund in die Augen sieht, um sich selbst darin zu spiegeln. Er verwechselt Liebe nicht mit Eitelkeit.

Eine seltene Eigenschaft. Er ist in sich geschlossen.

Aber brauchst nicht zu meinen, Geigenmelodien und Honigfluss in Bächen, so von wegen: Schau an, die sentimentalisierende Frau Victoria. Unsere Liaison war nach ein paar intensiven Monaten nämlich auch flott wieder vorbei, so ist es nicht. Vielleicht weil heftige Feuer gar nicht anders können, als vorzeitig auszubrennen. Geblieben ist unsere Verbundenheit. Und wie beschreibt man die am besten? Jeder hat den Wohnungsschlüssel des anderen, falls sich einer von uns mal aussperrt – und für nichts sonst. Du verstehst.

Und jetzt sitzt mir ein augenzuckender Wolf gegenüber, und ich erkenne an seiner Körperhaltung – und nicht nur daran –, dass etwas passiert sein muss.

Pünktlich zum Ende der knackigen Vergewaltigungssaga serviert uns der Löwenbändiger bereits die Vorspeise, Jakobsmuschel-Cassolette mit Pilzen und Hummer-Bisque. Das ging ja fix.

Den ersten Bissen vertilgend, mampfle ich: »Was ist denn nun der Anlass, aus dem du mich hierher einlädst? Hast du Krebs? Hab ich Krebs, und die Diagnose wurde versehentlich *dir* zugestellt? Bist du bankrott? Explodiert München, aber hier oben sind wir sicher? Klär mich bitte auf.«

Das Restaurant hat sich weitergedreht, ich kann mittlerweile Solln und weiter hinten Garmisch erkennen. Wolfratshausen, Bad Tölz, Bad Seltsham. Die Sonne blendet.

»Aber natürlich, entschuldige.« Der Wolf greift in seine Lederjacke, die er angeblich schon bei seiner Geburt getragen hat, und zieht ein blaues Notizhefterl von der Größe eines Taschenkalenders heraus.

»Pass auf«, sagt er seufzend, wedelt mit dem Notizheft, wirft es neben den Vorspeisenteller. Für meine Begriffe dauert das hier alles etwas zu lang. Mir schwant nichts Gutes, jetzt sag schon!

»Ich muss für unbestimmte Zeit verschwinden. Mich unsichtbar machen. Komplett. Es gab ein Problem.« Er stöhnt leise in sich hinein und schaut auswegsuchend an mir vorbei, gegen die runde Turm-Innenwand, als wäre er am liebsten schon längst nicht mehr hier. Geht mir langsam ähnlich. Ein kalter Schauer läuft mir über den Rücken. Der Wolf muss abtauchen? Das liegt jenseits meiner Vorstellungskraft.

»Was ist passiert?«, stelle ich die einzig folgerichtige Frage. Sie scheint ihn völlig durcheinanderzubringen. Sein Gesicht wird rot, fast violett. Kenn ich gar nicht an ihm.

»Ich hab mir da was eingebrockt.« Er presst seine Lippen zusammen. Und es ist das deprimierteste Lippenzusammenpressen, das ich je gesehen habe.

»Also?«, dränge ich weiter.

Der mir völlig neue Wolf räuspert sich und sagt weich: »Die Jungs und ich, wir hatten vor ein paar Tagen wieder eine Intervention.«

Oh nein!

Ich ahne Schlimmes. Und damit meine ich nicht die Intervention an sich. So was machen die öfter, die Switch Blades, einer der härtesten Motorradclubs in diesem unseren Land, dessen erster Vorsitzender der Wolf ist. Aber wenn der Wolf meint, sich im Anschluss an eine solche Aktion aus dem Staub machen zu müssen, dann haben die Jungs und er sicher nicht nur eine Vase umgestoßen. Fieberhaft denke ich nach. Es war klar, dass früher oder später was Drastisches passieren würde. Ich mal mir bereits diffus einige katastrophale Szenarien aus, alles wahrscheinlich grundfalsch. Ich frage, die Augen weit aufgerissen: »Es gab wieder eine Intervention, alles klar! Und weiter?«

Der Wolf schaut, als würde er sich selbst in Erklärungsnot bringen, sein schwarzes T-Shirt spannt über der breiten Brustmuskulatur: »Es gab Komplikationen …«

Pause. Ich will etwas sagen, unterlasse es aber.

»Schau mal«, der Wolf blättert die erste Seite des Notizhefterls auf, »hier steht alles drin, was du während meiner Abwesenheit, oder danach, bitte erledigen oder generell wissen müsstest.«

»Was heißt denn bitte *danach*?«, hake ich ein. »Springst du jetzt gleich vom Turm, oder wie oder wer? Sind wir deshalb hier?«

»Ich bitte dich! Wer seinen Selbstmord andeutet, meint's nicht ernst. Das ist Koketterie. So was Halbherziges würde ich nie tun«, besänftigt er mich mit einem freudlosen Lächeln. »Man ist nicht suizidal, bis man es nicht wirklich durchgezogen hat.« Gute Antwort. Klar, bei so was Morbidem taut der Wolf kurzfristig auf, da kann die Kacke noch so am Dampfen sein! Den kannst du nachts um halb vier wecken und irgendeinen Unfug verzapfen, der steigt sofort ein. Er wischt sich über den Mund: »Also noch mal, hier drinnen sind …«

»Verschon mich mit den Details aus deinem Bücherl, Wolf. Ich krieg deine Blumen schon gegossen und den Briefkasten geleert. Erzähl mir endlich, was los ist, Kruzifix!«

»Es gab Komplikationen!«

»Jahaaa. Jetzt rück endlich raus damit, heiliger Bimbam. Wieso musst du untertauchen?«, frage ich nachdrücklich. Ich habe keine Geduld mehr und keine Ahnung, worauf wir hier zusteuern.

Der Wolf raunt: »Ich hab jemanden umgebracht.«

Ah. Prima. Mein Magen krampft sich zusammen. Mir entgleisen die Gesichtszüge.

Mord?

Verdammter Mist.

Deshalb das feierliche Ambiente?

Auf *die* Idee muss man erst mal kommen.

3

Ich sage: »Schieß los.« Völlig erledigt ziehe ich meine Ellenbogen vom Tisch, lasse mich gegen die Stuhllehne sinken, die Gabel fällt mir dabei laut auf den Tellerrand, und ich tue so, als sei das Absicht gewesen. Mir gegenüber sitzt *ein Mörder*? So muss man das doch deuten, wenn dir dein Gegenüber vor zehn Sekunden anvertraut hat, dass es jemanden umgebracht hat.

Es entsteht ein kurzes Schweigen.

»Wo soll ich anfangen.« Der Wolf nagt an seiner Unterlippe. Hinter ihm, hinter den Panoramafenstern in den luftigen Höhen des Olympiaturm-Restaurants, zieht gerade ein Ausschnitt Münchens vorbei, dessen Skyline zu jeder x-beliebigen Stadt passen würde.

»Vor vier Tagen waren wir, wie gesagt, wieder mal unterwegs zu einer Intervention …«, fängt er an.

Dazu musst du wissen, er spricht von sich und seiner Biker-Gang, den Switch Blades. Mittlerweile über hundert Mitglieder. *Switch Blades* heißt übersetzt Springmesser, weißt ja eh, Entschuldigung, ich wollt jetzt nicht belehrend sein, eventuell bist du ja ein Sprachengenie, fünf Sprachen locker (na klar, und keine gscheid), jedenfalls, wo war ich … Switch Blades, genau … also dem Gefahrenpotenzial eines *Springmessers* entspricht auch in etwa das Temperament der impulsiven Switch-Blades-Jungs, die in ihren bürgerlichen Leben übrigens durch die Bank solide Existenzen führen. Die meisten von ihnen sogar höchst erfolgreich. Viele Selbstständige, Umtriebige, Unruhige, auch Privatiers, auch Akademiker, halt keine Asis, keine emotional verwahrlosten Kneipenschläger, die auf ihren schweren Maschinen permanent auf aggro machen, weil sie sonst nichts auf die Reihe kriegen, außer mehrfarbigen Halstattoos, holpriger Grammatik und ungeschütztem Geschlechtsverkehr mit Risikogruppen.

Das nicht.

Gleichzeitig muss ich natürlich auch relativieren, nicht, dass du glaubst, die Switch Blades seien Engel auf zwei Rädern. Freilich sind sie von der Sorte Karacho, das schon, klar. Aufmischer. Kurze Lunte. Schnappatmung. *Hast du was gsagt?*, *Was schaust'n so bläd?*, so in etwa. Aber wohlgemerkt nur, wenn es angebracht ist. Nur, wenn die Situation es unbedingt erfordert. Nur, wenn der mentale Druck nach einem Ventil verlangt und dieses Ventil gerade zufällig *in persona* direkt an einem vorbeigondelt und halt grad eine Stirnlocke versehentlich von links nach rechts gekämmt hat anstatt umgekehrt. Du kannst mir folgen? Falls also ein solches willkürliches Aufeinandertreffen ausgerechnet die fragile Balance eines Switch Bladeslers temporär ungünstig durcheinanderwirbelt, Schwingungen auslöst sozusagen, tja dann, und *auch nur dann,* kommt es gelegentlich e-ven-tu-ell zu verheerenden Verwerfungen im zwischenmenschlichen Bereich. Bis hin zum Medizinischen. Fresse polieren, randalieren, generell einfach gewissenhaft aufräumen.

Überschrift: Ordnung muss sein.

Überschrift: Im Anschluss unglücklicherweise teilinvalide.

Überschrift: Nichts wie weg.

Eine giftige Eigendynamik, um's mal grob auszudrücken.

Klar klingt das nach brutalem Dachschaden.

Wenn du aber nun mal diese Neigung zum Rabiaten in dir

trägst, wie nun mal zum Beispiel die Bladesler, was sollst du denn bitte machen? Leicht ist das ja auch für einen selbst nicht.

Oder glaubst du, einer, dem ständig die Hutschnur zu platzen droht vor lauter Aufbrauseritis und Krawallbedürfnis, dass der mit sich selbst glücklich ist, am Ende des Tages? Dass der nicht auch manchmal nachts im Bettchen liegt und sich fragt, hat das jetzt wirklich wieder sein müssen?

Ja, kann schon sein, wenn er ein rechter Trottel ist, dem jegliche Neigung zur Selbstreflexion abgeht, dass der sich sagt, *Ja, passt, so, wie ich bin. Passt genau.* Vielleicht sogar: begeistert ist von sich selbst. Mag sein. Will ich jetzt gar nicht widersprechen.

Anders die Switchler! Das sind wirklich okaye, schlaue Burschen. Höflich, gebildet, geistreich, auf Zack. Aber sie gehören eben gleichzeitig auch zu jenem Menschentypus, der gerade aufgrund seiner Energie und seines Charmes manchmal dem Drang nach körperlicher Abreaktion regelrecht frönen *muss*, weil sonst zerreißt's den.

Das nennt man Mehrdimensionalität.

Und das heißt nicht, dass ich damit jedes Wirbelsäulentrauma und lebenslange Hinken, das die Switch Blades je verursacht haben, rechtfertigen will. Mitnichten. Versteh mich da bitte nicht falsch. Mir geht jeder neue Exzess dieser Hitzköpferl auch derart auf den Zeiger, dass ich regelmäßig schreien möchte: Sag amoi, wer hat'n euch jetz scho wieder ins Hirn gschiss'n?

Logisch. Ich könnt mich manchmal aufregen …

Aber so ist das halt.

Man wird unausweichlich zu dem, was man in sich trägt. Du. Ich. Und halt auch der Haufen Biker-Schlawiner aus Sendling.

Wie auch immer. So viel jedenfalls zu den Switch Blades.

Du, übrigens, wenn du das Gefühl hast, ich hätte das schon mal erzählt, dann liegt das vermutlich nicht bloß an dir. Dann kennen wir uns wohl einfach schon länger, und ich hab das wirklich bereits …

Besser, ich hab's trotzdem noch mal schnell erklärt. Weil es ist doch gerade akut, wegen dem Wolf.

So.

Und bevor jetzt genau dieser Wolf Wolff mir am Restauranttisch im Olympiaturm schildert, was vorgefallen ist, nur noch schnell das hier zu deiner Aufklärung, weil der Wolf doch von *Intervention* gesprochen hat.

Nämlich: Vor ein paar Jahren kamen die Switch Blades auf die kluge Idee, ihre Tendenz zur Gewaltausübung mit einer moralischen Legitimation zu untermauern, und zwar, indem sie beim Gewaltausüben gleichzeitig Gutes tun.

Zwei Wohltaten in einem Aufwasch, sozusagen. Ausflippen (für sich selbst) und dabei karitativ handeln (für andere).

Zu diesem Zweck haben sich der Wolf und seine cholerische Rasselbande entschieden, ihre Aufmerksamkeit ab und an dem Wohl misshandelter und verwahrloster Tiere zu widmen. Allerdings leicht abgewandelt, verglichen mit der Vorgehensweise organisierter Tierschutzvereine oder lobbywarmer Behörden.

Anfangs haben die Switch Blades potenzielle Tier-Missbrauchsfälle noch eigenmächtig aufgespürt und, sagen wir mal, abgearbeitet. Schnell allerdings hat sich ihre Affinität für die Befreiung von Tieren, die nicht artgerecht gehalten werden, rumgesprochen (ging wirklich zügig), und mittlerweile erhalten sie regelmäßig Hinweise von eifrigen Mitbürgern, wo und bei wem mal wieder so ein erbarmungswürdiges Wesen gesichtet wurde. Ein Kettenhund zum Beispiel (gibt's immer noch!) oder die versklavten Gebärmaschinen eines Züchters (Züchter geht gar nicht! Ab in Haft! Tiere immer nur adoptieren, nicht *neu* kaufen, hörst du?) oder eine Ansammlung von zusammengepferchten, völlig verkoteten, halb verhungerten Kleintieren. *Die* Schiene eben. *Die* Kategorie, wo der Besitzer den Behörden eine lange Nase dreht, weil er sie von Gesetzes wegen nicht reinlassen muss und auch keiner sonstigen Auskunftspflicht unterliegt und dergleichen. Fälle, bei denen sich selbst die militantesten Tierschützer die Zähne ausbeißen, weil ihnen die Handhabe fehlt.

Und da kommen nun die Blades ins Spiel.

Denen fehlt vielleicht rein rechtlich auch jegliche Handhabe, aber nicht die Kreativität, Gesetz auch mal Gesetz sein zu lassen und einfach ganz entspannt unangekündigt an der Tür des betreffenden Tierhalters zu klingeln und zu sagen: »Griaß di, Kollege, wir ham gehört, dass bei dir ned alles so rundlafft, wias laffa könnt. Dürften wir mal kurz bei dir reinschaun?«

Ja, und wenn der Hausherr dann aus Versehen »Nein, dürft ihr nicht« sagt, ändert das im Großen und Ganzen auch nix mehr. Weil, dann haben sie den Weg ja bereits auf sich genommen, die Switchler. *All the way from Munich City.* Und seien wir ehrlich: Wenn jemand nichts zu verbergen hat, dann lässt er den Wolf und den Rudi und den Maurice und die anderen Lederjacken doch auch kurz nach dem Rechten sehen und gut is'.

Wie dem auch sei: Sofern sich bei Prüfung der Lokalitäten herausstellt, dass da wirklich ein paar arme Kreaturen vor sich hin röcheln, geschunden, vernachlässigt, zur reinen Nachwuchszeugung verdammt oder noch Schlimmeres – dann Tschingderassabum! Dann kommt nämlich umgehend die ursächliche Motivation unserer Motorradler zum Tragen (so ehrlich muss man sein). Weil nämlich: Dann gnade dir Gott.

Und so weiter.

Jetzt weißt du Bescheid. Das ist also das tiefenpsychologische Fundament, auf dem das geniale Motto der Switch Blades und ihrer Selbstanalyse basiert: *In dir kocht's, weshalb du dir jemanden zum Abreagieren suchst, der erwiesenermaßen ein Riesenarschloch ist – und dabei rettest du auch noch ein hilfsbedürftiges Lebewesen.*

Einfach praktisch. Wo ist da der Haken? Eindeutig, es gibt keinen.

Nobelpreisverdächtig, wenn du mich fragst.

Und weißt du, was der Wolf immer sagt?

Egal, wie viele Tiere sie retten, es sind nie genug.

Mei, jetzt bin ich ganz schön ins Plaudern gekommen.

Aber ich bringe es nicht über mich, dich nur halbgar zu informieren. Hurtig geht's da weiter, wo ich abgeschweift bin.

Während sich also das Restaurant im Olympiaturm um seine eigene Achse dreht, schwirrt mir die ganze Zeit Wolfs Satz *Ich hab jemanden umgebracht* im Kopf rum, was mich fürchterlich mitnimmt. Aber ich kann eben nicht anders.

Der Wolf also: »Wie gesagt, wir waren vor vier Tagen wieder mal unterwegs zu einer Intervention. Die A9 hoch. Egal. Wir hatten einen Hinweis erhalten …«

»Von wem?«, frage ich, weil, wenn er mir schon nicht sagen will, *wo* es war, was ich verstehen kann, dann wüsste ich doch zumindest gern, *wer* die Switch Blades darauf aufmerksam gemacht hat. Denn Hinweisgeber können auch mal unlautere Absichten haben und die Bladesler für ihre eigenen Zwecke zu instrumentalisieren versuchen. Manche schwärzen nämlich einfach nur einen unliebsamen Nachbarn an, damit der mächtig Ärger bekommt wegen eines popeligen Gartenzaunstreits, obwohl er gar kein Tierquäler ist.

Wirklich wahr, die Menschen sind unter anderem schon auch das Letzte. Wem sag ich das! Deshalb prüfen die Bladesler die Angaben ihrer Hinweisgeber auch immer supergenau.

Der Wolf spricht leiser als zuvor: »Ich kann dir leider nicht verraten, von wem wir auf die Location aufmerksam gemacht worden sind.«

Na, das geht ja schon gut los. Den Ort kann er mir nicht verraten, den Hinweisgeber nicht. Aber was soll's!

»Wir haben alles sorgfältig gecheckt und konnten zunächst davon ausgehen, dass es durchaus berechtigt war, dem Hinweis nachzugehen und zu schauen, was dort los ist«, sagt der Wolf.

Ich starre ihn unentwegt an. Eine Herausforderung, nicht zu zwinkern, obwohl man müsste. Aber ich will nicht. Ich will nichts verpassen.

»Wir kamen bei dem alten Haus an ...«

»Wann? Also, um wie viel Uhr?«, werfe ich gschwind ein.

»So gegen fünfzehn Uhr.«

Ich nicke. Erzähl weiter.

»Wir waren dreißig Leute. Wir haben Aufstellung genommen, das riesige Grundstück an einem Waldrand komplett eingekreist. Alles war runtergekommen. Der Zaun halb verrottet, das Gras meterhoch, umgeknickte Bäume mittendrin, ein paar abbruchreife Schuppen hier und da, Wildwuchs, aber sonst nichts weiter zu erkennen ... und dann die marode Bude selbst, die das Haupthaus darstellt«, beschreibt mir der Wolf die Lage in einem niedergeschlagenen Ton, der mir unvergesslich bleiben wird.

»Wir haben unsere Maschinen abgestellt, abfahrbereit, wie üblich. Wir haben die Gruppen zur Überwachung, zur Erstürmung und für alle sonstigen Eventualitäten eingeteilt, alles wie immer eigentlich, aber ich kann es nicht genau beschreiben … es war von Anfang an der Wurm drin. Die Lage, das Gelände, der Zustand. Irgendwas hat nicht gestimmt«, fährt er fort. Auch wenn alles noch ziemlich nebulös ist, spüre ich schon jetzt die Dramatik in der Magengrube, als wäre ich live dabei, und mir wird schlecht. Puls in den Zähnen.

»Der Rudi und ich, wir steigen über das Einfahrtstor, stellen uns vor die Tür der Bruchbude, klingeln, mit Rückendeckung von vier weiteren Mann. Da öffnet eine Frau Mitte fünfzig in einem weißen Kittel die Tür, total überrascht. Aber so überrascht nun auch wieder nicht, schwierig zu erklären. Es war, als hätte man uns erwartet. Oder anders: Es war, als hätte man damit gerechnet, dass so etwas irgendwann mal passieren würde. Als wären die grundsätzlich auf alles vorbereitet gewesen.«

»*Die?*«, frage ich. »Waren noch andere Personen da?«

»Das kann man wohl sagen«, antwortet der Wolf, ohne es weiter auszuführen, und blickt angestrengt auf die Tischplatte – etwas zu angestrengt für meinen Geschmack. Als würde er schon wieder abwägen, was er mir verraten darf und was nicht. Er sagt: »Die Frau hat sofort Alarm geschlagen, hat auf einen Pieper an der Wand gedrückt, und gleich ging so ein ätzender Signalton los, so raumschiffmäßig, den wir aber nur dumpf von irgendwo aus dem Hausinneren haben kommen hören. Das alles war schon seltsam genug, wenn man bedenkt, was für eine runtergerockte Butze das Haus war.«

»Wieso, was hattet ihr denn erwartet?« Ich durchbohre den Wolf mit einem prüfenden Blick. »Was hat euch euer Informant denn angekündigt, das ihr vorfinden würdet? Wegen welchen mutmaßlichen Vergehens seid ihr denn überhaupt hingefahren?«

»Das ist ja das Nächste. Unser … Informant … meinte, es gebe in dem Haus eine Vielzahl von vernachlässigten Haustieren, alles Mögliche …«, druckst der Wolf rum. Das passt gar nicht zu ihm. A bisserl *arg* kauzig, sein Verhalten, fast a bisserl zum Kotzen. So weit simma scho'.

»Hattet ihr das Haus und das Drumherum nicht im Vorfeld gecheckt? Hast du nicht erst mal ein paar Späher geschickt, die die Gegebenheiten auskundschaften, wie sonst auch?«, will ich wissen.

»Das war diesmal nicht nötig. Die … Der Informant war vertrauenswürdig … dachte ich zumindest.«

»Wurdet ihr also verarscht?«

»So kann man das nicht …«

Ich glaub's ja nicht! »Wolf, ich fall echt gleich vom Stuhl. Ich halt dein Gestammel nicht mehr aus. Wenn du mir nicht umfassend sagen willst, was Sache ist, kein Problem. Aber mach nicht auf Stotterdistotter. Komm, erzähl weiter. Und zwar ab dem Teil, bei dem du nicht darüber nachdenken musst, was du mir lieber vorenthältst«, schenk ich ihm ein, ohne mit der Wimper zu zucken, als wäre ich so abgebrüht, wie ich tue. Fulminanter Einwurf. Dabei bin ich völlig geschafft.

Hinter dem Wolf, weit draußen, sehe ich einen Kondensstreifen am Himmel, aber kein Flugzeug. Ich schaue dem Wolf wieder in die Augen, was mich enorm verwirrt, und helfe ihm auf die Sprünge: »Ihr steht also an dieser Tür, die Olle im Kittel euch gegenüber, der Alarm geht los, und dann?«

Der Wolf versucht zu lächeln, kriegt es aber nicht hin. »Es war sofort klar, dass da was nicht stimmt. Ohne lange zu fackeln, haben wir uns Zutritt verschafft und sind einfach ins Haus gestürmt.«

»Wow, interessant. Noch keinen einzigen kranken Hund

gesehen oder ein verendetes Lamm oder irgendwas, das einen Einmarsch rechtfertigen würde, nicht mal ein Wort gewechselt, aber ihr seid gleich mal in die Bude gestürmt? Echt durchdacht. Respekt!«, mach ich auf sarkastisch, was mir einige Anstrengung abverlangt. Aber du, bei so merkwürdigen Schauergeschichten wird ja genau dieses Vorgehen weltweit von führenden Sarkasmusexperten empfohlen.

Den Wolf reißt's, meine Vorhaltung verschlägt ihm die Sprache, er windet sich, setzt sich ganz gerade hin, dann verhärten sich seine Gesichtszüge, und er sagt: »Jaja, hast ja recht. Es war wohl zum einen dieser Alarm, den die Frau ausgelöst hat, weswegen wir schlagartig verunsichert waren, zum anderen sind wir einfach … davon ausgegangen, unsere Informationen seien verlässlich. Und in gewisser Hinsicht waren sie das auch.«

In Wolfs Blick sehe ich nacktes Entsetzen. Ich sage nichts. Einmal mehr.

»Wir rennen also durch den Flur ins Wohnzimmer, und es war alles ein bisschen chaotisch, unaufgeräumt und so, aber ansonsten erst mal ganz gewöhnlich, nichts Verdächtiges. Uns fiel aber sofort ein grell beleuchteter Kellerabgang auf, links, eine ziemlich breite Öffnung, von der aus eine Treppe runterführte …«, der Wolf massiert sich die Schläfen, etwas, das ich bei ihm noch nie gesehen habe, »… und wir sind einfach da runtergerannt, als würde uns die Zeit davonlaufen, weil doch der Alarm immer noch getütet hat.«

Ich erlebe Wolfs Schilderung so bildhaft, als wäre ich in einem Stephen-King-Szenario gelandet. Ehre, wem Ehre gebührt.

»Wenn Sie erlauben, da wären wir, bitte schön!«, unterbricht uns jemand aus dem Hintergrund, und da kommt auch schon der Hauptgang, den unser Löwenbändiger Fuckboy voller Elan serviert, was ich derart gleichgültig quittiere, dass ich mich meiner Ignoranz ihm gegenüber schämen würde, ginge es hier nicht um – ja –, um Leben und Tod. Ist doch so, oder? Ich weiß nicht mal, was da gerade vor mir auf dem Teller liegt. Filet? Vegane Filetkopie? Filet von veganem Rind?

Dann sind wir wieder allein, und der Wolf spricht nahtlos weiter: »Als der Rudi und ich unten im Keller ankommen, bietet sich uns ... ein Bild des Grauens. Vor uns ein schachtartiger Gang, vielleicht vier Meter breit und relativ niedrig, ich konnt gerade so aufrecht stehen, alles neonhell erleuchtet, und *endlos*, mindestens dreißig Meter lang ... Die müssen den Garten komplett unterkellert haben. Unglaublich. Und gesäumt wurde dieser Gang von zwei stählernen Käfigreihen. Die Käfige wiederum waren dreistöckig an den Wänden angebracht. Es hat nach Stall gerochen, und man konnte Dutzende Tiere kreischen, jaulen, fiepen hören, sie haben gescharrt und gewinselt, wohl auch wegen unseres Radaus, ach, Dutzende Tiere, es waren so viele. Es klang wie in einem Dschungel. Pervers war halt außerdem, dass es so gleißend hell in diesem verfluchten Verlies war, so irre grell ... ich weiß nicht, warum. Sofort, als der Rudi und ich die letzte Stufe der Treppe genommen und den Betonboden betreten haben, vertritt uns ein so ein winziges Manschgerl den Weg, ein kleiner, weiß gekleideter ... Inder, würde ich sagen, Pakistani, Nepalese, was weiß ich, mit einer lächerlichen eisernen Miene und einem Taser in der Hand, so einer Drecks-Elektroschockpistole. Er zielt sofort auf den Rudi und drückt ab, der Rudi liegt innerhalb von Sekunden auf dem Boden. Von oben hör ich einen Mörderkrach, Gekreische, als würde die Frau von der Tür Ärger machen oder sich halt massiv was von unseren Leuten einfangen. Schwer zu sagen. Jedenfalls kommt mir unten im Kerker ein zweiter Typ entgegen, der von irgendwo seitlich aufgetaucht ist, aus der Tiefe des Korridors, als gäb es weiter hinten noch einen Nebengang oder mehrere Verzweigungen. Er hat so was wie eine Pumpgun in der Hand, genau kann ich es auf die Entfernung nicht ausmachen, ich bin auch zu beschäftigt, den Inder, der auf den Rudi geschossen hat, aus dem Weg zu räumen, also ihm seinen verdammten Schädel zu polieren, und das hab ich auch zügig erledigt. Der kleine Inder kippt um wie eine Pappmachéfigur, damit war der dann schon mal ausgeschaltet. Hinter mir kommt endlich der Arnold ebenfalls die Treppe runtergelaufen, zu meiner Verstärkung, und der Arnold hat doch die Bodycam an seiner Schulter befestigt, mit der wir immer unsere Einsätze dokumentieren. Ich bin echt erleichtert, auch weil wir jetzt wieder zu zweit sind, um den Wichser mit der Pumpgun, der auf uns zurast, ausschalten zu können. Frag mich nicht, wieso, aber dem Pumpgun-Spezialisten wird die Sache offenbar zu brenzlig, und er dreht ab, macht auf halbem Weg kehrt, als er den Arni und mich da stehen sieht, und natürlich sieht er auch seinen Zwergerlkollegen sowie den Rudi beide bewusstlos am Boden liegen. Wir vier befinden uns also am Zugang zum Verlies, ja, und der Typ läuft wieder dahin zurück, von wo er gekommen ist. Verschwindet einfach ums Eck, links weg. Puff, wie vom Erdboden verschluckt.

Endlich kommen noch zwei Weitere von uns runter in den Keller. Der Maurice und der Edenkofler Herbert. Der Maurice schnappt sich den Rudi und trägt ihn hoch zur medizinischen Versorgung. Dem bewusstlosen Scheißinder mit seinem Scheißtaser schlagen wir noch mal zur Sicherheit die Visage zu Brei. Chicken-tikka-masala-mäßig. Waffen gehen gar nicht, weißt ja, da sind wir heikel.

Und dann, dann … also, wir haben umgehend begonnen,

die Lage zu sondieren. Vikki … Von da an ging es nur noch bergab. Keine Ahnung, ob du das wirklich hören solltest … es war …« Der Wolf macht eine Pause, niedergeschmettert.

Ich sage: »Kein Problem. Erzähl mir, was war, ich komm klar damit«, und ich beschließe, auch zu glauben, was ich da von mir gebe.

Er hält noch einen Moment inne und sagt dann unvermittelt: »Es war das Schlimmste, was ich in meinem Leben je erlebt habe.«

»Und du hast an unserem ersten gemeinsamen Weihnachten damals immerhin einen Wutanfall von mir erlebt! Das will also was heißen«, bemühe ich mich noch um eine kleine Prise Schwachsinn, bevor er loslegt. Das funktioniert bei uns doch eigentlich immer. .

»Des derfst glaub'n«, murmelt der Wolf, ohne zu zögern. Er zuckt sogar mit einem Auge, wenn auch angestrengt. Siehst du, sag ich doch, funktioniert. Und dann, er, weiter, mit kratzig klingender Stimme: »Ich und der Maurice und der Edenkofler Herbert machen uns auf, den Ort zu inspizieren. Schritt für Schritt begeben wir uns in den tiefen Gang und sehen die hinter dünnen Gitterstäben kauernden Viecher in den mehrstöckigen Käfigen links und rechts von uns. In den unteren Reihen massenweise Kaninchen, kleine junge Hunde, Frettchen … und in den mittleren und oberen Behältnissen lauter Affen. Affen ohne Ende, auf Hartplastikunterlagen kauernd oder ans Gitter gekrallt. Manche einzeln, manche in Zweier- und Dreiergruppen eingesperrt. Makaken, Berberaffen, Rhesusaffen, Erwachsene, Babys …«

Allein, dass der Wolf die einzelnen Arten so detailliert voneinander unterscheiden kann, zeigt, dass er ein sagenhaftes Allgemeinwissen hat. Der weiß Sachen, ich wunder mich immer wieder. Gut, den Inder konnte er jetzt nicht von einem Pakistani oder Nepalesen unterscheiden, aber man muss auch realistisch bleiben.

»War das denn ein Labor, äh, Versuchslabor?«, rutscht es mir raus. Ich wollte eigentlich gar nicht dazwischenfunken.

»Nein. Nein, das nicht«, antwortet der Wolf. »Es war so was wie eine Tierplantage ... zur Aufzucht von Labormaterial für Tierversuche. Und zwar in einer Größenordnung, dass wir gleich gar nicht wussten, was wir hier ausrichten sollten. Das war eine andere Hausnummer. Es gab sogar einen Orang-Utan, weiter hinten, in einem megaengen Käfig. Der konnte sich kaum um die eigene Achse drehen, so eingepfercht war der. Und es gab ein paar Käfige, da hat je einer der kleineren Affen, ein Rhesus, glaub ich, abwechselnd mehrere Weibchen durchkopuliert, wie auf Steroiden, wie auf Speed, völlig drüber. Es war, als wäre er unter irgendeine Droge gesetzt worden, um die Weibchen zu vögeln und zügig zu schwängern. Es war abartig. Dieses obszöne Ausmaß an Elend ...« Der Wolf nimmt einen Schluck Wasser, sagt mit Eiswürfelrest im Mund: »Ehrlich, wir waren wie paralysiert. Was sollten wir hier? Das war eine andere Größenordnung, irgendjemand züchtete hier Lebewesen zum Weiterverkauf, das war ganz offensichtlich.«

Mir bleibt der Mund offen stehen, und ich frage: »Wie ging's weiter?«

»Viel Zeit zu überlegen hatten wir nicht. Die Jungs, die noch oben waren und Haus und Grundstück abgeriegelt hatten, gaben plötzlich das Zeichen zum Rückzug. Alle Mann raus hier, und zwar sofort! Und so haben wir auch gehandelt. Der Maurice, der Dings, aah, der Herbert und ich, wir haben gemacht, dass wir da rauskommen. Wir sind zurückgelaufen, durch den Gang und dann die Treppe wieder rauf. Oben angekommen, war von unseren Jungs nur noch der Knut in diesem komischen Wohnzimmer. Die Frau, die uns geöffnet hatte, lag mit Kabelbindern gefesselt und geknebelt bäuchlings auf einer Couch. Die war verarztet, keine Gefahr mehr. Der Knut hat geschrien, dass zig Autos eines Sicherheitsdienstes aufgetaucht wären, whatever … Ich übernehm also wieder das Kommando, nichts wie weg, da taucht aus dem Keller, hinter uns also, der Wichser von vorhin auf, der mit der Pumpgun, kommt die Stufen raufgelaufen und schreit so einen nutzlosen Scheiß wie *Stehen bleiben*, was weiß ich. Ich ruf den anderen zu, *Weiterlaufen und Land gewinnen* – aber ich Idiot, von wegen *Der Käpt'n geht immer als Letzter von Bord*, bleib stehen, als müsst ich mich mit dem Schwallschädel mit seinem grauen Haarkranz und dem Doppelkinn befassen, anstatt mich um mich selbst zu kümmern und einfach aus der verdammten Haustür zu rennen … Aber es war … es war wie ein Sog, als hätte sich dieser entsetzliche Eindruck, den ich im Keller gewonnen hatte, in mir zu etwas Universellem aufgestaut und müsste sich nun schon fast zwanghaft entladen … und da stand es vor mir, das ganze Elend, das wir gerade in den Katakomben entdeckt hatten: personifiziert in diesem Penner mit seiner komischen Spielzeugwaffe, oder was immer der schwarze Kunststoffapparillo gewesen sein mag, mit dem er auf mich gezielt hat.«

Man merkt, der Wolf hat schon eine Menge über dieses Kapitel nachgedacht, ich kann mir vermutlich gar nicht vorstellen, wie viel und intensiv er in den vergangenen Tagen Gedanken gewälzt hat. Wohl deshalb klingt alles wie vorformuliert, wie bereits sprachlich skizziert. Das wundert mich nicht. Er spricht grundsätzlich nicht gern über sich. Er ist nicht er selbst, wenn es um ihn geht. Wenn er dann noch dazu etwas derart Erschütterndes vor mir ausbreiten muss …

Er knarzt: »Ich bin seelenruhig auf diesen Pumpgun-Glatzkopf zugegangen, und vielleicht war mir mein eigenes Leben in dem Moment auch wirklich völlig gleichgültig. Ich hab ihn aufgefordert, mich doch abzuknallen, hab ihm geschildert, was ich ansonsten mit ihm machen würde. Aber er hatte nicht die Eier abzudrücken, er hat mich einfach nur angestarrt, die Mündung auf mich gerichtet, und nichts gemacht. Als ich dann direkt vor ihm stand, bin ich ausgetickt.«

Mit einem Seufzer bricht der Wolf ab, unsere Blicke verhaken sich ineinander. Eine deutliche Wende zum Schlechteren. Ich höre meinen Herzschlag. Dieser letzte Satz hat mich getroffen. Bruchstückhafte Bilder rasen durch mein Hirn, obwohl ich doch gar nicht dabei war, bei Wolfs *Austicken* … Und doch sehe ich den Moment vor mir, wie er den Typen ins Jenseits befördert! Einfach totmacht! Tot! Klammer zu.

Katastrophe, das alles. Musste ja mal so kommen.

Dafür gibt es wirklich keine Entschuldigung mehr.

Die Sache ist den Switch Blades entglitten.

Klar, dieses Troublemaker-Gehabe konnte nicht ewig gutgehen.

»Bist du sicher, dass du ihn getötet hast?«, flüstere ich kläglich. Er nickt, nicht weniger kläglich, und beginnt allen Ernstes, in seinem Essen rumzustochern.

Letztlich keine schlechte Idee.

Hilft ja alles nichts.

Ist doch immer so. Life goes on, schubidu. Und so weiter.

Ich bin völlig aufgewühlt, greife auch nach meinem Besteck, formiere die Elemente auf meinem Teller ein bisschen um und erfahre Bissen für Bissen von den zahlreichen zivilen Wägen und Einsatzfahrzeugen, die auf einmal von allen Seiten vor dem Grundstück aufgetaucht sind, und von dem Wunder, dass es allen Switchlern und sogar dem arg verspäteten Wolf gelang, durch eine abenteuerliche Fluchtfahrt einer Festnahme zu entgehen.

Inzwischen hat sich der Wolf wieder ein wenig gefangen und lässt seinen weiteren Bericht mitunter so klingen, als passierte ihm so was alle Tage. Aber mir macht er nichts vor, er fühlt sich wie ein Häuflein Elend, und es gibt nichts, was ich dagegen tun kann, weder ich noch irgendjemand sonst. Es ist zu spät für Schadensbegrenzung. Zudem lässt sich auch schwer sagen, was genau auf Wolfs Schultern lastet: der Mord oder die drohenden juristischen Folgen. Scherereien halt.

Ich glaube, man könnte mit einem Mord auf dem Gewissen moralisch gesehen durchaus einigermaßen friedvoll leben, gäbe es nicht die unausweichliche Komponente strafrechtlicher Konsequenzen.

Ach, komm schon. Tu nicht so.

Manchen geschieht's doch ganz recht. Obendrein wäre es in vielen Fällen eher eine größere Strafe, jemanden sein Leben *zu Ende leben zu lassen*. Denn wenn man es genau nimmt, ist der Tod keine Strafe. Am allerwenigsten für den Betroffenen.

Aber das brauchst du Otto Normalverbraucher nicht zu erklären. Da lautet die Antwort sowieso bloß: *Hä?*

Wie bei den meisten tiefergehenden Belangen.

Einmal um die Ecke gedacht, und schon verlierst du neunzig Prozent der Weltbevölkerung.

Da muss ich gleich selber lachen.

Bitte jetzt nicht wieder sofort einen Blutsturz kriegen und sich künstlich reinsteigern, Abteilung *Was erlaubt sich die Vikki da, tüdelüh.*

Du wärst genauso, wenn du ich wärst.

Und umgekehrt.

»Vier Tage ist das Ganze her?«, erkundige ich mich beim Wolf, während ich in irgendwas Kartoffeligem stochere.

»Ja«, antwortet er groggy.

»Und was ist seitdem passiert? Wo hast du dich denn aufgehalten?«

»Ich glaub, es ist besser, wenn ich dir das nicht sage.«

»Vermutlich«, überlege ich laut. Meine Gedanken sind ein einziges Durcheinander. Wo war der Ort der Intervention, wer war der Informant, wo hast du dich seit den Geschehnissen aufgehalten – zu nichts äußert sich der Wolf konkret. Er hebt sein Weinglas und deutet mit einer müden Geste einen Toast an, woraufhin ich nach meinem Glas greife und kurz überlege, ob er vielleicht heimlich was reingeschüttet hat, um mich zu vergiften (so von wegen: *Wenn ich dir das erzähle, muss ich dich anschließend umbringen*), aber wenn dem so wäre, dann wäre die Welt dermaßen verkommen, dass ich sowieso sofort würde sterben wollen.

»Ist die Polizei bereits hinter dir her? Komm schon, das kannst du mir doch wenigstens … äh, durch die Blume sagen. Was hat sich in der Zwischenzeit getan?«, frage ich, noch während der letzte Schluck Rotwein meine Kehle hinabrinnt.

»Die Polizei wäre das kleinste Problem«, sagt der Wolf, schon wieder so kryptisch, dass ich ihn beinah mitleidig anschaue, was nicht heißt, dass ich ihn nicht hauen will.

»Das erklärt natürlich einiges«, entgegne ich. Schnippisch wäre untertrieben. »Dazu kannst du also auch nichts sagen, aha. Ebenfalls zu meinem Schutz, nehme ich an. Danke schon mal dafür.«

Aber soll ich dir was sagen, natürlich hab ich Verständnis für Wolfs Diskretion. Ich hab doch überhaupt keine Ahnung vom Ausmaß des Ganzen. Seine Andeutungen sind ja keine Ausweichmanöver, sondern aller Wahrscheinlichkeit nach bittere Notwendigkeit.

»Es ist wohl vernünftiger, wenn ich dich nicht komplett mit ins Boot hole«, stellt der Wolf fest. »Im Moment kann ich dich einfach nicht weiter einweihen.«

Ich nicke und sehe dabei den Mann mir gegenüber an, als wäre er ein ganz normaler Mann. Ich mosere: »Dann brauchst du mich also vornehmlich, damit ich die Sachen umsetz, die da in deinem Hefterl stehen, Stichwort Blumengießen und regelmäßig ordentlich durchlüften, während du dich auf die Flucht begibst?«

»Das wäre schön!«, lullt er mich ein. Im Kleinkindton.

»Du wärst mir *wirklich sehr verbunden*, nehme ich an«, blödel ich und lasse lieber nicht noch einen weiteren Spruch vom Stapel, obwohl es mich fürchterlich jucken würde. Stattdessen sage ich jämmerlich: »Und wo du dich auf Tauchstation begeben wirst …«

»… kann ich dir auch nicht verraten, weil ich dich ansonsten anschließend umbringen müsste, genau.«

Ich starre auf mein Weinglas. Es scheint *wirklich* ein weitverbreiteter Scherz zu sein, diese Nummer mit der anschließenden Umbringerei.

»Aber mal so ganz grundsätzlich: tolle Idee mit dem Restaurant als Ort eines Lebensbekenntnisses. Wie kamst du darauf, mir ausgerechnet hier, hoch über München, mit deiner grauenvollen Story den Appetit zu versauen?«

»Ambiente vor Essen.«

»Auge vor Ohr?«

»Drehort vor Drehbuch.«

»Form vor Inhalt?«

»Gourmetmahl vor Geständnisqual.«

»Verstehe«, sage ich, und Gott sei Dank hänge ich während dieser Äußerung nicht am Lügendetektor.

Bei der Nachspeise klärt mich der Wolf noch auf, welche

Dinge genau ich bitte für ihn erledigen möge während seiner Abwesenheit, was natürlich kein Problem ist. Punkt für Punkt steht alles akribisch in seinem Notizhefterl, das er mir schließlich übergibt und das ich in meine Handtasche gleiten lasse, ebenso wie den Bund aus vier Schlüsseln, den er mir zusammengestellt hat.

»Du darfst niemanden ins Vertrauen ziehen, hörst du? Unter keinen Umständen.« Er schaut mich forschend an.

»Das ist leicht gesagt«, versuche ich, ihn aufzuziehen, aber er ist derart bedrückt, dass er ernsthaft hinzufügt: »Geheimnisse bleiben nur im Verborgenen, wenn man *absolut niemanden* einweiht. Du darfst dir nicht den kleinsten Fehltritt erlau…«

»Ist doch klar!«, beruhige ich ihn. Meine blöde Flapsigkeit.

Der Löwenbändiger Fuckboy kommt an den Tisch mit der störenden Bemerkung, er wolle nicht stören, müsse aber abkassieren. Im Turm herrschen eiserne Tischwechselregeln.

Der Wolf nickt. Zusammen? Yes. Bar oder mit Karte? Bar.

Laut seinem Namensschild heißt der Kellner mit Vornamen Condo, Nachname Guck, fällt mir erst jetzt auf. Zum Glück.

Ich sehe auf die Uhr. Es ist kurz nach vier, wir sind seit über zwei Stunden hier. Auch wenn die Restaurantplattform sich mittlerweile knapp dreimal um die eigene Achse gedreht haben müsste, stelle ich nach einem Moment der Orientierung fest, dass ich vom Winkel her theoretisch meinen Heimatort im Blick haben dürfte. Meinen Ursprung. Übertreibling im Bayerischen Wald. Nahe Zwiesel. Nordöstlich von München, weit, weit hinterm Flughafen, weit hinter den Bergen bei den sieben Zwergen. Ist natürlich zu weit weg, um es zu erkennen, aber die Richtung stimmt.

Gesalzene Preise, denke ich mir, als der Wolf die Rechnung begleicht. Monstertrinkgeld, wie immer. Gutes Zeichen. Fuckboy Condo Guck, der deutlich zu Höherem berufen ist, lächelt säuerlich, als fühle er sich dadurch erniedrigt. Hat er ja auch recht.

Im Gegenzug wünscht er uns einen schönen Tag, was wie ein Euphemismus für *Fahrt zur Hölle* klingt. Für die Trinkgeldgabe verachtet zu werden, gewährt einem vielleicht den einzig wahren Einblick in das Seelenleben eines Dienstleisters. Echter wird's nicht.

Gehen wir?

Als ich aufstehe, gerät die Welt um mich herum leicht ins Wanken. Ich beiße die Zähne zusammen und zähle bis drei. Hilft verlässlich. Ich werfe die Haare zurück, Typ Ballkönigin, und wir dackeln zum Ausgang, äh, wo ist der bitte?, der Wolf sagt: »Hier geht's lang«, klar, der Ausgang ist jetzt woanders. Der dreht sich ja nicht mit. Trotzdem kommen wir noch mal am Tisch mit dem Quartett der aufgedonnerten Bonzenweibchen mit den unglücklichen Gesichtern vorbei, du erinnerst dich? Die Sorte von Mädels, die Worte wie *Gänsehautmoment* und *Bauchgefühl*, *Herzensmensch* und *Karmakonto* benutzen und deren Outfit farblich zu ihren Vorortvillen passt. Zwar sind alle anderen Gäste nach und nach gegangen, aber die vier sind noch da. Die eine, die mit den braunen Haaren, sagt gerade laut: »Also *so was* von toll«, und langweilt damit die anderen, mehr höre ich nicht deutlich genug. Sie sind alle immer noch ganz überdreht und ausgelaugt in einem, dafür inzwischen aber *richtig* angetüdelt. Das wird doch wohl kein Junggesellinnenabschied sein? Der Rutsch zwischen dritter Scheidung und vierter Hochzeit?

Im Vorbeigehen werfe ich einen letzten Blick auf die Runde. Zwei von ihnen bemerken mich und den Wolf und gucken zurück. Trotz sündteurer Pflegeprodukte: auch nur ein Haufen Zwiderwurzn.

Ich lächle. Also, *ich* bin mit einem Killer hier, und ihr so?

Der Wolf und ich betreten den Lift, und sogleich merke ich: Die Runterfahrt wird im Vergleich zur Hochfahrt nicht halb so schön.

»Wie soll's denn nun weitergehen?«, fasel ich hilflos, weil unser Abschied naht und ich gar so konfus bin. »Ich meine, dich verstecken schön und gut, aber es muss ja auch ein Danach geben. Irgendwann musst du doch auch wieder zur Ruhe kommen, irgendwie. Wie sieht dein Plan aus?«

Vor lauter Konzentration zieht der Wolf die Stirn kraus und sagt nur: »Tja.«

Ich schlucke, zum Druckausgleich in meinen Ohren. Vielleicht schluck ich aber auch, weil mir klar wird, dass es in Wolfs Fall womöglich gar keine Lösung gibt.

Außer lebenslange Flucht?

Eine neue Identität?

Ich meine, er hat jemanden zur Strecke gebracht. Egal, was für ein totaler Abschaum das Opfer auch gewesen sein mag, ich glaube nicht, dass da noch was zu machen ist. Strafrechtlich gesehen.

Wobei ich eher das Gefühl habe, und es mag mich auch trügen, aber: So, wie der Wolf sich windet, fürchte ich, dass nicht die Polizei sein größtes Problem darstellt.

Reine Hypothese, Spekulation, *Bauchgefühl* (würden die vier Mädels oben im Restaurant sagen).

Vor wem auch immer der Wolf so panische Angst hat, für diesen Mord würde man ihn draußen zum Trocknen aufhängen.

Der Wolf erklärt: »Ich bleib erst mal unterm Radar, so lange wie nötig.«

»Aber keine verdammte Minute länger«, knurre ich künstlich, und die Lifttür geht auf. Erdgeschoss.

Draußen gehen wir über die Rampe für Rollstühle anstatt über die Treppe daneben. Ich bemerke, dass es gar nicht so warm ist, der Wolf schweigt und ich ebenfalls. Wir sind total befangen.

Den Olympiaturm jetzt im Rücken, den See rechter Hand und das Parkdeck direkt vor uns, sehen wir im Vorübergehen zwei fürs Inlineskaten bereits zu alten jungen Männern zu, die durch einen Parcours aus von ihnen aufgestellten Hütchen fahren und Kunstfiguren vollführen. Der eine ziemlich miserabel, der andere total katastrophal. Der Wolf muss lachen, wir sehen uns an, und mir bleibt das Lachen im Hals stecken.

Auf dem Parkplatz kommen wir vor einer schweren Harley-Davidson zum Stehen, die ich noch nie gesehen habe und die auch keine von Wolfs drei Maschinen ist. Sein neues Fahrzeug? Also *inkognito* ist was anderes, aber er wird schon wissen, was er tut.

Während der Wolf sich schon mal den Helm aufsetzt und den Kinnriemen zuklipst, sage ich, so halb aufmunternd: »Klar ist das erst mal großer Mist mit deiner Unsichtbarwerdung, aber: Die Zeit vergeht so oder so«, und halte das sogar noch für irgendwie philosophisch und beschwichtigend in einem.

Der Wolf meint bloß: »Was sagst du?«, und ich sehe ihn erleichtert an, weil er meinen Blödsinn nicht verstanden hat, was aber irgendwie auch komisch ist, weil ich steh einen halben Meter neben ihm.

Auf meinen fragenden Blick hin sagt er: »Mir hat's bei der Aktion mit dem Wichser das linke Trommelfell zerfetzt. Hab ich das nicht erzählt? Er hat mit der Pumpgun noch einen

Schuss abgegeben, direkt neben meinem Schädel, bevor ich ihn …«

»Es war also sein allerletzter Schuss, sehr schön. Hat er dir dabei noch was mit auf den Weg gegeben. Geschieht dir ganz recht«, schwafle ich und denke mir: Wie wohl die *ganze* Geschichte lauten mag? Mit *allem* Drum und Dran? Was wohl *wirklich* in diesem Keller mit den Käfigen abgegangen ist?

Der Wolf: seit Neuestem ein vollkommenes Rätsel für mich.

Er umarmt mich, sehr lang und sehr fest, ich lasse es geschehen, aber nicht, ohne ihm währenddessen genauestens zu erklären, wohin er sich diesen gefühligen Unsinn stecken kann (ich bin nämlich leider ziemlich gerührt).

»Also dann«, macht er. Ich murmele etwas, das selbst ich nicht näher bestimmen könnte. Er fragt: »Was?«, ich sage: »Nichts Wichtiges«, weil, ich will ihm den Abgang nicht verderben. Er schaut mich wieder fragend an. Sein Ohr scheint tatsächlich im Eimer zu sein.

Es ist so weit, er nickt und fährt davon, ohne noch mal zurückzublicken oder wenigstens einen Arm zu heben.

Neben dem Kassenautomat des Parkdecks stehend, starre ich Wolfs Rückansicht noch länger hinterher. Ihm, dem Bike, dem komischen Stahlhelm, der breiten Hinterseite seiner Lederjacke mit dem bombastischen Switch-Blades-Logo, und ich frage mich, ob ich ihn je wiedersehen werde.

Ich meine, sich rosige Zukunftsprognosen zusammenzimmern, das geht meistens schief.

4

Der alte Trottel hat die Situation im Griff, das muss man ihm echt lassen. Er mag zwar schockiert darüber sein, was für ein entsetzlicher Anblick sich ihm da bietet, nachdem Mario ihn in den ersten Stock gerufen hat, ins Schlafzimmer, wo der verblutende Greis mit aufgeschlitzter Kehle liegt, feuchtrot vollgesautes Bettlaken, letzte Atemzüge und alles. Aber Kessler handhabt die Situation endsouverän. Er wirft einen Blick auf den röchelnden Hundertjährigen und handelt sofort.

Und wir sprechen hier nicht von so was wie Erster Hilfe oder einem schlaffen Notruf-Reflex für Weicheier, Marke: *Verständige sofort die Ambulanz.* Nein, Kessler brummt: »Oha! Nichts wie raus hier«, und will gleich darauf wissen: »Hast du was angefasst?« Mario verneint, ist sich aber plötzlich nicht mehr ganz sicher.

Er und Kessler schicken sich an, unverzüglich das Haus zu verlassen, das sie in den letzten Stunden beobachtet haben, bevor diese drei Wollmützen-Gestalten im Kombi aufgetaucht sind und sich Zugang zum Gebäude verschafft haben, um nach nur wenigen Minuten wieder abzudüsen. Nicht, ohne davor mal eben noch jemanden abzustechen.

»Komm. Komm. Wir hauen ab. Du zuerst«, sagt Kessler ächzend, weil er gerade ein paar Fotos des Sterbenden mitsamt den Räumlichkeiten macht, und bedeutet Mario, schleunigst die Treppe hinunter ins Erdgeschoss zu nehmen. Mario weiß, dass das mehr als angeraten ist, sträubt sich aber innerlich dagegen, weil er grundsätzlich immer etwas sucht, mit dem er jemandem in die Parade fahren kann.

Wie um sich den Anblick einzuprägen, schaut er noch ein Mal zu dem ausgemergelten Sterbenden, der sich die letzten Monate garantiert nur noch flüssig ernährt hat und der doch tatsächlich immer noch lebt. Rein technisch gesprochen.

»Jetzt geh schon«, keift Kessler. Mario nickt bestätigend, formt mit zwei Fingern ein schwer zu deutendes Zeichen und läuft dabei rückwärts Richtung Treppe, was ziemlich bescheuert wirkt. Endlich dreht er sich um, rennt hinunter und gratuliert sich zu seinem bewundernswert klaren Verstand, der momentan dankenswerterweise seine angeborene Widerspenstigkeit im Zaum hält. »Mach jetzt keinen Scheiß … Eins nach dem anderen.« Er merkt, dass er mit sich selbst redet.

Erst, als sie wenig später in seinem kleinen Toyota sitzen, wählt Kessler die Eins Eins Null, und nach einem bemerkenswert komprimierten Gespräch schallt es aus dem auf laut gestellten Handy: »Wir schicken einen Wagen.«

Aufgelegt. Die Frau im Callcenter als Erste. Arbeiten jetzt auch schon unter der Notruf-Hotline nur noch lustlose Niedriglohnkräfte?

»Damit hab ich nicht gerechnet«, sagt Kessler zu Mario und meint den Greis, der dort oben regelrecht in seinem eigenen Blut badet. Das sah nicht gut aus … und gleichzeitig natürlich fantastisch.

Mario Sulfak nimmt Kessler voll ab, dass er nichts von einem geplanten Mord wusste. Er entgegnet: »Womit *hast* du denn gerechnet?«

»Ich dachte, diese Typen würden der Frau, die hier eigentlich wohnt, einen Denkzettel verpassen wollen oder eine

Warnung aussprechen. So was eben. Aber sie war offenbar gar nicht zu Haus. Merkwürdig.«

»Aha. Und wer *ist* diese Frau, die hier *eigentlich* wohnt?«

Nach kurzem Überlegen kratzt Kessler mit dem Daumennagel an der Plastikverkleidung des Handschuhfachs herum und meint offenbar, er komme am besten aus dieser Nummer raus, indem er murmelt: »Sag ich dir ein andermal.«

»Echt jetzt?« Mario ist fassungslos. Immer noch diese Geheimniskrämerei? Trotz des Massakers, dessen Zeuge sie gerade eben gemeinsam wurden? Nicht mal nach so einem Erlebnis sind sie eng genug, um schön langsam Klartext zu sprechen? Ach bitte!

Was für eine Drecksdoku soll das werden, die wir da gerade angeblich zusammenschustern, Kessler, zum Donnerwetter?

»Pass auf, Mario, du machst dich jetzt sofort aus dem Staub und warst nie hier, mit mir, okay? Ich zieh das ab jetzt allein durch. Du musst weg sein, bevor die Polizei eintrifft. Ich kümmer mich um die«, schwallt Lars Kessler, immer noch kurzatmig. Ungelogen: immer noch! Von dem bisschen Rennen! Das Alter muss eine Krankheit sein. Mario rechnet durch: Er hat noch fünfunddreißig Jahre, bis er so alt ist wie Kessler. Das dürfte reichen, um sich ihm noch ein Weilchen überlegen zu fühlen.

Mario nickt. Um zügig abzuhauen, müsste er jetzt losfahren. Zu diesem Behufe sollte unser Bestsellerautor allerdings zuvor noch aussteigen. Das würde sich zumindest als vernünftige Vorgehensweise anbieten.

Der Alte sagt: »Mach daheim umgehend Back-ups von unserem Bildmaterial. Ich schick mir gleich auch ein paar Dateien per Mail von meinem Handy und sichere zusätzlich in meiner Cloud. Alles klar?«

»Yo.« Mario ist sich seines unsteten und wenig verlässlichen Naturells bewusst *(Wie gedenke ich, es diesmal zu vermasseln?)*, aber im Moment ist er sich sicher, sein Versprechen zu halten.

»Ach, haben wir überhaupt das Kfz-Kennzeichen des Kombis auf Video?«, schwafelt Kessler geistesabwesend die Scheibe an, obwohl doch jeden Moment die Polizei eintreffen müsste.

»Müssten wir haben, ja«, rät Mario mal so ins Blaue.

»Gott sei Dank. Hatte ich vor Aufregung zu notieren vergessen. Also dann, sieh zu, dass du abhaust. Ich meld mich.«

Kessler steigt aus, ungelenk wie gewohnt, hält die offene Beifahrertür des Toyota noch an der klobigen Klinke und hechelt ins Wageninnere: »Egal, was geschieht, bleib bei unserer Version der Aussage, hörst du? Du warst nie hier! Auch wenn die Polizei bei dir auftauchen *sollte* – was ziemlich unwahrscheinlich ist – und dir plötzlich alles bedrohlich erscheint: Verlass dich auf mich und unsere Strategie! Lass dir in einem eventuellen Verhör nicht ins Gehirn scheißen.«

Da kann man von diesem raspligen Ex-Hippie in den zu engen Jeans halten, was man will, in dieser Situation zumindest gibt er eine souveräne Socke ab. Und wie er die Tür zuknallt, spricht ebenfalls Bände.

Ein Streifenwagen kommt Mario entgegen, als er bereits zwei Straßen weiter den Blinker setzt, um auf die Wasserburger Landstraße stadteinwärts einzubiegen. Luft anhalten. Man rauscht aneinander vorbei. Perfekto! Nichts passiert, nicht einkassiert. Beinah hätte Mario den Kopf eingezogen. Wie unauffällig! Hätte er ihnen auch gleich einen Vogel zeigen können. Sobald er komplett außerhalb des Schussfelds ist, wird er tun wie ihm geheißen und eine Sicherheitskopie des Filmmaterials anfertigen. Das Zeug ist pures Gold. Sterbendes Gespenst nach Einbruch! Blutspritzerei, Nacht, düstere Gestalten. Mit so was schöpft jede Doku aus dem Vollen.

Streamflexx sollte schon mal Speicherplatz freischalten …

Mario ist nicht besonders intelligent, aber er ist auch nicht besonders blöd. Genau die richtige Mischung, um Dinge sachlich einzuordnen, ohne sie emotional zu sehr zu überhöhen. Weder in die eine noch in die andere Richtung.

Wenig später rasen Mario weitere Polizeiwägen entgegen, ein ganzer Pulk, dazu ein Krankenwagen. Der dürfte zu spät kommen.

Auch gut. Die Welt ist sowieso voller überflüssiger Menschen.

Wer lebt, stört.

Das Unglück anderer Menschen hat Mario emotional noch nie reingefunkt. Ein Privileg, gelinde gesagt.

Mit jedem weiteren Kilometer, den Mario sich vom Tatort entfernt, empfindet er die Situation als *noch* bombastischer. Endlich rührt sich mal wirklich was.

Außerdem spürt er, dass da noch viel mehr kommen wird. Dass die Reise mit dem alten Trottel Kessler, diesem Vater von fünf Kindern von drei Frauen, erst begonnen hat.

Mario hat noch nie davon profitiert, jemanden zu kennen. Aber das wird sich jetzt ändern. Heiliger Sankt Kessler.

Was immer hinter Kesslers vorläufiger Verschwiegenheit stecken mag, es wird sich lohnen. Seine Story mit dem Streamflexx-Deal wird schon stimmen. Sagt Marios innere Stimme.

Und es ist nicht jene innere Stimme, wegen der er mit siebzehn Jahren mal vor einem Jugendrichter gestanden hat. Wegen eines kleinen Diebstahldelikts mit leichter Körperverletzung. Mario ist drüber weg. Für Jungs wie ihn, für Jungs aus seiner damaligen Clique in Ramersdorf, war das sowieso nichts Besonderes.

Es ist erst zwanzig Minuten nach Mitternacht, als Mario aus seinem mit verblichenen Aufklebern übersäten Toyota steigt und sich bei McDonald's irgendeinen Müll mit Soße holt. Bombenhunger. Mario fährt sich durchs perfekt frisierte dunkle Haar, bevor er in seinen Big Mac Bacon TS beißt und sich schwört: *Mustergültig* wird er seine Klappe halten und sich an die Absprache mit Kessler halten. Endlich einmal was durchziehen. Und zwar konsequent. Bis zum Ende.

Denn vielleicht wird dieses Ding mit diesem windigen Autor und seiner rätselhaften Doku sogar krasser Kult. Wie *Tiger King* oder *Making a Murderer* oder so 'n Scheiß.

Kamera & Assistenz: Mario Sulfak for Sulfak Productions.

Echt! Sein eigener Name in den Credits einer Streamflexx-Doku in Hochauflösung, das wird geil, malt Mario sich aus, fest entschlossen, sich zu betrinken.

5

Noch eine kurze Moderation, dann hätt ich's für heute Abend auch schon wieder. »Mesdames et Messieurs, Ladies and Gentlemen, meine Damen und …« Ich stehe mitten im Rund des Spiegelzelts Palazzo Fantastico, alle Scheinwerfer auf mich gerichtet. Um mich herum dreihundert Gäste, die in betischten und bestuhlten Dreierreihen die runde Bühne in der Zeltmitte umrahmen. Mit ausladenden Gesten bade ich in der gedimmten Nostalgieatmosphäre, während meine seidigste Stimmvariation durch die Lautsprecheranlage tönt. Was Bühnenpräsenz betrifft, vertraue ich auf mein Motto *Viel hilft viel.*

Umso mehr, als ich's heute mit dem Magen habe.

Die Show verlief bislang reibungslos, alle Artisten und Künstler glänzten wieder mit wie immer schockierend fehlerfreien Darbietungen. Ausnahmslos Weltklasse. Die beiden ukrainischen Trapezkünstler genauso wie der Revue-Zauberer mit der Alles-geht-schief-Nummer, die Mann/Frau-Kombi an Barren und Schleuderbrett, gekrönt von ihrem Saltowirbel in den Zelthimmel, bei dem ich jedes Mal eine Katastrophe samt Querschnittlähmung kommen sehe, mindestens aber Rollator, furchtbar. Dann der unfassbare Jongleur und Comedian aus Kanada, schwerster Alkoholiker und dabei nichts weniger als genial, die brasilianische Dreiviertelschönheit mit ihrem ungewöhnlichen Dressurakt rund um ihre weiße Löwin Makumba und den Schimpansen Drake

(»Wie der Rapper.«), die beiden kroatischen Muskeljungs mit ihrer Hand-auf-Hand-Akrobatik und die junge Österreicherin, die mit Augenbinde und Schlinge am Hinterkopf physikalisch unerklärliche Luftartisterie im Pirouettenstil vollführt.

(Information für unsere heterosexuellen männlichen Gäste: Die Burlesque-Tänzerin mit ihrem überdimensionierten Champagnerglas fehlt dieses Jahr. Wegen der braucht ihr also kein Ticket zu kaufen. Die konnte keiner mehr sehen.)

Zwischen den einzelnen Präsentationen kredenzt das Team unseres Promi-Fernsehkochs und Patrons des Palazzo Fantastico, Hans Ziegler, ein Vier-Gänge-Menü vom mittlerweile gefühlt Allergewöhnlichsten. Qualitativ kann man wirklich nix sagen, aber du lockst halt mit exquisiten Gerichten einfach niemanden mehr hinterm Ofen hervor. Topqualität ist längst das absolute Normal. *Ooh, aah, leckerschmecker, na,* das *ist ja was ganz Besonderes …* so was ist vorbei. Jede Gulaschkanone schreibt sich heute *Gourmet*gulaschkanone.

Deshalb setzt der Ziegler Hans auch auf die clevere Kombination HammiHammi *und* Luckilucki, Dinner *und* Varieté. Spektakuläre Showacts, gepaart mit vorzüglicher Kulinarik in cabaretartigem Glitzerambiente! Genau daraus besteht das allabendliche Programm unserer Herbst-Winter-Veranstaltung im verspiegelten Glamour-Zirkuszelt vor den Toren Münchens, die dieses Jahr unter dem griffigen Slogan *Magic for Eternity* firmiert. Ein buntes Entertainment-Vergnügen, durch welches ich die Gäste im Stil einer Conférencieuse der 1920er-Jahre, der Goldenen Zwanziger, führe. In entsprechend prachtvollen Gewändern natürlich. Alles in allem sieben Kostümwechsel.

Mein Engagement bei Zieglers Palazzo Fantastico hält mich

sechs Abende die Woche in Atem, und das vier Monate am Stück.

Knochenjob und zugleich genau mein Ding.

Apropos Hans Ziegler. Du kennst unseren mediensüchtigen Starkoch ja sowieso, aus Kochsendungen, Radioshows und letztlich jeder Einbahnstraßen-Eröffnung, bei der einer eine Kamera draufhält. Unseren Südtiroler Gastro-Haudegen mit der typischen Physiognomie, die alle Vertreter indigener Bergvölker gemeinsam haben (Meran, Bozen, Brixen). Nämlich das kräftige, gewellte Haar, in Kombination mit dieser ausgeprägt unterentwickelten Kieferpartie samt fliehendem Kinn. Kurzum: obere Kopfhälfte Reinhold Messner, untere Kopfhälfte Donald Duck. Also das Beste aus beiden Welten. Aber wem sag ich das? Den Hans kennt ja letztlich jeder. An seinem Selbstdarstellungsbedürfnis vermochte auch sein inzwischen massiv fortgeschrittenes Alter, inklusive der unübersehbaren Leichenoptik, nicht das Geringste zu ändern. Mittlerweile aschfahl und wächsern wie ein Erschrecker aus der Geisterbahn, bleibt er eisern der Inbegriff von Der-is-ja-überall-wie-macht-er-das-nur.

Und nun rate mal, wen ich hier, im Scheinwerferlicht des Palazzo Fantastico, um kurz vor elf, als allerletzte Nummer des Abends ankündige, nachdem alle vier Gänge verspeist sind, sämtliche Artisten ihre Performance abgeliefert haben, ich meine launigen Zwischenmoderationen absolviert habe und das Publikum bereits satt und erschöpft in den Sitzen hängt? Wen ich also gerade als letzte Attraktion der Nacht ankündige? Als Rausschmeißer?

Genau. Den Meister höchstselbst. Den Hans-*alle-mal-hersehen*-Ziegler.

»Ladies and Gentlemen, meine Damen und Herren, alles Schöne neigt sich irgendwann dem Ende entgegen, unweigerlich und unwiderruflich«, salbadere ich im Fantasiekleid mit ein Meter hohem Pfauenfedernhut (Imitat). »Wir hoffen, Sie hatten einen bezaubernden Abend, der Ihnen auf ewig unvergesslich bleiben wird …« Dieser blumige Abspann ist übrigens gescriptet (aber nicht von mir). »Beehren Sie uns bald wieder, empfehlen Sie uns weiter. Und bis dahin …« Leise Hintergrundmusik setzt ein, ich zelebriere einen wehmütigen Augenaufschlag samt Kopfneigung nach schräg links. »… im Namen sämtlicher Künstler und Darbietenden, im Namen der Küche und natürlich auch unseres hervorragenden Servicepersonals …« Ich mache eine ausladende Gebärde, als würde ich Blütenblätter auf dem Boden verteilen, Zwischenapplaus. »… und aller sonstigen guten Seelen hinter den Kulissen, darf ich mich – nein, *muss* ich mich nun leider – von Ihnen verabschieden … aber nicht, bevor ich unseren Maestro auf die Bühne gebeten habe, den Gastgeber des heutigen magischen Festivals der Sinne, den weit über den Weißwurstäquator hinaus berühmten Tausendsassa und *Hans* Dampf in allen Gassen …« Diese Formulierung ist doch tatsächlich ein Lacher, jeden Abend aufs Neue, mir ein Rätsel. »… please welcome on stage – the one and only, unseren Zauberer und Gaumenvirtuosen … bitte einen tosenden Applaus für …« Ich dehne das *für* bis in unerträgliche Höhen. »… Hans … Ziegle-e-er! … Hans, bitte komm zu uns auf die Bühne!«

Ich drehe mich um, werfe beide Arme nach vorn, als wollte ich per Telekinese einen Vulkanausbruch herbeiführen. Beifall brandet auf, und dieser Beifall klingt beinahe dankbar. Die Leute sind immer derart entzückt, ein fernsehbekanntes Gesicht mal live zu erleben, es grenzt an ein Wunder. Der Ziegler Hans erscheint zwischen den beiden Stoffkanten des Bühnenvorhangs, seine miese Laune nur gerade so eben verbergend. Ein wahrer Menschenfeind vor dem Herrn, der Hans (getreu dem weitverbreiteten Showbusiness-Credo: *Ich hasse die Menschen, aber ich liebe mein Publikum*). Er trottet in seiner weißen Kochjacke und der dunkelblauen Hosenbieslerhose unwirsch zu mir in die Bühnenmitte, greift forsch nach dem Mikro, das ich ihm hinhalte, alles in allem mürrisch, grob und abgespannt, und doch scheint keiner der Gäste im Zelt seine Gefühlsgemengelage zu dechiffrieren. Aus irgendeinem Grund halten die Leute ihn keineswegs für den schroffen Egomanen, der er ist, sondern für einen grundsoliden Geradeaustypen mit dem *Herzen am rechten Fleck*. Einen Pfundskerl *zum Pferdestehlen*. Allen Ernstes halten sie Hans Ziegler für *einen von uns*.

Ihn. Ausgerechnet.

Einfach unfassbar.

Als würden die Zuschauer allesamt von einer gruseligen Abart von Zutraulichkeit heimgesucht. Aber mei. Nicht, dass es mich auch nur im Geringsten wundern würde, aber diese Asymmetrie in der Wahrnehmung von Promis entbehrt nicht einer gewissen Systematik. Weil, überleg mal: Peter MafXXX, Uli HoeXXX, Lena Meyer-LaXXXXX, XXXXXX Bohlen, XXRXX CXXXXX, XXXdi Klum, AleXXXder ZverXXX, SophXX ThomalXX – allesamt ausgemachte Unsympathen, aber die deutsche Volksseele scheint nach solchen Identifikationsfiguren förmlich zu dürsten. [Namen aufgrund extrem hoher Sensibilität unter Celebritys teilweise ausgeixt. Anm. d. Verf.*innen.]

In keinem anderen Land hätten diese fragwürdigen Bruchpiloten auch nur den Hauch einer Chance, zu Publikumslieblingen zu avancieren. In jedem anderen Land würden ihnen allerhöchstens Nebenrollen in Psychothrillern zugebilligt, wo sie das schwindlige Quadratarschloch von nebenan spielen dürften, das kurz vor der Ausweisung (nach Deutschland!) steht. Wenn überhaupt. Aber bei uns: Superstars.

Florian SilbeXXXXXX ist ja sooo nett und natürlich.

Na klar. So natürlich wie eine Kilotonne Schaumstoff.

Ach du grüne Neune! Entschuldige bitte! Jetzt ist mir schon wieder die Wahrheit rausgerutscht. Wie ein Nieserer. Ich weiß doch, immer wenn man die Wahrheit sagt, wirkt man seltsam. Ich nehm alles zurück. (Aber sicher.)

Entschuldigung.

Der Hans Ziegler klopft mit seinem Zeigefinger sinnloserweise zweimal auf die Mikrofonkapsel. Das macht er jeden Abend, einen Mike Check (Fachjargon für Mikrofontest), zwei furchtbare Plopplaute schallen durch das Spiegelzelt, bevor er, völlig gleichgültig gegenüber den überraschten Blicken des Publikums, mit genervtem Tiefschlafblick ansetzt: »Servus mitanand! Schee, dass'z da wart's.«

Salbungsvolle Worte, barsch serviert. Es ist angerichtet! Die Lustlosigkeit steht ihm ins Gesicht geschrieben. Es entsteht eine tödliche Pause. Immerhin gut dreihundert Augenpaare ruhen auf ihm und mir im Spotlight. Kommt da noch was, Hans? Cringe und spei. Ich lächle mütterlich, gebe alles. Kompensation. Er sagt *doch* noch was. Puh! »I hoff, eich hat's gschmeckt.«

Und das war's.

Boah, wirklich null Bock, der Hans. Ich stehe daneben und versuche, mit einem abartig überzeichneten Lächeln seine Lahmarschigkeit gegenzugewichten. Ich mein, ein paar Phrasen zur Publikumswürdigung hätte er sich nach gut hundert Jahren öffentlicher Auftritte doch aneignen können, der Hansi. So ein Grundrepertoire an Standardfloskeln.

Stattdessen bin ich schon beinah froh, dass er die Gäste

nicht noch anschreit, was das alles hier soll. Was sie auf seiner gottverdammten Veranstaltung überhaupt zu suchen haben …

Ich übernehme wieder, sage irgendwas Überleitendes, der Hans versucht sich währenddessen noch an einem halbherzigen Handzeichen, das aussieht, als würde der letzte Passagier auf der Titanic zum Untergang begleitend winken, bevor ihm ein Tontechniker eine Akustikgitarre reicht – denn jetzt kommt's. Playback ab.

Unter einem Licht reflektierenden Kristallkronleuchter, der von der Decke auf halbe Höhe herabgelassen wird, stimmt der Hans »What a Wonderful World« an, weil er nämlich in seiner Jugend mal in einer Tanzband gespielt hat und, wie gesagt, ein dermaßen großes Zurschaustellungsbedürfnis in sich trägt, dass er wohl Exhibitionist geworden wäre, hätte er nicht durch sein ausreichendes Kochtalent einen Ersatz fürs Hosenrunterlassen-im-Park gefunden.

(Also letztlich mir nicht unähnlich! Wie auch sämtlichen anderen Künstlern in dieser Show, die wir glauben, *nur wenn andere einen sehen, gibt es einen auch.*)

»I see trees of green, red roses too …« Jetzt wirst du fragen, singt er gut, der Hans? Nun, zumindest nicht schlecht.

Eigentlich sogar ziemlich geil. Vielleicht liegt's auch am Lied. Denn egal wie abgeschmackt die Nummer sein mag, die Melodie ist ein Klassiker, Punkt, und so abgenudelt sie wirkt und so wenig sie mein Ding ist, sie funktioniert! Und hey, schau, die Leute: begeistert. Fast tränenselig.

Nein, schlecht singen tut er wirklich nicht, der Zieglerhans. Herz hat das, was da aus seinem Mund kommt. Komisch, wirklich wahr. Da gibt's Granaten bei The Voice of Germany oder DSDS, mit einem haushohen Stimmumfang, bombigem Druck und mordsvariablen Phrasierungen, aber das Herzerl bleibt einem kalt. Anders beim Hans. *Ganz* anders beim Hans.

»The colors of the rainbow, so pretty in the sky …« Rührend, seine Performance. Kannst du nicht lernen.

Hat man oder hat man nicht.

Go, Hans, go.

Und das tut er auch. Als er fertig ist mit dem Song, zieht er sich den Gitarrengurt hurtig über den Kopf, reicht dem herbeieilenden Techniker die Gitarre, brummt »Dangschee, gä'!« ins Mikro und winkt der Meute zum Abschied, diesmal wie ein Offizier, der den Schießbefehl zur Exekution sämtlicher Anwesender erteilt. Und ratzfatz ist er auch schon wieder durch den Vorhangschlitz entschwunden.

Wir Zurückbleibenden sehen ihm verwundert nach, scheinen uns zu fragen, ob das alles gerade wirklich geschehen ist, und atmen nach einem Moment der Besinnung kollektiv durch, womit wir nicht nur in den Genuss der trockenen Klimaanlagenluft kommen, sondern auch die Brechreiz erregenden Küchendünste einsaugen, die ganz plötzlich hereinwehen.

Auch ich gehe von der Bühne ab. Die Leute bleiben noch sitzen, beginnen, sich zu unterhalten. Was keiner weiß, ist, dass der Hans längst schon in seiner S-Klasse hockt, mit der er immer erst ganz knapp vor seinem Auftritt *direkt* vor den Bühneneingang rauscht, nicht mal den Motor ausschaltet, kurz ins Zelt huscht, um seine Begrüßung und eben »What a Wonderful World« durchzuziehen, und, schwupps, in Windeseile wieder auf die Autobahn pest. Zum nächsten Termin.

That's show business. *So sympathisch, diese Showbusinessler …*

Während der Hans also bereits Kilometer frisst, durchquere ich erschöpft den Backstagebereich, vorbei an Küche,

Ausstattung, Pressebüro, Logistik und Warm-up-Bereich für die Artisten. Alle paar Meter hängt eine andere Wolke in der Luft, gegen die der Luftmix im Zelt beinahe angenehm war. Erstaunlich, wie viele Luftsorten es gibt. Vielleicht fällt mir das heute wegen meines verdorbenen Magens besonders auf, weshalb ich auch sofort in die Damentoilette abbiege und mich tüchtig in die Kloschüssel übergebe, wobei ich gekonnt mit der einen Hand den Kleidsaum anhebe, während ich mit der anderen Hand die Locken meiner Perücke vom Erbrochenen fernhalte, was mir ein noch größeres Bedürfnis ist, als mein Würgen zu unterdrücken. Schert hier sowieso keinen. Würdest du diese Ansammlung von Freaks und Skurrilmenschen hinter der Bühne näher kennen, all die Künstler, Showathleten und Illusionisten, diese ganzen schrägen und grellen Vögel eben – zu denen ich mich freimütig selbst zähle –, dann wüsstest du, was ich meine. Hier scheißt sich keiner was. Nach allem, was jeder der Beteiligten auf seinem individuellen Lebensweg an Absurditäten Schrägstrich Abwegigkeiten Schrägstrich Abartigkeiten bereits erlebt hat, ist eine kotzende Vikki Victoria so was wie *Grundschule erste Klasse.* Nicht der Rede wert.

Absurditäten/Abwegigkeiten/Abartigkeiten?

Ich weiß ein Liedchen davon zu singen.

Frisch entkotzt und mit sorgfältig gewaschenen Hantipatscherln schleppe ich mich hocherhobenen Hauptes durch den Gang, passiere den netten einbeinigen Lichtmischer Ronald mit dem Pfannengesicht (Platschare), den jeder immer Roland nennt, und nur drei Meter weiter ruft mir die bereits in ihre Pelzkragen-Daunenjacke eingemummelte Sissi »Du warst toll!« zu – Sissi, die Luftartistin mit der Hinterkopfschlinge. Meine logische Antwort lautet: »Und du erst!« Beide Komplimente sind natürlich völlig wertlos, aber nett gemeint. Ihres wie meines. Man darf nur nicht anfangen, Schmeicheleien für bare Münze zu nehmen. Wer Lob ernst nimmt, muss auch Kritik ernst nehmen, eine wenig verbreitete Uraltweisheit. Außerdem sag du mir mal, welche Instanz zur Beurteilung überhaupt relevant sein soll.

Die Süddeutsche?

Die Gala?

Sarah_Eijapopeija_Berlin von YouTube?

Oder Tante Ilse?

Zutreffendes bitte ankreuzen.

Einfach weitermachen, bevor dich zu viel Grübelei lahmlegt.

Mensch, is' mir schlecht.

Der Geruch backstage ist nicht besser geworden. Schließlich betrete ich mit letzter Kraft meine Garderobe, Übelkeit erschöpft einen einfach sondergleichen, und erschrecke mich furchtbar: An meinen Schminkspiegel gelehnt steht die Madame Marougé, wie immer komplett schwarz gekleidet. Als sie mich bemerkt, schaut sie von ihrem Handy auf.

»Ja hallo«, presse ich überrumpelt hervor und zwinge mir einen weltoffenen Ausdruck ins Gesicht, der verbergen soll, dass ich noch vor nicht mal dreihundert Sekunden meinen Kopf über eine Schüssel gehalten habe. Und dass es mich doch ein wenig überrascht, dass die Marougé es sich in meinem kleinen Kabuff bequem gemacht hat.

Ungewöhnlich, aber damit kann ich umgehen.

»Hey, Vikki. Sorry, dass ich dir hier auflauere. Ich muss mit dir reden«, sagt sie und legt eine Faust auf ihr Herz.

»Klar«, heuchle ich Bereitschaft, wo ich doch nur heim und ins Bett möchte. Die Madame Marougé ist eine wirklich gute und enge Bekannte von mir, die ich trotzdem nie *Freundin* nennen würde, weil sie eher so was wie eine mütterlich-kollegiale Leitfigur für mich darstellt. Wobei nicht mal das die richtige Bezeichnung ist.

Zum ersten Mal sind wir uns begegnet, als ich von ihr – nach meinem Umzug von Übertreibling nach München vor gut zwanzig Jahren – meinen ersten Gastro-Job im Szeneclub WunderBar zugeschanzt bekommen hab. Jung, naiv, bedürftig und dankbar, wie ich war, stellte es das Höchste für mich dar, in diesem Kernschmelztiegel der queeren und verqueren Regenbogenwelt Fuß fassen und mich in der großen fremden Stadt orientieren zu können.

Bis heute ist die Marougé Pächterin der WunderBar, und ich halte mittlerweile einige meiner eigenen Veranstaltungen dort ab, allen voran meine monatliche BunterHaufenParty.

In jeder Hinsicht hat mich die Madame Marougé von Anfang an unter ihre Fittiche genommen und gefördert, ohne mich dabei je zu nah an sich ranzulassen, was sowieso nicht ihrem Wesen entspricht. Gegenüber niemandem. Sie bevorzugt es, ein Mysterium zu bleiben. Die stille Fädenzieherin und Beobachterin im Hintergrund. Streng, aber gerecht gegenüber ihren Angestellten, merkt sie alles, sieht sie alles, lässt einem absolut nichts durchgehen, stellt sich jedoch bei Bedarf wie eine Löwin vor einen. Wobei man sich das jetzt auch nicht *zu* gefühlig vorstellen darf. Ist halt relativ. Sie ist schon eher eine *spröde* Löwin. Aber *Löwin* immerhin, zudem gesegnet mit hoher marktwirtschaftlicher Kompetenz. Man sagt ihr einen beinah unrealistischen Reichtum nach, der aber ebenso rätselhaft bleibt wie ihre Herkunft und ihr Alter.

Ich hatte nie auch nur einen Ansatzpunkt, Letzteres zu schätzen. Sie sieht noch genauso aus wie früher, aber sie war auch bereits älter, als ich noch in meinen Zwanzigern war. Durch einen Zufall habe ich erst neulich rausgefunden, dass sie mittlerweile Ende sechzig ist – und das hätte ich dann auch wieder nicht gedacht. *Gut in Schuss* über sie zu sagen, wäre ziemlich unverschämt, aber zutreffend.

So. Das ist die Madame Marougé. Und genau die steht nun in meiner kleinen Garderobe im rückwärtigen Anbautrakt des Palazzo-Fantastico-Spiegelzelts und sagt: »Gut gelaufen, die Show heute Abend, oder?«

»Ich glaub schon. War bei dir auch alles in Ordnung?« Das frage ich, weil sie das operative Geschäft der diesjährigen Palazzo-Spielsaison übernommen hat. Dem Hans Ziegler zum Gefallen. Dem ist sein Geschäftsführer ausgefallen. Streit, Differenzen (unüberwindbar), schlagartiger Hass, das-hätt-ich-nie-von-dir-gedacht-mäßig. Und an wen wendet man sich als überlasteter Promikoch, wenn man jemanden braucht, der sich mit Kalkulation, Personallogistik und Medienkoordination auskennt? An die Madame. Logisch. Die hat sich nun, für eine sicherlich fürstliche Entlohnung, der Organisationsarbeit des Palazzo angenommen.

Fahrig antwortet sie mir: »Jaja, läuft alles!«, weil sie offenbar gleich zum Punkt kommen möchte. Sehr gern.

Ich sage nichts dazu, nehme stattdessen meinen Pfauenwahnsinn vom Kopf und setze ihn auf einen Styroporkopf. »Was kann ich für dich tun?«, frage ich und lächle sanft, nur mit den Mundwinkeln, kaputt und aufgekratzt zugleich. Das Eigenartige an der Sache ist, dass sich die Madame Marougé normalerweise in tausend Jahren nicht dazu herablassen würde, mich in meiner Butze aufzusuchen, noch dazu direkt nach dem Auftritt.

»Ich hab eine ungewöhnliche Frage«, setzt sie an. Ahnte ich's doch. Sie sagt: »Weißt du, wo sich der Wolf aufhält? Ich hab ihn schon lang nicht mehr gesehen, müsste ihn aber sprechen.«

Mein Puls beschleunigt sich, und mein ganzer Körper steht

plötzlich unter Strom. Der Wolf? Was hat die Madame Marougé denn mit dem Wolf zu tun? Gerade in dieser prekären Phase? Heute, zwölf Tage nachdem ich mit ihm im Olympiaturm-Restaurant war und er sich anschließend auf die Flucht begeben hat: Wie kommt die Marougé dazu, *mich* nach *ihm* zu fragen?

Meines Wissens kennt sie ihn nur relativ oberflächlich, hat ihn höchstens mal in meinem Schlepptau irgendwo im Nachtleben gesehen. Flüchtig, im Vorbeigehen. Hi, Wie geht's, Super, Tschau.

Und ausgerechnet jetzt, kurz nach Wolfs katastrophenbedingtem Rückzug, kommt die Madame M darauf, sich im Palazzo-Backstage-Bereich nachts um elf *bei mir* nach seinem Verbleib zu erkundigen? Bei mir, der Geheimnisträgerin Nummer eins? (Es lastet schwer auf mir!)

Es raubt mir fast den Atem. Das alles ist nicht gut, nicht gut. Gar nicht gut.

»Jetzt erwischst du mich aber kalt, meine Liebe«, fasle ich und vermute, die Marougé versteht schon, dass ich verblüfft bin. Nein, ich bin mir sicher. »Ich bin jetzt auch, ganz, ähm, überrascht … dass du mich, ähm, nach dem Wolf fragst …«, plappere ich zwecks Zeitgewinn weiter. Nie und nimmer würde ich ihr oder sonst einer Menschenseele auch nur ein Sterbenswörtchen von Wolfs Verschwinden oder unserem Gespräch über die Intervention und den Mord verraten. Ich halte still. Für immer. Sonst schlaf ich bloß schlecht. Und ich schlaf auch so schon schlecht genug.

Reicht doch, dass *du* davon weißt.

Die Madame Marougé gibt sich betont locker, etwas zu locker, würde ich sagen, als sie meint: »Ja, oder? Lustig. Nein, ich müsste es nur wissen, weil ich ihn eben kontaktieren will … es wäre wirklich dringend.«

»Das ist jetzt a bisserl – ungünstig. Ich glaube nicht, dass ich …«

Die Marougé seufzt, legt das Handy beiseite, faltet die Hände wie zum Gebet und hält sie sich vors Gesicht. Offensichtlich ist sie noch angespannter als ich. Sie flüstert, ganz die Genervte *und* die Geduldige: »Sag's mir einfach. Vertrau mir!« Ach Gott, *vertrau mir!* Nach diesem Satz unterschreib ich ja grundsätzlich jeden Vertrag unbesehen.

»Warum erkundigst du dich denn nach dem Wolf, wenn ich fragen darf?«, erlaube ich mir nachzuhaken. Schon wieder Zeitgewinn. Sie wird's mir eh nicht sagen.

Sie macht einen langsamen Schritt auf mich zu und funkelt mich etwas abschätzig an: »Nicht falsch verstehen, Vikki« – gut, dass sie's dazusagt –, »aber das ist privat!«

Ich muss hüsteln. Ungewollt. Kein pikiertes Gehabe. Ich schwöre. Nein, es ist vor allem die Art, in der sie *privat* gesagt hat. Es hat etwas Verletzendes, und vielleicht soll es das auch haben. Komisch. Die M vernachlässigt ihre Deckung. Sonst stets kühl und undurchschaubar bis zur Polemik, wird sie hier fast schon forsch. Ausnahmezustand. Eindeutig. Oder sie hat heute einfach auf der falschen Schulter geschlafen.

»Ich kann dir wirklich nichts zu Wolfs Verbleib verraten. Ist ebenfalls *privat*«, hauche ich. »Du, und wie käm ich denn dazu. Ich weiß ja nicht mal, ob er dich ausreichend kennt, als dass ich dir irgendwelche Daten von ihm weiterreichen dürfte oder auch bloß seine Handynummer.« Es bleibt dabei, nicht nur, weil ich dem Wolf gegenüber zu absoluter Verschwiegenheit verpflichtet bin, nein, entscheidend ist doch, dass ich wirklich von keinerlei nennenswerter Connection zwischen der Madame und dem Wolf wüsste. Weder hat er *sie* je mir gegenüber erwähnt noch sie *ihn*.

Die Marougé grinst höhnisch, vielleicht auch mitleidig?

»Seine Handynummer, die hab ich, keine Sorge, Vikkilein. Und ansonsten: Er kennt mich ausreichend gut, glaub mir's.« Sie lacht in einem kurzen Stoß heraus und zieht ihre Augenbrauen hoch, um zu signalisieren, dass sie es nur gut mit mir meint.

Ich nicke stur: »Tut mir leid, dass ich dir da vermutlich nicht weiterhelfen kann.«

Mit einem scharfen »Sch!« bedeutet sie mir zu schweigen, und plötzlich kippt die Stimmung. Unmöglich zu sagen, was der Auslöser ist, außer einem gerissenen Geduldsfaden. Sie meint, sie verstehe mich schon, aber: »Wir haben keine Zeit für solchen Unsinn. Keine Zeit für Aufschub! Es ist ernst!« Sie kommt auf mich zu, ich denke mir *Untersteh dich*, packt mich an den Schultern und drückt mich viel zu fest mit dem Rücken an die Wand, direkt neben der Tür.

»Also? Ich höre!«, raunzt sie mich an, unsere Gesichter keine zwanzig Zentimeter voneinander entfernt. Wie Ende sechzig wirkt sie wahrlich nicht. »Was weißt du über Wolfs Verbleib?« Sie schnaubt entschlossen. Ich bewege mich nicht, klemme unverändert steif in Madame Marougés Griff. Falls noch eine Chance bestanden hätte, ihres und mein Verhältnis irgendwie zu retten, dann hat die MM sie mit dieser Schraubstockmasche zunichtegemacht.

Die ist für mich gestorben.

Sie funkelt mich an: »Ich werde dich nicht noch einmal fra…«, und just in diesem Moment öffnet sich direkt neben uns die Tür, gleich nach einem Anklopfen. Wir sind beide ganz verdutzt, weil es der Dramatik so unangemessen erscheint. Kommt da ganz profan jemand rein!

»'tschuldigung … 'tschuldigung, prima, da bist du ja! Ahm, Marougé, ich bräuchte mal eben …«, spuckt die Barbara Kuschmelka heraus, das ist die Büroassistentin von der Marougé und Vierzehnte beim Monika-Gruber-Ähnlichkeitswettbewerb. Die Barbara stockt, als sie die Situation erfasst und die M und mich im Clinch direkt neben sich an der Tür stehen sieht: »Oh!«, oht sie. Wir drei: eine Achse eng aneinander befindlicher Gesichter. Das dreiköpfige Kuschmelka-Marougé-Victoria-Monster in einer Miniumkleide in Riem. Diese Art von Gruppennähe – muss man aufgelegt für sein.

»Verzeihung, das wollt ich nicht ...« Die Barbara klingt so pikiert, als hätte sie uns beim Küssen erwischt. Oder Schlimmerem. Aus keinem bestimmten Grund kommt mir in den Sinn, dass die Barbara immer erzählt, wie irrsinnig gerne sie reist. Passt! Je langweiliger ein Mensch, desto größer seine Reisefreudigkeit.

»Ich wollte nur ...«, setzt die liebe Barbara Kuschmelka fix nach, noch bevor die Madame ihr »Ich komm gleich« zuschimpft.

»Äh, alles klar, entschuldi...«

»Abgang!«, herrscht die Madame in ihre Richtung. Die Tür geht von außen wieder zu, und übergangslos zischt mich die Marougé an: »Du verstehst nicht, Vikki! Das hier ist kein Spaß. Ich frage dich zum letzten Mal: Wo ist der Wolf?«

Sie riecht nach nichts, die gute Madame Marougé, denke ich mir, während sie mich aus ihren zusammengekniffenen schwarzen Augen anstarrt, und ich muss kein Analysediplom im Schraube-locker-Studiengang Angewandte Psychologie absolviert haben, um mir sicher sein zu können, dass der Auslöser für ihr Verhalten Angst ist, Todesangst. Ihr rechter Ellenbogen verharrt bombenfest auf meinem Schlüsselbein, als hätte er sich losgelöst von jeglichen Hirnbefehlen und erfüllte nun selbstständig die Aufgabe, die Gefangene (mich) unentrinnbar zu fixieren.

Nach wie vor erlaube ich mir, ihr nicht zu antworten, und

sage stattdessen: »Lass los. Is' ja lächerlich.« Weil: Nase gestrichen voll. Und dann drücke ich ihr, die genau wie ich ebenfalls über eins achtzig ist, mit meiner rechten Hand die Wange zur Seite, und noch bevor es in ihrer Wirbelsäule ratsch machen könnte, lässt sie von mir ab.

Na also.

Sie strauchelt rückwärts, fängt sich bemüht lässig, justiert ihren Kopf mit kleinen Bewegungen nach rechts und links, als wolle sie ihren Nacken wieder einrenken. Die Augen kurz geschlossen.

Mag sein, dass ich etwas ruppiger war, als ich's gerade beschrieben habe.

Ich frage die Marougé: »Magst du mir jetzt vielleicht sagen, was Sache ist?«, und gebiete ihr mit einer Geste, mir fortan besser vom Leib zu bleiben. Sonst!

Keine Antwort. Erst mal. Dafür massiert sie ihren Oberarm.

Jetzt wirst du vielleicht sagen, ach, wie nett, schau an, die Vikki, die kann auch anders. Des is' ja a rechte Giftnudel.

Aber da muss ich doch gleich mal insistieren, weil, also, dein Mitgefühl mit der Madame Marougé in allen Ehren, wirklich herzzerreißend, aber, ich meine, wer hat denn angefangen?

Ich richte mir die Haare, schnaufe durch.

Ich möchte gar nicht wissen, was du jetzt für einen Eindruck von mir hast.

6

Das hat sie nicht gerade gesagt!

Das ist doch gelogen!

Ist das wahr?

Jetzt glab' i's aber!

»Soll das ein Witz sein?«, krächze ich, und bei mir fällt der Groschen. Die Madame Marougé hat soeben mit einer Erklärung aufgewartet, warum sie derart vehement nach dem Wolf sucht.

Ich, naiv, wie ich bin, hatte weiterhin darauf bestanden, dass sie ihn nicht gut genug kennen würde, als dass ich ihr auch nur irgendetwas über seinen derzeitigen Verbleib andeuten dürfte. Woraufhin sie mich schachmatt gesetzt hat mit den Worten: »Der Wolf und ich, wir schlafen seit zwei Jahren regelmäßig miteinander.«

Rumms.

Das hat gesessen.

Wohlgemerkt, sie hat nicht gesagt: *Der Wolf und ich, wir haben eine Affäre* oder: *Er und ich, wir stehen uns sehr nah* oder irgend so was.

Vielmehr knallt mir die Marougé, ihres Zeichens ach so geheimnisumwobene und unnahbare Szeneclub-Betreiberin, ganz nüchtern vor den Latz, dass sie mit meinem Ex und besten Freund Wolf Wolff aus München-Sendling, den ich in- und auswendig zu kennen meinte, seit geraumer Zeit rumsexelt.

»Der Wolf und ich, wir schlafen seit zwei Jahren regelmäßig miteinander.« Aha.

Tatbestand, Tatdauer, Tathäufigkeit, friss oder stirb.

Mit mir kann man's ja machen. Wohl deshalb hab ich so aus dem Affekt heraus geätzt: »Soll das ein Witz sein?« Ist natürlich enorm beleidigend. Als ob was dabei wär. Und verboten ist es auch nicht, des wüsst ich. Aber mei.

Sogleich drossle ich meine Bestürzung und lege ein gouvernantenhaftes »Soso, ihr schlaft miteinander, schön!« nach. Mir ist schwindlig. Es ist, als hätte sich die Erdachse verschoben.

Du, ich wusste doch, dass der Wolf ein sexueller Allesesser ist, und ich hatte auch eine mehr oder weniger deutliche Ahnung von seinem Frauenverschleiß. In Bezug aufs Fleischliche hat der Wolf mit seinen siebenundvierzig Jahren eben immer noch was von einem Halbwüchsigen. Damit gleicht er beinah allen anderen Switch Bladeslern bis aufs i-Tüpfelchen.

Du würdest dich wundern, was für eine breit gefächerte weibliche Klientel es in dieser Stadt und auf einschlägigen Datingportalen gibt, die genau diese Bad-Boy-Biker-aber-dennoch-kein-Vollproll-Männerexemplare bevorzugt und gar nicht genug davon kriegen kann. Was sich schon allein deshalb gut trifft, weil der Wolf auch nie genug kriegt. Anscheinend nicht einmal von der fast Siebzigjährigen(!) im schwarzen Wallegewand, die neben mir auf dem Hocker thront.

Die Madame Marougé und ich, wir sitzen an der vereinsamten Bar im Eingangsbereich des Palazzo Fantastico, bereit zum klärenden Plausch. Ich bin also ganz offensichtlich nicht nachtragend. (Kann man so aber eigentlich auch nicht direkt sagen.)

Es ist Mitternacht. Die dreihundert Gäste sind inzwischen alle abgezischt – worden. Die Marougé zieht ihren zweiten Cocktail weg wie noch mal was. Beim Trinken ertrunken. Ich hab sie noch nie über die Maßen Alkohol konsumieren sehen. Kontrollverlust ist eigentlich nicht ihr Ding. Die Lage, in der sie sich befindet, muss wirklich zappenduster sein.

»Trifft es dich?«, fragt die wuschige Madame.

»Dass du was mit dem Wolf hast?« Ich tue erstaunt, sie nickt.

»Ach«, mache ich eine wegwerfende Handbewegung, sage dann aber: »Ein klein wenig überrascht bin ich schon«, und deute es ihr mit Daumen und Zeigefinger an. Die Marougé weiß, dass wir vor Ewigkeiten mal zusammen waren. Und da sie über einiges an Menschenkenntnis verfügt – was nichts weiter heißt, als sich selbst ausreichend gut zu kennen und das eigene Empfinden unverfälscht auf andere zu projizieren –, erahnt sie meine Gedanken wohl. Ich mein, *du* tust das ja auch, oder? Was würdest du dir denn an meiner Stelle denken, wenn dir gesagt wird, dein Verflossener mittleren Alters hat was mit jemandem jenseits des Renteneintrittsalters? Schon klar, ist ja nichts dabei (gleich mal vorsorglich relativieren, wegen Hasskommentaren), aber so eine Information entfacht in einem halt doch ein klitzekleines Gedankerl mehr als sonst.

Wenn der Wolf nämlich auf so was Exotisches wie die Marougé steht, war dann seinerzeit ich, mit meiner mindestens ebenso exotischen Normabweichung, gerade *deswegen* als Partnerin prädestiniert für ihn? Braucht er immer einen Twist, einen kleinen Kick, eine ganz spezielle, abseitige Anziehungskraft? Ist er *so* veranlagt? Hogofogo?

Sieht ganz danach aus.

Welche Art von Männern krieg ich denn bloß immer ab?

Hach, ich sage dir, ich könnte sie beim besten Willen nicht alle über einen Kamm scheren.

Ich nippe an meinem überzuckerten Früchtetee, Magentee gibt's an der Bar des Spiegelzelts ja nicht. Die Hagebutten-Papaya-Mischung schmeckt so, wie die abgestandene Luft hier drinnen riecht. Statt Erdnüssen hat sich die Madame Marougé einen Bratpaprikateller hinstellen lassen, diese grünen Zapfen. Ihr angestammter Sonderwunsch. Eigenart oder Abart, du entscheidest.

Mit Teegeschmack im Mund trillere ich der Marougé entgegen: »Erinnerst du dich, dass du mal zu mir gesagt hast: *Wenn du einem Mann was Schlechtes wünschen willst, wünsch ihm eine jüngere Frau?* Interessant, dass gerade du dir nun einen …«

»Mein Gott, der Wolf und ich, wir vögeln nur miteinander, keine große Sache«, raspelt sie patzig. Sie, die GILF. Is' ja gut. Ich glaube, wir haben das Thema erschöpfend behandelt. Entschuldigung. Muss man halt auch erst schlucken.

Um elegant aufs Wesentliche überzulenken, frage ich: »Aus welchem Grund suchst du also so verzweifelt nach dem Wolf, dass du mich in meiner Garderobe sogar … *an-rempelst*?« Jetzt fang ich schon selber an, beim Sprechen Anführungszeichen mit den Fingern zu setzen, was wirklich unausstehlich ist. *Tätlich angegriffen* hat sie mich, die Madame Marougé, und zwar ganz ohne Anführungszeichen.

Auf einmal ist sie wie ausgewechselt und schaut sich im Foyer um: leer; schaut, wo der Barkeeper steckt: beim Abwasch, außer Hörweite. Sie rutscht auf ihrem Hocker ein Stück näher zu mir heran: »Gestern Nacht, während der Show, ist bei mir zu Hause eingebrochen worden …«

Oho. Kein Rumgegurke mehr? Bei ihr wurde eingebrochen, sieh an. Eine bemerkenswerte Offenbarung. Es geht nämlich schon mal so los, dass niemand in unserem Umfeld überhaupt weiß, wo die Marougé eigentlich wohnt. Darauf hat sie immer Wert gelegt.

»Die Einbrecher haben anscheinend angenommen, mich gestern Abend daheim vorzufinden. Dabei war ich hier, am Arbeiten«, erklärt sie, im ersten Überschwang ihrer Freimütigkeit fast rau. »Vermutlich wussten sie noch nichts von meinem neuen Job im Palazzo ... weil ich doch ganz kurzfristig für den Dabrowski übernommen hab, weißt ja eh.«

Ich hebe bestätigend die Schultern. Die linke tut noch weh von ihrem Schraubstockgriff. Dafür ist mir jetzt nur noch halb schlecht, vom Magen her. Irgendwas is' immer.

»Es ist so, dass ich jahrelang meinen bettlägerigen Vater versorgt habe. Er hat bei mir gelebt. Höchste Pflegestufe«, sagt die Madame. Die haut ja einen Knaller nach dem anderen raus. Niemand in ihrem beruflichen Kosmos hat jemals von ihren Familienverhältnissen, geschweige denn von ihrem Vater gehört, soweit ich weiß. Er müsste knapp ... hundert sein?

»Er war halbseitig gelähmt, Schlaganfall, hilflos, klassischer Verlauf.« Wieso spricht sie in der Vergangenheitsform von ihm?

Sie zieht eine angewiderte Grimasse: »Die Einbrecher haben ihn skrupellos abgeschlachtet.«

Schweigen. In meinem Gesicht dürfte sich das blanke Entsetzen abbilden.

»Entweder hatten sie das eigentlich mit mir vor, und es ist zu einer Kurzschlusshandlung gekommen, als sie lediglich meinen Vater in der Wohnung vorgefunden haben«, brummt die Marougé, aber ohne innere Überzeugung, »oder sie wollten mir eine Warnung zukommen lassen, eine unmissverständliche Drohung. Denn Geld, Wertsachen, Unterlagen, nichts davon wurde entwendet. Sie haben nicht mal pro forma Unordnung im Haus gemacht. Mit ihrem Gemetzel haben sie meiner Meinung nach ein Zeichen gesetzt, dass ich als Nächstes dran bin.«

Ich stottere: »W-w-was?«

Die Marougé klingt aufgebracht, aber absurderweise auch sachlich: »Das Täterpack hat eine unglaubliche Sauerei veranstaltet. Sie haben meinem Vater anatomisch fachkundig die Kehle aufgeschnitten. Woraufhin er innerlich elendig verblutet ist. Er lag in seinem Bett förmlich wie in einem Blutbad.«

Meine Güte! Schlimm. Davon hab ich schon mal gehört. Die Opfer halten sich ihren aufgeschlitzten Hals zu, um den Blutverlust zu stoppen, dabei fließt ein Großteil des Blutes in den Körper hinein, und sie verbluten von innen, wobei immer noch genug nach außen gepumpt wird, um ihren Irrtum zu bekräftigen. Aber mal angenommen, man wüsste als Verletzter, dass das Schlagadern-Abdrücken rein gar nichts bringt, ich meine, das macht die Sache auch nicht besser.

Manchmal hilft einem sein ganzes Wissen rein gar nichts. Das dicke Ende kommt so oder so.

Toi, toi, toi.

»Und nach der Katastrophe gestern Nacht schlägst du heute wieder hier im Laden auf und machst deinen Job, ganz normal, als ob nichts gewesen wäre?«, frage ich kurzatmig.

»Hilft ja alles nichts«, wiegelt die M brüsk ab. »Ich bin schon wieder auf dem Damm. Muss ich auch sein. Wir Selbstständigen können doch gar nicht anders. Nix blaumachen, Auszeit wegen Tod. Du weißt doch: eigener Chef, eigener Sklave. Außerdem … ich meine, ich kann unmöglich zu Hause bleiben. Die Hetzjagd ist eröffnet. Ich kann nicht mehr heim … Die kommen wieder.«

Aber wer sollen *die* denn sein?, schießt mir durch den Kopf.

Mannomann, dieser Kopf. Für mich klingt das alles bisher etwas arg vereinfacht, ein einziger Graubereich, weshalb ich erst mal Ordnung zu schaffen versuche, indem ich frage: »Und die Polizei?«

»Ja, genau.« Sie lacht auf. »Die Polente! Vergiss die. Was sollen die denn ausrichten, außer der Dokumentation des Delikts? Die wissen ja nicht, wer dahintersteckt … und *ich* werde es ihnen ganz sicher nicht verraten. Ihnen nicht und niemandem sonst.«

Ich denke mir, offensichtlich sind uns beiden zumindest unsere Vorbehalte gegenüber der Polizei gemeinsam. Das ist doch schon mal was. Zumal nach unserem Zoff, der uns für immer einander entfremden wird.

Nach einer weiteren Pause haucht die Madame zögerlich: »Was mich zum eigentlichen Thema bringt!«

Ich schaue ihr direkt ins Gesicht. Da ist sie wieder, ihre Panik von vorhin, als sie mir in der Garderobe mit allen Mitteln Wolfs Aufenthaltsort entlocken wollte. Fahrig setzt sie das Glas an ihre ungeschminkten Lippen und nimmt den letzten Schluck ihrer Piña Colada. Retrodrink.

(Hat sie die Polizei vorhin ernsthaft Polente genannt? Ewig nicht mehr gehört. Retrowort. Kategorie: *Flotte Biene*. Kategorie: *Futschikato*.)

Sie sagt: »Entschuldige mein Verhalten gerade eben in deiner Garderobe. Ich stehe unter Druck und bin ganz auf mich allein gestellt.« Erneut sieht sie sich im Foyer um, als wolle sie sich vergewissern, dass niemand mithört. Es ist hell erleuchtet hier drinnen, wie in einem überdimensionierten Solarium. Die Putzkolonne ist längst angerückt. Von unserem Platz an der Bar aus können wir die Damen und Herren von DIE PUTZIS | MUNICH CLEANTEAM in der Manege werkeln hören.

Die Madame umschließt emotional meine Hand, offen wie nie, nah wie nie, aber hey, vielleicht zieht sie auch eine Show ab. »Ich habe dir verraten, was ich verraten kann. Mehr geht nicht. Jetzt musst du mir sagen, wo ich den Wolf finde, hörst du?« Sie lässt mich wieder los und blickt mir eindringlich in die Augen: »Ich *muss* mit ihm sprechen. Aber sein Handy ist aus, sein Antiquitätenladen ist geschlossen, E-Mail, Textnachrichten, nichts, ich kriege keinen Kontakt. Es ist, als hätte er sich in Luft aufgelöst.«

»Hab ich auch mitbekommen«, bestätige ich. »Aber was macht dich so sicher, dass ausgerechnet ich weiß, wo er sich aufhält?«

»Wenn es jemand weiß, dann du«, sagt sie, doch es klingt nicht überzeugend. Sie stochert auch nur im Nebel.

»Es tut mir leid, aber es bleibt dabei: Ich habe keine Ahnung, wo er ist.« Das ist nicht mal eine Lüge. Und dann kommt mir eine Idee. Nennen wir es Eingebung. »Du bist der Grund für sein Verschwinden, stimmt's?« Na gut, so eine Mördereingebung war das nun auch wieder nicht.

Die MM tut ungehalten. Schaut mich an und sagt nichts. Ich hole tief Luft: »Das alles hat mit der letzten Intervention zu tun, die die Switch Blades durchgeführt haben, hab ich recht?«

Die Madame senkt in vorgeblicher Ahnungslosigkeit die Augen. Leider eine kluge Taktik, wie ich gleich merken werde.

»Hast *du* sie in dieses ominöse Zuchtlabor geschickt?«, platzt es überraschend heftig aus mir heraus.

»Du weißt also Bescheid!«, haucht die Marougé lasziv und schmunzelt. Diabolisch. Erwischtmäßig.

Ietsch. Quietsch. Halt, Stopp. Ich ziehe die Notbremse. Shit. Ich hab wohl zu viel verraten. Wobei. Nur weil ich Näheres von der Intervention weiß, muss ich nicht auch gleich Wolfs derzeitigen Aufenthaltsort kennen … aber trotzdem, hilft nichts, ich fühle mich, als hätte ich mich verplappert.

»Der Wolf war direkt nach der Intervention wie vom Erdboden verschluckt«, greift die Marougé den Faden auf. »Für mich zumindest. Ich habe seitdem nichts mehr von ihm gehört. Du aber anscheinend schon! Vikki, dann weißt du auch noch mehr. Viel mehr. Erzähl mir, was du …« Mir kommt in den Sinn, dass die Marougé wohl auch von Wolfs Mord keine Kenntnis haben kann, wenn es stimmt, dass sie nach der Intervention keinen Kontakt mehr mit ihm hatte. Alles ziemlich kompliziert, in diesem Spiel mit so vielen Unbekannten.

Ich unterbreche sie, bohre nach: »Noch mal: Hast *du* die Blades-Jungs dorthin geschickt, um nach dem Rechten zu sehen? Nach irgendwelchen misshandelten Tieren?« Augenblicklich kippe ich wieder in dasselbe schreckliche Paralleluniversum, in dem ich mich befand, als mir der Wolf im Olympiaturm-Restaurant von dem Kellerschacht mit den Käfigen und den hilflosen Kreaturen erzählt hat. Ich frage die Marougé: »Warst du die Hinweisgeberin?«

»Versuch nicht, den Spieß umzudrehen«, spuckt sie mir entgegen.

»Mach jetzt bitte nicht auf *Ich hab zuerst gefragt*. Darum geht's hier nicht«, nörgle ich. »Unser Spiel wird auch nicht auf die *Du sagst mir dies, dafür verrate ich dir das*-Tour funktionieren.«

»Wie denn dann?«

»Ich sag mal so: Wenn dein Verhältnis zu dem Mann, mit dem du *seit zwei Jahren regelmäßig schläfst* – Zitat! – so astrein wäre, hätte der Wolf vor seinem Verschwinden doch wohl noch mal Kontakt zu dir aufgenommen, meinst du nicht?«, schulmeistere ich, völlig zu Recht, wie ich finde. Ich kenne doch Marougés wahre Rolle in diesem verworrenen Geflecht gar nicht. Wer ist sie inzwischen für den Wolf?

Freund, Feind, Mittelsfrau, Bumsi?

Oder: Freund*in, Feind:in, Mittelsmännin, Bumsin? (Zum letzten Mal gegendert, zur Sicherheit, nur für die woke Minderheit da draußen, die unsere Leitkultur prägt. Jetzt ist aber gut.)

»Wenn du meinst«, antwortet die Marougé pomadig, wieder wie rückverwandelt von der Kampfamazone zur Grande Dame. Ihr wird deutlich, wie aussichtslos es ist, aus mir etwas herauszubekommen, was ich auch daran erkenne, dass sie ihr Kleid an der Hüfte rafft und schön langsam zum Gehen ansetzt. Sie hat nur drei Paprikas gegessen.

»Mirko, gute Nacht!«, ruft sie unserem Barkeeper zu, die Sorte Mensch, die man nach jeder Begegnung sofort wieder aus dem Gedächtnis streicht.

»Gehen wir?«, muffelt die Marougé in meine Richtung, das letzte Wort in Sachen Wolf scheint noch nicht gesprochen.

»Klar«, willige ich ein, als ob unser Abgang nicht schon beschlossene Sache wäre. Barmann Mirko verabschiedet uns, indem er zwei Finger an seine Stirn hält, als wäre sie eine Hutkrempe. Was mir irgendwie gefällt. Grad, dass er nicht noch »Ladies!« zischelt, unser charismaloser Zampano, über den die deftige Ivana, eine der Trampolinartistinnen vom letzten Jahr, stolz gesagt hat, sie habe ihm mal abends nach ihrem Auftritt im Aufwärmraum »das Hirn rausgefickt«. Ihm? Dem Mirko Schmirko? Das Hirn rausficken? Na, danke schön. Das dauert keine zwölf Sekunden.

Die Marougé, die Unergründliche, und ich, wir laufen zurück in den Backstagebereich, ich muss mich eh noch umziehen. Ich seh ja immer noch aus wie Madame Pompadour.

Wir tippeln vorbei an zwei Spargelstechern vom DIE

PUTZIS | MUNICH CLEANTEAM, die gerade die Bodenleisten reinigen, als die Marougé mit geradeaus gerichtetem Blick sagt: »Ich muss den Wolf warnen. Unbedingt. Wir reden hier über eine Gefahr von erheblicher Größenordnung. Es hat sich alles anders entwickelt, als ich angenommen habe. Vikki, du musst mir nicht glauben, dass es ernst ist. Du musst mir nicht mal glauben, dass ich nur Wolfs Bestes will.« Sie wirkt gekränkt. Oder berechnend. Sprache ist Lüge, Sprache ist Wahrheit. Vielleicht ist die Madame eine Doppelagentin und will den Wolf den Wölfen zum Fraß vorwerfen. Könnte doch sein! Für so eine fadenscheinige Scheiße wie die, die sie mit mir in der Umkleide abgezogen hat, nur um mir anschließend bruchstückweise Infos zuzuwerfen, Kraut und Rüben, also für so eine Vollverarsche – such dir jemand anderen, Marougé.

»Wenn du mir nichts über Wolfs Verbleib verraten willst oder darfst, dann informiere ihn einfach darüber, dass er sich bei mir melden muss, sonst wird das alles übel ausgehen … Wobei, übel ist noch untertrieben.« Die Marougé klingt jetzt beinah geknickt.

Ich gehe in mich, um zu eruieren, was als Nächstes zu tun ist. Ich habe ja wirklich keinen Schimmer, wo der Wolf steckt. Vor lauter mustergültiger Geheimniskrämerei vergesse ich sogar dauernd mein eigenes Unwissen.

»Sollte ich ihn treffen, werd ich's ihm ausrichten, Marougé, in Ordnung?«, antworte ich so diplomatisch wie möglich. »Nur für den Fall: Was genau soll ich ihm denn sagen? Soll er aus seinem Versteck kommen, um dich zu beschützen?« (Oder zu vögeln?)

»Mich! Sich selbst! *Anything!*«, schnauzt die Marougé, genervt von meinem Sarkasmus. Oh, und sogar auf Englisch genervt.

Ich antworte: »Verkehe!« Jetzt verhaspel ich mich schon. »Verstehe«, korrigiere ich mich. Auch längst wurscht.

Es ist fast Mitternacht, als die Marougé in ihrem Büro verschwindet, um ihre Sachen zu holen, und ich zwei Türen weiter in meine Garderobe husche, um mich heimfahrfertig zu machen.

Ich muss nicht erwähnen, dass die Marougé, kurz bevor sie in ihren Raum abgetaucht ist, noch gespenstisch geraunt hat: »Wenn du den Wolf nicht findest, Vikki: Dann finden *die* ihn!«

Ich nicke kopfschüttelnd, nur für mich, so in Jaja-is'-schorecht-Manier, obwohl's mir einen Schauer über die Haut jagt.

Wer sind denn *die*? Immer wieder *die! Die!* Wer soll das sein?

Ist der Wolf tatsächlich warnungsbedürftig, oder ist das hier bloß eine Luftnummer?

Muss ich wirklich wieder jemanden retten? Vor Bösem bewahren?

Nicht *schon* wieder! Bitte!

Außerdem frage ich mich, wenn alles so schlimm ist, wie die Marougé sagt, ob sie es dem Wolf womöglich bald gleichtut und selbst die Biege macht, also untertaucht.

Flexibel genug wäre sie. Sie ist Fische-Frau. Also wendig, flink, eine Erledigerin. Der muss man auch nichts zweimal sagen, da geht alles wie von Zauberhand. Aber schon auch oberflächlich. Fisch halt.

Wie gut, dass ich auf Sternzeichen nichts gebe. Typisch Steinbock eben.

Wie bitte? Was meinst? Ich red jetzt aber einen ganz schön verwirrten Schmarrn daher?

Wem sagst du das!

7

Der alte Trottel räuspert sich auf widerliche Weise und gurgelt: »Ich hab hier mal einen Rohschnitt unseres bisherigen Materials angefertigt.«

Mario Sulfak schluckt seinen Mundvoll Red Bull runter und schmatzt: »Cool! Lass seh'n!« Er klingt freundlich, kann man nix sagen, obwohl es erst morgens um neun ist, was für eine unsoziale Tageszeit.

Er sitzt neben Kessler vor dessen Schreibtisch, auf dem zwei Bildschirme stehen. An diesem Workplace pfuscht Kessler wohl seine und Marios iPhone-Videoaufnahmen zusammen, aus denen in ferner Zukunft mal diese obskure Streamflexx-Doku werden soll. Mario weiß gar nicht, ob er freudig gespannt ist, vorab was zu sehen zu bekommen, oder ob er sich davor fürchtet, dass ihn gleich ein amateurhafter Schmotz erwartet.

Kessler drückt Play, und – wow! Gleich die erste Einstellung zeigt den röchelnden Greis in seinem Eigenblutbad auf der rot verschmierten Matratze, in jener Nacht vor drei, vier, keine Ahnung, fünf Tagen, in diesem düsteren Haus in Trudering, das sie stundenlang observiert haben. Allein die Bildqualität, die Auflösung, die autokorrigierte Einstellung, es sieht gigantisch aus. Genau das sagt Mario dem lächelnd auf den Bildschirm starrenden Kessler auch.

Der stoppt das Video, um ganz bescheiden zu antworten: »Ich hab ein paar spezielle Tools für die Bild- und Tonbearbeitung verwendet, die das Material hochrechnen. Sieht gleich teurer aus, oder? Universal-Studios-like … Hat mir Streamflexx für meine ersten Materialsichtungen zur Verfügung gestellt.«

»Hey, Mann, aber man muss auch damit umgehen können«, lobt Mario überschwänglich. Na ja, er will nett sein. Die Files durch die Enhancer zu jagen, ist jetzt auch kein Hexenwerk. Aber schau, wie der Kessler sich freut. Armselig eitel, diese Männer von gestern.

Aus seiner enormen Erleichterung heraus fügt Mario noch hinzu: »Echt Respekt, sieht extremst nice aus.«

Kessler lässt das Video weiterlaufen, mit vor Konzentration immer wieder herausschießender Zungenspitze. Das mit Kesslers Zungenspitze kennt Mario noch von früher.

Er verfolgt die Bilder auf dem rechten Screen, begutachtet die Schwenks durchs Haus, es folgt ein Cut auf den Beinahe-Leichnam, richtig gruselig. Wie ein Hollywood-Horrormovie, ehrlich wahr. Einfach mal jemandem beim Sterben zusehen. Eigentlich darf man gar nicht darüber nachdenken … Es folgt eine Außenaufnahme mit Blick auf das Truderinger Haus bei Nacht. Das müssen sie von Marios Toyota aus gefilmt haben. Ja, genau. Dann ein unvermittelter Szenenwechsel, ganz was anderes, plötzlicher Sonnenschein, eine Gegenlichtaufnahme. War wohl noch im Sommer. Man sieht die Rückansicht einer Horde eigenartig gekleideter Hünen mit Lederjacken, die geschlossen auf ein nicht sichtbares Ziel zumarschieren. Auf ihren Kutten prangt ein martialisches Symbol, unter dem irgendwas mit Stitch und Blends geschrieben steht, auf die Schnelle kann Mario das nicht genau entziffern, denn Kessler drückt jäh auf Stopp. Der Film hält an. Wobei das verzerrte Standbild nun auf einem mittig abgebildeten Jackenrücken verharrt, auf dem – ja, jetzt erkennt man's – »Switch Blades« steht. Vielleicht ist das so was wie Guns n' Roses oder AC/DC. Eine dieser Bands aus der Steinzeit. Mario kennt sich mit dem altertümlichen Zeugs nicht so gut aus. Er steht auf Kanye West, Jay-Z, Ami-Hip-Hop.

»Was ist das denn jetzt?« Mario schaut Kessler an, der sich gerade eine Fluppe ansteckt. Die vermutlich zu vielte dieses noch jungen Tages. In der eigenen Wohnung zu rauchen ist sogar Mario zu assi. Aber Kessler hat schon damals danach immer eine geraucht.

»Was meinst du?«, haucht Kessler mit dem Ausatmer des ersten Zugs an seiner Stuyvesant.

»Die Typen da! Wer soll das sein?« Mario zeigt auf den Bildschirm, auf die Lederjacken-Gang von hinten.

»Das ist schon älteres Material, das hab ich gedreht, bevor wir zwei uns kennengelernt haben«, sagt Kessler. »Ich habe mehrere Monate mit diesen Bandentypen da verbracht ... sie regelmäßig begleitet und gefilmt.«

»Bandentypen? Schön. Und was hat es damit auf sich?«

»Das wirst du gleich erfahren. Ist sowieso Zeit, dass ich dich einweihe, worum sich unser Projekt *konkret* dreht.«

»Absolut«, pflichtet Mario ihm bei und zieht sich eine Lucky Strike aus der Packung. Zu Hause raucht er immer nur auf seinem Minibalkon, nie drinnen. Eisenhart. Bis auf manchmal.

»Davor muss ich dich aber um etwas bitten«, sagt Kessler.

»Logisch. Um was geht's?«

»Ich finde, die drei Tage, die wir bislang gemeinsam absolviert und gefilmt haben, waren echt angenehm, und ich würde unsere Zusammenarbeit gern auf eine solide Basis stellen.«

»Okay, schieß los.«

»Ich bin normalerweise ein Einzelgänger, aber dieses Projekt kann ich nicht mehr länger alleine stemmen. Bislang ging das noch einigermaßen, aber ab jetzt brauche ich Unterstützung. *Deine* Unterstützung. Streamflexx hätte mir zwar ein Team zur Verfügung gestellt, Equipment, Infrastruktur, all so was, aber dafür bin ich nicht gemacht. Das pack ich nicht. Ich liebe es, die Dinge überschaubar zu halten …«, erklärt Kessler hektisch.

»Kontrollfreak, wie?«, flicht Mario ein und schaut ihn fragend an. Er kann nie richtig einschätzen, ob Kessler gerade ironisch ist. Ironie ist so ein Alte-Schule-Ding, das muss er ihm noch irgendwie austreiben.

»Vielleicht, ja, Kontrollfreak«, grinst Kessler. Nix ironisch. Natürlich nicht. »Trotzdem muss ich gewisse Regeln einhalten, damit es am Ende nicht noch rechtliche Probleme gibt«, erklärt Kessler. »Daher, also, Mario: Hättest du Bock, die nächsten Monate fulltime mit mir zusammenzuarbeiten? Ich hätte dich gern dabei.«

Nicht mal eine symbolische Bedenkpause legt Mario ein. Er ist selbst ganz überrascht, als er sich »Logo, Lars« sagen hört.

»Dann prüf bitte diesen Schinken hier.« Kessler greift nach einem dicken Konvolut aus gebundenen Seiten, das am Tischrand liegt. »Leg das einem Medienanwalt vor, oder prüf es selbst sorgfältig … ich meine, es ist relativ. Letztlich ist ein Anwalt hinfällig. Das hier ist eine Rechteabtretung inklusive Verschwiegenheitsklausel, die Streamflexx von allen Beteiligten an einem Projekt, das sie vorfinanzieren und sich exklusiv sichern, fordert. Es ist *keine* Verhandlungsgrundlage. Die sind da knallhart. Unterschreib es, wie es ist, oder du bist raus – so ist das heutzutage.«

Heutzutage. Das sagen alle alten Leute, denkt sich Mario. Als ob es früher besser gewesen wäre. Obwohl, womöglich. Ein klein bisschen kulanter, mag sein. Keine Ahnung. Mario ist fucking fünfundzwanzig, zudem pleite, mit seiner Privatdetektei grandios gescheitert. Und seine Jobreferenzen davor sind eher nicht vorzeigbar. Er will diesen Job.

Er zieht an seiner Zigarette, während er Kessler den Stoß gebundener Blätter abnimmt. Er sieht sich das Titelblatt an, liest die ersten paar Zeilen, von *Vereinbarung* bis hin zu *Arbeitstitel: Switch Blades »Exposed« - Bikes, Violence and Animals,* und sieht sich dann in der seltsam alternativ eingerichteten Wohnung Kesslers um, als ob er deren Bewertung in seine Entscheidung über den vertraglichen Inhalt miteinbeziehen wollte. Ihm kommt es so vor, als habe Kesslers Putzfrau Rückenprobleme. Irgendwie ist oberhalb der Hüfthöhe alles einigermaßen sauber, aber unterhalb wirkt der Raum reichlich staubig.

»Danke. Check ich aus!«, versichert Mario.

»Tu das. Ich würde mich freuen, wenn wir das Ding gemeinsam rocken. Lass uns jetzt das Interview vorbereiten«, hakt Kessler das Thema ab. Er hatte es schon am Telefon angekündigt: Heute soll die Frau in Kesslers Wohnung vorbeikommen, der das Haus in Trudering gehört, in dem der Greis abgestochen wurde. (Ja, er ist auf dem Weg ins Krankenhaus seinen Verletzungen erlegen.) Der Greis war angeblich der Vater dieser Frau, die jetzt gleich kommt. Sie hat ihn daheim gepflegt. Laut Kessler ist sie irgendeine Größe im Nachtleben. So eine Kultwirtin, oder Kultgastronomin, halt irgendwas mit Kult, was immer das heißen soll.

Mehr weiß Mario nicht. Er wurde ja bislang von Kessler immer notorisch unterinformiert. Hat Methode. Aber das wird sich vermutlich ändern, sobald er diesen Vertrag da unterzeichnet hat. Was er auch tun wird, ganz egal, was drinsteht. Hat Kessler nicht gemeint, es sei hopp oder top? Entweder man unterschreibt, oder man ist raus? Scheiß drauf, ist halt so. Streamflexx, Amazon, Großkonzerne, alles Haie. Weiß man doch. Hört man allerorten. Ist ganz normal. *Wo soll ich unterzeichnen …*

Kessler lässt Mario eine faltbare Green-Screen-Hintergrundwand aufbauen, vor der sie gleich diese Frau Dings interviewen werden. Merken konnte sich Mario den Nachnamen, der auf dem Klingelschild des Mordhauses stand, nicht, aber er erkennt ihn sofort wieder, als Kessler von Carla *Maruschka* redet. Maruschka, genau.

Es klingelt, Kessler betätigt den Summer.

Mario wundert schon längst nichts mehr, erst recht nicht die kühle Exaltiertheit, mit der diese seltsam alterslose, dunkel gekleidete Nebelkrähe im Wallegewand aufwartet, während sie durch Kesslers Wohnungstür schwebt und sich wie selbstverständlich als »Madame Marougé« vorstellt. Von wegen *Maruschka*.

Sie trägt diesen mehrschichtigen Reichenlook, ein Überwurf über dem anderen. Es scheint Spaß zu machen, so auszusehen, als hätte man seine teuren Stoffe gerade aus der Mülltonne gezogen.

Als Mario diese Marougé mit einem flapsigen »Hey-yo« begrüßt, wird sie gleich ein bisschen komisch, als wär sie sich zu fein für seine Wortwahl, was ihn echt runterzieht. Woraufhin er nicht anders kann, als endgültig zu finden, dass ihr Künstlername – oder was das sein soll – irgendwie heftig übertrieben wirkt. Aber wen kümmert's. Madamm Mahruhsch, von ihm aus.

Kessler schwarwenzelt um sie rum, sie kennen einander offenbar, er bittet sie, Platz zu nehmen, macht ihr einen unwirsch gewünschten Tee, an dem sie anschließend zimperlich nippt, man beginnt, Unverfängliches zu plaudern. Die immer noch eingemummelte Marougé schaut Kessler und Mario abwechselnd mit etwas an, was sie wohl für einen dominierenden Blick hält, übt sich jedoch zugleich in einer angestaubten Liebenswürdigkeit, die etwas Gräfinnenhaftes ausstrahlen möchte. Was jedoch ihre Bockigkeit nicht verbergen kann, weil sie wohl findet, sie solle gar nicht hier sein. Alles in allem verdunkelt sich die Atmosphäre in Kesslers zur Hälfte schmuddeliger Wohnung zunehmend. Madame Marougés Verhalten bekommt von Mario eine Fünf minus.

Zudem wird Mario aus dem Gefasel immer noch nicht richtig schlau. Diese Switch Blades werden erwähnt, die wohl so was wie die Hells Angels von München sein müssen, und irgendwas mit Tieren … Er weiß einfach zu wenig!

Moment, da fällt es ihm ein.

Dieser Koloss, der mit der transigen Trulla im Olympiaturm gegessen hat, vor gut zwei Wochen, als Mario seinen ersten Drehtag mit Kessler hatte, ja, genau, dieser Koloss hatte ja auch eine Jacke mit einem Switch-Blades-Logo getragen. Stimmt! Mensch, lange Leitung. Er ist nicht der Schnellste, das ist Mario durchaus bewusst, aber hey, am Ende funktioniert sein Brain.

Sie beginnen mit dem Interview vor dem Green Screen.

Kessler zieht einen Stuhl ran, der auch als Hocker durchgehen könnte, *Frau Miss Lady Madame* Marougé legt ihren meterlangen Schal ab, setzt sich kerzengerade hin, und Mario bemerkt, dass sie plötzlich ganz nervös wird. So gut er kann, leuchtet er die blasse Frau aus, ruckelt die beiden Scheinwerferchen zurecht, als wüsste er, was er da tut, und Kessler befestigt mit wichtigtuerischer Miene zwei Smartphones auf Stativen, bereit für die Aufnahme eines Interviews, das sich gewaschen hat …

Tatsächlich sind Kesslers Fragen auf den Punkt, was sogar Mario auffällt, nachdem sie mit der Aufzeichnung begonnen haben.

Unübersehbar lässt Kesslers ausgeklügelte Dramaturgie Madame Marougé vor der Kamera offener sein, als sie es vorhin während des einleitenden Geplauders war. Und es sind genau diese sorgfältig gezirkelten Fragen, die Mario mit einem Mal begreifen lassen, worum es hier gerade geht. In welche Verstrickungen er da hineingeraten ist.

Marougé scheint speziell diesen Blades-Biker aus dem Olympiaturm gut zu kennen, und offenbar hat Kessler deshalb vor ihrem Haus Wache gehalten, um den inzwischen spurlos untergetauchten Wolf Wolff (so heißt der tatsächlich) eventuell abzupassen und sich mit ihm zu besprechen, weil es nicht unwahrscheinlich war, dass Wolf dort hätte aufkreuzen können … irgend so was, lirum larum, jeder kennt jeden, keine Ahnung. Wird schon noch!

Erst Kesslers spätere Frage zu dem Blutbad: »Haben Sie eine Ahnung, wer Ihren Vater umgebracht hat?«, lässt Mario zum ersten Mal aufhorchen, bevor ihm Marougés Antwort auf einen Schlag klarmacht, welche Rolle er selbst in diesem Konstrukt mit Kessler einnimmt. Sie sagt nämlich: »Der Mord an meinem Vater hängt damit zusammen, dass die Switch Blades ihre Nase versehentlich in Angelegenheiten gesteckt haben, die ein paar Nummern zu groß für sie sind.« Sie erwähnt den Namen Klauber, anscheinend ein weltweit agierender Zulieferer für Pharma- und Kosmetikkonzerne, und Kessler nickt, ganz investigativer Interviewer, als wüsste er Bescheid und hätte nur noch für die Aufnahme eruieren wollen, ob auch Marougé im Bilde ist.

Weshalb es Mario eiskalt den Rücken runterläuft, bis zum Steißbein. Ist das hier so eine gigantische Aufdeckungsaktion wie diese Dokus über die Machenschaften von Nestlé, Monsanto, Shell und wie sie alle heißen? Mario liebt solche Sendungen auf YouTube oder Streamflexx, diese Das-istdie-erschütternde-Wahrheit-hinter-den-Industriegiganten. Diese Dokus, die sowieso folgenlos verpuffen, bei einem aber dauerhaft ein mulmiges Gefühl hinterlassen.

Er weiß auch, dass es Dokus über solche Dokus gibt, denen zufolge Journalisten und Filmer während der Recherchen spurlos verschwunden sind oder aus dem Verkehr gezogen wurden. Weil man sich mit Milliardenkonzernen vielleicht besser nicht anlegt.

Noch während das Interview mit Madame Marougé in Gange ist und Kessler ihr aus dem Kreuz zu leiern versucht, was zu leiern ist, kommt sich Mario wie der letzte Volltrottel vor.

Was hat er denn geglaubt, wieso Kessler ausgerechnet ihn nach so langer Zeit wieder angerufen hat, damit er ihm bei seinem verflixten Streamflexx-Projekt assistiert? Ausgerechnet Mario Sulfak, von allen Windhunden aus Kesslers Schattenvergangenheit.

Hier hat er die Antwort.

Natürlich hat Mario diesen Job nicht bekommen, weil er dafür besonders geeignet, kompetent oder sonst was wäre.

Er hat den Job bekommen, weil Kessler keine ihm emotional näherstehenden Leute anheuern würde. Oder gar Profis. Die würden jegliche Kooperation ablehnen, um sich nicht selbst in Gefahr zu bringen!

Denn in Gefahr sind Mario und Kessler definitiv, wenn sie sich auf dieses Terrain begeben, das diese Madame Sonderbar im Interview gerade mehr als deutlich skizziert. Und es macht nicht den Anschein, dass sie ihnen gerade die Hucke volllügt.

Welthandel, Großfinanz, Kartelle – und hat Mario das richtig verstanden: *Tierhandel?*

Passt ja, das Thema. Fügt sich nahtlos ins Konzept von Kesslers bisherigen Aufdeckungsbüchern ein.

Diesmal eben als Doku. Als Bewegtbilder.

Danger, Warning, Alert. Dünnes Eis. Lebensgefahr!

Deshalb auch Kesslers ewige Geheimniskrämerei. Seine Anweisung an Mario vor dem Interview hatte gelautet: Auch gegenüber Marougé bleibe die offizielle Version unverändert. Kessler sei am Mordabend allein, ohne Mario, auf Beobachtungsposten vor dem Haus gewesen – habe aber das Gebäude nie betreten. Genau, wie er es bei der Polizei ausgesagt hat.

Geht klar, auch wenn Mario diese schräge Taktik nicht kapiert. Sollen die geheimen Aufnahmen des verendenden Greises Bonusmaterial werden? Ein Ass im Ärmel? Oder sind sie derzeit zu heikel für Kessler und Mario selbst, weil sie eventuell den Mordverdacht oder zumindest den Verdacht einer Komplizenschaft auf sie beide lenken könnten? Es ist letztlich völlig abgedreht, was sie hier durchziehen … oder, Moment mal: Sind diese Aufnahmen Kesslers Absicherung, falls irgendwas schiefläuft? Falls jemand ihn und sein Projekt unter Druck zu setzen versucht? Falls Klauber zurechtgestutzt werden muss oder die Blades oder vielleicht sogar Mario? Oder agiert Kessler gar als väterlicher Beschützer ihm gegenüber? Ist er Freund oder Feind?

Alles Spekulationen. Man könnte sagen, Kesslers Marionettenspiel klappert an allen Ecken und Enden. Und zwar ganz gewaltig.

Sicher ist nur: Mario sitzt mit im Boot, was auch immer das für ein löchriges Tretboot sein mag.

Wenn Mario sich das hier alles *tatsächlich* korrekt zusammenreimt (und das tut er), wenn also diese Dimension mit Pharma- und Kosmetiklobby sowie mit dieser Firma, deren Name allein schon so bedrohlich klingt – Klauber –, wenn das mit dem Mord an dem Greis zu tun hat (und wohl vor allem mit den Switch Blades) und nur ein kleines Puzzleteil in Kesslers geplantem Gesamtwerk darstellt, dann gnade ihnen beiden Gott.

Was es alles gibt.

Kannste nicht erfinden.

Mario wird ganz schwummrig. Er fühlt sich, als hätte er sich an seinem eigenen Erbrochenen verschluckt.

Aber er wird nicht den Schwanz einziehen. Kein Zurück mehr. Weiche Knie gehen auch vorbei. Und eine Chance ist eine Chance.

Sein ganzes Leben lang trägt Mario schon diesen unverzüglich aufblasbaren Airbag freisetzbarer Aggression in sich. Wenn es also wirklich so sein sollte, dass Kessler ihn als Kanonenfutter missbrauchen will, als Mann fürs Grobe, dann kann er das haben. Glaubst du, ich check nicht, was du vorhast?

Du Missgeburt?

Na warte!

8

Eine Baumreihe mit lichten Kronen grenzt das hohe Mietshaus von der Straße ab. Nummer 12, das muss es sein. »Schau, da ist eine Lücke, die können wir nehmen.« Ich deute mit dem Finger auf den Straßenrand, was jetzt auch nicht groß hilft. Die Kathi bremst ab, will parken und steuert meinen Mini zu nah an den Randstein, wodurch ein Gummiknirschgeräusch von Gottes Gnaden entsteht. Physikalisch lässt sich kaum erklären, weshalb der rechte Vorderreifen nicht sofort platzt.

Etwas umständlich schaltet die Kathi den Motor aus, und ich sage: »Bleib du hier, ich brauch nicht lang.«

»Ich könnte doch zumindestens bis zur Tür mitkommen, Vikki. Ich bin auch ganz leise.« Sie sagt immer zumindest*ens* statt zumindest. Seit sie vor knapp sechs Monaten den Führerschein gemacht hat, ist sie auch Mitglied beim ADAC, den sie aber immer ADHS nennt. Süß, oder?

»Es ist eh schon unverschämt, dass ich unangekündigt dort aufkreuze. Besser, ich mach das allein. Bin gleich wieder da«, beschwichtige ich die Kathi mit einem bisserl schlechten Gewissen, weil sie doch so nett ist, mich zu fahren, aber schwupps hat sie schon ihr Handy zwischen den Fingern, sagt »Okay« und ist bereits wieder auf Instagram. Mit ihren beiden Lichtgeschwindigkeitsdaumen.

»Bis gleich.« Ich steige aus, richte mich vollends auf und werde dabei fast von einem Radfahrer totgefahren, was jetzt vielleicht der Menschheit im Ganzen nicht allzu großen Schaden zugefügt hätte, mir aber einen mordsmäßigen Schrecken einjagt und ein huchartiges Quietschgeräusch entlockt, dem der Radler wiederum ein furztrockenes »Pass halt auf« entgegensetzt und unvermindert volle Pulle weiterrast. Allein aufgrund seiner Rage wähnt er sich im Recht. Beneidenswert. Wohingegen ich mich noch murmelnd entschuldige (wie doof) und frage, ob ein Erwachsener generell mit seinem Mountainbike über den Gehsteig brettern darf.

Muss ich nachher gleich mal beim ADHS nachfragen.

Mit künstlicher Resolutheit, niedrigen Absätzen und dezenter Zweitfrisur marschiere ich zu den Klingelschildern am Eingang des klobigen Mietshauses, in dessen – wo haben wir ihn denn, ah da – *siebter* Etage der Maurice wohnt. Von da oben dürfte er einen tollen Blick über das hässliche Neuperlach haben.

Also *hässlich* im Sinne von *unschön,* natürlich. Nicht, dass sich gleich noch die Hässlichen beschweren. *Wimmer wimmer, wir fühlen uns angegriffen, wu-hu-huu.* Kennt man ja, wer zuerst beleidigt ist, hat gewonnen.

Es kostet mich einige Überwindung, ganz ohne Anmeldung bei Rosstäuscher zu klingeln, was sich auch eigentlich verbietet, aber ich habe mich entschlossen, nach dem Wolf zu suchen oder zumindest einzugrenzen, was los ist – und der Maurice ist mein erster Ansatzpunkt.

Es ist nicht allein die Geschichte vom Mord an ihrem Vater, die mir die Madame Marougé vorvorgestern aufgetischt hat. Es ist auch nicht ihre Prophezeiung, ihr selbst sowie dem Wolf könnte in naher Zukunft Furchtbares zustoßen. Dass dem Wolf eine dunkle Gefahr droht, das kann ich ja allein aus seiner Verdünnisierung vor mittlerweile über zwei Wochen schließen.

Nein, das alles ist nicht entscheidend dafür, dass ich dieser Fährte folge. Vielmehr wurde ich stutzig, als ich auch nach ausgiebiger Recherche so rein gar nichts von einem Mord in einem Zuchtlabor rund um München in den Medien gefunden habe. Nicht mal am Rande wurde von einem Überfall der Switch Blades auf irgendeine Einrichtung berichtet. Und die Blades sind der Presse in der Regel immer eine Meldung wert, zumal der Wolf doch auch von einem großen Security-Aufgebot am Tatort gesprochen hatte – und so was soll medial gänzlich unerwähnt geblieben sein? Ziemlich unwahrscheinlich. Da scheint noch so einiges mehr hinter der Geschichte zu stecken, würde ich sagen.

Diese Summe von Ungereimtheiten hat für mich den Ausschlag gegeben, höchstselbst tätig zu werden.

Als ich dann die drei Switch Bladesler, von denen ich die Nummern habe, telefonisch nicht erreichen konnte – und zwar durchgehend –, war das schon sehr merkwürdig. Ich wollte bei ihnen anfangen, Informationen zu sammeln, und eruieren, wie sie und ihre Kollegen so ganz allgemein mit Wolfs Verschwinden umgehen, der ja immerhin ihr Anführer ist. Aber daraus ist bislang nichts geworden.

Was sagst du? Vielleicht Urlaub, Funkloch, Tarifwechsel? Womöglich Digital Detox?

Ich wünschte!

Aber ich fürchte, so ist das nicht.

Ich zieh das jetzt durch.

Nun steh ich also vor diesem gelb gestrichenen Gebäude in Neuperlach, einem architektonisch eigentlich recht gelungenen Bauwerk, wenn man einen Sarg auch in einen schicken Schlafsack umzudeuten bereit ist. Ich stehe also hier, bei trübem Herbstwetter, und während ich darauf warte, dass mein Klingeln erhört wird, lugt das neugierige Augenpaar eines strubbeligen Mannes mit Streuselkuchenstirn durch das gekippte Fenster der Erdgeschosswohnung direkt neben den Hausbriefkästen.

Huhu! Unsere Blicke treffen sich. Da reicht's einem doch gleich wieder.

»Ja bitte«, ertönt eine weibliche Stimme aus der Gegensprechanlage.

»Hallo, mein Name ist Vikki Victoria, ich möchte bitte zum Maurice«, lasse ich wissen.

»Wer?«

Ich schaue noch mal auf das Klingelschild, weil ich einen Moment lang nicht sicher bin, ob die Stimme wegen *meines* Namens oder wegara dem vom *Maurice* nachfragt. Nicht, dass ich mich verklingelt habe. Aber *Rosstäuscher*, so viele gibt's doch davon nicht.

»Vikki Victoria heiße ich, ich bin eine Freundin vom Wolf Wolff.«

»Ah«, erklingt es zögerlich. »Kommen Sie hoch … siebter Stock.«

»Danke.« Der Summer ertönt. Der Streuselkuchen, der mich durch den Fensterspalt beobachtet, ist auch erleichtert. Der Einlass legitimiert meine Anwesenheit. Nicht, dass er seinen Wachposten deshalb nun verlassen würde.

Was man nicht alles tut, wenn man nichts zu tun hat.

Als mich der Lift im siebten Stock entlässt, geht die Flurbeleuchtung an, gedrückt von einer jungen Frau mit kurzen Haaren, die aus einer der Wohnungstüren am Ende des langen Gangs tritt. Sie postiert sich winkend auf ihrem Fußabstreifer, ich reagiere mit einem freundlichen »Hallo!« und gehe los.

Das Bedrückende an diesem Korridor mit seinem dunkelgrauen Linoleumboden wird durch ihren Gesichtsausdruck förmlich multipliziert, wie ich beim Näherkommen feststelle. Würde ich die Frau kennen, würde ich ihr *Was ist denn los?* zurufen.

Hellblaue Augen hat sie, einen sportlichen Körper hat sie. Null Bock auf mich hat sie. Wir geben einander die Faust. Faust an Faust, wunderbar.

»Ich kenn dich«, sagt sie und macht keinerlei Anstalten, mich reinzulassen. Was mich auch davon abhält, nach ihrem Namen zu fragen, den sie wohl auch nicht von allein erwähnen wird. Wenn da der Zeitpunkt verpasst wird, war's das.

»Es tut mir leid, dass ich unangemeldet bei euch klingle, aber ich suche den Maurice. Übers Telefon erreich ich ihn nämlich nicht. Er ist wohl gerade auch nicht da, oder?«, frage ich gefällig, um meine Dringlichkeit zu verbergen.

Ihr Kopfschütteln ist so minimal, dass es eine unheimliche Wirkung entfaltet. Ich bin schlagartig alarmiert.

Sofort versuche ich, Beruhigung reinzubringen, indem ich ihr noch genauer erläutere, weshalb ich vorstellig werde, merke aber zu spät, dass ich damit exakt das Gegenteil bewirken könnte: »Ich krieg auch den Rudi und den Knut nicht ans Telefon und mach mir jetzt Sorgen, dass vielleicht …«

»Du kannst es ja nicht wissen.« Sie schnauft überreizt.

»Nein?«, frage ich und habe den Eindruck, das hier ist gerade kein guter Zeitpunkt für intimere Einblicke. Aber das ist es ja nie.

»Der Maurice hat sich vergangene Woche umgebracht.«

Der Satz fliegt mir ins Gesicht. Ich stürze innerlich ins Bodenlose.

Wo binni denn, wer binni denn, was is'n los?

Ein neuer Höhepunkt unter all den Tiefpunkten.

Jetzt wär's doch auch langsam mal gut. Doch es geht weiter und weiter, immer weiter. Der Wolf auf der Flucht nach Intervention und Mord, die Marougé auf der Hut nach Mord an ihrem Papa, kein Switch Bladesler telefonisch erreichbar, und nun, der Maurice, fünfunddreißig: Selbstmord.

Irgendwas spitzt sich hier zu.

Die Marougé droht recht zu behalten.

Reizende Zustände.

Wie versteinert steh ich da. Die junge Frau und ich, zwei Salzsäulen.

Ich überlege, was ich sagen soll oder darf oder muss.

Ungeachtet der Drastik – oder auch gerade deswegen – wird sie mich nach wie vor nicht reinbitten, das spüre ich.

Es hallt durch den gesamten Flur, als ich sage: »Das tut mir so leid …« Und aus keinem bestimmten Grund fällt mir ein, dass mir der Wolf einmal von einer von Maurice' zahllosen Internet-Affären erzählt hat. *Das* fällt mir als Erstes zu Maurice' Ableben ein, stell dir das mal vor.

Demnach dürfte die sympathische Frau, die gerade vor mir steht, die mehrfach betrogene Freundin sein … Ich weiß gleich gar nicht, wie ich damit umgehen soll. Halleluja.

Was auf Erden partnerschaftlich so betrogen wird, es ist uferlos. Du kennst das doch selbst, oder? Dacht ich mir.

Ich sag dir was: Online-Dating ist eine Seuche. Die Wegwerfgesellschaft schätzt das Suchen mehr als das Finden.

Aber macht man sich überhaupt schuldig, wenn die Versuchung derart riesig ist? Du weißt, worauf ich hinauswill.

Egal. Manchmal spielt das alles keine Rolle. So wie jetzt. Über die Treue oder Untreue ihres Freundes muss sich die bestürzte zierliche Person, die da vor mir mit den Tränen kämpft, ab jetzt keine Sorgen mehr machen. Und der Maurice braucht sich keine Gedanken mehr übers Altwerden und Arthritis zu machen.

Und wer weiß, vielleicht hatte sie, seine trauernde Freundin, ja ebenfalls nebenbei was laufen. War womöglich gar die Erste, die fremdgegangen ist. Ich mein ja nur. Nichts ist, wie es scheint.

Beispielsweise wurde einem früher immer der Eindruck vermittelt, dass nur Männer fremdgehen. Und ich hab mich jedes Mal gefragt, ja, mit wem gehen die denn fremd? Doch wohl hauptsächlich mit … Frauen! Also müsste das Verhältnis doch ungefähr fifty-fifty sein. Rein rechnerisch. Trotzdem hat sich das in der öffentlichen Meinung nie so dargestellt. Aber diese Zeiten sind vorbei. Heute weiß man, dass deutlich mehr Frauen als Männer seitenspringen. Da geht's doch schon los!

Frauen sind auch hintertrieben. Man traut es ihnen nur weniger zu.

So ein Mist kullert mir durch den Kopf, als ich entsetzt und mitleidig Maurice' hinterbliebene Freundin anstarre.

Ich schlenkere hilflos mit den Armen. Der Maurice war ein wahnsinnig netter, hilfsbereiter Typ, Zweimetermann. Und ein enger Freund vom Wolf, sein engster Kumpel bei den Switch Blades. Ich mochte ihn sehr. Er hat während Kathis Entführung vor zwei Jahren unheimlich engagiert mitgeholfen, sie zu finden. Ach, und bei der Gelegenheit fällt mir doch glatt ein, dass er am Abend ihrer Befreiung dann aus reinem Beschützerinstinkt noch mit der Coco Neumayer geschlafen hat, unserer Ex-Filmdiva und Vergnügungsministerin. Das hatte ich schon beinahe vergessen. Genau wie seine Vasektomie. Und seine Erdnussallergie. Oi! Wenn man mit einem Mal merkt, was man alles über jemanden weiß, ohne dass es einem bewusst war. Eine Erinnerung ist besser als die andere. Ich denk mich hier um Kopf und Kragen.

Der Maurice ist tot, Wahnsinn!

»Darf ich fragen, was passiert ist?« Als ich Maurice' Lebensgefährtin das frage, komme ich mir direkt grob vor, wie ein Mutant meiner selbst. Auch weil wir – nicht zu vergessen – unverändert im ungemütlichen Gang stehen, in dem das Licht gerade wieder ausgeht.

Die namenlose Freundin gibt mir zu verstehen, dass sie nicht darüber reden *kann* und *wird*, was *genau* dem Maurice zugestoßen ist, und wer hätte mehr Verständnis dafür als ich, die ich ihr von meiner Seite aus ja auch nichts erzählen *könnte* oder *würde*, über den Wolf und das, was er mir berichtet hat. Und über die crazy Marougé und ihre blutige Story.

Ich kann mir noch nicht erklären, wie das alles mit Maurice' Ableben verwoben sein könnte, ich gehe lediglich davon aus, *dass* die Geschehnisse ineinander verwoben sind.

Mich schaudert's erneut. Ich stehe betreten vor der namenlosen Freundin, sie sagt: »Es ist besser, wenn du jetzt gehst.« Offene Worte. Wir beide waten hier durch einen Sumpf des Dubiosen. Sind gezwungen, einen Schlagabtausch des Schweigens zu führen, trotz des Redebedarfs, verpassen uns selbst eine Maulsperre, um uns nur ja keinen Flüchtigkeitsfehler zu leisten und jemanden bloßzustellen, etwas loszutreten oder gar uns selbst zu gefährden.

Wer zuerst zuckt, hat verloren.

Sie fährt sich nervös durchs Haar, letztlich haben wir beide die Hosen voll. Und dann ist es ganz plötzlich wie im Film, wo ich mir immer denke, was sind denn das für Drehbücher? Wieso sagen die denn zum Abschied nie Tschüss, sondern legen stattdessen einfach unvermittelt auf oder ziehen grußlos von dannen oder … *hauen einem die verdammte Tür vor der Nase zu.* Genau wie Maurice' namenlose Freundin mir gerade.

Das Türblatt fällt mit einem Klacken einfach ins Schloss. Und ich steh einsam und verlassen davor.

Ist Geschmackssache.

Oide Miesmuschel. Toter Freund hin, Suizid her, das muss doch nun wirklich nicht sein.

Du, Pardon!, das verletzt einen fei schon!

Ein kurzes Servus, wär das zu viel verlangt gewesen?

Was soll's.

Ich, die Tür vor der Nase, mache einen Salto rückwärts, fahre mit dem Lift, der hier noch wartet, wieder runter und eile zu meinem Mini und zu meiner wartenden Kathi. Im Sauseschritt.

Meine Energie hätt ich gern.

»Wie lief's?«, fragt die Kathi eifrig vom Fahrersitz aus, als ich einsteige, legt ihr Handy aber nicht beiseite und kehrt somit im Grunde genommen nicht vollständig ins Wageninnere und zu mir zurück. Ich bin jetzt gar nicht sicher, ob das jedem da draußen überhaupt noch bewusst ist, aber Instagram ist kein real existierender Ort. Ist klar? Aha. Sag das mal *ihr*.

»Es ist etwas anders gelaufen, als ich gehofft hatte«, äußere ich vorsichtig, weil ich noch gar nicht dazu gekommen bin, einzuordnen, was Maurice' Selbstmord für meine Ermittlungen bedeuten könnte. Wie so oft schinde ich Zeit, indem ich sage: »Ich erzähl dir alles, wenn wir unterwegs sind. Lass uns jetzt zum Knut Borchert schauen. Maximilianstra…, Moment, Marstallstraße, ich tipp's gleich ein.« Ich füttere das Navi mit der Adresse von Knuts Anwaltskanzlei, während die Kathi den Wagen startet. Sie ist mal wieder nicht nur perfekt gestylt und gekleidet, sondern durch ihr Intervallfasten endlich auch von den schwammig-fetten achtundvierzig Kilo auf akzeptable siebenundvierzig Kilo runtergeschmolzen. Bei eins zweiundsiebzig Körpergröße!

Wenn ich ihr gegenüber auch nur mal leise andeute, dass

ich sie langsam etwas zu gefährlich dünn finde, ja, was meinst du, was mir unser Insta-YouTube-TikTok-Podcast-Influencer-Star Kathi Röhm – alias *Kathi Sweet Allaround* – mit ihren mittlerweile zig Millionen Deppen, die ihrem Schmarrn folgen (nett gemeint), ja, was meinst du, was sie mir dann für einen Blick zuwirft? Zu dünn? Gibt's nicht. Sie hat alles im Griff.

Klar. Das haben wir alle …

Ich schau die Kathi von meinem Beifahrersitz aus an, wie sie uns aus Neuperlach rauskutschiert. Hoch konzentriert stülpt sie ihre Unterlippe vor. Ihr Handy piept unaufhörlich, ihr Blick streift nie den Rückspiegel, sie lenkt etwas arg linkslastig. Wenn das mal gut geht.

»Als du eben weg warst, hat mir ein Hersteller für Bio-Naturprodukte geschrieben, sie würden gern eine Kooperation mit mir starten. Die wollen, dass ich ihre esoterischen Öle in meinen Blogs anpreise.« Sie schafft es locker, mir nebenher noch die aktuellsten Neuigkeiten zu kredenzen.

»Wow, hört sich gut an. Noch ein Werbedeal?«, wundere ich mich einmal mehr und freu mich. Wenn du nämlich wüsstest, wofür die Kathi bereits alles Werbung macht, dann würdest du deinen eigenen Gehaltszettel aber flugs zerreißen. Da können wir alle nicht mehr mithalten.

Und warum? Reichweite, Reichweite, Reichweite.

Auch wenn die Kathi von *esoterischen* statt von *ätherischen* Ölen spricht – sie weiß ganz genau, wo der Barthel den Most holt.

Aktuell behandelt sie in ihren Blogs vornehmlich Themen wie Depression und Selbstfindung. Das ist gerade Trend. Da hat sie sich in den letzten beiden Jahren ziemlich weiterentwickelt. Zwei ihrer erfolgreichsten Videos, die sie endgültig in die Starriege der Influencer katapultiert haben, hießen noch *Maximale Mimik mit Maske* (acht Millionen Klicks) sowie *Zombies gegen Biker/ALLE GEGEN ALLE* (Klickzahlen auch so was um den Dreh rum). Doch nun, mit gerade mal achtzehn, möchte sie erwachsenere, tiefer gehende Themen angehen, meint sie. *Melancholie, der neue Normalzustand?*, so lautet zum Beispiel der Titel ihres gestrigen Videos. Und ihre Fan-Schar wächst unaufhörlich. Aber soll ich dir was sagen? Ihre Follower, die in den Kommentaren unter Kathis Videos von ihrer eigenen Schwermut berichten, haben meiner Meinung nach alle Depressionen *aus den falschen Gründen*. Und diese Gründe heißen Wichtigtun und Mitläuferei. Der haltlose Individualismus dient den meisten längst nicht mehr zur natürlichen Entfaltung, sondern zwingt sie regelrecht dazu, sich einzubilden, *etwas Besonderes* sein zu müssen, was sie natürlich überhaupt nicht sind!

Wie lautet die derzeitige Standardselbstbeschreibung? »Ich bin schon ein bisschen *verrückt*, grins! Ich bin anders als die anderen. *Special.*«

Aber sicher doch.

Die meisten Leute sind *nicht* special. Und das spüren sie tief drinnen auch, können es sich aber nicht eingestehen, und – Orchestertusch! – schon denken sie, die aus ihrer verblendeten Suche resultierende Leere sei: eine Depression. Yeah. Nah am Burn-out! Yeah. Hat man mal von gehört, klingt gut, lässt einen irgendwie fast intellektuell wirken (ist aber nur Dumpfheit), und man hat endlich ein Thema für sich gefunden, das Content liefert und einen nach außen hin definiert. Das einen aber schlussendlich doch wieder bloß inhaltslos um sich selbst kreisen lässt.

Und dann klickt man eben auf Kathis Videos zum Thema Melancholie … und wen trifft man dort?

Waddawumm, waddasching, darf ich vorstellen: den Rest der Horde der Seelenverwahrlosten, die glauben, tiefgängig zu sein, aber eigentlich nur exhibitionistisch sind.

Und die Kathi profitiert davon. Und gehört gleichzeitig dazu. Oder umgekehrt. Likes und Herzen in jede Richtung.

Und sag jetzt nicht, ich zieh hier ja mordsmäßig vom Leder. Ich liebe die Kathi nämlich, sie ist meine Freundin, seit sie mit zwölf zum ersten Mal zu mir in die Wohnung hochgekommen ist, um mir seitdem regelmäßig ein Ohr abzukauen, was ich ebenfalls liebe.

Gerade *weil* sie meine kleinschwesterliche Freundin ist, denk ich viel über die aktuellen Tendenzen nach, denen sie folgt. Mein Fazit? Wir sind *alle* längst vom echten Leben entwöhnt.

Du schon auch.

Noch ein Tipp für jeden, der sich gerade tödlich beleidigt fühlt (eigentlich jedoch: ertappt). Weißt du, was total gut hilft gegen *Depression aus den falschen Gründen,* also gegen die Art von Depression *mit ganz vielen traurigen Selfies, Dalai-Lama-Zitaten und Tränen-Emojis und so?*

Dabei handelt es sich um etwas, das nicht mehr allzu weit verbreitet ist, weil die Mamas und Papas da draußen ihren Kindern fälschlicherweise permanent das Gegenteil einbläuen. Also, an jede Prinzessin und jeden Prinzen da draußen, hier ist die Kur für deine Mode-Schwermütigkeit: *Du bist nichts Besonderes.* Du nicht, ich nicht, keiner. Sag es dir hundertmal selbst vor, hilft garantiert. Sag: Ich bin nichts Besonderes. Ich bin nichts Besonderes. Ich bin nichts Besonderes.

Wirst sehen, das nordet dich wieder ein. In-Perspektive-Rücken hilft immer, sich selbst zu beschwichtigen. *Echte* Depressive sind nämlich eine ganz andere Nummer. Da gibt's keine Schlecht-drauf-sein-Selfies mit Nachdenklich-aus'm-Fenster-schau-Blick, weil's für so was gar nicht mehr reicht.

Gut zu wissen, oder?

Viel Glück.

Hab ich gerade die Grenzen das Sagbaren überschritten?

Lass gut sein.

Ich mein ja nur.

(Aber falsch ist es nicht.)

Die Kathi und ich, wir steuern bereits über den Innenstadtring, Höhe Isartor, das Wetter wird gerade sogar ein wenig novembersonnig.

»Jetzt hast du mir immer noch nicht verraten, weshalb wir durch die halbe Stadt gondeln«, ruft mir die Kathi in Erinnerung, setzt den Blinker links und biegt rechts ab. Frage nicht.

»Gib mir noch etwas Zeit«, hauche ich und verlängere das Schweigegelübde, das ich dem Wolf gegeben habe.

Von hinten hupt uns jemand an. Zehn Sekunden lang. Am Stück! Und dann noch vier Mal kurz. Von Subtilität kann keine Rede sein. Die Kathi fährt meinen Mini beinah so langsam, wie der Wolf es immer mit seinem prunkvollen Harley-Davidson-Nachbau macht. Allerdings tut *er* es aus Gründen der Aufschneiderei, wohingegen die Kathi mit ihrem frischen Führerschein einfach noch unsicher ist.

Apropos Fahrkünste: Die Radarkontrolle Höhe Olympiagelände vor ein paar Wochen hat ergeben, dass ich einunddreißig Ka-Emm-Ha zu schnell gefahren bin. Macht drei Punkte in Flensburg, 400 Euro Strafe, und der Lappen ist zwei Monate weg. Weit hab ich's gebracht. Heute Morgen hab ich ihn abgegeben. Die Kathi hat mich zur Polizeiwache chauffiert, und im Anschluss haben wir uns gleich zur Wohnung vom Rosstäuscher Maurice aufgemacht, wo ich mir die News von seinem Suizid abgeholt habe – was erzähl ich, warst ja dabei. Und nur das Schicksal weiß, was jetzt gleich in der Kanzlei vom Knut Borchert auf mich wartet.

Wir sind fast da.

Dr. jur. Knut Borchert. Der Knut ist ein Gründungsmitglied der Switch Blades. Er ist Strafrechtsanwalt, Spezialist für die harten Sachen, und auch regelmäßig für seine Biker-Kollegen tätig, wenn die mal wieder juristische Schützenhilfe benötigen, weil sie irgendeinen Ritschratsch im Affekt angestellt haben. *Oops, ich schwöre, der Mann ist ohne jede Fremdeinwirkung aufs Gesicht gefallen, Herr Richter. Hoch und heilig schwör ich das.*

»Das vierte Haus rechts dürfte es sein«, sage ich zur Kathi, als sie wie in Zeitlupe in die Straße einbiegt, in der sich Knuts Kanzlei befindet. (Ihre Fahrprüfung hat die Kathi übrigens live auf Instagram übertragen.)

Direkt vor dem Gebäude ist eine freie Lücke, wie vorhin in Neuperlach, heute ist unser Glückstag. Bislang zwar ein Toter, aber Parkplätze ohne Ende.

»So«, macht die Kathi und streicht sich sogar beim Einparken eine Locke aus der Stirn, Sklavin ihrer Eitelkeit, gegen die sie nicht den kleinsten Verstoß duldet. Ich muss lächeln. Guad schaust aus.

Ich such schon mal Kleingeld für den Automaten und sage: »Wenn ich dich nicht hätte!«

»Dann hättste jemand anderes«, entgegnet die Kathi schlagfertig. Reden kann sie, meine kleine Selbstoptimiererin. Deshalb nenne ich sie auch heimlich Ratsch-Kathi …

Getrieben von einer Unruhe sondergleichen, betrete ich wenige Minuten später die Kanzlei *RA Dr. Borchert & Not. Dr. Nöten | 3. Stock.* Im Schlepptau die Kathi. Ich war noch nie hier. Die holzbetonte Einrichtung ist modern schlicht und steht in starkem Kontrast zu den Buntglasfenstern des schon etwas älteren Gebäudes.

An der Empfangstheke sitzt eine über das erträgliche Maß hinaus attraktive Frau, eine glutvolle Latina, mit einer Augenpartie, die keinen Spaß versteht, du, ich glaube, das ist die, die ich bereits am Telefon hatte, als ich den Knut über sein Handy mehrfach nicht erreicht und es dann hier in seinem Büro versucht habe.

Ich stelle mich vor, und die Frau Lopez-Sanchez-Hernandez-Gomez ist gleich im Bilde: »Ach, Frau Victoria, ja genau! Der Herr Borchert ist zurzeit nicht hier, wie ich Ihnen schon am Telefon gesagt habe. Da kann ich leider nichts tun, aber wenn Sie jetzt schon mal da sind, vielleicht kann Ihnen der Dr. Nöten weiterhelfen?« Mensch, ist die nett, das hab ich nicht erwartet. Sie scheint es rauszuhaben.

»Soll ich mal schauen, ob er gleich kurz Zeit für Sie hätte? Er ist gerade im Termin, dürfte aber bald fertig sein«, fragt sie und hat bereits den Hörer in der Hand, um bei Knuts Kanzlei-Kompagnon nachzufragen. Der kommt jedoch genau in dem Moment aus seinem Büro am anderen Ende der Lobby gestakst (wie gesagt: Glückstag), an der Seite dreier Anzugträger mit nahezu identischen Glühbirnenkörpern. Worüber ich mich niemals spöttisch äußern würde, weil maßloser Hunger und totale Zügellosigkeit eine ganz, ganz schwere Krankheit darstellen, für die es nur Mitgefühl geben kann. Und Pasta!

Entschuldigung, Entschuldigung, ungewollter Versprecher, es sollte heißen: Und basta!

So und nicht anders.

»Frau Glaubrecht-Murgeul, machen Sie für die Beurkundung bitte einen Termin mit den Herren aus?«, flötet der Dr. Nöten seiner lateinamerikanischen Rakete hinterm Tresen zu, und während er sich von dem Glühbirnen-Trio und ihren Wackelpuddingpopos verabschiedet, schauen die Kathi und ich uns mit hochgezogenen Augenbrauen an, weil wir zwei Bissgurken ganz begeistert sind, dass die wunderschöne Frau Lopez-Sanchez-Hernandez-Gomez in echt anscheinend Glaubrecht-Murgeul heißt. Murgeul? *What's that?* Und dann noch ein Doppelname! Doppelnamen sind ein genauso massiver Denkfehler wie Gendern. (Wer nicht von selbst draufkommt, warum, dem muss man's nicht zu erläutern versuchen. Flipp ruhig aus!)

»Ach, Frau Victoria, ja schau an«, sagt der smarte Dr. Nöten, den ich noch nie getroffen habe, und gibt mir die Hand, als sei nichts dabei, schüttelt gleich darauf auch der Kathi das Pfötchen und wiederholt seinen Namen. Sie antwortet knallhart: »Hallo, ich bin die Kathi.« Bambi-Kathi, schau an!

»Ich hab schon gehört, Sie wollen den Dr. Borchert sprechen«, wendet sich der Dr. Nöten wieder an mich.

»So ist es.« Ich nicke, als wollte ich die Goldmedaille im olympischen Nicken holen.

»Tja, der hat sich seit letzter Woche aus privaten Gründen eine Auszeit genommen und kann momentan selbst noch nicht genau absehen, wann mit seiner Rückkunft zu rechnen ist«, schiebt er mir unter. An der Art, wie er das sagt, erkennt man, dass er das schon zahllosen anderen mitgeteilt hat. Derzeit anscheinend seine vorformulierte Vertröstung für alle, die nach dem Knut fragen. Blendwerk. Mit anderen Worten: ein höfliches *Sieh zu, wie du klarkommst.*

»Mehr kann ich Ihnen gegenwärtig leider nicht bieten, Frau Victoria, so gern ich auch wollte«, fügt er noch hinzu, obwohl es nicht stimmt. So verzagt, wie wir hier im Eingangsbereich stehen und keinen Schritt weiterkommen, fühle ich mich plötzlich an mein Gespräch mit Maurice' Freundin vorhin im

Gang des Mietshauses erinnert. Wie ein Film, dessen letzte Szene vor der Werbeunterbrechung danach noch einmal gezeigt wird.

So viel zum Thema: Vikki Victoria ermittelt!

Mal wieder.

»Verstehe«, sage ich, mangels Vision. Aber auch das noch: »Hätten Sie auch keine ... vielleicht eine neue Geheimnummer vom Knut oder eine Undercover-E-Mail-Adresse für mich? Eine ganz unverfängliche und anonyme E-Mail-Adresse? GMX oder web.de? Oder einen Baum im Wald, einen toten Briefkasten, Sie wissen schon, *irgendwas*, über das ich mit dem Knut in Kontakt treten könnte?«

»Bedaure«, sagt der beherrschte Dr. Nöten, ein Nuschler vom Fach. Es wird zunehmend ungemütlicher.

»Wissen Sie ... es geht um die Switch Blades, und ...«

»Ich weiß«, gibt er sich mitfühlend und doch keine Blöße. Sein rechter Mundwinkel vollführt einen Mischmasch aus Lächeln und Überdruss. Das war's. Beim Dr. Nöten noch weiter nachzuhaken, wäre vergeblich, machen wir uns nichts vor. Meine Hoffnung, Licht ins Dunkel zu bringen, schrumpft wieder gehörig. Aber gleichzeitig ist mit Knuts unerklärtem Verschwinden nun zumindest eines endgültig bestätigt: Die Switch Blades haben sich in Luft aufgelöst, sind wie vom Erdboden verschluckt – genau wie der Wolf.

Oder, im Fall vom Maurice: haben das Zeitliche gesegnet.

Weiter als bis zu diesem Gedanken komme ich nicht, weil sich der Dr. Nöten hastig verabschiedet, da er vorgeblich mordsmäßig unter Termindruck steht und außerdem, wie jeder Notar, schon auch ein rechtes Schlitzohr ist.

Weg ist er, und die Miss World hinterm Schalter winkt uns zum Abschied nur zu, weil sie telefoniert. Ein Scheintelefonat, wenn du mich fragst. Ausgefuchst.

»Glaubrecht-Murgeul, echt jetzt?«, prustet die Kathi los, als wir wieder in meinem Mini sitzen. Ich bin wirklich froh, dass ich in der Kathi eine Gleichgesinnte habe, wenn es ums launige Kommentieren der Menschheit geht.

Wer zum Beispiel ein »schönes *Rest*wochenende« wünscht, der ist bei uns fällig. Oder wer »Da bin ich ganz bei Ihnen« sagt oder »Da geh ich d'accord mit Ihnen« oder gar »Damit bin ich fein«, der ist ebenfalls dran. Es gäbe noch tausend Beispiele, du würdest dich wundern. Du musst erst mal jemanden finden, der diese Ebene kapiert. Ich liebe die Kathi einfach!

Aber Moment. Genug der Albernheit. Da war doch was!

Ach ja, jetzt weiß ich wieder:

Die Switch Blades sind anscheinend geschlossen auf der Flucht!

Und schon zieht es mich sofort auf den Boden der Tatsachen zurück. Das gibt's doch nicht. Wo setzt man da an?

Mich überfällt die totale Hoffnungslosigkeit. Nach allen Regeln der Kunst. Wie eine innere Sonnenfinsternis.

Eine ganze Biker-Clique macht sich aus dem Staub. Verschwindet!

Wie kann das sein?

Sogar ein so ein harter Hund wie der Knut Borchert, taffer Strafrechtler und geübt im Umgang mit Intensivtätern und gewalttätigen Quadratwichsern: weg. Einfach weg.

Ich reibe mir die Augen, viel zu lang, total unüblich für mich. Aber wohl einfach deshalb, um mich der wahren Welt noch einen Moment lang zu entziehen. Ich reibe weiter und sehe bereits die ersten weißen Pünktchen.

Die Kathi hat den Motor gestartet, starrt orientierungslos auf irgendeine Anzeige auf dem Armaturenbrett und fragt: »Äh, brauchen wir Bennsiehn?« Sie sagt immer Bennsiehn mit weichem S statt Benzin. Süß. Noch ganz in Gedanken wiegle ich ab, stammle so was wie »Nö, das passt noch« (der Tank ist fast voll, die Anzeige ist halt keine App) und versuche, meine Sinne schnellstmöglich zusammenzuklauben.

Genug der Gänsehaut.

Ich fasse mich wieder. »Fahren wir heim?«

Die Kathi nickt und stellt den Rückspiegel neu ein, als hätte sich ihre Körpergröße verändert, seit wir ausgestiegen sind.

9

Als ich meine Wohnungstür öffne, kommt sofort der Stollberg auf mich zugeschossen, kriegt sich gar nicht mehr ein, springt mich wild an und hüpft, die Vorderpfoten an meine Brüste gelegt, wie ein Flummi auf zwei Beinen hin und her und fletscht dabei die Zähne, dass einem angst und bange werden könnte. Die Lefzen hochgezogen, die Augen zusammengekniffen, ein furchterregender Höllenhund. Ich sage: »Jaah, Stolli, is' ja gut, is' ja gut«, massiere ihm den Kopf und versuche, ihn zu beruhigen. Ich weiß nicht, ob du es wusstest (ich wusste es nicht), aber wenn Dalmatiner sich freuen, ziehen sie ein Gesicht, als würden sie dich anknurren. Das nennt man Dalmatiner-Grinsen. Ganz ein komisches Phänomen.

Wenn man es weiß, ist es natürlich extrem putzig. Zumal der Stollberg ein äußerst sanfter Rüde ist. Vermutlich zwei, drei Jahre alt. Er hat nicht besonders viele schwarze Punkte auf seinem weißen Fell, aber wir sagen immer, jeder Fleck entspricht einem IQ-Punkt. Er ist nämlich nicht der Hellste, aber definitiv der Liebste.

Die Mama kommt aus dem Wohnzimmer, um mich ebenfalls zu begrüßen, und jetzt beglückt der Stollberg auch sie gleich noch mal mit seinem patentierten Bösewichtblick, damit auch ihr klar wird, wie happy er ist, dass wir jetzt alle wieder beieinander sind.

Wir alle – bis auf den Wolf, natürlich, den vermisst er natürlich ohne Ende. Der Wolf ist nämlich Stollbergs Papa, und wenn du dich gefragt hast, was ich denn eigentlich in Wolfs Abwesenheit so alles für ihn erledigen soll, was denn in dem Notizbücherl dringestanden hat, das er mir im Olympiaturm-Restaurant übergeben hat, dann kennst du jetzt den wichtigsten Punkt. Seite eins, Paragraf eins, Punkt eins, fett markiert: den Stollberg versorgen. Mit erstens: Fressen (Ernährungstabelle), zweitens: Aufmerksamkeit (hundert Prozent) und drittens: Liebe (Dosierung siehe unter zweitens).

So.

Und weil ich ja derzeit mein Engagement als Conférencieuse im Palazzo Fantastico durchziehe, sechs Abende die Woche, vier Monate lang, hab ich die Mama gefragt, ob sie mich vielleicht unterstützen und den Stollberg für die Zeit zu sich nach Übertreibling nehmen könnte.

Jetzt hat die Mama aber doch vergangenen Sommer ihr Lokal im Übertreiblinger Nachbarort Mitgiftegg, nämlich den Gasthof Rosengarten, für immer aufgegeben. Nach über dreißig Jahren. Zum einen, weil das mit dem Personal zunehmend schwieriger wurde (konstant weniger werdende Arbeitsbereite und nahezu keine halbwegs kompetenten Kandidaten), und zum anderen, weil die Mama mich mit fünfundzwanzig bekommen hat und somit inzwischen im Pensionsalter angekommen ist.

Da sie jedoch über ein Reservoir grenzenloser Energie und faszinierender Positivität verfügt, dessen Quellen ich nie richtig werde ergründen können, und weil sie für Rente einfach nicht der Typ ist, kam ihr meine Anfrage gerade recht. Also nix den Stollberg nach Übertreibling karren, sondern: Die Mama kommt nach München, wohnt während meiner Palazzo-Phase bei mir in der Utzschneiderstraße am Viktualienmarkt, schläft auf der Couch (*ich* schlaf natürlich auf der Couch, autsch), und super isses.

Dass sie mir auch noch den Haushalt schmeißt, putzt, einkauft, kocht, *all over housekeeping*, war nicht meine Idee. Ist aber ebenfalls angenehm, gerade weil mir diese kräftezehrende Show Tag für Tag ganz schön Energie abverlangt.

Für den Stollberg ist es natürlich auch ideal, dass er nun vierundzwanzig Stunden am Tag eine Bezugsperson hat, die aber auch wirklich auf jeden Pups, den er lässt, eingeht und ein Verwöhnprogramm fährt, das sich gewaschen hat. Längst hat er die Mama komplett korrumpiert und bis ins Kleinste ausgecheckt, was er alles mit ihr machen kann. Und das ist ziemlich viel, würde ich sagen. Der Bazi kann nämlich nachts nicht richtig schlafen, wenn er nicht Wange an Wange neben einem im Bett liegt. Anstrengend, allein schon sein Schnarchen, der Atem, das Dauergekuschel. Aber er braucht das. Dabei handelt es sich wahrscheinlich um eine Form von Überkompensation, weil er in seinem ersten Lebensabschnitt ziemlich mies behandelt worden sein muss. Jetzt, wo das vorbei ist, nimmt er sich an Zuneigung, was er kriegen kann. Schon zur Rückversicherung, dass das Leben nur bloß nicht mehr so wird, wie es früher mal für ihn war.

Die Switch Blades haben vor eineinhalb Jahren … ich will gar nicht zu genau darauf eingehen, aber die Burschen haben damals die Wohnung eines Züchters in Taufkirchen ausgehoben und dort ein Elend vorgefunden, bizarr … wurscht. Jedenfalls war der Stollberg einer der zig jungen Hunde, die die Bladesler gleich mal mitgenommen haben, um sie umgehend medizinischer Versorgung zuzuführen, sonst Exitus elendicus. Veterinärklinik Unterhaching, sehr schön dort. Die Kosten haben die Bladesler übernommen, gezahlt aus der Vereinskasse, weil der Staat eher die Bladesler einbuchten würde als die Züchter.

Wenn mir hier jetzt gleich wieder irgendein erzürnter

Züchter-Grattler die emotionale Herdplatte aufdreht und anfängt rumzukrächzen, wie legitimiert seine Tätigkeit doch sei und dass er sich meine verallgemeinernde Abstempelung nicht bieten lassen werde und überhaupt: *Anzeige is' raus* und Pipapo, dann lass mich ihm darauf bitte noch schnell juristisch einwandfrei entgegnen: Mach mal halblang, du oide Flachzange. Keine Tiere *herstellen,* und aus! (Wo bleibt denn *hier* die Cancel Culture? … Die ist gerade auf den Malediven? … Aber bei voller CO_2-Kompensation? Verstehe.)

Na ja, und der Stollberg ist halt dann am Wolf hängen geblieben beziehungsweise der Wolf am Stollberg. Du, ich hätte bei diesem rosigen, leicht debilen Blick vom Stolli auch nicht widerstehen können. Keiner hätte das.

»Hat alles geklappt bei euch beiden?«, fragt die Mama. Ich war doch gerade mit der Kathi unterwegs. Ich antworte mit einem positiven »Mhm«, während ich mir die Schuhe ausziehe.

»Fährt sie gut?«, spielt sie auf Kathis frischen Führerschein an.

»Da war schon viel Schönes dabei«, sage ich und streife meine Pumps ab. »Zwei Beinaheunfälle und in durchgehendem Schneckentempo nach Neuperlach und wieder zurück. Die Leute am Straßenrand haben teilweise sogar applaudiert.«

»Schau an! Hast du huldvoll gewunken?«

»Was glaubst denn du? Logisch, Queen Victoria.«

»Natürlich! Von wem auch immer du des haben magst: Du hast den Hochadel halt einfach in dir!«

Ich lächle und nicke: »An diesem Satz stimmt alles.«

»Und wie lief's sonst?«, fragt die Mama neugierig, während ich mir die Hände wasche und sie mit dem Stollberg ins Wohnzimmer geht. Lass mal überlegen … Ich hab den Rosstäuscher Maurice zu Hause aufgesucht, um von seiner Freundin zu erfahren, dass er nie mehr heimkommen wird, und anschließend war ich noch beim Knut Borchert in der Kanzlei, um mitgeteilt zu bekommen, dass er auf unbestimmte Zeit für niemanden zu sprechen ist. Eine ganze Menge also, was ich erlebt habe und was ich der Mama mitteilen könnte. Aber ich muss das anders angehen.

Ich setze mich zu ihr an den Couchtisch, und ich finde, nachdem nun über zwei Wochen vergangen sind, seit der Wolf sich verabschiedet hat, und auch, weil ich die Horrorstory vom blutigen Mord am Vater von der Madame Marougé bereits ein Stückerl weit verdauen konnte ... also nach all dem Shit, auf gut Deutsch gesagt, steht mein innerer Kessel derart unter Druck, dass ich mich entschließe, der Mama von *rundherum allem* zu erzählen, was mich belastet. Karten auf'n Tisch. Sonst platz ich.

Kennst du das, dass man bei der eigenen Mutter einen anderen Maßstab anlegt? Egal, wie hoch und heilig du jemandem Diskretion und Verschwiegenheit geschworen hast, vor der Mama gilt diese Geheimhaltungsstufe irgendwie nicht, weil: große Ausnahme! Eine Mutter genießt bezüglich des Auspackens von Interna diplomatische Immunität.

Du merkst, ich muss mich erst vor mir selbst rechtfertigen, bevor ich mein Schweigegelübde gegenüber dem Wolf breche. Aber je mehr ich darüber nachdenke: Es *muss* raus!

Ich stochere in der Torte, die die Mama gestern mal eben gebacken hat, sage »Mama, hör zu, Folgendes!«, schaue noch kurz zu einem der beiden Gaubenfenster des Wohnzimmers raus, Wetter nun nicht mehr sonnig, sondern nieselig – und lege los. Do re mi fa so la ti do. Das komplette Programm.

Von A bis Z.

Konzentrierte lange zwanzig Minuten.

Wenn, dann gscheid.

»Und das hast du die ganze Zeit für dich behalten?«, fragt die Mama mich seltsam amüsiert, nachdem sie jedes Detail meiner Odyssee vernommen hat. Angefangen mit Wolfs Mordgeständnis in hunderteinundachtzig Metern Höhe über Marougés Surrealitäten bis hin zum Suizid und Verschwinden zweier weiterer Switch Bladesler – Stand heute Nachmittag – sowie meinem Plan, nach dem Wolf zu suchen.

Ich erwidere: »Es war sehr anstrengend, nicht mal dir was zu erzählen, aber ich hatte es verspro…«

»Dann hast du mich also eiskalt angelogen, mit *ihm* da?«, raunt die Mama und zeigt auf den Stollberg, der aufmerksam zwischen uns auf seinem Lieblingskissen thront, das normalerweise neben der Kasse in Wolfs Antiquitätenladen liegt. Erst weiß ich gar nicht, was genau sie meint, die Mama, aber die Gelassenheit in ihrem Blick beruhigt mich. Und dann fällt mir ein, dass ich der Mama ja eine Lügengeschichte aufgetischt hab, um zu erklären, warum ich den Stollberg zu mir nehmen musste.

»Eiskalt hab ich dich angelogen«, gestehe ich, und sie hakt gleich noch mal nach: »Also, dann gibt's dem Wolf seine kranke Tante in Budapest gar ned, zu der er angeblich gefahren ist und weshalb er dir den Stolli anvertraut hat?«

»Ich weiß ned amoi, ob er eine Tante hat«, blubbere ich, und wir müssen lachen, streichen beide dem Stollberg über den Kopf, und der weiß gleich gar nicht, was los ist, kann aber nicht mehr belämmerter dreinschauen, als er es eh durchgehend tut, und ist summa summarum doch recht zufrieden.

»Ja, sag amal, und jetzt sitzt du in der Tint'n?«

»Na ja, *Zwickmühle* würd ich's eher nennen«, spezifiziere ich mein Dilemma namens *Etwas unternehmen versus nix machen.*

»Meinst du wirklich, es ist gscheid, den Wolf zu suchen? Wär's ned besser, du gäbadst a Ruh und lässt die Dinge einfach gescheh'n?« Die Mama schaut mich an, als gäbe es darauf sowieso nur eine Antwort und ich könnte diese unmissverständlich an ihrer Fragestellung erkennen ... etwas, das ich niemals verstehen werde. Ich werde nie so souverän sein wie die Mama. Sie nimmt das Leben ernst und wirkt doch immer bedacht. Emotional, aber nie sentimental. Für sie stecken die meisten Menschen einfach nur voller falscher Vorstellungen vom Leben, weshalb sie auch keine hohen Erwartungen an sie hat und von vornherein alles nicht so schwernimmt. Sie ist da wie ein Zen-Priester ... eine Zen-Priester*in*. (Wird's schon auch geben.)

»Ich glaub, ich *muss* den Wolf informieren. Wenn nämlich die Madame Marougé recht behält und die Leute, die gerade hinter ihr her sind, spüren demnächst den Wolf ohne Vorwarnung auf, dann könnte ich mir meine Unterlassung nie verzeihen«, erkläre ich. »Ich weiß doch nicht mal, ob er im Bilde ist über all das, was passiert ist, seit er sich verzogen hat.«

»Du solltest nicht die Heldin spielen. Manchmal ist nichts zu machen klüger.« Damit hat die Mama natürlich nicht unrecht.

Doch ich antworte: »Da hast du natürlich nicht unrecht, aber in diesem Fall glaube ich, sollte ich den Wolf finden, bevor *die* es tun.«

»Wen meinst du denn immer damit? Wer sind denn *die?*«

»Das ist die Frage aller Fragen!«

»Gespenstisch!«, sagt die Mama nach einer Pause skeptisch. Untypisch. »Nicht, dass dich am End vielleicht die Marougé manipuliert hat ... Aber wenn's d' meinst. Na gut!«

»Wie: *na gut!*«, bin ich ganz konsterniert. Weil, was soll

das denn heißen? Dass mir die Mama ihren Segen gibt, oder dass sie mir gar … helfen will? Sag jetzt nicht, beide Deutungen sind Blödsinn, das find ich auch, aber du kennst meine Mutter nicht. Irgendwas schwingt da gerade mit.

Ausgerechnet in dem Moment springt der Stollberg auf, postiert sich tollpatschig mit dem Rücken zum Fernseher und schaut uns an, als ob ihm langweilig wäre und er darauf warten würde, dass wir einen Vorschlag machen, was wir unternehmen könnten. Er braucht eine klare Ansage, immer.

Und da haben wir den Salat!

Die Mama und ich schauen ihn hilflos an und brabbeln beide in Babysprache irgendwas Beschwichtigendes. Leider versteht ein Dalmatiner wie der Stollberg dabei nur Bahnhof.

Bei uns zu Hause haben wir ja immer Katzen gehabt, und gerade leben meine Eltern doch auch mit der Minka zusammen (auf die momentan der Papa aufpasst). Und weil wir daher eben nur das Verhalten von Katzen kennen, ist es für uns noch ganz ungewohnt, nun ein Lebewesen im Haus zu haben, das darauf wartet, Anweisungen von *uns* zu bekommen, wo wir doch daran gewöhnt sind, auf Anweisungen von der *Katze* zu warten.

»Was meinst du mit *na gut*? Findest du es nun doch angebracht, dass ich mich auf die Suche nach dem Wolf mache?«, lenke ich ein und schaue vom Stollberg wieder zur Mama. Es folgt eine schweigende Bestätigung. Dabei macht die Mama ein Gesicht, als hätte sie auf was Saures gebissen. Meine Güte, dieses Getue sieht ihr gar nicht ähnlich.

»Stimmt was nicht?«, frage ich die gar so bedröppelte Mama.

Sie schaut besorgt aus. Hebt einen Finger. Muss ich mir Sorgen machen? Schlaganfall?

Da sagst du was.

Nee, doch nicht, denn ich höre sie plötzlich klar und deutlich kundtun: »Ich kann dir sagen, wo der Wolf ist.«

Und ich denk, ich hab mich verhört.

Was soll das heißen?

Mein Blick schreit: Was hab ich hier nicht mitbekommen?

Die Mama flüstert sacht: »Ich weiß, wo er ist«, als wär's eine Nichtigkeit.

Erst ein Stück Torte, und dann kommt so was!

Sogar der Stollberg scheint zerknirscht dreinzuschauen.

Kommt überhaupt noch irgendwer diesem konstanten Strom an Überraschungen hinterher? Geht das jetzt ewig so weiter?

»Wa … sei … a …«, schalte ich mich wieder ein. Wahlen gewinne ich mit dieser Rhetorik keine, schon klar. »Das überrascht mich jetzt«, korrigiere ich mich und meine damit: *Du, Mama, Zeit für ein Geständnis?* »Du weißt also, wo er ist?«

Offensichtlich.

Sie setzt an: »Er hat mich gebeten …«

Aber mit einem herausposaunten »Moment, Moment!« unterbreche ich die Mama hastig. »Legen wir unsere Handys ins Schlafzimmer.« Kennst mich ja, da bin ich heikel. Immer dasselbe. Die Dinger hören mit, und kein Schlaumeier kann an meiner Meinung was ändern. Mittlerweile greifen Autodiebe die Infrarotdaten zwischen Autoschlüssel und Autotürschloss ab. Was meinste, was erst die *richtigen* Checker alles abchecken?

Onlinebanking, Smartphone-Login per Gesichtserkennung, Bargeldabschaffung – du wirst noch an mich denken.

Ich laufe mit unseren Smartphones ins Schlafzimmer, deponiere sie auf dem Nachttisch (was ich schon viel früher hätte machen sollen) und schließe die Tür von außen.

»Ich glaub's ja ned! *Erzähl*«, dränge ich die Mama, als ich mich wieder neben sie setze.

»Der Wolf hat mich vor drei Wochen angerufen und gefragt, ob ich ihn bei uns im Stall unterbringen kann«, teilt sie mir mit. »Im Prinzip hat er mir dasselbe erzählt wie dir auch. Zumindest das mit der Intervention in diesem Kellergewölbe mit den Käfigen, und dass er untertauchen muss. Dass er den Mitarbeiter des Labors ermordet hat, wusste ich aber nicht … ich mein … davon musste ich ja auch nichts wissen.« Es scheint der Mama offenkundig nicht allzu viel auszumachen: Der Wolf ist ein Mörder, und die Mama denkt sich: *Okay, ich mag ihn trotzdem.* Genau wie ich.

Wir sind schon eine knallige Familie. Wir stemmen meine transidentitäre Geschichte voller endloser Stolpersteine mit derselben Selbstverständlichkeit wie das Tötungsmalheur meines Ex-Freundes in irgendeinem Bunker von Tierkerker. Bei uns wird keiner zurückgelassen. Wirklich wahr, was sind wir bloß für ein resilienter niederbayerischer Haufen!

»Wahnsinn!«, stammle ich. Der Wolf hat also *die Mama* ins Vertrauen gezogen und um Unterschlupf gebeten! Er und die Mama haben sich immer gut leiden können, und nach dem Ende der Beziehung zwischen dem Wolf und mir hat der Wolf nie aufgehört, meiner Mutter zum Geburtstag zu gratulieren, hat sich auch immer wieder mal zwischendrin bei ihr gemeldet und Kontakt gehalten. Ist ja auch echt was Besonderes, wenn ein solches Sympathieverhältnis nicht einfach abreißt. Aber dann gleich solch eine Kumpanei, inklusive Unterbringung des Flüchtigen?

»Heißt das, der Wolf ist jetzt gerade im Stall und war das auch die vergangenen zwei Wochen?«, kreise ich die Situation ein, mit ziemlich weit aufgerissenen Äuglein.

Die Mama nickt.

Nur zu deiner Information: Der *Stall*, das ist die familieninterne Bezeichnung für eine etwas größere Holzhütte unweit unseres Hauses in Übertreibling. Der Stall ist gar kein Stall, sondern ein ehemaliger, na ja, obwohl, also ein Stall war es wohl auch mal, aber das Gebäude ist eher so was wie ein lang gezogener Heuschober mit Betonfundament, Ziegeldach und mehreren verwinkelten Anbauten. Das Teil steht leer, seit ich denken kann, und befindet sich weitab vom Schuss, inmitten eines umzäunten Grundstücks, das seit Ewigkeiten unserer Familie gehört. Aber wie das im Ländlichen so üblich ist, lässt man den Grund eben brachliegen, mäht einmal im Jahr das Gras und wartet ansonsten darauf, dass einem in nebulöser Zukunft vielleicht mal eine Idee kommt, was man mit diesem Grundstück Sinnvolles anstellen könnte.

»Weiß der Papa davon?«, frage ich, weil's mir gerade einfällt.

»Der versorgt den Wolf mit Essen und dem Nötigsten.«

Jetzt glaub ich's aber! Das wird ja immer besser.

»Und du kommst seelenruhig zu mir nach München, kümmerst dich um den Hund und verschweigst mir, dass ihr Wolfs Herbergseltern in seinem Versteck im Stall seid? Und zu allem Überfluss erfahre ich gleich auch noch, dass mein eigener Vater der Lieferservice vom Wolf ist. Papa-Lieferando. Ja, glabst es a, dass meine eigenen Eltern solche Geheimnisse vor mir haben«, herrsche ich meine Mutter ungläubig an. Nicht aggro, natürlich, weißt schon, eher so aufbrausend ohne Rückenwind.

»Du hast uns ja auch nichts von Wolfs Verschwinden erzählt. Stattdessen hast uns ang'logen, dass der Wolf in Budapest bei seiner Tante am Krankenbetterl betet«, fühlt sich die Mama jetzt doch ein bisserl unter Rechtfertigungsdruck und knallt mir das noch mal vor den Latz. Aber da hat sie gerade falsch aufgesattelt, weil ich sage: »Halt, halt, halt! Der größte Witz is' ja wohl eher, dass *du* vorhin total überrascht getan hast, als ich dir erzählt hab, dass der Wolf *nicht* in Budapest ist. Dabei hast du des die ganze Zeit gewusst, weil ihr ihn in Vollpension im Stall durchfüttert! Ohne mein Wissen. Naa wirklich, i glab's ja ned!«

Die Mama schmunzelt: »Wahrscheinlich hat der Wolf nur ausprobieren wollen, wie verschwiegen wir einander gegenüber sind. Hat er sich wohl an' Spaß g'macht!«

»Meinst? Ein Experiment, wie lange wir durchhalten, einander nichts zu erzählen? Zuzutrauen wär's ihm. Aber in Anbetracht des Ernstes der Lage hat er uns wohl eher deshalb getrennt voneinander ins Vertrauen gezogen, um sicherzugehen, dass, wenn einer von uns auffliegt, der andere nicht auch gleich mit dran ist«, denke ich das Ganze laut zu Ende. Und dann denke ich noch weiter, aber nicht laut: nämlich, dass die Mama und der Papa als Wolfs Versorger gerade womöglich in derselben Gefahr schweben, wie es der Vater von der Marougé offenbar auch getan hat – man erinnere sich an seine aufgeschlitzte Kehle. Und jetzt ist er tot. Verblutet nach innen.

Ich muss das alles erst verdauen.

In so einem Schnelldurchlauf kann ich die Dinge unmöglich korrekt einordnen.

»Fahrst du glei zu ihm?«, will die Mama wissen und unterbricht unsere Andacht. Ich denke mir: *Ja.* Warum Zeit vergeuden!

Jetzt wirst du sagen, aha, geht's also zurück nach Übertreibling?

Nein, nicht genau nach Übertreibling, aber fast.

Unser Stall (ich nenn den jetzt der Einfachheit halber einfach weiterhin so, auch wenn's ein ausgebauter Heuschober mit Strom und Wasser ist), also, unser Stall liegt nicht direkt in Übertreibling, sondern etwas weiter westlich, mitten im Nirgendwo eines kleinen Nachbarortes namens Rimming. Rimming ist so ein Landfleck mit nicht mal hundert Einwohnern. Weißt schon, einer dieser Orte, die es als Postadresse nur als Anhängsel eines benachbarten Städtchens gibt. Und das ist in diesem Fall Verhausen. Verhausen links, Übertreibling rechts und dazwischen das winzige Rimming.

Der Unterort.

Wenn du dorthin einen Brief schicken willst, musst du Verhausen *Bindestrich* Rimming schreiben. Kennt man ja.

94232 Verhausen-Rimming.

Und genau aus diesem Grund, eben weil Rimming so eine Anhängsel-Ortschaft ist, sprechen wir bei uns daheim immer nur von dem *Kaff, jenseits von Verhausen.*

Ist abgeleitet von der Uralt-Kinoschmonzette *Jenseits von Afrika.* Da ging's auch um den Arsch der Welt. Und damit mein ich den geografischen Aspekt, nicht den Robert Redford.

Also.

Da fahr ich jetzt gleich hin, nach Rimming, zum Wolf. Ihn warnen!

Ach, Mist. Ich hab zwar heute Abend keine Show, das würde also passen, aber ich hab ja auch keinen Führerschein. Schau, ich wusste, dass mir das früher oder später auf die Füße fallen wird. Hätt ich lieber gegen die Radarfallen-Strafe geklagt. Aber ich bin einfach keine Gerichtsliesl. Noch nie gewesen.

Sei's drum. Jacke wie Hose. Ich find schon eine Lösung.

Die Mama sagt: »Du, bitte sei vorsichtig. I bekomm nämlich schee langsam a weiche Knie, jetzt, wo's d' ma des mit dem Mord erzählt hast.«

Jetzt *doch*? Den Mord, den der Wolf begangen hat, oder den Mord an Marougés Vater oder Maurice' Selbstmord? Welchen genau meint die Mama? Ich frag nicht nach. Aus dem Alter bin ich raus … Aber schau an, mittlerweile wird sogar die Mama unruhig. War ja klar.

So eine Mama ist auch nur ein Mensch.

Bei aller Souveränität, die sie immer ausstrahlt, weiß ich ja auch, dass sie schon seit Ewigkeiten Schlafstörungen hat. Und das relativiert doch gleich einiges. Bei jedem schaut's innendrin anders aus, als es die Fassade suggeriert. Es gibt keine Wunder.

»I pass scho auf, Mama. I bin mir auch sicher, dass mir bisher noch niemand gefolgt ist oder so was, weißt?«

Erschreckt schaut die Mama auf. An das hat sie offensichtlich noch gar nicht gedacht. Aber was hat denn dann in ihr so eine angsterfüllte Sorge entfacht? Wahrscheinlich eine abstrakte Angst. Abstrakt ist immer schlimmer als konkret.

»Eins noch.« Ich kratz mit letzter Kraft meine Sinne zusammen. »Hat der Wolf dir eigentlich Sachen erzählt, die er mir nicht erzählt hat? Irgendwas, worüber wir beide gerade noch nicht gesprochen haben? Zum Beispiel, wo das Labor war, das sie ausgehoben haben? Dieses runtergekommene Haus, wo der ganze Ärger losgegangen ist.«

»Nicht, dass ich wüsste«, denkt die Mama laut nach. »Nein, wo dieser Keller lag … das hat der Wolf nicht erwähnt.«

»Telefonverbindung habt ihr auch nicht, oder? Eine Spezialnummer, nur zwischen dir, dem Wolf und dem Papa?«

»Nein, um Gottes willen. Der Wolf ist da übervorsichtig.«

»Habt ihr ein Zeichen vereinbart, wenn ihr euch dem Stall nähert? Sodass der Wolf weiß, wer kommt, und nicht gleich abhaut oder … schießt?«

Wir lachen auf.

»Du wirst lachen, der Wolf hat tatsächlich an Revolver bei sich.«

»Ah, danke, dass d' ma des no' sagst.« Ich freake fast aus, aber ganz ruhig, kennst mich ja.

»Is mir grad erst eing'falln, hab i ganz vergessen.«

»Super. Da hätt'st gschaut, wenn der Wolf versehentlich dei' Tochter vom Stall aus mit drei gezielten Schuss umnietet, weil du *ganz vergessen* hast, sie zu warnen«, stichel ich.

Die Mama kichert, der Stollberg auch. Scheint lustig zu sein, was ich gerade gesagt habe.

»Verrätst du mir das Zugangssignal, bevor wir das auch noch vergessen?« Der Seitenhieb ist ein bisschen arg bemüht, zugegeben, aber weil's grad so zünftig is'.

»Du musst über des Gartentürl beim Feldweg kommen und zwei Mal klatschen. Dann stellst du dich gut sichtbar hin (eine relevante Vereinbarung im Hinblick auf die Mama, die um die eins sechzig groß ist), dann klatscht der Wolf zwei Mal zurück, und du gehst weiter bis zum Seiteneingang bei dem Holzstoß.«

Dem *längst verrotteten* Holzstoß, hat die Mama zu präzisieren vergessen. Echt ausgeklügelte Technik, zwei Mal Klatschen. CIA-Methoden.

»Habt's ihr dem Wolf eigentlich einen Elektroheizkörper neig'stellt? Weil mit Holz wird er ja schon wegen dem Rauch nicht heizen, oder? Könnt ja jemandem auffallen.«

»Ja, der Stromanschluss funktioniert. Er hat zwei Radiatoren drin. Die von uns, woaßt scho, die schweren Deifä auf Rollen, die immer im Keller rumg'standen san.«

Ich schüttele den Kopf. Wie banal. Was hab ich mir denn bloß vorgestellt?

Als der Wolf auf dem Olympiagelände vor meinen Augen

auf diesem neuen Motorrad davongeglitten ist, sozusagen in den Sonnenuntergang geritten ist, kam mir das irgendwie heldenhaft vor. Beinah romantisch. Große weite Welt. Ein Abtrünniger auf der Flucht vor dem Gesetz oder vor wem auch immer.

Als ich noch nicht wusste, wohin er sich zurückgezogen hat, hatte das in meiner Fantasie so was Sagenumwobenes, Mystisches.

Jetzt hingegen, wo ich weiß, dass der Wolf im Stall haust, kommen mir gleich Assoziationen, wie er morgens ins Gebüsch brunzt und Größeres, wie er im Stall vom vielen Lesen bei schlechtem Licht Kopfweh bekommt, die Zeit totschlägt und sich mit letzter Kraft vorm Einschlafen einen von der Palme wedelt.

Ab und an lässt er sich vom Papa das Tascherl mit Proviant und dem sonst noch Allernötigsten geben, tauscht sich vielleicht über Papas Handy zu einer vereinbarten Uhrzeit mit anderen flüchtigen Switch Bladeslern aus und wartet auf etwas, von dem ich keine Ahnung habe.

Mein Entschluss steht fest. Ich statte meinem Wundertüten-Wolf einen Besuch ab. Mit unangemeldeten Besuchen hatte ich heute schon so viel Spaß, ich kann augenscheinlich nicht mehr damit aufhören.

Ich spute mich, gehe ins Schlafzimmer und packe unter Stollbergs interessiertem Blick eine kleine Tasche, weil ich heute daheim in Übertreibling übernachten werde, so viel ist sicher (nicht im Stall beim Wolf!).

Du, nur nebenbei, während ich vor meinem unheimlich schönen Schlafzimmerschrank stehe und Zeug zusammensuche: Hast du's schon gesehen? Meine neue Wohnungseinrichtung? Letzter Schrei. Mir wurde vergangenes Jahr die Bude abgefackelt, und nachdem sie saniert war, hab ich mich komplett neu eingerichtet. Einige Möbel stammen aus der Studioeinrichtung meiner ehemaligen Sendung beim Homeshopping-Kanal *Shop til you Drop TV!* Nachdem wir dort in gegenseitigem Einvernehmen meinen Vertrag haben auslaufen lassen, durfte ich die Dekomöbel aus der Show mitnehmen. Einfach so. Sehr nett. So was gibt's auch.

Fertig. Meine Tasche ist reise-ready. Mei, jetzt wird's schon wieder echt früh dunkel. Noch nicht mal ganz Mitte November.

Die Mama steht in meiner schon sehr kleinen Küche (einziges Manko meiner Wohnung) und brutzelt was für – ja, für wen? –, für den Stolli.

Ich betrachte ihre Rückansicht, und plötzlich fällt mir auf, dass die Mama ja genauso alt ist wie die Madame Marougé! Was mich erst mal stutzig macht.

Es gibt derzeit zwei Arten älterer Menschen. Die, die noch auf die herkömmliche Weise alt werden, ganz klassisch muttchen- und pappchenmäßig. Und dann sind da die, die schon auf irgendwie jugendlichere Art ins Alter rutschen. Die *neuen* Alten. Die, bei denen man sagt: »Wahnsinn, früher hat man mit siebzig nicht so *un*alt und unverändert ausgesehen.« Menschen, die auch ab sechzig noch ganz wie sie selbst wirken, ohne zu diesem Einheits-Oldie zu mutieren.

Und zu Letzterem gehört die Mama *nicht*. Die ist optisch noch ganz klassisch in den Lebensherbst gerutscht, muss man sagen, langsam omihaft werdend.

Wohingegen die Madame Marougé ja durchaus nach wie vor eine gewisse Attraktivität ausstrahlt. Du verstehst, was ich meine? Schon auch fortgeschritten in ihrer körperlichen Anmutung, aber eben durchaus noch *fresh*.

Und genau aufgrund dieser äußerlichen Diskrepanz hätt ich die Mama und die Madame Marougé nie in ein und denselben Jahrgangstopf geschmissen. Bis jetzt. Sie sind keine zwei Monate auseinander. Verrückt.

Ich hab aber eine leise Ahnung, warum sich mir dieser Vergleich der beiden Damen ausgerechnet heute aufdrängt, an diesem Tag von allen Tagen. Weil, jetzt hör zu, jetzt kommt's.

Es ist nämlich schon auch eine kleine schelmenhafte Anwandlung, als ich zur Mama sage: »Du, Mama, ich wär dann so weit, ich hau ab … Nur noch eine Frage.«

Sie dreht sich um, Löffel in der Hand, lässt ihr Gesicht *Ja, Vikki, was denn?* antworten, und ich frage, ganz harmlos: »Aber du schläfst nicht mit dem Wolf, oder?«

Der Blick von der Mama: unbezahlbar.

10

Der alte Trottel Kessler schleimt Madame Marougé an: »Danke, dass Sie sich bereit erklärt haben, das Interview mit uns zu führen. Es hat uns ein gehöriges Stück weitergebracht.«

»Ist das so?«, entgegnet die gallig. *Dann hätt'st es halt sein lassen*, schreit Mario innerlich.

»Definitiv.« Kessler buckelt rum, obwohl das Interview doch schon im Kasten ist! Mario kann sich nur wundern, baut weiter den Green Screen ab, rollt die grüne Folie zusammen und verfolgt das Gespräch aus dem Hintergrund.

»Und nochmals Beileid wegen Ihres Vaters. Was werden Sie jetzt tun? Auch untertauchen, wie die Switch Blades?«, fragt Kessler diese Marougé noch, während er sie bereits zur Tür seiner staubigen Altbauwohnung begleitet.

»Ich weiß noch nicht … Eventuell«, lässt sie sich halbherzig zu einer Andeutung hinreißen. Wie gnädig. »Und wie vereinbart, benutzen Sie das Interview nicht, bevor sich alles geklärt hat«, schiebt sie noch nach, und Kessler pariert mit einem glanzlosen: »Selbstverständlich.«

So, wie's aussieht, verabschiedet Madame Marougé sich wohl nicht von Mario. Degradiert ihn durch ihre Ignoranz zur Requisite. Er war nur der wertlose Assistent, der die Technik handhabt. Als sei lediglich Kessler von Relevanz. Mario erwartet ja keine Dreierumarmung, aber das? Ihn einfach stehen lassen? Sein Blut gerät in Wallung.

»Also dann!«, sagt sie, und Kessler bedankt sich ein weiteres Mal, lässt dann aber die Tür hinter ihr mit einem so kolossalen Wumms ins Schloss knallen, dass Mario die vorangegangene Schmeichelei schlagartig einzuordnen weiß.

Die beiden Männer wechseln einen durchdringenden Blick, aber Kessler lässt kein Einverständnis erkennen. Ist der Herr sich zu fein, sich mit Mario gegen die verrückte Hexe in ihrem schwarzen Wallekostüm zu verbrüdern? Nimmt Kessler Mario nicht für voll? Liegt's am Altersunterschied? Daran, unter welchen Umständen sie sich damals kennengelernt haben? Oder hat der Alte einfach keinen Humor? Fremdkörper trifft auf Fremdkörper.

Macht nichts. Mario wird die Vereinbarung für seine Mitarbeit an Kesslers Streamflexx-Doku trotzdem unterschreiben, die fette Rechteabtretung samt Verschwiegenheitsklausel und den ganzen Jetzt-gehörst-du-uns-Paragrafen. Noch *heute* wird er den zweiunddreißigseitigen Wisch gegenzeichnen, das hat er sich in der letzten Stunde überlegt. Egal, wie fremd ihm Lars Kessler auch ist und wohl immer bleiben wird, Mario will wissen, was hier vor sich geht. Will endlich erfahren, wie er die geheime Filmerei im Olympiaturm, die Ermordung des Greises und dessen mediale Unterschlagung und nun auch Marougés sperriges Interview deuten soll.

Nicht zu vergessen: Er möchte bei dem gesamten Projekt dabei sein. Koste es, was es wolle. Denn wie ein Großteil aller Männer, so ist auch Mario einer, der der Welt etwas beweisen will. Wenn vielleicht auch nicht von Geburt an mit unübersehbaren Kompetenzen oder Talenten ausgestattet, so legitimiert ihn doch sein hellauf lodernder Geltungsdrang. Zumindest der hat Schmackes.

»Magst du auch einen?«, dröhnt Kesslers Nikotinstimme

aus der offenen Küchenzeile. Gemeint ist: Jack Daniel's. Was auch sonst. Er ist halt ein alter Rocker, unser Kesslerboy.

Einen Belohnungsdrink also. Schau an. Ist gemeinsames Jack-Daniel's-Vernichten der erste Schritt Richtung Partnerschaft? Das gefiele Mario nämlich schon besser. Whatever. Sein Ranwanzen kann sich Kessler dennoch sonst wohin stecken. Erst so, dann so, oder was? Hätte er mal vorhin lieber nicht Marios Augenrollen über die gestörte Madame *Bitch* Marougé ins Leere laufen lassen, statt jetzt auf Best Buddies zu machen.

Ist Kessler am Ende auch einer von denen, die einem erst ein Maximum an Demütigung abverlangen, bevor sie einem was vom Kuchen abgeben? Arschlöcher, die einem nie genügend Respekt entgegenbringen? Auf genau solche Menschen trifft Mario immer wieder mal, ziemlich oft sogar. Das ist zumindest sein Eindruck.

Mario und übersensibel? Aber sicher doch.

Scheißfreundlich sagt Mario: »Für mich lieber ein Bier, Lars, wenn du eins dahast.« Mario klingt arg überschwänglich, aber Kessler ist zu doof, das zu dechiffrieren. Da zumindest ist Mario sich sicher. Den unerkannten Feind im eigenen Team, den will Mario in diesem Verwirrspiel gern geben. Jeder lebt und arbeitet auf die eigene Kappe. Okay, Kessler?

»Hey, Lars, hast du Bock, mal kurz mit mir den Vertrag durchzuschauen? Ich glaub, ich will das Teil unterschreiben.«

Auf Kesslers zerschlissenem Satinsofa gehen sie die nächsten eineinhalb Stunden Marios Streamflexx-Kooperationsdeal-Entwurf Seite für Seite durch. Auch Kessler scheint überrascht, was Mario da alles abtreten muss. Einmalhonorar gegen das Abtreten aller Rechte, Zusicherung sämtlicher Freigaben und Weitergaben des eigenen Arbeitsbeitrags, gekrönt von der Androhung gigantischer Konventionalstrafen bei Verstoß gegen diverse(!) Stillschweigeparagrafen. Puh. Kessler, als Initiator und Produzent, hat mit den Streamflexx-Wichsern sicher einen ganz anderen Vertrag unterzeichnet, den er vermutlich vorher mit Topanwälten durchgekaut hat – oder auch nicht. Womöglich ist Streamflexx nämlich auch bei ihm ähnlich rigoros und zu keinen Zugeständnissen bereit. Raubtierkapitalismus ist die aktuelle Weltordnung. Das haben wir jetzt davon.

Kessler gibt sich während ihrer Lektüre die Kante, kippt einen Jack nach dem anderen, was Mario sichtlich zupasskommt, nachdem er den Vertrag schlussendlich im Halbdunkel von Kesslers Wohnung unterzeichnet. Mit einer krakeligen Unterschrift zum Davonlaufen.

»Das hätten wir«, schnaubt Mario, als hätte ihm das Schwingen des Kulis ganz schön Kraft abverlangt. »Um was geht es hier also?«, prescht er vor, reicht Kessler den Kuli und starrt ihn erwartungsvoll an, völlig überhastet, das ist ihm klar, aber siehe da, Kessler lächelt, wahrscheinlich, weil er seine gelblichen Zähne so toll findet, dass er sie Mario unbedingt noch mal zeigen will, und antwortet unverzüglich, als hätte jemand auf den Startknopf gedrückt, allerdings mit schwerer Zunge: »Wird auch höchste Zeit. Ich hatte schon ein schlechtes Gewissen, Ma, M, Mario … Wo soll … ich anfangen.« Kesslers Gesicht nimmt einen gequälten Ausdruck an, der seine verlebten Züge beinah erträglich macht. »Hm … pass auf. Im Zuge der Recherchen zu meinem vorletzten Buch *Die dreckige Siebzehn*, einem Korruptionsfall bei der Münchner Polizei, bin ich unter anderem auf eine gewisse Vikki Victoria gestoßen, die peripher mit der Angelegenheit zu tun hatte, und im …«

»*Die dreckige Siebzehn*? Sagt mir was. Das wurde verfilmt,

oder? Mit Moritz Bleibtreu … Linus Spohn! Lief im Kino. Hab ich von gehört.«

»Aber nicht gesehen?«, springt Kessler sofort drauf an.

»Nö«, sagt Mario entschieden und hat den Eindruck, dass Kessler ernsthaft so kleingeistig oder so besoffen ist, dass ihn die Antwort enttäuscht. Oder kränkt. Eitler Fatzke.

»Macht ja nichts«, entgegnet Kessler.

Natürlich *macht das nichts*, du Hohlbirne, denkt Mario. Egal, was Leute so daherreden, Sinn ergeben sollte es schon. Noch 'n Schluck gefällig, Schluckspecht? Mario reißt sich am Riemen. Schweigt.

»Jedenfalls kam ich über diese Vikki Victoria mit einer Münchner Biker-Gang in Kontakt, die Switch Blades heißt, wie du ja mittlerweile schon mitbekommen hast …«, textet Kessler weiter. »Mit deren Boss, einem gewissen Wolf Wolff, hab ich mich gut verstanden, und wir kamen auf die Idee, dass ich ihn und seine Truppe über einen Zeitraum von zunächst mal einem halben Jahr regelmäßig begleite, bei ihren Treffen, auf Conventions, Touren, was die eben so machen … um daraus am Ende eine Doku entstehen zu lassen.

Ich hatte außerdem gehört, dass die Burschen seit einiger Zeit auch im Tierschutz aktiv sind, so nach amerikanischem Vorbild, wo die New Yorker Hells Angels Leute aufmischen, die angeblich Tiere misshandeln. Das wiederum erinnerte mich an eine bereits existierende Doku darüber auf Streamflexx … und ich dachte mir, vielleicht hätten die Redakteure dort Interesse daran, so was auch bei uns zu probieren. Quasi als deutsches Pendant zu den amerikanischen Hells Angels und deren Eigenheiten. Außerdem: Rocker, Bikes, Tierwohl, ein bisschen Gewalt, ein bisschen Guttat, die Hintergründe, die Protagonisten, das erschien mir ungewöhnlich attraktiv als Thema, schon so ganz allgemein. Das würde ich auch woanders unterbringen können. ARD, ZDF, oder Joyn, Amazon Prime, überall. Langer Rede kurzer Sinn: Die Switch Blades bei ihren Tiereinsätzen filmend zu begleiten – ein Spitzenkonzept … fand ich. Kam noch hinzu: Ich hatte auch keine Lust mehr, lediglich ein weiteres *nächstes* Buch zu schreiben. Ob nun jetzt *da*rüber oder über was anderes. Nicht *noch* einen durchrecherchierten Tatsachenroman, den x-ten Bestseller, *mehr vom selben*, ah.« Kessler winkt ab, ganz der gelangweilte Erfolgsmensch. Schrecklich. Mario könnte ihn würgen. Ein in Selbstherrlichkeit badender alter Suffkopf, der von seinem Überdruss berichtet: Wäre Kessler nicht zu betrunken, um so was wie abgrundtiefe Verachtung wahrzunehmen, er würde sie in Marios Augen bis zur völligen Sättigung finden.

»Kann ich gut verstehen«, semmelt Mario dem schräg an die Sofalehne gestützten Kessler rein.

»Ja?« Kessler schenkt sich grobmotorisch aus der Flasche nach. Er ist kurz vorm Lallen: »Ich hatte überhaupt schon länger die Idee im Hinterkopf, mal was Filmisches zu machen, eben zum Beispiel eine Dokumentation zu drehen. Einfach mal was Neues wagen. Neue Herausforderungen angehen. Du verstehst!«

Is ja gu-u-hut, denkt sich Mario Sulfak. Steiger dich nicht rein in deine Egomasturbation, Kessler. *Stillstand heißt Rückschritt, raus aus der Komfortzone, neugierig bleiben*, schon klar, Phrasendrescher, Knalltüte. Weiter im Text.

»Logisch«, schiebt Mario beifällig ihr Gespräch weiter.

Mit einem Seufzer sagt Kessler: »Zunächst hab ich auf einer ihrer Bike-Touren in den Bergen ein paar Aufnahmen von den Jungs gemacht. Die Blades im Konvoi, in Serpentinen, dann ein paar Interviews, einzeln und in der Gruppe. Mal draußen in der Landschaft, mal drinnen in ihrer Vereinszentrale in Sendling. Sind ja alles charismatische Typen, die machen vor der Kamera schon was her. Bisschen grob mitunter, spröde, rau, aber nicht blöd. Ich hab tiefer gehende Fragen zu ihrem Lebensstil, zu ihrer Philosophie, zu ihrer Historie im Speziellen und zu der von Motorradgangs im Allgemeinen gestellt, so was eben. Natürlich auch zu ihren legendären Tieraktionen. Nach ein paar Wochen Sammelei hab ich das alles gesichtet und zusammengeschnitten, ein Exposé geschrieben, ein bisschen Struktur reingebracht, ein paar Konzepte für Scripted-Reality-Szenen und Reenactments von ausgewählten früheren Unternehmungen hinzugefügt, um das halt ein wenig aufzuhübschen, eine Prise Drama reinzubringen, Spannungsbogen und so weiter. Und damit bin ich dann zu meinem Agenten gegangen, und der hat Streamflexx kontaktet. Einfach mal angefragt. Ich meine, was die an Eigenproduktionen raushauen, ist ja nicht mehr normal.«

»Krass«, wirft Mario ein. Einfach dem Selbstverständlichen zustimmen, kann ja nicht schaden. »Wo sitzen die denn eigentlich in Deutschland?«, will er gleich noch wissen. Sinnlose Frage, aber ganz uninteressant ist es nun auch wieder nicht.

»Berlin«, haut Kessler kurz und knapp raus. Er fühlt sich eindeutig in seinem superdreckstollen Redefluss unterbrochen. »Jedenfalls war Streamflexx sofort Feuer und Flamme. Das hatte ich so nun auch wieder nicht erwartet, obwohl ich sehr überzeugt von meinem Exposé war …«

Mein lieber Schwan, Kessler ist dermaßen von sich eingenommen, rette sich, wer kann. Seine Hybris war in den vergangenen Wochen unübersehbar, so ist es nicht, aber jetzt gerade: absoluter Höhepunkt. Mario muss sich echt zusammenreißen.

»Ich bekam von Streamflexx also grünes Licht, einen Vorschuss, hab losgelegt … und dann kam schlagartig alles anders. Nämlich noch besser, *viel* besser … wobei man das so oder so sehen kann«, fügt Kessler mit einem leutseligen Lächeln an.

»Und zwar?«, drückt Mario auf die Tube. Draußen ist es längst dunkel.

»Ziemlich bald, nachdem das mit Streamflexx geklärt war, vor ein paar Wochen also, sind wir, die Blades und ich, nach Gerolsbach gefahren! Oder in die Nähe von dort!« Kessler klingt plötzlich echt aufgerührt. Gerolsbach, schon mal gehört, wo soll das sein? Egal.

»Ich habe die Blades dorthin begleitet. Ich wollte sie zum zweiten Mal bei einer ihrer Befreiungsaktionen begleiten«, labert Kultregisseur und Allroundgenie Lars Kessler. »Ziel war ein abgelegenes, etwas runtergekommenes Gebäude, das sich auf einem weitläufigen, umzäunten Areal befand. Die Jungs sind einfach auf das Grundstück vorgedrungen, haben sich Zugang zu der maroden Bude verschafft und … ach was, ich zeig's dir!«

Kessler steht schwerfällig auf, hievt sich regelrecht aus dem abgenutzten Satinsofa heraus und bedeutet Mario, ihm zu dem Tisch mit den Bildschirmen zu folgen. Überraschend zielsicher findet Kessler den gesuchten Ordner auf seinem PC, vergewissert sich, dass Mario neben ihm Platz genommen hat, und startet die Movie-Datei. Klack, Play.

Was Mario auf Kesslers siffigem Bildschirm sieht, verschlägt ihm den Atem!

Er verfolgt, wie der Typ, den er im Olympiaturm-Restaurant heimlich gefilmt hat, dieser Wolf, mit einer Horde anderer Lederjackentypen eine etwas chaotische Wohnung betritt. Erneut in Spitzenbildqualität, aber ohne Ton und wie in natürlichem Zeitraffer sieht Mario, bestürzt von so viel erschütternder Realität, wie die Biker-Crew ins Wohnzimmer des besagten Hauses stürmt und gleich darauf linker Hand einen grell beleuchteten Kellerabgang hinunterstürmt (noch mal: alles ohne Ton und heftig verwackelt!). Mario sieht, wie zwei Switch-Blades-Mitglieder in diesem überbelichteten Keller ankommen und sich ihnen – und Mario – ein Bild des Grauens bietet. Ein schachtartiger Gang, vielleicht vier Meter breit und relativ niedrig, Betonboden, neonhell beleuchtet und *endlos* tief, mindestens, keine Ahnung, zwanzig Meter, jedenfalls unfassbar lang … Der Gang ist gesäumt von stählernen Käfigen, eine Reihe an jeder Seite, jeweils drei übereinander, und *in* diesen Käfigen: Dutzende aufgewühlter Tiere. Plötzlich erscheint ein etwas zu kurz geratener Mann, wohl so was wie der Kerkermeister, und versucht, sich den beiden Bladeslern in den Weg zu stellen. Er hat einen Taser in der Hand, so eine eckige Elektroschockpistole, und droht damit. Ohne weiteres Geplänkel zielt er auf einen Bladesler, nicht auf diesen Wolf, sondern auf den anderen, und drückt ab. Innerhalb von Sekunden liegt der Biker am Boden. Ein zweiter Typ kommt dem Wolf, den Kessler von hinten filmt, entgegen. Anscheinend noch ein Kerkermeister. Dieser Glatzkopf ist mit einem Mal von irgendwo seitlich aufgetaucht, aus der Tiefe des Korridors, als gäbe es weiter hinten noch Nebengänge. Er hat allerdings so was wie eine Pumpgun in der Hand, genau kann man es in Kesslers Kameraeinstellung nicht erkennen. Zunächst aber drischt dieser Wolf noch den winzigen Mann, den mit dem Taser, kurz und klein, also noch kleiner, als der eh schon ist …, während seitlich ein weiterer Switchler auftaucht, der am Revers eine Kamera befestigt hat und offenbar ebenfalls mitfilmt. Die Switchler scheinen parallel also auch eigene Bodycam-Aufnahmen von ihren Einsätzen anzufertigen. Zusätzlich zu Kesslers Doku.

Als der durch den Korridor heranstürmende Kerkermeister, der mit der Pumpgun, den neu hinzugekommenen Switchler sieht, macht er auf halbem Wege kehrt und läuft wieder dahin zurück, von wo er gekommen ist. Verschwindet ums Eck, nach links, und ist wie vom Erdboden verschluckt. Scheißt sich wohl in die Hosen.

Nun entern noch mehr Switchler das Verlies, einige transportieren ihren niedergestreckten Kollegen ab, und Kessler schwenkt seine Kamera wieder in Richtung des tiefen Korridors, um die Lage zu sondieren. Mario könnte schwören: Was man jetzt erkennen kann, ist das Schlimmste, was er in seinem Leben gesehen hat. Zahllose hinter dünnen Gitterstäben eingepferchte Viecher. In den unteren Reihen massenweise Kaninchen, junge Hunde und … Frettchen? In den mittleren und oberen Käfigen lauter Affen. Affen ohne Ende, auf harten Unterlagen kauernd oder ans Gitter gekrallt. Manche einzeln, manche in Zweier- und Dreiergruppen eingesperrt. Makaken, Berberaffen, Rhesusaffen, Erwachsene, Babys. Schauderhaft.

Kessler drückt auf Stopp. »Lass es uns hier gut sein lassen.« Er fährt sich nervös mit der Zunge über die Lippen, bis sie glänzen.

Lass es uns hier gut sein lassen? Was ist das denn für ein Statement? Mario weiß gleich gar nicht, wie er mit dieser abrupten Unterbrechung umgehen soll, derartig mitgenommen fühlt er sich, lässt es sich aber nicht anmerken.

»Danach sind noch Dinge passiert … die heben wir uns für ein anderes Mal auf«, murmelt Kessler mit grabeskalter Stimme.

Für ein anderes Mal aufheben? Um was für ein Gelaber handelt es sich dabei jetzt schon wieder?

»Na gut«, verwünscht Mario ihn. Was bleibt ihm auch anderes übrig, als zuzustimmen. Aber trotzdem, Wahnsinn,

Kessler war mit diesen Burschen live dadrinnen, in diesem Kerkerlabor. Maximaler Respekt.

Kessler zischelt: »Es ist noch einiges vorgefallen, weißt du, von dem ich vorerst nicht weiß, wie ich damit umgehen soll. Ob ich die Bilder je veröffentlichen werde. Dem Anführer …«

»Diesem Wolf Wolff, oder was?«, funkt Mario mit belegter Stimme dazwischen.

Kessler nickt: »… ihm ist später noch etwas widerfahren, das dem Ganzen eine … eine tragische Wendung gegeben hat! Ein anderes Mal«, fügt Kessler doch noch eine Andeutung hinzu, als müsste er sich über die Maßen an die Kandare nehmen, um bloß nicht konkreter zu werden.

»War das so was wie ein Versuchslabor?«, tastet Mario sich vorsichtig heran, indem er wieder ausschließlich auf das eben gesehene Bildmaterial Bezug nimmt. Vorbildlich. Vollstes Verständnis zeigen. So ist Mario!

»Wir wissen mittlerweile, dass es eine Tierplantage ist. Zur Experimentalzüchtung für Laborversuche. Zucht von resistenteren Arten, Unterarten, *Ab*arten … was man eben so braucht. Im großen Stil. So etwas kann man nicht in offiziellen, unter Behördenaufsicht stehenden Laboren durchführen. Zumindest nicht in Europa.« Kessler schluckt, seine Anspannung entgeht Mario nicht. »Normalerweise statten die Switch Blades ihre Besuche nur Privatpersonen oder Kleinzüchtern ab. Mit der Dimension in Gerolsbach hatte keiner gerechnet. Und damit, dass es so gefährlich werden und solche schwerwiegenden Folgen haben würde, erst recht nicht.«

»Was für schwerwiegende Folgen denn?«, fragt Mario drängend, ermahnt sich aber umgehend zu einem ausgleichenden Engelsgesicht. Was leider abartig unecht aussieht.

»Die Betreiber des Zuchtlabors in Gerolsbach nehmen das Eindringen der Switch Blades natürlich nicht einfach so hin.«

»Sprechen wir hier von *Klauber*?«, kombiniert Mario. »Ist das irgendein Konzern? Ich hab den Namen vorhin aus Marougés Mund zum ersten Mal gehört, aber er klingt … mächtig.«

»Kann man so sagen. Klauber ist ein globaler Zulieferer für pharmazeutische Unternehmen, auch für die Kosmetikindustrie – was näher beisammen liegt, als man meinen möchte. Mit denen ist nicht gut Kirschen essen.«

»Was heißt das?«

»Einen Tag nach der Aktion in Gerolsbach hat eine Hamburger Anwaltskanzlei den Switch Blades im Namen von Klauber ein Schreiben zukommen lassen, mit dessen Unterzeichnung die Blades zusichern sollten, Stillschweigen über die Vorkommnisse im Gerolsbacher Kerker zu wahren und zudem das angefertigte Filmmaterial unverzüglich auszuhändigen und in der Sache nicht weiter tätig zu werden, egal, auf welche Art. Im Gegenzug würde keine Anzeige gegen die Blades und vor allem gegen einen bestimmten Bladesler erstattet, wegen … wegen etwas, das einem Labormitarbeiter zugefügt wurde.«

»Hat ein Switchler ihn zum Krüppel geschlagen, oder was?« Mario, sofort hellhörig. Sensationsgeil. Verständlich.

»Wie gesagt, ob ich darüber überhaupt jemals Konkretes rauslassen werde, also auch in unserer Doku, muss ich erst noch entscheiden«, verschweigt Kessler einmal mehr Wolfs Mord an dem Laborgehilfen. Wenn auch nur noch halbherzig.

»Also, diese Rechtsanwaltskanzlei hat eine schriftliche Verschwiegenheitsvereinbarung gefordert?«

Kessler nickt: »Unter Androhung juristischer Konsequenzen, falls man dem nicht nachkäme.«

»Geil. Das ist bei Klauber ja fast wie bei Streamflexx. Du musst dich *komplett* committen, mit Haut und Haar, all deine wertlosen Persönlichkeitsrechte an der Eingangstür abgeben, ansonsten: In-die-Fresse, adios, Amigo. Ha, das sind ja wirklich alles Verbrecher«, findet Mario seine Analogie ziemlich gewieft. Er lacht laut auf, Kessler leider nicht.

Mario hasst es, wenn er der Einzige ist, der lacht.

»Und lass mich raten«, fährt er fort: »Die Switch Blades haben das Papier natürlich nicht unterzeichnet.«

Kessler starrt betreten zu Boden. »Stimmt, haben sie nicht. Und das haben sie die Rechtsverdreher in Hamburg leider auch unmissverständlich wissen lassen. Zwei Tage später wurde ein gewisser Ernst Mittermaier, ein langjähriger Bladesler, mit Halswirbelsäulenbruch ins Krankenhaus eingeliefert. Das wird nichts mehr … gelähmt.«

Endlich ist Mario richtig baff. Ihm fehlen die Worte. Sofort beschleicht ihn wieder dieses Gefühl, selbst in Gefahr zu sein.

Spektakuläres Gefühl!

»Wow, wow, wow, Moment, Moment«, holpert er rum. »Diese Kanzlei von Klauber, oder vielmehr Klauber selbst, hat also Leute am Start, die ratzfatz Mitglieder einer ultraharten Biker-Gang umnieten? Ich glaub's ja nicht.«

»So sieht's aus. Es gab noch weitere drastische Vorfälle seitdem. Ein Bladesler soll angeblich sogar Selbstmord begangen haben, aber das glaube ich nicht. Das war inszeniert, und zwar von außen. Mittlerweile ist ein Großteil der Switchler aus Sicherheitsgründen vorerst untergetaucht.«

In Marios Kopf verknüpft sich etwas: »Noch mal zurück zu Madame Marougé. Als wir vor ihrem Haus Wache gehalten haben, hast du da wirklich auf Wolf Wolff gewartet, oder wusstest du, dass die Klauber-Handlanger dort auftauchen würden?«

»Nein, woher denn? Ich hielt es für möglich, dass Wolf aufkreuzt, um Madame Marougé aufzusuchen. Was ich nämlich noch von ihm erfahren hatte, kurz bevor er sich unsichtbar gemacht hat, war, dass es die Madame war, die den Switch Blades den Tipp gegeben hatte, dem Labor doch mal einen Besuch abzustatten, jedoch ohne auf die extraordinäre Brisanz hinzuweisen. Entsprechend glaubten die Blades anschließend, von ihr an der Nase herumgeführt worden zu sein. Es erschien mir also durchaus möglich, dass Wolf das mit ihr persönlich würde klären wollen. Zudem hatte ich keine andere Möglichkeit mehr, Kontakt zu ihm aufzunehmen. Dass du und ich dann Zeugen des Einbruchs durch das dubiose Trio wurden – war Zufall.«

»Aber ein geiler Zufall«, kommt es wie aus der Pistole geschossen von Mario.

Kessler mimt Coolness, aber er findet Marios Aufgeregtheit unpassend, das merkt man. Spießer.

Kessler: »Na ja, zumindest legt der Einbruch in Marougés Haus, samt dem Mord an ihrem Vater, nahe, dass sie vermutlich tatsächlich nichts von der Größenordnung des Labors gewusst und mit ihrem Tipp keine bösen Absichten verfolgt hat.«

»Und du?«

»Was, ich!« Kesslers buschige Altherren-Augenbrauen wandern langsam in die Höhe. Analog zur Höhe des Alkoholspiegels in seinem Blut.

»Glaubst du, dass die Typen, die ihren Vater abgemurkst haben, Leute von Klauber waren?«

»Ziemlich sicher sogar.«

»Aber Madame Marougé gehört doch nicht zu den Switch Blades. Wieso sollten sie ihr Ärger machen?«

»Hm. Bis zu seinem Verschwinden war Wolf häufig privat bei ihr, was die Sache ihres potenziellen Verrats übrigens auch so heikel gemacht hat. Es könnte sein, dass die von Klauber es für möglich hielten, ihn dort anzutreffen. Wie ich ja auch.« Seltsam süffisant fügt Kessler noch hinzu: »Wenn auch aus einem anderen Grund.«

»Dann hatte Marougé, oder besser gesagt, dann hatte ihr alter Paps also einfach Pech?«

»Kann man so sagen«, schnauft Kessler erschöpft.

Eine Unglaublichkeit reiht sich an die nächste.

Kann es sein, dass sich die Geschichte an Skurrilität immer noch höher und höher schraubt?

Wenn Mario nicht alles täuscht, findet hier gerade ein inhaltlich gigantischer Schwenk statt, vor allem, was den Titel ihrer geplanten Doku betrifft. Nämlich von:

Switch Blades & Animal Welfare

hin zu:

Switch Blades vs. The Klauber Company.

Fett!

Eines ist Mario klar: Das ist nicht nur das Schauderhafteste und Abseitigste, was er in seinem Leben je gehört hat, sondern auch das Spannendste. Kaum zu glauben.

Zudem rangiert diese Story auch *ganz allgemein* ziemlich weit oben! Auf einer Skala von eins bis zehn? Rate mal.

»Machst du noch schnell die Back-ups?« Kessler kneift vor Müdigkeit die Augen zusammen. Er hat die Jack-Daniel's-Flasche inzwischen bis zur Hälfte geleert. (Zwei Promille?) Und was können erschöpfte alte Männer am besten? Abrupt in einem Schreibtischsessel vor einem Computertisch wegratzen. Kopf in den Nacken geknickt, Mund leicht geöffnet, Tiefschlaf.

Mario starrt Kessler verwundert an, dessen käsig-rotes Bluthochdruckantlitz. So schnell geht das mit dem Einpennen? Kessler schläft auf diese verrenkte Weise, als würde er den toten Mann markieren. Der Schlaf des Geschwächten.

Nun denn. Wie befohlen macht sich Mario Sulfak dran, die heutigen Daten auf einer externen Festplatte zu speichern, das ist gleich erledigt. Immer wieder schaut er auf den schnaufenden Kessler neben sich, und es kommt Mario so vor, als spürte er die Wärme von Kesslers Atem auf seiner Wange, und er denkt sich: *Der soll alles einheimsen? Der* nicht. Gar keine Frage. Mario sieht sich aus härterem Holz geschnitzt. Wird er hier automatisch zum Nebendarsteller degradiert, wenn er keine Eigeninitiative ergreift? Nebendarsteller! Eine Rolle, die ihm von jeher höchst zuwider ist.

Er sieht sich um. Zuerst in der Wohnung, wie zur Rückversicherung, dann ein Blick aus dem Fenster im zweiten Stock, auf die leere Durchgangsstraße. Gegenüber ragen große, dunkle Gebäude düster in die Höhe. Altbauten. Monolithen der Vergangenheit.

Mario wird vorsorglich auch für seine persönliche Archivierung den Großteil der Dateien, die sich auf Kesslers Computer befinden, saven. Er zieht zwei mitgebrachte Festplatten aus seiner verkrumpelt in der Ecke des Arbeitsraums liegenden Stoffjacke.

Sich eine einmalige Chance entgehen lassen, das liegt ihm fern.

In Sachen Erfolg hat er nämlich noch Kapazitäten frei.

Er steckt das Laufwerk mit dem USB-Kabel an.

Lustig, wie Kessler nur eineinhalb Meter von Mario entfernt vor sich hin pennt, während sich zig Mega- und Gigabyte des Filmmaterials für Marios ganz persönlichen Gebrauch auf das erste Speichermedium laden.

Und jetzt mal ganz ehrlich: Im volltrunkenen Schlummer lädt Kesslers Fresse doch noch viel mehr zum Reinschlagen ein.

11

Gegen zehn Uhr abends passieren wir das Ortsschild Rimming. Weil aber Rimming doch nur ein Unterörtchen jenseits von Verhausen ist, ist das Ortsschild nicht so ein gelbes mit schwarzer Schrift, sondern ein schmales grünes, mit gelber Schrift. Kennst ja eh.

Der Pascal, der hinterm Steuer seines Umwelt-Testgewinner-Volvos sitzt, sagt zu mir: »Ich wusste gar nicht, dass ein Ort namens Rimming existiert. Tuntenhausen, Tittenkofen, Petting, klar, hat man alles schon mal gehört. Aber Rimming ist echt der Höhepunkt unter den skurrilen Ortsnamen.«

»Ich glaub, das checken die wenigsten, weil kaum einer den Begriff kennt«, antworte ich beiläufig und zeige nach links, damit wir auch ganz sicher abbiegen, in die breite Egenhofenstraße mit dem löchrigen Straßenbelag, vorbei an drei weit auseinanderstehenden Satteldachhäusern mit Bauernhofcharakter, und weiter geradeaus durch ein kurzes, zerrupftes Wäldchen mitsamt einem einsamen Bungalow aus den Sechzigern mittendrin. Die damaligen Eigentümer haben sich damals wohl gedacht, dass sie sich was ganz Exklusives in einer ganz ruhigen Gegend hinstellen, bis ihnen klar wurde, dass sie eher ein Mausoleum auf einem verlassenen Fleckchen Erde ohne jegliches Wertpotenzial errichtet haben. Landträume von Menschen aus der Großstadt.

Abgelegene Häuser, unbefestigte Nebenstraßen, durchzogen von Wald- und Grasflächen, das ist Rimming. Was Rimming denn jetzt angeblich *noch* bedeutet, außer dass es ein Ortseigenname ist, fragst du? Kann ich verstehen. Aber das würde zu weit führen.

Direkt nieseln tut's nicht, trotzdem ist die Windschutzscheibe alle paar Sekunden bis zur kompletten Sichtbehinderung benetzt. Auch, weil Rimming in diesem Abschnitt längst die Straßenlaternen ausgegangen sind, schaltet mein Herzallerliebster, der Pascal, das Fernlicht ein, folgt brav meinen Anweisungen, fährt nach drei weiteren Biegungen an den Rand des morastigen Kieswegs, stellt den Motor ab und schaltet die grellen Scheinwerfer aus. Vorsichtshalber mehr als hundert Meter vom brachliegenden Grundstück meiner Familie entfernt, auf dem der Stall steht. Die Zufahrtsstraße ist eine Sackgasse und die einzige Möglichkeit, motorisiert hin und wieder zurück zu gelangen.

Aber was heißt schon Straße! Wir sprechen hier eigentlich eher von einem breiten Feldweg. So ist das in dieser Gegend.

Durch die Windschutzscheibe mache ich in der Ferne die vertrauten Umrisse des Großen Arber aus, der sich vor dem Nachthimmel abzeichnet. Dunkle Silhouette vor dunklem Hintergrund – keine Ahnung, wie so was optisch möglich ist. Kneife ich die Augen zusammen, erkenne ich sogar die beiden kugelförmigen Radarkuppeln, die auf einem der vier Gipfel stehen. Den *König des Bayerischen Waldes* nennt man ihn, unseren Hausberg. Höchstes Gebirgsmassiv Bayerns, abgesehen von den Alpen. Na ja. Käme ich nicht von hier, wüsste ich es nicht.

Heute Nacht wirkt seine schattenhafte Silhouette ein bisschen bedrohlich. Muss an meiner Stimmung liegen.

»Und nun?«, fragt der Pascal ahnungslos wie sonst noch was. Meine Geheimniskrämerei akzeptiert er zwar anstandslos, Übung macht den Meister, aber das befreit mich nicht davon, ihm schön langsam mitteilen zu müssen, wie es nun den Rest der Nacht für ihn weitergeht. Was natürlich verzwickt ist.

Auch wenn wir mittlerweile seit über zwei Jahren zusammen sind, hat es mich einige Überwindung gekostet, ihn um den Gefallen zu bitten, mich von München aus eineinhalb Stunden in die niederbayerische Einsamkeit zu kutschieren. Zum einen fällt es mir generell schwer, jemandem etwas abzuverlangen, aber vor allem konnte ich ihm bisher ja nicht mal den Grund für unsere Reise verraten.

Der flüchtige Wolf hält sich nach einem Mord, den er begangen hat, in einem Behelfshäuschen in Rimming versteckt, das meiner Familie gehört. Genauer gesagt, handelt es sich dabei um einen etwas besseren Heuschober mit Ziegeldach, den wir bei uns zu Hause aus unerfindlichen Gründen nur den Stall *nennen. Ich bin hier, um dem Wolf eine Reihe diffuser News zu überbringen, die darauf hindeuten, dass er in noch größerer Gefahr schwebt, als er bislang angenommen hat. Alles streng geheim.*

So was kann ich dem Pascal unmöglich vorsetzen. Lebensgefährte hin, Ex-Polizist her. Das klingt sogar in meinen eigenen Ohren völlig meschugge. Außerdem hab ich ja gegenüber dem Wolf einen Verschwiegenheitsschwur geleistet. Schlimm genug, dass ich vorhin überhaupt der Mama von seinem Schicksal berichtet habe. *Noch* schlimmer allerdings, dass ich gleich darauf feststellen durfte, dass *die Mama* über Wolfs Verbleib mehr wusste als ich und dass sie von Anbeginn seiner Flucht auch gleich noch seine Komplizin war. Zusammen mit dem Papa. Ich sag jetzt nicht, der Wolf, die Mama, der Papa, alle gegen mich, aber eine Hinter-meinem-Rücken-Aktion, wie man sie nicht alle Tage erlebt, war das schon.

Was erzähl ich jetzt also dem noch angeschnallten Pascal, der neben mir im Volvo sitzt und mich fragend anschaut, wie wir denn nun weiter verfahren? Ich kann ja nicht mal abschätzen, was *ich* machen werde, wenn ich gleich im Stall auf den Wolf treffe.

Gedankenverloren erwidere ich Pascals Blick. Etwas, das das eigene Denkvermögen auch nicht unbedingt ankurbelt. Was sagst du? Du willst wissen, wie er aussieht, mein Herzberg Pascal aus München-Maxvorstadt, weil ich doch erwähnt hab, dass ich – für meine Verhältnisse – schon ewig was mit ihm am Laufen habe? Nein, nein, das ist keine aufdringliche Frage. Durchaus berechtigt, wenn wir schon über ihn reden.

Wenn ich ihn für mich beschreiben müsste, würde ich sagen, er hat was Attraktives, ohne dass er was Aufdringliches an sich hätte. Und er hat was Typisches, ohne dass er was besonders Auffälliges hätte. Das sag ich auch nicht zum ersten Mal. Passt halt einfach gut. Und wenn was passt, hab ich kein Problem damit, es immer wieder zu benutzen.

Ein paar Jahre jünger als ich ist er auch, und das schadet nichts.

Ach herrje, wenn man so über seine Beziehung oder über das Lieben generell spricht, stolpert man immer gleich über die eigene Gewöhnlichkeit.

Beinah gschamig krächze ich dem Pascal zu, ähnlich wie heute Vormittag noch der Kathi: »Warte bitte hier im Wagen. Gib mir eine Viertelstunde. Wenn sich alles so entwickelt, wie ich erwarte, geb ich dir spätestens dann eine Zwischenmeldung.«

»Na klar«, versichert er mir, wirklich vollkommen im Unklaren darüber, welche Machenschaften rings um ihn im Gange sind, was seinen Kenntnisstand, ehrlich gesagt, nur geringfügig von meinem eigenen unterscheidet. Seinem bemüht entgegenkommenden Augenausdruck nach hat er heute zu allem Überfluss auch noch einen ganz schlechten Tag hinter sich. Hab ich schon erwähnt, dass er einen Hang zum Bipolaren hat? Da geht's auf und ab, ich sag's dir.

Aber sonst: bumperlgsund.

Und los geht's. Ich steige aus dem Volvo und mache mich an das absolut aussichtslose Unterfangen, unsichtbar zum östlichen Ende unseres Grundstücks zu gelangen. In so einem verstohlenen Stechschritt mit eingezogenem Kopf, was Quatsch ist, weil in diesem menschenverlassenen Winkel, noch dazu um diese Zeit, eh nichts los ist, und ich den Eindruck habe, mit meinen mittelhohen Absätzen sogar im Gras laut vernehmliche Trittgeräusche zu erzeugen. Einbildung und Tatsachen verschwimmen, wie immer.

Darüber hinaus kommen mir meine Sinne gerade sowieso besonders geschärft vor. Was auch an der Örtlichkeit liegen könnte. Im Bayerischen Wald gibt es von jeher ein paar besondere Plätze, an denen Energiefelder ihre Wirkung auf die Psyche des Menschen entfalten. Das ist viel weniger Hokuspokus, als man meinen könnte. Zum Beispiel hat ein gewisser Mühlhiasl (gut, der Name ist natürlich grenzwertig) die Aura einiger sogenannter Kraftorte hier in der Gegend quasi angezapft und vor zweihundertfünfzig Jahren ein paar Prophezeiungen über die Zukunft bis in die Jetztzeit vom Stapel gelassen, da ziagt's dir angesichts ihrer Treffgenauigkeit die Schua aus, ehrlich. Man könnte ihn auch den Nostradamus vom Bayerwald nennen, den Mühlhiasl. Nie gehört, oder? Wieder was g'lernt …

Die Nacht ist hell genug, um mich mühelos zurechtzufinden, obwohl ich den Mond auf die Schnelle nicht am Himmel entdecken kann.

Irgendwas raschelt im Dickicht links von mir. Ich fahre zusammen, aber nur so halb. Ist wahrscheinlich bloß ein Kleintier. Maximal ein Luchs, rede ich mir ein. Luchse haben wir hier einige, seit vor ein paar Jahrzehnten im nahe gelegenen tschechischen Nationalpark ein gutes Dutzend zur Wiederansiedlung ausgewildert wurde, was einigermaßen erfolgreich verlief.

Das Rascheln erstirbt. Mein Puls ist trotzdem noch um eine Nuance gestiegen.

Im vollen Bewusstsein dessen, dass der Wolf, laut Mama, einen Revolver bei sich im Stall hat, steige ich ungelenk über das niedrige Jägerzaun-Gartentürl, hau mir beim Landen im hohen, nassen Gras unseres Riesengartens das Schienbein an nichts Ersichtlichem an, stütze mich instinktiv an der Klinke des Gartentürls ab, wodurch es nach innen aufschwenkt, was sofort wie ein ganz schlechter Sketch aus der Stummfilmzeit wirkt, also: *umständlich über ein Tor steigen, das man auch regulär hätte öffnen können*, aber ich hab halt mal so gar nicht damit gerechnet, dass es nicht abgesperrt ist, wie auch, und dann tue ich, wie mir geheißen! Das heißt, ich klatsche zwei Mal in die Hände, wie die Mama es mir erzählt hat. Ihr vereinbartes Signal mit dem Wolf … also klatsch, klatsch. Mensch, komm ich mir blöd vor, und – natürlich tut sich nichts.

Ich also noch mal *klatsch, klatsch*. Richtig laut. Regelrecht professionell. Als wär ich in meiner Jugend jahrelang erste Handflächenknallerin im Klatschorchester Übertreibling gewesen.

Der Stall ist vielleicht zehn Meter von mir entfernt. Kann man da erwarten, dass mein Kurzapplaus durch die dicken Plankenwände oder gar das vermooste Ziegeldach direkt in Wolfs Flüchtlingsohren dringt?

Ein paar Sekunden geb ich ihm noch.

Ich bin schon aufgeregt, ihn wiederzusehen.

Das sind doch mal wieder Umstände. Bei uns muss alles immer gleich speziell werden.

Hat die Mama recht gehabt, dass ich es hätte auf sich beruhen lassen sollen? Den Wolf besser nicht in Kenntnis setzen darüber, was sich bei mir so alles an neuen Einsichten angehäuft hat?

Was ist verkehrt mit mir, dass ich mich nie einfach nur mal zurücklehnen kann?

Jetzt aber. Genug gewartet. Ich setze mich in Bewegung. Wenn mich der Wolf aus Versehen abknallt, weil er glaubt, ich sei der Feind, *Komm!, ich hatte ein erfülltes Leben*, denke ich ungeduldig und übermütig und sende im Gehen noch einen weiteren Doppelklatscher ab. Am Seiteneingang neben dem verrotteten Holzstoß angekommen, klopfe ich einfach an die Tür, was soll's. Vom Rhythmus her: lang kurz kurz lang kurz! Vom Morsealphabet habe ich nicht die blasseste Ahnung.

»Hier ist die Vikki. Bitte nicht schießen«, witzel ich laut Richtung Türblatt und weiß gar nicht, was über mich kommt, weil, so ganz ohne ist das, was ich hier gerade mache, wirklich nicht. Sich an einen bewaffneten Untergetauchten ranschleichen. Komisch, dass man letztlich immer davon ausgeht, dass einem schon nichts passieren wird. Aber der Papa wird's doch auch nicht recht viel anders machen, wenn er dem Wolf seine Bananen vom REWE hierherbringt.

»Ich bin's, die Vikki«, skandiere ich überdeutlich und erwähne Wolfs Namen nicht, wobei ich mir ganz schön ausgebufft vorkomme, weil ich ganz bewusst den Namen des Gesuchten nicht preisgebe, falls bereits jemand von der CIA im Stall wartet und dadurch eine unfreiwillige Zusatzinformation erhielte, was ja recht ärgerlich wäre.

Nee, wirklich, ich finde das gut mitgedacht von mir – und ich stelle hohe Ansprüche.

Nichts. Keine Antwort. Aus dem Stall kommt nur Stille.

Unnötig lang klopfe ich noch mal und sage dann: »Ich komm jetzt rein«, und wieder: »Bitte nicht schießen!«, und diesen letzten Satz meine ich diesmal todernst. Vor allem, weil ich merke, dass sich auch die Haustür durch Betätigen der Klinke einfach öffnen lässt. Was mir gar nicht gefällt.

Alles, nur das nicht!

Hat mich die Mama etwa hochgenommen? War das mit ihr und dem Wolf in unserem Stall nur ein Ammenmärchen?

Das schließe ich jetzt einfach mal aus.

Die Tür steht nun sperrangelweit offen. Drinnen ist's so duster wie draußen.

»Ich weiß, ich bin lästig«, mache ich mit heiserer Stimme ein weiteres Scherzerl (ich bin ja gar nicht mehr zu bremsen), als ich den Stall betrete. Damit ich halt wenigstens *irgendwas* sage. Zur Selbstberuhigung. Very albern. Anstatt der Beleuchtung schalte ich die Handytaschenlampe ein und lasse den Lichtkegel wandern. Arg niedrige Holzdecke, das fällt mir als Erstes auf. Wie lange war ich nicht mehr hier? Es sieht richtig wohnlich aus. Hatte ich anders in Erinnerung. Stell dir ein Hipster-Wohnzimmer mit eckigen Retromöbeln vor, grobe Stoffbezüge, unverputzter Betonboden, Fleckerlteppiche wie in einer Alpinhütte, würfelförmiger Kachelofen und ein Bett mit geschnitztem Kopfteil. Das Zudeck und die beiden Kopfkissen sind fein säuberlich zusammengelegt, jederzeit einsteigebereit. Alles ist da, wo es sein sollte.

Müsste ich jetzt ein Foto für eine Anzeige bei Airbnb machen, ich würde nichts ändern.

Die beiden Elektroheizkörper, die in dem vielleicht zwanzig Quadratmeter großen Raum stehen, sind zwar ausgeschaltet, dennoch kann man die trockenen Heizluft-Reste noch riechen. Aber nicht den Wolf oder sein Deo oder Duschgel.

»Hallo?«, halloe ich. Aber der Wolf: ausgeflogen! Ist er womöglich nur kurz rausgegangen, um sich die Füße zu vertreten? Ich kucke umher und entdecke weder Kleider noch persönliche Gegenstände. Ich werfe einen Blick in die winzige Kammer links hinten, die mit ihrem Wasseranschluss und der Keramikschüssel als Behelfsbad dient. Nichts. Nicht mal eine zurückgelassene alte Zahnbürste mit weich gebogenen Borsten. Ist der Wolf also weitergezogen? Er richtet sich hier mit Mamas Hilfe ein, und ausgerechnet, als ich ihm einen unangekündigten Besuch abstatten möchte, beschließt er kurz vor meinem Eintreffen abzureisen?

Wie hoch ist die Wahrscheinlichkeit …

Ich öffne das einzige Fenster, das es in diesem Raum gibt. Erst ziehe ich einen Glasflügel zu mir nach innen, dann stoße ich die beiden Holzfensterläden nach außen auf. Nicht, ohne zuvor mein Handylicht auszuschalten. Eine Übervorsicht.

Sofort flutet kalte Luft den Raum. In Rekordzeit gewöhnen sich meine Augen an die Dunkelheit.

Neben dem tiefen Couchtisch in der Mitte des Zimmers verfalle ich in eine Denkstarre, die zu nichts, aber auch rein gar nichts führt. Mit Ach und Krach raffe ich mich auf, unverzüglich zurück zum Auto meines *Jetzt*-Freundes Pascal zu marschieren und ihm in Anbetracht der neuen Lage zu berichten, dass ich meinen *Ex*-Freund Wolf nicht wie erwartet vorgefunden habe.

Ich meine, so viel kann ich dem Pascal angesichts der neuen Lage vom Wolf und seiner Geschichte doch mittlerweile verraten. Aber … da gibt es kein Aber.

Bestimmt fällt dem Pascal noch was Kluges zu dem Ganzen hier ein.

Geh ma.

»Der Wolf soll sich die letzten Wochen in *dieser* Bude aufgehalten haben?«, ist der Pascal kurze Zeit später ganz aus dem Häuschen, als wir gemeinsam den Stall betreten, nachdem ich ihn im Sauseschritt am Auto abgeholt habe und mit ihm denselben Weg wieder hierher zurückgegangen bin.

Besehen wir uns den Ort doch mal gemeinsam. Vielleicht finden wir einen Hinweis auf Wolfs Verbleib. Der Pascal weiß, wie so was geht.

Doch zunächst steht er nur da, mit seinen braunen Haaren und den blauen Augen, und ist groß. Dann schaltet er das Licht an, was jetzt etwas weniger subtil ist, als meine Vorgehensweise gewesen wäre. Ein bisschen Bammel hab ich nämlich schon, womöglich schlafende Hunde zu wecken. Wohl deshalb wiederhole ich, was ich dem Pascal vorhin bereits gesagt habe, nämlich dass der Wolf schon seinen Grund hatte, sich zurückzuziehen, vielleicht sollten wir vorsichtig sein.

Aber anstatt das Licht wieder auszuknipsen, lautet Pascals Antwort so: »Mach dir keine Sorgen. Deinem Rumgedruckse vorhin am Telefon nach hab ich mir schon gedacht, dass wieder irgendwas im Busch ist, das ein wenig heikel werden könnte.« Sagt's, als wäre ich Spezialistin für knifflige Fälle, und zeigt mir unter seiner viel zu dicken Winterjacke, die verhindern soll, dass ihm auch nur ein halbes Grad zu kalt werden könnte, weil er doch immer so Angst hat, sich was zu holen … also, auf jeden Fall schlägt er das linke Revers seiner kanadischen Daunenjacke auf und zeigt mir die im Halfter steckende Pistole.

Adrenalin rast durch meinen Körper. Eine Waffe ändert

gleich alles, sogar die Raumtemperatur, hat man den Eindruck.

»Du hast eine Waffe mitgenommen? Einfach mal so auf Verdacht? Musste das sein?«, jammere ich dem Pascal flüsternd zu und lasse meinen Zweifeln freien Lauf, wenn auch ohne innere Überzeugung. Weil, es schadet ja auch nichts. Ich hab halt einfach nicht damit gerechnet.

Wenn ein Polizist seinen Dienst quittiert, wird ihm ja nicht automatisch der Waffenschein entzogen oder sein Erfahrungsschatz gelöscht. Obwohl der Pascal nicht mehr im Kriminaldezernat arbeitet, bleibt ihm Selbstverteidigung auf hohem Niveau ein Grundbedürfnis. Genauso hypochondrisch nämlich, wie er gegenüber Viren und Keimen eingestellt ist, genauso misanthropisch verhält er sich gegenüber Menschen.

»Tja, und so, wie's aussieht, hab ich die PPK nicht zu Unrecht mitgenommen, findest du nicht auch?«, grinst er schief und beginnt, sich im Zimmer und den angrenzenden Kammern umzusehen. Ich trotte etwas hilflos hinterher und schau ihm immer über die Schulter, wenn er wo reinlurt.

Wir finden nichts Hinweisgebendes, und doch fühlt es sich an, als würde die Hütte darauf warten, dass der Wolf zurückkommt.

Schließlich setzen wir uns ernüchtert auf die Couch, und ich frage »Zieht's?«, womit ich das geöffnete Fenster meine. Aber zu meiner Überraschung stört ihn der Luftzug, der uns beiden in den Nacken weht, nicht. Seine Daunenjacke mit dem hohen Kragen scheint jeden einzelnen der sechshundert Euro wert zu sein.

»Es ist wirklich seltsam. Ich habe die letzten Monate auch nirgendwo mitbekommen, dass die Switch Blades irgendeine skandalträchtige Aktion abgezogen hätten, die erklären würde, weshalb alle Mitglieder in der Zwischenzeit das Weite gesucht haben, so wie du sagst«, denkt der Pascal laut nach. Mehr als diese paar Fakten habe ich ihm nämlich auf dem Weg vom Auto hierher nicht verraten. Nichts vom Tierkerker, nichts von Wolfs Mord, nichts von Madame Marougés getötetem Vater. Der Pascal bekam von mir also die abgespeckte Version eines »Was bisher geschah«-Rückblicks vorgesetzt. Im Sinne aller Beteiligten. Inklusive dem Pascal selbst. Wer weiß, zu was sich das alles noch auswächst.

Er meint: »Schon krass, dass der Wolf sich ausgerechnet euren Stall aussucht, wochenlang hier haust, und dann ist er weg, sobald du hier auftauchst.«

»Ich versteh des auch nicht. Ich hab ein blödes Gefühl«, hasple ich und fahr mir durchs Haar. Heute: Wallemähne. Dolly Parton: ein Scheißdreck dagegen.

»Weißt du, dass sich das hier zur dritten Episode echten Vikki-Wahnsinns entwickeln könnte, die wir gemeinsam erleben? Erst Kathis Entführung durch die Besenwieslers …«, beginnt der Pascal vorzurechnen.

»Dann *deine* Entführung durch den Dampfhammer Erwin …«, flechte ich ein. »Das Aloisi-Leingschwendner-Debakel!«

»Genau. Und jetzt der Wolf, *gone with the wind*. Dauernd verschwindet jemand, auf die eine oder andere Art. Beinah im Jahrestakt. Vielleicht sollte dir das zu denken geben«, schmunzelt der Pascal.

»Jetzt, wo du's sagst: Dafür hast *du*, seit wir uns kennen, mittlerweile schon den dritten Job! Ist auch nicht ohne. Schon mal darüber nachgedacht?«

»Stimmt!«, bestätigt er kopfnickend. »Die Zahl Drei scheint uns dieses Jahr zu verfolgen.«

Du musst wissen, als der Pascal und ich uns vor gut zwei Jahren kennengelernt haben, war er noch Kriminaler bei der

Münchner Polizei, wie erwähnt. Dann, nach seiner Kündigung aus Gründen eines massiven Gewissenskonflikts, hat er sich vorgenommen, mit seiner Band Hidden Hills als Musiker durchzustarten. Ist aber natürlich zügig im Sande verlaufen, logo. Auf Spotify stehen auch nur fünfzig Millionen Songs zum werten Gratis-Streaming bereit, und das Publikum sehnt sich ja förmlich nach einem Haufen Enddreißiger in Old-School-Bandbesetzung. Ihr letzter gemeinsamer Song »Augenblicklich Depression« (mit dem Thema haben wir's aber diesmal) hat auf YouTube sage und schreibe 348 Klicks erzielt. Nicht 348-*Tausend.* Nein, drei-hundert-acht-und-vierzig Punkt.

War also nix mit Rockstar.

So. Und seit dem Frühling dieses Jahres ist der Pascal über einen seiner Band-Kollegen an einen absurd hoch dotierten Publicityjob bei einer großen deutschen Klimaschutzorganisation gekommen, deren Namen ich dir beim besten Willen nicht verraten kann, weil die Geistesgestörten, die dort arbeiten, in ihrem Extremismus nicht mal von der Al-Qaida übertroffen werden. Und auf Klagen von diesen verhätschelten Wohnzimmerhelden aus gutem Hause und mit null Schimmer vom echten Leben hab ich keine Lust. Die brezeln dir eine Unterlassungserklärung vor den Latz, sobald du auch nur ihre Doppelvornamen falsch betonst (Saskia-Leonora, Noah-Elias), da sie sich für unangreifbar halten, allein schon, weil sie staatlich subventioniert und stiftungsgefördert sind und medial dermaßen hofiert werden, dass sie den ganzen verdammten Planeten mit Windrädern zu Tode häckseln oder dir ein Solarpanel auf den Schädel tackern könnten – und sogar dann noch von unserer völlig unabhängigen Presse in Schutz genommen würden. Inklusive Zerstörung des jeweiligen Zweifelanmelders durch öffentliche Lächerlichmachung und anschließendes Totschweigen. Wie man's heute eben so macht.

Eine *Umweltschutzorganisation* also. Mit drei Buchstaben. An sich doch wunderbar, find ich auch. Aber warum nur gerät jede gute Grundidee immer innerhalb kürzester Zeit in faschistoide Fahrwasser? Klar, weil Menschen daran beteiligt sind.

Auf jeden Fall bekleidet der Pascal als Quereinsteiger bei diesem Ökologieverein (ich nenn es Sekte) nun einen lukrativen Posten in der Abteilung Öffentlichkeitsarbeit. Das wusstest du noch nicht, gell?

Und das Schöne bei solchen Prestigeposten im öffentlichen Bereich ist: Du musst über keinerlei spezifische Kompetenz oder Vorkenntnisse verfügen, um dich für ein lebenslanges Arbeitsverhältnis mit üppigem Rentenanspruch zu qualifizieren. Entscheidend sind einzig Connections und Stromlinienförmigkeit. Und da der Pascal langsam in ein Alter rutscht, in dem er einfach seine Ruh haben möchte, hat er das Jobangebot angenommen und hält ansonsten die Füße still.

Aber trotz aller Distanz, die er zu diesem verbeamteten Umweltschutzladen hat, beobachte ich mit Sorge und Amüsement, wie sich Pascals Meinung langsam, aber sicher doch der seiner Kollegen angleicht und wie er immer mehr in diesen Schuldkult der Klimaretter rutscht. Dem Katholizismus nicht unähnlich. *Du bist ein ewiger Sünder! Fühl dich schuldig in jeder Pore!* Eine Haltung, gegen die natürlich auch überhaupt nichts spricht, wenn's mir persönlich gerade auch ein wenig zu drastisch wird. Vor allem, weil ich, ganz persönlich natürlich nur, durchaus beruhigende Nachrichten für dich und uns alle zum Thema Klimaschutz, Klimaerwärmung und die ökologische Rettung der Welt habe.

Und diese Message lautet:

Mach dich locker. Atme durch. Entspann dich.

Es ist zu spät.

Während du nämlich täglich deinen Joghurtbecher ausspülst und dabei pervers viel Wasser verschwendest, damit dein Reformhaus-Becherchen auch sauber im Gelben Sack landet, und während du dir einen Neuwagen aus dem ideologisch korrekten E-Mobility-Konfessionskatalog bestellst, dessen Kupfer-Nickel-Lithium-Kobalt-Ladesäulenbau-Stromverbrauch-Werte so derart gigantisch sind, dass es sinnvoller wäre, deine alte Karre vielleicht lieber noch bis zur Verschrottung zu fahren oder gar ganz aufs Auto zu verzichten (Gott bewahre), also während du deine Wertstoffhof-Religion mustergültig auf Heiligenniveau durchziehst, dreht in Indien oder China oder den USA oder sonst wo gerade ein weiterer Industriegigant den Hahn eines Rohrs mit achtzig Metern Durchmesser auf und leitet mit der Geschwindigkeit von viertausend Hektolitern pro Sekunde Plastik, Industriegifte, Sondermüll und sonstigen Dreck in die Weltmeere oder tief in ein Erddepot oder auf irgendeine von Minute zu Minute wachsende toxische Abfallhalde oder in den Orkus, nur um deinen nächsten Tesla oder die Raketen für deinen Traum vom Marsflug mit exklusiven Bauteilen zu versorgen.

So schaut's aus. Die Dimensionen da draußen sind einfach deutlich andere als deine eigene redliche Mülltrennung daheim, unter der Spüle, im ausgeklügelten Dreifarbensystem.

Aber Umweltschutz fängt immer beim Einzelnen an, Vikki. Bei jedem von uns, im Kleinen.

Schon, schon. Aber nicht in dieser Dimension, nicht in dieser unüberblickbaren Größenordnung. (Mit deiner Altglas-Sortiererei kannste ja trotzdem weitermachen. Oder vegane Fairtrade-Kerzen kaufen. Aus purem Fun!)

Ruft doch lieber mal bei ExxonMobil an oder bei Chevron oder bei Gazprom, wegen eurer Klimaziele und so.

Ach, da geht niemand ans Telefon?

Schau an.

Na dann.

»Aber irgendwas *muss* doch geschehen.« (Echauffierte Stimme.)

Yeah.

It's freaking fucking over.

Und vielleicht ist das auch gar nicht so übel.

Übel wäre aber, sich was vorzumachen.

Und jetzt bitte nicht gleich wieder den Glauben an alles verlieren und bei der ARD-Umweltredaktion petzen, weil du mit Wahrheiten nicht umzugehen gelernt hast (das muss man schon auch in sich haben). Die Wahrheit tut ja am Anfang immer ein bisschen weh. Aber danach ist's meistens besser als zuvor.

Klüger wäre, du versuchst fortan eher, Lösungen für den Umgang mit dem Klimawandel zu finden, als nach naiven Lösungen für dessen Verhinderung zu suchen. *Die* Kurve kriegt man nicht mehr. Ganz egal, was die Saskia-Leonora oder der Noah-Elias dir und sich selbst und dem Europaparlament unterjubeln.

Und für die Fraktion da draußen, die jetzt sofort wieder einen auf *rechtschaffen entrüstet* macht, weil sie so arrogant ist zu glauben, niemand dürfe sie in ihrem Leben mit einer Meinung konfrontieren, die ihr nicht passt: Bitte! Bedenke! Nur weil du einen Schreikrampf kriegst, bist du noch lange nicht im Recht!

Einfach mal was aushalten, was ertragen, was akzeptieren, was schlucken, was tolerieren. Mal kurz innehalten und überlegen, ob vielleicht doch nicht alles stimmt, was in deiner Bekanntenkreis-Blase im Szeneviertel so nachgequatscht wird. Genau also mal *das* praktizieren, was du von *mir* verlangst, wenn *ich* mir *deine* Rosawolkenmeinung anhören darf. Wie wär's zur Abwechslung mal damit?

Logisch hast du jedes Recht auf deine eigene Meinung, aber du hast kein Recht auf deine eigenen Tatsachen. (Zitat, kein Plagiat.) Denn nur weil du etwas nicht hören willst, heißt das noch lange nicht, dass es falsch ist.

Und jetzt nur noch eine Frage an die, die *wirklich* gerade einen Blutsturz bekommen und gleich das Buch beiseitelegen, morgen zum Altpapier bringen und noch heute bei Amazon eine Ein-Punkte-Bewertung reinpfeffern (»Krankes Schundbuch«): Gehörst du vielleicht auch zu den Auf-dem-Balkon-Klatschern? Hast du seinerzeit, im ersten Corona-Frühling, auch abends um Punkt neun aus deiner gemütlichen Stube heraus applaudiert, um das medizinische Personal schön bei der Stange zu halten (»Ihr seid sooo toll, aber jetzt arbeitet bitte weiter, ja?«), und hast du bis heute nicht begriffen, dass du diese Menschen dadurch eigentlich verhöhnt und erniedrigt hast?

Ist dir das klar?

Was? So hast du das noch nie gesehen? Auf *die* Idee bist du noch nie gekommen? Da siehste mal.

Vielleicht gilt das auch *für vieles andere*!

Siehe oben!

Und weiter geht's.

(Entschuldigung für meinen Anfall. Ich gewöhn mich einfach nicht an unplausible Dinge. Bist du noch da?)

Der Pascal und ich, wir sitzen also mit dem Rücken zum Fenster auf der Couch im Stall und lassen unsere Blicke durch den Raum schweifen. Es zieht ein bisserl, aber nicht schlimm. Der Pascal sagt: »Also, hier ist der Wolf mit Sicherheit nicht mehr.«

»Wenn ich mir das so ansehe, könnte ich fast daran zweifeln, dass er es je war«, befinde ich und kräusele die Stirn, was ich mir seit Ewigkeiten abgewöhnen will.

»Stimmt. Eigenartig. Aber wenn er hier war und wieder abgehauen ist, dürfte er einen triftigen Grund gehabt haben.«

»Allerdings. Vielleicht sollten wir das Licht doch wieder ausmachen …«

»Haha«, lacht der Pascal, eher zaghaft. »Brechen wir auf?«

»Machen wir das.« Ich erhebe mich, rutsche beinah auf dem unbefestigten Fleckerlteppich aus, und genau in dem Moment, in dem ich ein leises »Huch« von mir gebe, ertönt von irgendwoher ein ohrenbetäubender Knall. Ich denke zuerst, der Pascal hat aus Versehen seine Pistole abgefeuert, aber zum einen dürfte die noch unangerührt im Halfter stecken und zum anderen sehe ich, wie sein Körper vornüber auf den Boden kippt. Wie er wie ein nasser Sack mit dem Kopf voran auf den Teppich rauscht.

Grundgütiger.

Da liegt er, mein Pascal, mit gekrümmtem Rücken samt Popo nach oben, die Stirn gegen den Boden gepresst, wie tot. Man ist zunächst fast geneigt zu fragen, *Was wird das, wenn's fertig ist?*, aber dann sehe ich, dass es auch keine Persiflage auf den gegenwärtig wieder aufkeimenden Yoga-Trend ist (herabschauender Hund?), denn über seine linke Schläfe zieht sich so etwas wie eine frische längliche Schürfwunde. Aber was heißt Schläfe, was heißt Schürfwunde. Der Pascal … dem Pascal fehlt das … er hat kein Ohr mehr. Jemand hat dem Pascal das Ohr weggeschossen und dabei noch seine Schläfe gestreift.

Das ist nicht gerade passiert!

Oh doch.

Ich brauche einen Moment, bis mir klar wird, dass jemand

durchs geöffnete Fenster auf Pascals Hinterkopf gezielt haben muss. Auch das noch. Sofort lasse ich mich in die Hocke sinken und beuge mich über den Pascal, frage: »Hörst du mich?«, und das ist kein Hörtest, wegen des zerfetzten Ohrs, sondern ich prüfe, ob er bei Bewusstsein ist. Dazu rüttele ich leicht an seiner Schulter und stelle fest, dass er völlig benommen vor sich hin schnauft.

Geistesgegenwärtig greife ich in seine Jacke, ziehe die Walther PPK heraus und weiß gleich gar nicht, was in mich fährt, als ich mich aus der Hocke heraus dem Fenster zuwende und in einer Mischung aus Panik, Rache und vorauseilender Selbstverteidigung blindlings auf das dunkle Fensterloch ziele und abdrücke. In die schwarze Nacht hinein. Völlig planlos. Als wollte ich den unsichtbaren Schützen in der Finsternis auf gut Glück perforieren. Gerade, dass ich keinen Urschrei der Verzweiflung von mir gebe.

Ob es von Naturtalent zeugt, dass mein Schuss den plötzlich im Fensterrahmen erscheinenden Mann traumhaft genau ins Brustbein trifft und die Kugel ihn im Bruchteil einer Sekunde durchlöchert? Wohl kaum.

Dieser völlig unvermittelt aufgetauchte Fiesling mit der Knarre torkelt wie ein auslaufender Kreisel um sich selbst, versteht die Welt genauso wenig wie ich und fällt dann wie ein gesprengtes Gebäude in sich zusammen, kippt unter den Fensterrahmen und verschwindet damit gleich wieder aus meinem Blickwinkel. Ein kurzes Gastspiel.

Offenbar ist er zum Fenster gerannt, um sich zu vergewissern, ob er den Pascal präzise getroffen hat. Ehrlich gesagt, nicht besonders arg präzise. Es war ja nur das Ohr. Im Gegenzug dafür habe ich den Schützen aus Versehen wie eine Einserschülerin im Schießkurs für Fortgeschrittene brustmittig durchlöchert. Ohne auch nur zu ahnen, dass er meine willkürliche Schusslinie überhaupt kreuzen würde. Na, so eine Fügung … Jetzt geht's aber los.

Nun hab ich auch noch ein Menschenleben auf dem Gewissen.

Wie der Wolf.

Mörderin im Nu.

Ich bin doch auch so schon fertig genug.

Besorgt schaue ich wieder neben mich, auf den vornüber eingerollten Pascal, der sich in Vogel-Strauß-Manier noch immer mit der Stirn auf dem Teppichboden abstützt und keinen Laut von sich gibt. So richtig Glück scheine ich ihm nicht zu bringen, wenn ich daran denke, was ihm allein letztes Jahr in meiner Begleitung so alles passiert ist. Egal jetzt. Wir müssen sofort raus hier und ab ins Krankenhaus.

Um gleich den Pascal hochzuwuchten, jedoch auch, weil ich es draußen rascheln höre (der Typ mit dem Brustschuss wird doch nicht etwa wiederauferstehen?), richte ich mich auf, und als plötzlich ein Blitz durch die Nacht zuckt, fackle ich nicht lange und schieße einfach noch einmal durchs offene Fenster. *Zusatzvorstellung aufgrund des großen Erfolgs.* Ich und hysterisch? Des kannst glaub'n!

Aber, ob du mir das jetzt abnimmst oder nicht, wie nach einem Sechser im Lotto, wo man sich denkt, das passiert einem nicht noch einmal im Leben, ist genau in dem Moment, in dem ich abdrücke, ein weiterer Oberkörper im Fensterrahmen aufgetaucht, hat zu mir ins Zimmer reingezielt, wie es die Cops in Filmen immer machen, wenn sie eine Wohnung stürmen und ihre gezückte Waffe ihrem suchenden Blick folgen lassen, und, was soll ich sagen, mein zweiter Schuss hat auch dieses neue Manschgerl mit erneuter Glücksgenauigkeit volle Pulle getroffen, diesmal allerdings nicht zwischen die Brustmuskeln, sondern halt irgendwo anders, wo er aber offenbar genauso wirkungsvoll für dessen weitere Handlungsunfähigkeit sorgt, womit man ja nie falschliegt und worüber ich auch nicht meckern werde.

Wie sein Vorgänger taumelt der Mistkerl zunächst noch etwas – ja, du wurdest getroffen –, aber es tut offenbar noch nicht weh, er presst sich entsetzt und vollkommen überrascht eine Hand an den Hals (aha, am *Hals* getroffen?), seine Augen verdrehen sich, und nach einem ganz schön langen Wackeltanz taucht auch er ohnmächtig ab. Für mich nicht mehr nachverfolgbar, aber vermutlich direkt auf seinen Kollegen plumpsend.

Und das war's dann.

Hoffe ich.

Oder kommt da noch wer?

Drei war doch die Zahl des Tages, oder? Zumindest laut Pascal vorhin.

Sagen wir doch lieber *zwei* und hoffen mal, dass keine weiteren Pistoleros aufkreuzen. Ich traue der Ruhe nicht, habe aber keine Wahl. Ich muss jetzt nämlich handeln und habe weder Zeit für einen weiteren Kandidaten, noch wäre es wahrscheinlich, dass mir ein weiterer völlig absichtsloser Traumtreffer gelingt.

In meinen Ohren macht sich ein Rauschen bemerkbar. Unmöglich einzuschätzen, ob es von meinem Herzrasen kommt oder ob ich ein Knalltrauma von den wahnsinnig lauten Schüssen erlitten habe.

»Pascal, kannst du mich hören?« Ich versuche, zumindest ein Stöhnen aus ihm herauszubekommen. Wir benutzen keine Kosenamen. Ist das merkwürdig? Er windet sich, ächzt, aber weiter nichts. Ich greife nach meinem Handy. Kein Netz, und das trotz der Nähe zu Verhausen (links, also östlich) und Übertreibling (rechts, westlich). Empfang Glückssache! Passt! Danke, Vodafone. Premiumtarif? Wohl eher Wallacheitarif. Hast du auch immer das Gefühl, zu viel zu zahlen?

»Gib mir deinen Arm … so … ja, gut. Stütz dich einf…«, moderiere ich einen Halbohnmächtigen durch die Prozedur, ihn versuchsweise hochzustemmen. Erst jetzt fällt mir auf, dass ich zittere. Nicht weinen! Ich habe keine Ahnung, wie ich Pascals Zustand einschätzen soll. Ich schicke prüfende Blicke über den Boden, vielleicht finde ich sein Ohr. Für die spätere Wiederannäherei, weißt schon. Aber, ehrlich gesagt, sind wohl nur ein paar Knorpelfetzen übrig geblieben, wenn ich das breitflächig verstreute Hautgulasch in der Ecke richtig deute.

Ich scheue davor zurück, ihm etwas auf seine suppende Ohrwunde zu pressen, ein Taschentuch oder Ähnliches. Das könnte infektiöser wirken, als wenn ich die Wunde erst mal nicht anrühre. Es blutet sowieso kaum.

Als ich den Pascal, der sich an mich klammert, aus der Haustür schleppe, schaue ich nach rechts und sehe die beiden Männerkörper übereinanderliegend vor dem Fenster. Tot, würde ich sagen, ganz klar. Zwei Leichen in dunklen Hoodies.

Wir haben halt irgendwie keinen Draht zueinander gefunden …

Ich spüre keine Genugtuung, weil ich sie hingerichtet habe, aber erst mal auch keine Reue. Noch nie zuvor habe ich einen Menschen getötet. Geschweige denn zwei. Am Stück. Innerhalb weniger Sekunden. Eine Art umgekehrter Vorführeffekt.

Ich kann mich alles in allem nicht beschweren.

Besser sie als wir.

Die Entsorgung der beiden klären wir später.

Klingt ganz schön abgebrüht, findest du? Aber man weiß

nie, zu wem man in einer Extremsituation wird, bis sie eintritt. Und eins ist mir bereits klar: Ich stecke jetzt in dem ganzen Switch-Blades-Schlamassel mit drin.

Hätt ich doch bloß auf die Mama gehört.

Beim Auto sind meine Kraftreserven aufgebraucht. Das muss man erst mal schaffen, einen Pascal, der dir um Hals und Schultern hängt und keinen Hauch mithilft, gute hundertfünfzig Meter durch hohes Gras und über morastigen Boden zu schleifen.

Ich habe Seitenstechen, ringe nach Luft.

Mit hundertprozentig sicherer Verrenkung meiner Wirbelsäule verfrachte ich ihn auf den Beifahrersitz. Auf Anschnallen wird großzügig verzichtet – nee, doch nicht. Sonst kippt er mir womöglich noch vornüber und knallt mit dem Kopf aufs Handschuhfach.

Wo. Sind. Denn. Die. Autoschlüssel?

Ich krame in Pascals Hosentaschen rum und ziehe einen flachen Infrarot-Eumel raus, der wohl so was wie ein Schlüssel sein dürfte. Aber nicht zum Reinstecken, sondern nur zum Neben-die-Zündung-legen, und dann muss man einen bestimmten Knopf drücken. Neumodischer Kram halt. Das Einzige, was ich sicher über Autos weiß, betrifft die Anzahl der Räder. Aber irgendwie krieg ich's hin, der Volvo springt an.

Nichts wie weg. Nichts wie nach Übertreibling ins Krankenhaus.

Der Wagen fährt sich wie jeder andere Wagen auch. Den Zustand von Pascals nicht vorhandenem Ohr erwähn ich lieber nicht. Aus Prinzip nicht. Niki Lauda, sag ich nur.

Hier rechts? Nachts ist es noch einfacher, sich in den Wäldchen um Rimming zu verfahren. Einmal muss ich wenden, aber verrat's niemandem.

Diesmal halte ich mich links. Die Straße nach Ü-treibling schlängelt sich kurvenreich dahin, aber jetzt kenn ich mich wieder aus, bombensicher. Ah Shit, Moment, hätt ich da rechts weg …? Doch nicht, stimmt. Wir sind richtig.

Schau mich an, jetzt bin ich doch glatt gezwungen, ohne Führerschein durchs Land zu fahren. Und das dazu *noch* schneller als üblich.

Der Pascal kommt vollends zu sich, als ich bereits mitten durch Übertreibling brettere. Ich rase so schnell an der Metzgerei Hütterer vorbei, dass es mich nicht wundern würde, wenn ich ein paar ungarische Salamis in unserem Sog mitrisse.

»Hey«, sage ich langgezogen. »Wie geht es dir?«

Der Pascal dreht seinen Kopf steif mir zu. Ich sehe ihn an: »Hast du Schmerzen?«

Er langt sich dahin, wo früher sein Ohr war, obwohl ich »Nicht!« kreische, auch wegen der Keime. Die Stelle glänzt feucht und suppt immer noch, weshalb der Pascal bei der Berührung sofort erschrocken seine Finger wegzieht. Saubere Fingernägel hat er, wie immer. Also jetzt natürlich nicht mehr.

»Höllische Schmerzen«, brummelt er, aber nicht weinerlich, eher interessiert. »Was ist los? Was ist mit meinem Kopf?«

»Ich glaube, dein Kopf ist okay. Aber dein Ohr ist schwer verletzt.«

»Was?«

»Es fehlt. Macht ganz schön was her.«

»Es … *fehlt*? Was soll das denn heißen? *Was* fehlt? Mein Ohr?«

Er möchte den Schminkspiegel über seinem Sitz aufklappen. Ich hindere ihn mit einer Armbewegung daran.

»Jemand hat von draußen durchs offene Fenster auf dich geschossen und dich zum Glück nur am Ohr getroffen«, deute ich an, aber mehr nicht.

»Oh.« Der Pascal versucht, diese Information zu verarbeiten, und macht sich doch keine Vorstellung davon, wie schlimm es ist.

»Ich glaube, du hattest ganz schön viel Glück«, fasele ich, um der Situation die Schwere zu nehmen. »Jetzt lass uns mal abwarten. Wir sind gleich in der Klinik.« Ich möchte ihn wirklich nicht in Panik versetzen. Entgeistert starrt er mich an, unterlässt es aber, sich noch mal am Spiegel zu schaffen zu machen oder erneut an seinem Kopf rumzutasten.

Ich sage: »Schlechte Nachricht für dich: Du wirst *nicht* sterben. Gute Nachricht für mich: Du wirst *überleben.*«

»Ich werde überleben? Na super, von wegen: gute Nachricht!«

»Ach, dein Humor. Der wird mir am meisten abgehen.«

Der Pascal schmunzelt und stöhnt: »Ehrlich gesagt empfände ich sterben gerade als gar nicht mal so übel.«

»Sag das nicht, wenn du's nicht so meinst.«

Er lacht und muss husten. Dann sackt er wieder weg. Der Pascal wird schon wieder.

Wenn du dich jetzt fragst, was das gerade für ein merkwürdiger Dialog zwischen uns beiden war, dann musst du dazu wissen, dass der Pascal der Typ Mensch ist, der sofort in tiefste Depression verfällt, wenn du ihm eine Erfolgsnachricht überbringst. Zum Beispiel: »Pascal, du hast bei einer Auslosung neunzehn Millionen Euro gewonnen. Gratulation.« Auweia. Das steckt er nur ganz schlecht weg. Niedergeschmettertheit. Krise seines Lebens.

Wenn du ihn hingegen mit wahrhaft schwerwiegenden Problemen konfrontierst (sagen wir mal, ähm: »Oops, Ohr ab«), ja dann, dann wirkt er wie urplötzlich von jeglicher inneren Ödnis befreit. Weil er gezwungen ist, eine unausweichliche Aufgabe zu bewältigen, die seine Tristesse unverzüglich überlagert.

Kommt noch seine Neigung zur permanenten Koketterie mit Selbstmordgedanken hinzu … Kurzum: *Bad news is good news* für den Pascal. Eine Katastrophe kann ihm gar nicht saftig genug sein.

So ist der Pascal Herzberg, seines Zeichens schräger Vogel hinter attraktivem Äußeren. Das ist eben er. Muss man wissen.

Was denkst du dir gerade? *Was?*

Ich tue einfach, als hätt ich dein Kopfschütteln überseh'n.

Diese Disposition vom Pascal ist auch der Grund, warum ich mir überhaupt keine Sorgen mache, dass er die Verletzung eventuell *nicht* souverän wegstecken könnte. Glaub mir, ich hab ausreichend Erfahrungswerte. Von seiner Entführung in einem Münchner Großpuff, nach einem provozierten Autounfall, fang ich gar nicht erst an. Ich bin froh, wenn ich nicht daran denken muss. Es war im Sommer vor einem Jahr. Nachdem er endlich freigelassen worden war, hat er sogar von seinen Entführern geschwärmt und erzählt, wie »diese Gefangenschaft eigentlich ganz lehrreich« für ihn war.

Ich hätt ihm beinah eine neig'fotzt, als er nach seiner Rettung zum ersten Mal wieder – begeistert – vor mir stand, wirklich wahr. Dabei hatte ich mir solche Sorgen gemacht und Himmel und Hölle in Bewegung gesetzt, um ihn zu retten.

Was ich dir also nur noch mal verdeutlichen will: Beim Pascal ist alles nicht nur irgendwie anders, sondern das *genaue Gegenteil* vom Üblichen.

Bei ihm könnten Neujahrsvorsätze auch so lauten: A) Mit dem Rauchen anfangen. B) Weniger Sport treiben.

Wurscht. Jetzt klären wir erst mal sein weggepustetes Ohr. Zumindest medizinisch.

Der Volvo fährt einwandfrei (aber nicht, dass du noch einen kaufst!), die Vikki mittlerweile auch, und als der Pascal erneut zu Bewusstsein kommt und etwas sagen will, säusle ich: »Schone deine Kräfte.«

Stress ist mein Spezialgebiet.

Ich kann das beleuchtete Schild *Klinikum Übertreibling* schon sehen.

Klingt vielversprechend.

12

Wer baut denn diese Notaufnahme-Zufahrten, sag amoi? Da kennst dich ja nie aus. Bist dir nie sicher, muss ich jetzt *da* rein, ist *des* die Einfahrt, is' des da, wo ich hinmuss, darf ich hier, oder muss ich dort rüber, oder hätt ich drüben schon? Ist das hier womöglich nur der Besucherparkplatz, weil, das dahinten ist der Haupteingang, aber zu dieser verflixten Notaufnahme ging's doch vorhin rechts weg?

Rondell? Schranke? Rampe rauf, Mülltonnen: Mist, Mülltonnen, da bin ich ja total falsch. Oder gerade nicht?

Ich fahre stur weiter. Irgendwann ist mal Schluss.

Wir erreichen die Abzweigung zum … ja, wohin eigentlich? Uneindeutiger kann die Zufahrt zur Notaufnahme des Klinikums Übertreibling nicht beschildert sein. Genau richtig für Menschen, die ein echtes Problem haben und zügig ans Ziel gelangen sollten, damit ihre klaffende Ohrwunde verarztet wird.

Schließlich komme ich hinter einem Rettungswagen vom Roten Kreuz zum Stehen. Der wiederum parkt, na bitte, direkt unter der Überdachung des Eingangs zur *No-ho-ho-taufnahme*. Ich mache drei Kreuze! Hier sind der Pascal und ich schon mal richtig.

Als ich den Motor abstelle und nach meiner Handtasche greife, fühle ich mich wie nach einer Schnitzeljagd (oder wie die Kathi sagen würde: Schnipseljagd).

»Hey, Sie dürfen sich da nicht mit Ihrem Auto hinstellen.

Das ist nur für Einsatzfahrzeuge erlaubt«, fangen wir uns nach nicht mal fünf Sekunden einen Anpfiff ein. Der zwischen den elektrischen Schiebetüren des Eingangs auftauchende Pfleger spuckt die Worte aus wie ausgeschlagene Zähne und stemmt dabei seine Hände in die Hüften, um dem Pascal und mir zu bedeuten, dass wir ihn dringender brauchen als er uns. Abgrundtiefer Hass sogar auf der Erste-Hilfe-Station. Sagenhaft. Dieser untersetzte Stupsnasenbär ist mir auf Anhieb sympathisch.

»Wie soll ich denn einen Notfall sonst anliefern? Ich hau ja gleich wieder ab«, deeskaliere ich im Beschwichtigungston, so gut ich kann, während der Pascal und ich aus dem Volvo steigen, denn ich liefer den Pascal jetzt erst mal hier ab und aus.

Kapiert einer das Notaufnahme-System? Wie hätte ich es denn richtig gemacht? Bei Kenntnis bitte E-Mail an fehlendarfdirnix@vikkivictoria.de oder den Mitteilungsdrang einfach unterdrücken, nur weil man mal was weiß.

Stupsnasi selbst bleibt mir jedenfalls die Antwort schuldig, weil er Pascals unvollständige linke Kopfhälfte registriert, was ihm zu genügen scheint. Jedenfalls dreht er sich um und ruft etwas ins Gebäude hinein. Er kann also auch anders.

Plötzlich kommt Tempo rein. Leider wird der Pascal vor der Kühlerhaube unseres Wagens schon wieder ohnmächtig, was es jetzt auch nicht mehr gebraucht hätte, auf den letzten Metern. Aber zum Glück stehe ich nah genug, um wenigstens zu verhindern, dass er mit dem Kopf auf den Teer knallt.

Schon kommen Stupsi, ein weiterer Pfleger mit Kanisterschädel sowie eine Schwester mit wogendem, kupferfarbenem Zopf auf den Pascal zugelaufen und hieven ihn gekonnt vorsichtig in den mitgebrachten Rollstuhl, was den Pascal sofort zehn Jahre älter wirken lässt. Eine solche Wirkung entfalten an einem Mann sonst nur Strickjacken oder in die Hose gesteckte Polohemden. Er kommt zu sich, versucht vergeblich, sich zu orientieren, und ist gleich wieder weg. Gnadenreiche Bewusstlosigkeit.

Wieso transportiert man ihn eigentlich im Rollstuhl und nicht auf einer Tragbahre? Bei Kenntnis bitte E-Mail an fehlendarfdirnix@vikkivictoria.de oder den Mitteilungsdrang einfach unterdrücken, nur weil man mal was weiß.

Die drei Profis umsorgen den Pascal wie ein eingespieltes Team, und mich rühren ihr Eifer und ihre Anteilnahme wie schon lange nichts mehr. Fast schade, dass *mir* so gar nichts passiert ist.

Als wir durch den hell erleuchteten Korridor der Notaufnahme eilen, hält halt original irgend so ein baseballcapbemützter Gschaftlhuber, der auf einem der Wartestühle hockt, also da hält doch dieser Wichtlmeier mit seinem Smartphone direkt auf den vorbeirollenden Pascal und seinen deformierten Kopf drauf. Ja, gibt's des a! Dreht der doch glatt ein Schaulustigenvideo vor unser aller Augen! Völlig ungeniert. Die Leut' kennen wirklich überhaupt nichts mehr. Den dreien vom Pflegepersonal fällt das entweder nicht auf, oder es ist ihnen grad gleichgültig, oder es ist schon längst völlig *normal.* Ich hingegen bin ganz nah dran, diesem Hornochsen mit seinem GLADIATORS-Mützerl das Handy aus der Hand zu schlagen und ihm anschließend auch noch eine zu scheuern, links und rechts, aber es ist nicht der richtige Zeitpunkt und nicht der richtige Ort dafür. Eben zwei Menschen erschossen zu haben, reicht mir vorerst für einen gemütlichen Montagabend im Bayerischen Wald.

Der benommene Pascal wird in einen Behandlungsraum gebracht, während Stupsi sich bei mir erkundigt, ob ich Pascals Frau sei. Vollprofi (Profi*in?), der (die) ich bin, antworte ich: »Nein, ich bin seine Schwester.« Denn von Blutsverwandten fordert man eher keinen Ausweisbeleg, bei Ehepartnern hingegen wäre das schon wahrscheinlicher. Klar, ich bin beides nicht, aber ich hab jetzt wirklich keinen Bock auf eingeschränkten Zugang zum Pascal, bloß weil ich gesetzlich nicht befugt bin.

Also: lügen, lügen, lügen, was das Zeug hält. Ich kann nur hoffen, dass mich keiner hier erkennt. Von Zwiesel bis Mitgiftegg bin ich nämlich – als geborene Übertreiblingerin – eine bunte Hündin. Viele kennen und erkennen mich immer noch. Egal, wie lang ich schon in München lebe.

Also lügen mit großem L, und – es funktioniert. Stupsi zuckt nicht mal mit der Wimper. Da hab ich schon ganz andere Reaktionen erlebt, allein schon aufgrund meiner Erscheinung. Wirklich wahr, dieser ganze Transident-Aspekt wird den Menschen immer egaler. Nicht übel! Stupsi also akzeptiert mich als besorgte Schwester Vikki Herzberg, und ich darf ihm ins zweifenstrige Behandlungszimmer folgen, wo er mir und dem immer noch benebelten Pascal mitteilt, dass jemand nach ihm sehen werde, sobald die Senta (die Krankenschwester mit dem Zopf) und der Torben (der Kanisterschädel) seine Wunde erstversorgt haben.

»Heut ist mal wieder viel los bei uns auf der Station. Also bitte etwas Geduld, ja?«, klagt der Stupsi und hastet raus.

Nicht: rastet aus. Hastet raus!

Ich wiederum nehme diese Vertröstung zum Anlass, den Pascal kurz allein zu lassen und das Auto umzuparken (ich hab sonst keine Ruh), was auch eine halbe Stunde vor Mitternacht einige Zeit in Anspruch nimmt. Gesagt, getan. B27 ist meine Stellplatznummer, bitte notieren.

Übrigens gibt es hier auf dem Gelände noch keine schicken Vielfaltparkplätze mit Regenbogenbanderole, Gender-Symbol und dem ganzen Brimborium; das Äquivalent zu den Frauenparkplätzen, die ja anschaulich verdeutlichen, was für schwächliche Sonderwesen Frauen offenbar darstellen, auf die ganz besonders achtgegeben werden muss. Ich meine, Frauen sind doch keine Behinderten. Zumindest nicht nach meiner Definition.

Scheint schwierig zu kapieren zu sein.

Entsprechend sind Vielfaltparkplätze der neueste Schrei unter den Entmündigungsaktivisten! Extra eingerichtet für die anderen Gruppen Schwersthilfebedürftiger, wie Homosexuelle, Transgenderpersonen und Migranten – also die ganzen armen Schweine, die man durch so einen total woken Stellplatz in einen Topf schmeißen und schön dafür missbrauchen kann, an ihnen die eigene Toleranz und Weltoffenheit vorzuführen.

Außerdem schlägt man dabei noch zwei Fliegen mit einer Klappe: Wenn sich nämlich irgendein Wirrkopf einbildet, heute mal 'ner Schwucke oder 'ner Transe oder 'nem Flüchtling oder 'nem anderen Hassobjekt aus dem Open-Mind-Setzbaukasten eine verpassen zu wollen, dann weiß er ja genau, wo er so ein Exemplar findet, damit es für alle Beteiligten garantiert ein lustiger Abend wird.

Vielfaltparkplätze also, juhu! Welches Redaktions-Girlie oder welcher Gemeinderat-Gschwallschädel hat sich das bloß wieder ausgedacht?

Wirklich schade, dass es so was in Übertreibling noch nicht gibt.

Bis es aber hoffentlich bald so weit ist (Daumen drücken), ist heute noch die stinknormale B27 meine Stellplatznummer für Pascals Volvo. Hast dir ja notiert. Danke. Weiter geht's.

Vom Besucherparkplatz aus ist es kürzer, wenn ich über den

regulären Eingang zurück zur Notaufnahme laufe, weshalb ich im Klinikgebäude an der geschlossenen Cafeteria, dem geschlossenen Kiosk sowie an der offen stehenden Tür der Klinikkapelle vorbeikomme, einem gelblich ausgeleuchteten Raum mit Betonaltar und Holzkreuz, in den ich im Vorbeigehen einen Blick werfe und wo ich in einer der Bankreihen eine junge Frau andächtig knien sehe, neben sich einen fahrbahren Infusionsständer mitsamt einem daran hängenden Beutel, durch dessen Schlauch wohl eine Flüssigkeit irgendwo in ihren Arm geleitet wird. Gift von außen gegen Gift von innen.

Sie betet, hält Andacht, Besinnung eben. Weißt du, was ich nie verstehen werde? Warum so viele Menschen genau dann wieder gläubig werden, wenn's dramatisch wird. Wo doch, logisch betrachtet, gerade ihr angebeteter Gott für das ganze Drama überhaupt erst verantwortlich ist.

Ich verstehe es nicht – und verstehe es doch.

Ich gehe den Flur meines Heimat-Krankenhauses weiter geradeaus Richtung Notaufnahme, die Beschilderung hier drinnen ist genauso irreführend wie die draußen, und ich muss schon sagen, für eine frischgebackene Doppelmörderin verhalte ich mich ziemlich locker, zumindest äußerlich, findest du nicht?

Alles Täuschung. Alles Fassade. Und das weißt du auch.

Da kommt psychisch noch ganz schön was an Verarbeitung auf mich zu, wenn sich der Wirbel erst gelegt haben wird. Herzrasen, Hörsturz, lebenslange Schlafprobleme, so dieses Kaliber. Tage des Zweifels, Nächte der Panik. Nachts um drei im Dunkeln den Wahnvorstellungen ausgesetzt sein, zuzusehen, wie sie wachsen, wie Blumen in einem tropischen Treibhaus.

Zwei Menschen auf dem Gewissen zu haben, was ist das in Kilogramm Seelenlast?

Das Perfide daran: Wenn meine Bedrücktheit ganz schlimm werden sollte, könnte ich nicht mal Antidepressiva nehmen, weil die den Körper aufschwemmen, und ich würde allein schon vom Aufgeschwemmtsein wieder depressiv werden.

(Diesmal haben wir's aber mit dem Thema Depression. Wie's halt so spielt, das Leben.)

Das hab ich mir übrigens schon früher gedacht, damals, als ich meine schlimmsten Downs hatte, während der vielen endlosen Stufenphasen meiner Angleichung. Psychopharmaka sind nichts für mich. Ganz abgesehen von den Wechselwirkungen mit meinen Hormonpräparaten.

Wie auch immer. Wenn du jetzt also meinst, kuck mal, wie easy-peasy die Vikki durchs Klinikum stöckelt, dann kann ich dir mitteilen: Der Schein trügt.

Nicht genug damit, dass ich die Schießerei mit den beiden Heckenschützen sowie Pascals Verletzung irgendwie eingeordnet kriegen muss, nein – vielmehr werden der Pascal und ich uns gleich noch ein paar äußerst gewichtigen Folgeproblemen stellen müssen. Nämlich:

Was sagen wir den Ärzten, wie das mit seinem Ohr passiert ist? Der Pascal hat von seinem eigenen Ohr-ab-Treffer doch gar nichts mitbekommen und von meinen beiden Glückstreffern auch nicht, er war ja sofort ohnmächtig. Er weiß von den beiden Scharfschützen und meinen beiden Scharfschüssen, abgesprochen und auf eine einheitliche Lügengeschichte geeinigt haben wir uns auf der Fahrt hierher aber nicht, weil er im Auto nur kurz bei Bewusstsein war.

Was also werden wir zu Protokoll geben?

Dass ich ihm im Streit das Ohr abgebissen habe?

Wäre vielleicht nicht die schlechteste Lügenvariante. Besser, als die Wahrheit zu sagen, auf jeden Fall.

Ob die Klinik der Polizei Meldung macht? Im Sinne von: *Mysteriöses Ohrwaschel-Abhandenkommen, vermutlich per Schusswaffe, da stimmt was nicht?*

Ach, und der Pascal hat doch auch sein Pistolenhalfter noch um, fällt mir gerade ein, du meine Güte.

Wohingegen *ich* seine Pistole (meine zweifache Tatwaffe) gerade in meiner Handtasche spazieren trage …

Ganz zu schweigen davon, wie ich später mit den beiden Leichen vor dem Stall-Fenster verfahren soll. Entsorgung, Recycling, Kompostierung, Unsichtbarwerdung. Probleme über Probleme. Dennoch, eines ist und bleibt klar: Mit der Wahrheit werde ich bei niemandem vorstellig. Die Wahrheit würde momentan alles nur noch weiter verkomplizieren. Vor allem liefe ich Gefahr, den Fokus auf den flüchtigen Wolf und die verschwundenen Switch Bladesler zu lenken. Und das machte mich gegenüber dem Wolf zur Verräterin *und* Schweigegelübdebrecherin in einem. Und wer weiß, was *das* wiederum für Konsequenzen hätte!

Das würde garantiert noch schwerer auf meinem Gewissen lasten als alles andere. Kommt also nicht infrage.

Gerade ist echt der Wurm drin.

Ich fühle mich plötzlich unendlich schwach. Am Nullpunkt.

Da! Notaufnahme, Pfeil nach links. Ich bin fast am Ziel. Noch rasch vorbei an einem Mann im Morgenmantel, der sich mit einem freien Stuhl unterhält, schlagartig das Interesse verliert und einfach mit dem Desinfektionsspender neben sich weiterredet.

Nur zu, ist ’n freies Land!

(Ich glaube, es geht um Inflation. Passt ja.)

Als ich endlich wieder den Behandlungsraum betrete, in dem ich den Pascal zurückgelassen habe, klopfklopf/herein, sehe ich ihn auf einem Lederhocker sitzen. Mit seiner inzwischen bandagierten linken Kopfhälfte sieht er aus wie Vincent van Gogh auf einem seiner Selbstporträts. Gott sei Dank. Er ist wieder ganz bei Bewusstsein, hat also anscheinend auch den Sturz vor dem Eingang gut weggesteckt, und vielleicht kann er jetzt ja auch geniale postimpressionistische Gemälde malen.

Mit müdem Blick starrt er den vor ihm stehenden, quasselnden Mann an, einen porentief rasierten Riesen mit gruselig grünstichigen Augen, dessen enger weißer Arztkittel wie ein Maßanzug wirkt.

»… keine Wunder erwarten. Ich komm, sobald ich kann, dann operieren wir gleich. Kann etwas dauern, heute ist die Hölle los«, schnappe ich gerade noch auf, bevor dieser schmucke Doktorlulatsch fluchtartig zur Tür rennt, nicht, ohne mich noch kurz komisch anzuschauen. Ah, da haben wir's! Endlich mal wieder ein schräger Blick. Hab ich beinah schon vermisst. In großer Hast grüßt er mich gerade noch mit einem jugendlichen »Hi«, nennt mir seinen komplizierten Nachnamen, den ich mir nicht merken können werde (für sein Namensschild sehe ich zu schlecht), Handgeben ist ja auch nicht mehr, und ich setze ein Lächeln auf, welches ihn aber nicht mehr erreicht, weil er bereits aus dem Raum geglitten ist, der Dr. Riese. Es scheint *wirklich* viel los zu sein im Emergency Room zu Übertreibling. Provinz hin, Kaff her, gesoffen und gestorben wird überall.

Schwester Senta steht in der Ecke, mit dem Rücken zu uns, und schreibt irgendwas. Füllt wohl die Unterlagen für Pascals OP aus. Ihr kupferfarbener Pferdeschwanz hüpfelt über ihren blauen Kittelrücken.

Die Nachtschicht hier ist bestimmt kein Spaß.

Matt schaut mich der Pascal an, und ich so: »OP? Hab ich

richtig gehört? Sag doch, was ist los, wie geht es dir? Wie geht's jetzt weiter?«

»Hallo, Schwesterherz.« Er grinst verschwörerisch, eine nicht gerade subtile Andeutung, und ich zwinkere in letzter Sekunde, vorsichtig zu sein. Weil ja die Senta mit im Raum ist, sage ich nur: »Also, was meint der Doktor?«

»Die Wunde muss sofort operiert und zwischenverschlossen werden«, antwortet er. »Um die Hörfunktion zu retten und das absterbende Knorpelfleisch ...« Ich unterbreche Pascals Schilderung hier mal kurz, denn dazu musst du wissen, ich hab das vorhin etwas vereinfacht formuliert, mit seinem weggeschossenen Ohr. Es ist jetzt nicht so, dass das Waschl von der Kugel ganz exakt abgetrennt wurde. Mitnichten. An Pascals Schläfe hängt eine Traube von Fetzen und Hautresten, weil natürlich nur der Großteil des Ohrs pulverisiert wurde, aber nicht alles. Man darf sich die Schusswunde nicht wie einen chirurgischen Skalpellschnitt vorstellen, sondern eher wie eine explodierte Roset..., aber das würde jetzt zu weit führen. Schee isses natürlich ned, kannst' dir ja denken.

Also, sie verschließen jetzt gleich operativ die Wunde, und »... dann krieg ich demnächst eine schicke Prothese an den Kopf getackert, bei einem Spezialisten für kosmetische Rekonstruktionen«, sagt der Pascal.

»Oje«, seufze ich, aber was hab ich mir denn auch gedacht. Logisch. Herztransplantionen, Spenderorgane, all das ist einem geläufig, aber ein Plastikohr? Oder wird ihm das aus seiner eigenen Oberschenkelhaut geformt, kunstvoll wie diese Radieschenrosen auf Brotzeittellern?

Jeder andere würde eine vergleichbare Geschichte bis zum Gehtnichtmehr aufblasen und innerlich vernichtet darniederliegen. Der Pascal dagegen wird von einem Schützen versehentlich mit dem Wolf verwechselt, büßt ein Körperteil ein und denkt von hinten bis vorne auch noch mit, dass wir vor dem Personal bloß nichts Falsches sagen, bis wir beide uns abgesprochen haben. Und darüber hinaus nimmt er alles Weitere stoisch und staubtrocken zur Kenntnis, Abteilung *Es ist, wie es ist.* Das macht ihn fast zum Phänomen. Oder? Kennst ihn ja inzwischen.

Eventuell haben wir ja doch noch gleich die Möglichkeit, unter vier Augen … aber dann passiert etwas, was ich wirklich gern noch hinausgezögert gesehen hätte. Zwei völlig neue Pflegekräfte kommen zur offenen Tür hereinmarschiert. (Schon wieder Männer. Was ist denn mit den Frauen los? Ach ja, bloß noch Chefposten und Führungspositionen aufgrund der Frauenquote. *Kompetenz*quote wäre mir fast lieber. Aber da wird's ja dann für *alle* eng.)

Die beiden grüßen, lächeln wie nachsichtige, aber überlastete Väter und fordern den Pascal auf, sich komplett auszuziehen und sich dann auf das vor dem Zimmer stehende Rollbett zu legen, gleich geht's los, der OP Nummer 2 sei überraschend früher frei geworden. (Patient tot?) Das sind zwar rundherum gute News, aber der Pascal und ich können nun halt nicht mal mehr eine gemeinsame offizielle Story zu den Vorgängen im Stall entwickeln.

Ich versuche zu retten, was zu retten ist. »Was hast du dem Arzt denn erzählt, wie das passiert ist?«, flüstere ich dem Pascal ins Ohr (jaja, ins rechte) und tue dabei so, als wäre es was Aufmunterndes zwischen Bruder und Schwester. Ein kleines Laienschauspiel vor dem Pflegepersonal. Ich komm mir furchtbar deppert vor, aber es hilft alles nix.

Während der Pascal sich langsam aus seinem Daunenanorak schält, den er, verfroren wie eh und je, *immer noch* anhat, stülpt und stopft er unauffällig das leere Pistolenschulterhalfter ins Innenleben der Jacke hinein (ideal!), reicht sie mir und flüstert zurück: »Ich hab zu Dr. Prokokranskji gemeint, dass …«

»Den Namen konntest du dir merken?«

»Nein, ich hab seinen Namen nur gerade so ähnlich wie möglich improvisiert.«

»Ah, clever. Beinah wär ich drauf reingefallen.«

»Ich hab also zu Dr. Prenkrinski gemeint, es sei ein Unfall im Wald gewesen, und ich hätt dich danach angerufen, um mich ins Krankenhaus zu bringen. Mehr nicht.«

»Nicht mehr? Das hast du fertiggebracht?«

»Als er nachhaken wollte, hab ich eine Schmerzattacke simuliert.«

»Genial.« Ich schlage mir an die Stirn.

»Find ich auch.« Und da muss ich seinem Eigenlob recht geben. Pascals Geistesgegenwart ist einfach außergewöhnlich. Kann ich gar nicht oft genug betonen …

Kommt seine Entspanntheit vielleicht von dem vielen Grün in den Büroräumlichkeiten seiner Umweltschutzorganisation?

Der eine neue Pfleger stellt sich auffordernd neben uns, und der Pascal entkleidet sich, entsprechend der Anweisung. Vollständig. Inklusive schniedelfrei. Da gibt's nix zu meckern. Kannst mir glauben. Ich kümmere mich um den Stoß Kleidung, und der Pascal kriegt diesen klassischen trostlosen weißen Operationskittel übergestülpt, von dem man bestimmt durch den Rückseitenschlitz seinen nackten Popsch sehen kann. Ich vergewissere mich erst gar nicht. In so einem Kittel kommt ein Mann noch schlimmer rüber, als wenn er im Rollstuhl sitzt oder Strickjacken trägt oder sein Polohemd in die Hose stopft.

»Wir quatschen nachher«, sagen wir beide so oder so ähnlich zeitgleich zueinander, als der Pascal auf die Liege im Gang steigt und weggeschoben wird, was mich rührt, weil mir die ganze medizinische Drastik erst in diesem Moment so richtig bewusst wird. Seit dem ersten Schuss im Stall befand ich mich wie unter einer Glasglocke, immer darauf konzentriert, den jeweils nächsten Schritt halbwegs stringent auszuführen. Langsam jedoch sickern die harten Fakten durch die Membran meines Bewusstseins.

Ich reiß mich zusammen. So gut es geht.

»Ich bleib sowieso hier und warte. Wenn du aus der Narkose aufwachst, wird mein Gesicht das Erste sein, das du siehst«, trage ich gekünstelt ein bisschen Romantikpersiflage auf, was die beiden Pfleger, die die Trage schieben, glauben lassen könnte, dass mein Bruder Pascal und ich ein intimes Verhältnis pflegen. Was ja auch stimmt, aber eben ohne den Inzestaspekt.

»Och, das ist aber schön«, flötet ein nach wie vor zu trockenen Scherzen aufgelegter Pascal (vielleicht hat er doch was bekommen, das ihn so ultralocker macht, Schmerzmittel mit Stimmungsaufhellern), aber eins kann ich dir sagen: Wenn mir an meinem Kopf was abhandenkäme, ich würde ausflippen. So viel Diazepam könntest du mir gar nicht unterjubeln.

Ich trotte neben dem flach daliegenden Pascal her, der im hellen Licht des Gangs mit all den Mikrofältchen um Augen und Mund so alt aussieht, wie er ist, und er fragt mich, kurz bevor sich am Aufzug unsere Wege trennen: »Und dir, dir fehlt nichts?«

»Alles halb so schlimm«, flutscht es nur so aus mir heraus, Flunkerin vor dem Herrn. *Ich hab lediglich einen Tinnitus in Fis-Dur, von den Schüssen aus deiner Pistole, dazu noch die traumatische Erfahrung, eine Killerin geworden zu sein, mitsamt dem Schuldkomplex, dich in die Sache hineingezogen zu haben* – sage ich nicht. Natürlich sage ich das nicht. Ob das Lügen mit der Zeit leichter wird?

»Bis später« ist stattdessen das Letzte, was ich dem Pascal zurufe, bevor sich die Aufzugtür schließt und mir dabei sogar die beiden netten Pfleger zuwinken. Nämlich der stirnglatzige, der aussieht wie jemand, der seine Apfelschorle nur trüb trinkt, und der hängegesichtige, der rüberkommt wie einer, der bei der Arbeit pfeift und bei sich im Treppenhaus die Schuhe vor die Tür stellt. Absolut okaye Typen. Kannst du dir eine ungefähre Vorstellung machen?

Unwichtig.

So. Der Aufzug ist auf seinem Weg zum OP. Was jetzt? Ich schlendere durch den Gang zurück, registriere den Geruch, die Geräusche, die generelle Krankenhausatmosphäre, nehme auf einem der sechs längs angeordneten orangefarbenen Stühle Platz und richte mich auf eine unbestimmte Wartezeit ein. Wie lange wird Pascals Operation wohl dauern, inklusive Aufwachphase? Ein paar Stunden plus/minus, wer weiß das schon.

Müde, ausgelaugt und zugleich ruhelos, unfähig, runterzukommen oder richtig durchzuatmen oder auch nur *einen* klaren Gedanken zu fassen, versuche ich krampfhaft, das heute Erlebte durchzuspielen und die Puzzleteile zusammenzufügen. Aber ich weiß einfach zu wenig. Die Dinge geschehen um mich herum, ohne mein Zutun. Und in meinem Hinterkopf poltert permanent eine Stimme, die sagt: Das war noch gar nichts.

Ich schlage das eine Bein über das andere und dann umgekehrt. Die paar Leute, die sich zeitweise ebenfalls auf einem der Sitze entweder neben mir oder auf der Stuhlreihe mir gegenüber niederlassen, um auf jemanden oder ihre eigene Behandlung zu warten, kommen und gehen.

Es ist kurz vor eins, ich sitze mal für ein paar Minuten ganz allein im Neonlicht des Korridors, unverändert unruhig, als ein Typ in einem schwarzen Hoodie auftaucht, die Kapuze über den Kopf gezogen (ich hasse das), sich breitbeinig auf einen der Stühle mir schräg gegenüber hockt und mich anstarrt. Man könnte es auch so deuten, dass er ein Gesicht zieht wie ein verzogenes Balg.

Ich habe kein Problem damit, aggressiv angestiert zu werden, oder sagen wir mal, es ist nicht ungewohnt für mich, und ich lasse es erst mal dabei bewenden, sehe weg (Wohin? Gar nicht so einfach) und widme mich wieder meinen Gedanken, was in Sachen Pascal und Wolf und Massaker für mich zu tun ist. Aber jedes Mal, wenn ich wieder zu Mr. Kapuzenpulli schaue, begegne ich seinem unausgesetzten Blick. Er fixiert mich derart unmissverständlich, dass man es impertinent nennen könnte. Und irgendwann wird so was jedem zu viel.

Mehr noch, ganz im Ernst, ich spüre unmittelbare Lebensgefahr. Ehrlich, ich könnte nicht genau sagen, warum. Sein Blick scheint mich zu durchbohren, wirkt wie eine Vergewisserung, dass die Tragödie auf unserem Grundstück in Rimming wirklich stattgefunden hat. Denn ich mustere Kapuzi diesmal genauer und kann die Parallelität nicht leugnen, dass die beiden Waffenbrüder vor dem Stall vorhin ebenfalls dunkle Hoodies getragen haben. Einer hatte zusätzlich eine Wollmütze unter der Kapuze, und beide hatten, so, wie sich das auf die Schnelle eben vom Gesichtsschnitt her hatte erkennen lassen, was Albaner-, Kosovaren-, Mazedonierhaftes an sich. Ganz ähnlich wie der Vogel mit seinen dunklen Jeans und Turnschuhen mir gegenüber.

Wie bitte? Was heißt denn hier *Vorurteile bedienen*? Jetzt fängst du auch noch damit an. Ich bediene doch keine Vorurteile. *Ja*, die beiden Killer vorhin, die ich über den Haufen geschossen habe, waren tendenziell eher Albaner. Entschuldigung, dass das zufällig ein Klischee erfüllt, das dir nicht gefällt, weil du aus blindem Korrektheitseifer Begebenheiten, die nicht in deine Wunschvorstellungswelt passen, nicht hören möchtest. Was soll ich denn machen? Ich denk mir den Mist hier ja nicht aus. Es waren nun mal keine typischen Schweden oder Brasilianer oder Japaner oder Rosenheimer. Tut mir wahnsinnig leid.

Außerdem kenne ich die typischen Gesichtszüge, weil ich mal was mit einem Albaner … aber das ist lange her.

Zudem handelte es sich bei den beiden Albanern am Stall vorhin übrigens um zwei *Männer*. Auch wenn es dir, der Gleichstellung wegen, besser gefallen würde, die beiden wären Frauen gewesen. Denn: *»Frauen können das auch«*, bla, bla, bla. Jaja, schon klar. By the way: Steht Vergewaltiger*in* mittlerweile endlich auch im Duden? Und Mülltonnenleere*rin*? Ich hoffe doch. Nicht, dass Frauen am Ende auf *diese* Art Gleichstellung so gar keinen Wert legen. (Bitte lachen. Nee, doch nicht.)

Halt durch.

Es waren also … Albaner! Geografisch aus der Ecke stammend eben. Und genau ein Mann dieser Herkunft hockt mir nun – lass es drei Meter Luftlinie sein – diagonal gegenüber, im blassen Neonlicht des Klinikums Übertreibling, zwischen Linoleumboden und Betondecke.

Man darf sich auch nicht zu viel bei allem denken, denke ich mir, wobei ich aber trotzdem schlagartig Panik bekomme, weil dieser junge Kerl vielleicht tatsächlich hier ist, um seine beiden Kumpels zu rächen oder um mich einzukassieren oder sonst was. Ich habe Angst.

Unauffällig greife ich in meine Handtasche, die schlaff auf meinem Schoß liegt, und taste nach Pascals Pistole, auch wenn ich glaube, hier, mitten auf der Station, erst mal sicher vor Entführung oder Abmurkserei zu sein.

Doch wie dem auch sei, ich halte den Griff der Pistole fest umschlossen in der einen Hand, während ich mit der anderen nach meinem plötzlich viel zu laut klingelnden Handy in der Seitentasche meiner Jacke greife, das Klingeln rechts oben am Gehäuse sofort auf stumm schalte, aber weiterhin ratlos aufs pulsende Display starre, auf dem der Name des eingehenden Anrufers aufleuchtet, mit dem ich zu dieser späten Stunde ja so gar nicht gerechnet hätte.

Ein Wunder, dass ich seinen Namen überhaupt sofort zuordnen kann! Es ist ein Mann, mit dem ich vor eineinhalb Jahren mal kurz zu tun hatte. Buchautor, ehemaliger Journalist, er war am Rande in Kathis Entführungsfall involviert, aber wir hatten nicht gerade viele Überschneidungspunkte. Von Typus und Charakter her war er auch einfach gar nicht meins.

Also, was will *der* bitte, jetzt, heute, nach all der Zeit? *After midnight?*

Was soll's, ich gehe vielleicht besser ran, so bin ich nun mal, und schaue in diesem Moment somit also dem Albaner gegenüber konzentriert in die Augen, während ich gleichzeitig meine in der Handtasche versteckte Waffe mit der linken Hand umklammere, simultan dazu mit einem Stups meines rechten Zeigefingers auf dem Handy abhebe, mir das iPhone ans Ohr presse und laut und deutlich hineinnuschle: »Was für eine Überraschung, guten Abend, Herr Kessler!«

13

Der alte Trottel Kessler döst noch immer in dem speckigen Bürosessel in seiner Wohnung vor sich hin, benommen von einer halben Flasche Jack Daniel's, seinen sechzig Lebensjahren und einem harten Tag. Mario sitzt neben ihm, vor sich den Tisch mit den zwei großen Bildschirmen und der Videoschnitttechnik. Längst hat er den Großteil des Filmmaterials der Doku, die sie seit seiner Unterschrift unter den Streamflexx-Vertrag jetzt ja wohl *gemeinsam* drehen, auf seine beiden privaten Festplatten kopiert. Gigabyte um Gigabyte. Nur für den Fall, dass es mal Unstimmigkeiten zwischen ihm und Kessler geben sollte und Mario ein bisschen nachhelfen müsste, um von Kessler nicht so ohne Weiteres geschasst zu werden.

Es ist spät, fast ein Uhr. Aber Nachteule Mario ist noch in Stimmung, das Interview mit Madame Marougé, das sie vorhin aufgenommen haben, durchzusehen und schon mal einen Rohschnitt anzufertigen. Eigeninitiative zeigen, verstehste. Wird Kessler freuen. Außerdem möchte er seinen stockbesoffenen Chef weder aufwecken noch einfach abhauen, *ohne* ihn zu wecken. Und bei sich daheim erwartet Mario auch niemand. Also!

Er wechselt zwischen den verschiedenen Bildspuren, drückt Play, Stop, Cut, Copy, Paste, nimmt einen Marougé-Take von hier, einen Marougé-Take von dort.

Scheiße noch mal, diese Frau ist echt eine strange Person.

Wieso hat sie die Switch Blades bloß in so einen Albtraumcontainer von Tierlabor geschickt? Sie labert rum, sie habe von *jemandem* ganz *zufällig* den *unverfänglichen* Hinweis auf *irgendeine* Einrichtung mit *zweifelhafter* Tierhaltung bekommen und daraufhin die Blades auf die *ansonsten eigentlich unverdächtige* Location aufmerksam gemacht. Die Jungs müssen sich dafür seit ihrer Invasion mit skrupellosen Drangsalierern rumschlagen und verdächtigen die Marougé zu allem Übel noch der Komplizenschaft. Während Mario sich die Takes ein ums andere Mal ansieht, drängt sich ihm zunehmend der Verdacht auf, Madame Marougé gibt dieses Interview im Grunde nur, weil sie darauf hofft, Kessler könne im Gegenzug den Kontakt zwischen ihr und dem abgetauchten Wolf Wolff herstellen oder ihm zumindest zuflanken, dass vor ein paar Tagen ihr Vater abgestochen wurde, was sie dann von jedem Verdacht des Verrats an den Blades reinwaschen sollte.

Überhaupt hat Mario den Eindruck, sowohl Kessler als auch Marougé tänzelten umeinander herum und jeder wolle was vom anderen, ohne dass einer von beiden es aussprechen würde.

Wieso ergibt dieses holprige Ballett nicht allmählich ein Gesamtbild?

Kommt das noch?

Auf dem größeren der beiden verstaubten Bildschirme klickt sich Mario weiter durch die unterschiedlichen Kameraperspektiven und schneidet, mit leise gedrehtem Ton, an den ersten fünf Minuten des Gesprächs mit Misses Marougé rum. Also, gehaltvoll ist ihr Gelaber echt nicht, sie formuliert nur ihre eigene Ratlosigkeit. Das war ein Flop. Wieso wollte Kessler sie überhaupt interviewen? Wenn Mario und er mit ihrer Dokumentation was reißen wollen, brauchen sie definitiv druckvolleres Material. Zielführenderes. Fraglich, wo das jetzt noch herkommen soll, wenn die ganzen Switch Blades Motherfucker die Biege gemacht haben und keiner weiß, wie es weitergehen soll.

Klauber, diese ominöse Firma, soll ihre Finger im Spiel haben, schön, aber bewiesen ist nichts, und er kommt an die ja wohl auch eher nicht ran.

Wenn Kessler nicht noch ein Ass aus dem Ärmel zieht, sind sie vielleicht bereits in einer Sackgasse gelandet, und es hat sich alles auserzählt.

Ungemütliche Vorstellung. Aber nachts sind alle Vorstellungen immer noch eine Ecke ungemütlicher.

Und sie haben ja noch die geilen Bilder aus dem Tierkerker. Die allein sind schon ein Aufhänger. Ganz abgesehen von den finsteren Aufnahmen des röchelnden Greises.

Gibt es überhaupt einen Zeitrahmen für ihre Doku? Muss die an einem bestimmten Datum abgegeben werden? Per UPS, bei Streamflexx an der Pforte, mit Unterschrift des Empfängers?

Im gedimmten Licht des Zimmers zündet Mario sich die letzte Zigarette des Tages an. Man müsste Kesslers düstere Bude mal durchlüften, echt stickig hier drinnen, plus die permanent neu ausgeatmete Schlafluft von Kessler selbst. Aber Mario kriegt seinen Arsch nicht hoch, zu müde, zu erledigt.

Die Nutzlosigkeit in Person sei er – er, Mario Sulfak. Hat sein Bruder immer gesagt. »Kriegst nichts auf die Kette. Bis auf deine gezupften Augenbrauen.« Haha, wie witzig. Arsch! Das wird Mario so nicht stehen lassen. Er ist seit heute offiziell Teil dieser verfickten Dokusache und wird das auch durchziehen. Bis zum bitteren Ende. Basta.

Komm, weiter mit dem Schneiden des Interviews.

Genau zwischen einem der regelmäßigen Grunzer Kesslers, die wie eine Mischung aus Stöhnen und Schnarchen durch den Raum rasseln, klingelt es an der Tür. Das sofort darauf folgende Gebumpere weist darauf hin, dass der Störenfried unheimlicherweise bereits vor der Wohnung steht anstatt unten vor dem Haus, wie man es erwarten könnte.

Abrupt fährt Kessler aus seinem ungesunden Offener-Mund-Schlaf auf, kriegt einen klassischen Hustenanfall und starrt dann den ebenfalls aufgescheuchten Mario orientierungslos an. Der fasst in Worte, dass es geklingelt und geklopft habe, weil Kessler sich in seinem benommenen Schädel wohl über vieles gleichzeitig klar werden muss und allein schon von dem Umstand überfordert ist, dass Mario ihm gegenübersitzt. Überraschung! Menschenskinder, ist Kessler durch.

»Geh aufmachen!«, weist der Mario an, als er begriffen hat. Aha, Befehle erteilen, das kann er noch.

Mario steht auf, geht durch den kargen Flur zur Tür. Ihm ist mulmig zumute. Kessler scheint niemanden zu erwarten, und wer, bitte, kommt um diese Zeit unangemeldet direkt an die Wohnungstür ... Wirklich erst in diesem Moment fällt Mario wieder ein, dass sie sich ja womöglich in Gefahr befinden. Weil sie längst selbst Spielfiguren in diesem Pharmakonzern-Klauber-vs.-Switch-Blades-Strudel sind, ohne es zu wissen.

Ist das vor der Tür womöglich genau so ein Killertrupp wie das Trio bei Marougés Vater? Vielleicht sogar derselbe? Man kommt vor lauter Doku, Düster-Doku, Biker-Doku, Dunkle-Machenschaften-Doku schon auf Ideen. Die reinste Paranoia. Also easy, Mario, mach mal halblang. Wobei ihm dieser Selbstberuhigungsversuch auch kein bisschen hilft.

»Wer ist da?«, schnaubt er, laut genug, dass es durch die Tür dringen dürfte.

»Ich bin's, der Wolf«, kommt es gedämpft zurück. Wolf? Ernsthaft? Mario ist verblüfft und hört ein »Ah« hinter sich. Kesslers erleichterte Stimme ist so nah an seinem Nacken, der hat sich glatt an ihn rangeschlichen. Entwarnung also? Kessler schnarrt: »Passt, lass ihn rein.« Er wird Wolfs Stimme schon korrekt identifiziert haben, hofft Mario.

Mit einem rauen »Na endlich« stößt ein Schrank von einem Mann die Wohnungstür nach innen auf, genau in dem Moment, in dem Mario die Klinke gedrückt hat. Gerade, dass Mario die Tür nicht mitten ins Gesicht donnert. Der Hüne mit dem Zopf stürmt herein, und Mario erkennt in diesem Wolf sofort den Motorrad-Lederjacken-Typen, den er im Olympiaturm-Restaurant gefilmt hat, beim Essen mit der Blonden mit dem für alle sichtbar versteckten Riesenausschnitt. Das war sein erster Job mit Kessler gewesen, der jetzt wiederum völlig perplex zu dem Neuankömmling sagt: »Was machst du denn hier? Ich dachte, du und deine Bladesler, ihr seid alle abgetaucht und bleibt es auch erst mal?«

»Abgetaucht, jaja! Pfeifendeckel! Es gibt News. Alles anders! Ab sofort!«

»Ist es nicht riskant, dass du hier auftauchst? Ich meine …«

»Mach dir keine Sorgen! Ich war vorsichtig, mir ist niemand gefolgt. Ich bring dich schon nicht in Gefahr«, antwortet Wolf leicht gereizt. Kessler nickt abwiegelnd. Diese leere Hose.

»Wer ist das denn?«, blafft Wolf Kessler weiter an und sieht dabei Mario grimmig in die Augen. Im Halbdunkel des kargen Flurs stehen sie in einem Dreieck zueinander. Mario schluckt, Scheiße, dieser Wolf mit seinem Rockerbart, den fanatischen Augen, der herablassenden Art! Er hat vor Mario in der dritten Person über ihn geredet! Unglaublich überheblich. *Wer*

Mario sei! Wer *ich* bin? Hey, Alter, komm klar. Und komm mir nicht so!

»Das ist Mario«, hechelt der wirklich völlig eierlose Kessler sich einen ab. »Mario hat euch damals oben im Olympiaturm gefilmt und ist jetzt mein fester Partner. Erinnerst du dich? Er ist absolut vertrauenswürdig.«

»Ach, *der* ist das ... ach, *du* bist das«, seiert dieser Wolfheini rum, Mario unaufhörlich anstarrend, aber schlagartig eine Nuance freundlicher. Wolf umkapselt Marios Schulter, sagt »Alles klar, hi!«, aber es ist schon zu spät. Mario klebt sich ein Lächeln ins Gesicht, entgegnet »Hi, yo« und wird Wolf diese rüde Nummer gerade noch mal durchgehen lassen. Für den Moment jedenfalls. *Zumutungen souverän begegnen.* Hat Mario mal wo aufgeschnappt. Jedoch wird es dabei bleiben: Er mag ihn nicht.

»Können wir reingehen?« Wolf schaut Kessler an und zeigt aufs Wohnzimmer.

»Ja, klar, bitte«, fistelt Kessler und fügt an: »Möchtest du was trinken?«

»Ein Wasser. Nach dem zu schließen, was ich da rieche, hattest du heute auch schon einiges zu trinken! Aber wohl eher was anderes als Wasser, kann das sein?«, haut Wolf gleich noch einen raus. So erschöpft er auch wirkt, so schroff rüpelt er sich durch die ersten Minuten seines Spontanbesuchs.

Kessler antwortet kurz angebunden: »Wasser, kommt sofort!«, und verschwindet in der Küche. Wolf lässt sich aufs Sofa gleiten, stampft mit seinen Boots zur Stabilisierung auf den Boden. Mario rückt sich einen resterampenmäßigen Vintage-Holzstuhl in Position, nimmt darauf Platz und blickt Wolf mit zusammengepressten Lippen an. Sperrig, wie man sich eben verhält, wenn man nicht weiß, was reden. Das ist also der Typ, der die Switch Blades anführt und der da unten in dem Tierverlies das Kommando innehatte. So sieht der also in aller Leibhaftigkeit aus, face to face. Klar hat Mario ihn schon bei der Geheimfilmerei aus der Ferne eingehend beobachtet, aber irgendwie führt gerade deshalb das unmittelbare Aufeinandertreffen zu einer noch feinteiligeren Wahrnehmung.

Der mit den Hufen scharrende Wolf hat für solcherlei Betrachtungen keinen Sinn, das merkt man, da er eindeutig mordsmäßig unter Druck steht. Er nuschelt »'nke«, als er Kesslers kalkiges Ikea-Wasserglas entgegennimmt und den Inhalt hinunterstürzt. »Kann ich dein Handy benutzen?« Kein Rülpser, trotz Kohlensäure.

»Klar.« Kessler greift tief in die Hosentasche, wobei sein krampfiges Genestel kurzzeitig wie eine Eiermassage aussieht, dabei hat er ja gar keine. Also Eier. Er zieht endlich sein Nokia, oder was das für ein Sonderangebotspfusch ist, den er da hat, raus.

Ungeduldig rupft Wolf es ihm aus der Hand und meint: »Ich erklär dir … euch gleich alles, muss nur sofort dieses eine Gespräch führen. Dringend. Ich hoffe, ihr beiden Süßen habt heute Nacht nichts Besonderes mehr vor? Es könnte noch etwas busy werden.«

»Äh«, kommentiert Kessler und schaut Mario fragend an, was seltsam hilflos wirkt. Vielleicht schiebt er deshalb gleich noch ein souveränes »Ähm, also, na ja« hinterher. Au weia.

»Moment!« Wolf Wolff hält einen Zeigefinger in die Höhe und gebietet den beiden Männern zu schweigen. Er hat gerade auf Kesslers Handydisplay eine Nummer gewählt, die er ganz offensichtlich auswendig draufhat, was derart oldschool ist (also eine Telefonnummer im Kopf haben), dass Mario schwer einschätzen kann, wie er das findet.

Er hört es von seinem Stuhl aus tuten, durch die Membran des Handys an Wolfs Ohr, dann ertönt eine nuschelige Stimme, allerdings zu verzerrt, als dass Mario einzelne Worte entziffern könnte.

»I bin's! Ned erschrecken«, sagt Wolf zu der Person am anderen Ende, und gleich darauf: »Keine Namen! Kannst du sprechen?« Und dann folgt ein Gespräch, das an Uneindeutigkeit nicht zu überbieten ist. Mario und Kessler, der sich mittlerweile auf den ergonomisch komischen Ohrensessel mit der Noppenkopfstütze gesetzt hat, verfolgen den bestimmt fünf Minuten dauernden Eiertanz, den Wolf da verbal am Smartphone vollführt.

Es ist, als würde er sein Gegenüber mittels indirekten Eruierens der Lage durchs Gespräch navigieren. Eine Reihe von Fragen, die sich nur mit Ja und Nein beantworten lassen, weil der Gesprächspartner am anderen Ende scheinbar nicht frei sprechen kann.

Das hat was von dem Scheintelefonat eines Psychopathen, und wenn Mario nicht die Stimme der angerufenen Person durchs Telefon hören könnte, würde er sagen, es ist auch eines.

Wolfs letzte Sätze lauten: »Fixier ihn irgendwie, egal wie. Aber murks ihn dabei nicht ab. Wir brauchen ihn lebendig. Das ist unsere einzige Chance, okay? … Ja. Gut, sehr gut … Wir kommen … Alles klar, halt durch. Bis gleich.«

Wolf beendet die Verbindung, beugt sich vor und reicht Kessler, der sich ebenfalls vorbeugt, das Handy.

In Marios Kopf klackert es. Hat Wolf gerade *Murks ihn nicht ab* gesagt? Und was war das davor? *Fixier ihn irgendwie, egal wie?*

War wohl ein langer Tag für Wolf.

Scheint schlecht drauf zu sein …

Gewalt ist nicht die Lösung …

Manchmal eben doch …

Hat Mario nichts dagegen.

Ganz eindeutig, der Gefahrenpegel steigt. Wie geil!

Aber nur mal ganz nebenbei: Was ist hier eigentlich *wirklich* los?

Noch ehe auch Kessler nachfragen kann, weist Wolf die beiden Nichtsahnenden resolut an: »Wir müssen sofort losfahren. Details gleich im Auto. Packt alles an Equipment zusammen, was ihr braucht. Kameras, Akkus, was weiß ich, alles halt. Lars, dein Wagen … können wir den nehmen?«

»Logisch. Worum … geht es denn?«, fragt der, und sein Lallen ist bei Weitem nicht mehr so stark wie noch vor ein paar Minuten.

»Später. Auf geht's, Ladys, wir müssen los«, ordnet Wolf ruppig an, was Mario einfach ein Tick zu großspurig ist, aber gut, sie scheinen sich hier ja gerade wirklich in einer Extremsituation zu befinden. Schon Wahnsinn. Eben noch, als Mario das Marougé-Interview geschnitten hat, dachte er sich, dass jetzt bloß keine Durststrecke die Geschichte, die sie da erzählen wollen, ausbremsen dürfe. Und nur einen Augenblick später klingt alles nach Mord und Totschlag.

Er kann sein Glück kaum fassen.

So viel dazu.

Euphorisch, hoch konzentriert und ganz auf sich gestellt, sucht Mario alles an Equipment und Zeugs in Kesslers Bude zusammen, das sie benötigen könnten. Kessler ist derart gaga vom Saufen und der späten Uhrzeit, den kannste vergessen.

Umso besser. Übernimmt eben Mario die Kontrolle.

Ja, Chef, klar, Chef, soll ich das Stativ auch einpacken, Chef?

Die Zeiten sind vorbei.

Keine Viertelstunde später sitzen die drei in Kesslers Wagen.

Wolf am Steuer, Kessler aufm Beifahrersitz, Mario rechts hinten.

Ein bisschen entwürdigend, zugegeben. Aber: Macht nichts.

Wolf stellt sich sehr schnell als Raser in Vollendung heraus und kündigt schon mal an, dass sie auf die A9 müssen, sagt dann, »Also, passt auf, Folgendes, wir müssen jetzt …«, und prescht wasserfallartig redend am Deutschen Museum vorbei.

Die Fahrt allein wird schon lebensgefährlich, da muss man sich bloß Wolfs Rechtsabbiegerei Richtung Isarring ansehen, denkt Mario. Er schnallt sich an, leicht verspätet, lauscht Wolfs Erklärung, was los ist und wohin es geht, und ist sich gewiss, das wird *ganz sicher* noch eine lustige Nacht.

So viel kann man sagen.

14

Ich sitze im Gang der Übertreiblinger Notaufnahme und warte auf das Ergebnis von Pascals Ohr-OP. Es ist eine Stunde nach Mitternacht. Mein Handy hat gerade geklingelt. Trotz des auf dem Display aufleuchtenden Namens habe ich abgehoben und dabei dem Furcht einflößenden Kapuzenpulliträger auf der Wartebank mir gegenüber in die Augen geschaut (dem Albaner oder Kosovaren, weißt scho'), wobei meine linke Hand die in meiner Handtasche liegende Pistole umschloss, meine rechte Hand mir das iPhone an die Wange drückte und ich die begrüßenden Worte ins Telefon wisperte: »Was für eine Überraschung, guten Abend, Herr Kessler!«

Der Lars Kessler! Verwunderung auf ganzer Linie. *Was will denn dieser kariöse Krimiautor von mir? Ewig nichts von ihm gehört. Müsste auch nicht sein.*

»I bin's! Ned erschrecken«, tönt es mir aus dem Smartphone entgegen. Ich erschrecke augenblicklich. Allein die Aufforderung, es nicht zu tun, lässt einen doch zusammenzucken. Ich erkenne die Stimme natürlich innerhalb einer Nanosekunde und möchte antworten, aber der Wolf kommt mir mit einem nahtlos drangehängten »Keine Namen, keine Fakten! Kannst du sprechen?« zuvor.

Ich näsle: »Äh, ja, geht so. Dich hatt ich jetzt gar nicht erwartet.« Du siehst, ich reagiere umgehend und versuche, ein unverfängliches Gespräch Marke Die-Tante-Rosi-ist-dran zu simulieren. Auch, weil ich merke, dass der grauäugige Albaner aufhorcht. Wir befinden uns auf dünnem Eis.

»Is' also jemand in der Nähe? Nur mit Ja oder Nein antworten«, stimmt der Wolf sich mit mir ab, weshalb ich »Ja« sage. Mir rauscht so viel durch den Kopf. Der Wolf ist zurück aus dem Untergrund, ruft noch dazu über Kesslers Handy an. Gleichzeitig sitzt mir ein potenzieller Komplize der beiden Schützen gegenüber, die vorhin auf Pascal geschossen haben. So sei es. Ich komm sowieso nicht ganz mit. Mit dem allen hier.

»Bist du in Gefahr?«, fragt der Wolf.

»Äh … so mittel«, stammle ich, da ich nicht eindeutig erkennen kann, worauf das hier hinausläuft. Den Albaner starre ich immer wieder mal an, er mich allerdings dauernd. Jetzt, wo ich telefoniere, fällt ihm das noch leichter. Zumal leutemäßig in diesem verfluchten Gang aber auch wirklich *niemand* mehr vorbeikommt. Nicht mal eine müde Krankenschwester, die von hier nach da wuselt. Nur der Albaner, das kalte Neonlicht und ich in einem Geisterkrankenhauskorridor.

Der Wolf redet weiter: »Okay, das klären wir gleich. Wie du siehst, ruf ich von Kesslers Handy aus an. Näheres auch hierzu nachher. Ich war gerade bei dir in der Wohnung und hab dei' Mutter gesprochen.«

»Ja«, schieb ich völlig unnötig dazwischen, weil's in mir wie in einem Dampfkessel brodelt. Der Wolf und die Mama, einfach ein eingeschworenes Team.

»Dei' Mutter hat mir erzählt, dass du ihr aus dem Kreuz geleiert hast, wo ich bin.« (Wie bitte? Also Mama! *Du* hast es mir doch *von dir aus* gestanden!) »Sie hat mir auch erzählt, dass du gegen halb neun losgefahren bist, um mich im Stall aufzusuchen. Wenn du nun *ebenfalls* der Meinung bist, dass du wirklich ganz schön den Arsch offen hast, dann antworte jetzt bitte mit Ja«, sagt der Wolf.

Ich muss lachen, er auch. Aber nur kurz. Ganz verhalten halt. Er fährt fort: »Warst du schon dort? Also im Stall?«

»Ja. Nett war's«, schmücke ich der Unauffälligkeit halber aus.

»Bist du jetzt nicht mehr dort?« Wolfs Frage ist nicht so dumpf, wie sie klingt. Denk dran, wir können nicht offen reden, müssen uns einander langsam annähern.

»Nein. Aber aus gutem Grund, haha.« Ich lass ein künstliches Lachen los, wie ein kleines Kind, das sich selbst mit einem Spielzeugapparat sein erstes Telefongespräch vorgaukelt.

»Warst du allein dort?«

»Nein. Ich bin mit dem Volvo gefahren.« Ich hoffe, diese Info verrät ihm, dass ich mit dem Pascal unterwegs bin.

»Alles klar«, bestätigt der Wolf. »Ich selbst bin gegen zehn ausm Stall abgehauen, weil sich die Lage dort zugespitzt hat. Ich habe mitbekommen, dass das Grundstück beobachtet wird, und hab mich unbemerkt aus dem Staub gemacht. Gefahr im Verzug. Irgendwer muss mein Versteck verraten haben.«

Um 22 Uhr hat der Wolf den Stall verlassen? Dann dürften wir uns ja nur knapp verpasst haben, sind vorhin vermutlich sogar aus entgegengesetzten Richtungen aneinander vorbeigekommen. Er zurück nach München, ich auf nach Rimming. Ich sage »Ach, wie schön« und grinse wie eine Fünfjährige, damit der Albaner, der zweieinhalb Meter von mir entfernt sitzt, mich nicht gleich aufschlitzt. Dass mit ihm nicht zu spaßen ist, wird immer deutlicher. Stechender Blick, bebende Nüstern, als wäre er zu blöd, sein Innenleben zu kaschieren. Mein Vorteil?

»Es gibt eine neue Ausgangslage. Wir müssen aktiv werden«, schildert der Wolf und meint mit *wir* wohl eher die Switch Blades. »War im Stall denn alles in Ordnung?«

»Nein, nein.« Ich klinge amüsiert, wie bei einem Small Talk auf einer Cocktailparty. Falls jemand das Gespräch abhören sollte und lediglich den Dialog ohne den Subtext mitbekommt: Er würde uns für geistesgestört halten.

»Scheiße. Ist dir was passiert?«, kommt es von Wolf.

»Mir nicht, nein.«

»Aber dem P.?«

»So ist es, hm, hm, hm«, runde ich meine Bemerkung mit einem Schmunzelgeräusch ab. Keine Ahnung, warum ich nicht normal antworten kann, sondern alles überkompensiere. Vielleicht bin ich wirklich bereits wahnsinnig geworden, schon vor Längerem. Man selbst merkt es ja immer als Letztes.

»Is der P. verletzt worden?«, erkundigt sich der Wolf bestürzt.

»Haha, ja genau.« Ich bin ja nicht auszuhalten.

»Shit. Schwer?«

»Ach, na ja. Wie's halt so ist.« Also, da hätte mir wirklich was Besseres einfallen können.

»Noch mal: Bist du jetzt gerade in Gefahr?«

»Puh, gute Frage …«, zügele ich mich. Ein Dialog wie direkt aus der Nervenheilanstalt.

Alarmiert sagt der Wolf: »Ist die gefährliche Person in deiner Nähe?«

»Haha, das kann man wohl sagen, vermutlich, haha.« Merkst es? Konspirative Wortwechsel liegen mir einfach. Bild ich mir das nur ein, oder wird der Albaner jetzt *richtig* misstrauisch?

Ich muss mich immer daran erinnern, dass es auch bloß eine Zufallsbegegnung sein könnte. Ich bin völlig ratlos.

»Okay, ich fasse noch mal zusammen«, sagt der Wolf. »Du und der P., ihr habt also den Stall inzwischen verlassen und haltet euch bereits in einem anderen Gebäude auf, ja?«

»Na, und ob, meine Liebe«, sage ich ernsthaft zum Wolf alias Tante Rosi. Jetzt wird's mir selbst fast zu viel. Zumal mir sofort aufgeht, dass ich bei der Begrüßung ja bereits den Namen Kessler habe fallen lassen. Anrede: *Herr!* Oje. Wieso geh ich nicht einfach und verlasse meinen Sitzplatz, und damit auch den Albaner? Gute Idee. Auf die vermeintlich einfachsten Ideen muss man auch immer erst mal kommen. Die Menschheitsgeschichte ist voll von völlig logischen Erfindungen, die aber natürlich erst jemand machen musste. Gleich danach kann man sich dann gar nicht mehr vorstellen, was für ein großer Entstehungsschritt das war, weil: Was *da* ist, ist *da*. Das nimmt man dann gleich für gottgegeben und für völlig selbstverständlich. Siehe die Erfindung des Rads, des Buchdrucks, der Glühbirne, des Penicillins oder ganz früher des Feuers … gut, Feuer ist eher eine *Entdeckung* als eine Erfindung, aber du weißt, worauf ich hinauswill. Alles Bombendinger. Die liegen nicht einfach so auf der Straße. Und jetzt und hier und heute kommt die Vikki Victoria auf die fabelhafte Idee, einfach mal *aufzustehen*, um diskret telefonieren zu können. Da kann sich der Daniel Düsentrieb aber warm anziehen.

Wie nebenbei stehe ich also auf, langsam und ganz ungezwungen, tue so, als wollte ich mir dringend die Füße vertreten, und schlendere ins Krankenhausinnere. Nach draußen zu gehen, vor die Notaufnahme, wäre zu gefährlich, falls der Kapuzenpulliboy mir tatsächlich nach dem Leben trachtete. In der nächtlichen Dunkelheit wäre ich ein leichtes Opfer für ihn.

»Der P. wurde also verletzt?« Wolfs erneute Frage wirkt

wie in einer Rateshow, wo sich einer aus dem Rateteam durch erneutes Nachhaken einen Zeitgewinn verspricht, bevor er die folgerichtige nächste Frage entwickelt hat.

»Yo, und das ist nicht ganz ohne.« Ich bin schon ein paar Meter den Gang hinauf. Obacht, noch nicht ganz außer Hörweite.

»Seid ihr etwa im Krankenhaus? Es klingt so hallig bei dir.«

Ich: »Könnte man so sagen, ja.« Das Gespräch wirkt wie Satire.

Der Wolf tastet sich weiter vor: »Verstehe. Wenn du sagst, es ist jemand in deiner Nähe …«

So. Ich bin außer Hörweite, der Albaner scheint mir nicht zu folgen. Meine Chance, denke ich und flüstere hastig: »Hör zu, der Pascal und ich waren im Stall. Aus dem Hinterhalt wurde ihm ein Ohr abgeschossen. Durchs geöffnete Fenster. Es waren zwei Typen, soweit ich weiß. Ich hab sie kaltgemacht.« Ich bin selbst ganz überrascht von meiner Wortwahl. Und der Wolf erst. Er hakt nach: »Was heißt das? Heißt das etwa: totgemacht? Rest in Piss?«

Sogar in so einer Situation kommt noch a Witzerl vom Wolf. Du, wenn ich so darüber nachdenke und den Wolf mit dem Pascal vergleiche … also, auf den ersten Blick ähneln die sich wirklich kein bisschen, aber was ihre Resilienz betrifft … fast Zwillinge. Die eigene Schwäche mit Humor tarnen! Das ist typisch für beide. Und mit beiden hatte beziehungsweise hab ich was. Ich erkenne ein Muster … Was sagt das über mich aus? Uah. Hab ich sie zerstört und unwillkürlich zu Zynikern werden lassen?

»Egal jetzt«, sage ich, weil ich schon so weit bin und am Telefon generell nicht über Erschießungen spreche, die ich begangen habe. Ist so ein altes Prinzip von mir. »Ich hab den

Pascal in die Notaufnahme von Übertreibling gebracht, er wird gerade operiert. Und dort befinde ich mich auch, ich warte auf ihn. Aber jetzt pass auf: Vorhin ist noch ein Typ hier aufgetaucht, der zu den anderen beiden Scharfschützen gehören könnte. Optisch würd's passen, und sein Verhalten ist auch seltsam. Könnte er einer von denen sein? Erzähl mir, was du weißt. Wie viele Männer hast du denn um den Stall herum wahrgenommen, als du dich entdeckt gefühlt hast … also, bevor du von dort abgehauen bist?«

»Kann ich nicht genau sagen, mir sind mehrere Anzeichen aufgefallen, keine konkreten Personensichtungen. Aber ich weiß von einer anderen Aktion, da waren *drei* Typen im Spiel, soweit mir mitgeteilt wurde.«

»Alles klar. Dann werde …« Ich breche ab, weil ich merke, dass der Kapuzenmann längst ebenfalls aufgestanden ist und mir mit schräg gehaltenem Kopf den ellenlangen Geisterkorridor hindurch nachschlendert. Nix Privatsphäre also. Völlig schamlos folgt er mir, etwa in meiner Schrittgeschwindigkeit und noch mit angemessenem Abstand. Aber er will mich etwas wissen lassen, das wird deutlich. Ich bin geliefert. Sofort stülpt sich eine Gänsehaut über mich. Ich schaue hoch zur Decke, scanne die Ecken. Keine Videoüberwachung, würde ich meinen. Versteh mich nicht falsch, ich bin kein Fan von so was – aber gerade jetzt dürfte man gern die nackte Hölle aus dem Gebäude filmen. Antrag auf staatlich geförderte Vollausstattung mit viertausend Kameras? Ich würde jede Petition unterschreiben.

Seltsam euphorisch höre ich den Wolf aus meinem iPhone nachfragen: »Was? Was wolltest du sagen?«

»Ich glaube, dieser Typ folgt mir.« Worüber ich ebenso schockiert bin wie über Wolfs aufbrandende Begeisterung. Boah, ich hab die Schnauze gestrichen voll. »Ich glaube, der gehört wirklich zu den anderen«, flüstere ich. Vorbei ist's mit Gute-Laune-Imitation.

»Das wäre sensationell. Es würde uns phänomenal weiterhelfen, wenn wir einen von denen in die Hände bekämen.« Der Wolf kreischt beinah.

»Das freut mich ungemein. Aber was soll ich denn machen? Der sieht nicht so aus, als wäre er zum Diskutieren aufgelegt. Der hat bestimmt schon ein paar Menschlein auf dem Gewissen«, untertreibe ich schamlos.

»Hast du irgendwas bei dir, das dir helfen könnte? Ein Messer, Pfefferspray, irgendwas?«, eruiert der Wolf mal locker von München aus. Wahre Könner *delegieren*. Und arme Tröpfinnen wie ich dürfen *reagieren*. Er will mich anscheinend allen Ernstes einspannen, den Hoodie-Bruder für ihn dingfest zu machen. Die einen würden es Der-Wolf-hat-tiefes-Vertrauen-in-dich nennen, die anderen würden davon ausgehen, dass er mich als Kanonenfutter verbrät. So oder so, gesunde Einstellung. Ergebnisorientiert.

»Ich hab eine Pist… Ich hab was dabei, ja«, stottere ich. Kein Wunder, oder? Jetzt wird's ernst. »Soll ich nicht lieber die Polizei rufen, wie wär's denn damit?«

»Auf keinen Fall«, herrscht mich der Wolf an. War klar. Begründung brauch ich keine, kenn ich selbst: Die Switch Blades benötigen einen Ansatzpunkt, um herauszufinden, wer sie in Angst und Schrecken versetzt. Und das hier ist *die* Gelegenheit. Eine Polizeibeteiligung würde alles bloß ausbremsen und vielleicht sogar die Blades in Erklärungsnot bringen. Oder gar vor Gericht.

»Und was, wenn wir uns täuschen, und der Typ hat nichts mit der Sache zu tun?« Ich sage das Erstbeste, was mir noch einfällt, denn: ICH WILL IHN NICHT ÜBERWÄLTIGEN MÜSSEN!

»Dann ist das egal. Dann ist er eben ein Kollateralschaden, Pech gehabt. Wir können es uns nicht leisten, eine solche Gelegenheit vorbeiziehen zu lassen. Das könnte ein Wendepunkt für uns sein. Wenn wir jemanden wie den schnappen, wären wir einen gehörigen Schritt weiter. Dann könnten wir den Terror gegen uns eventuell im Keim ersticken. Vikki …«, nennt der Wolf meinen Namen fahrlässigerweise nun doch (der Wolf: auch nur Mensch), »du musst ihm zuvorkommen. Erledige ihn, bevor er dich erledigt oder bevor er auch einfach nur abhaut.« Der Wolf unterbricht sich und sagt dann gedehnt: *»Bitte!«*

Bitte *was*?

Einfach nur *bitte*? Ganz theatralisch?

Bitte, Vikkilein-Mausilein, werde auf Knopfdruck zur befehlsempfänglichen Söldnerin ohne Nahkampferfahrung und überwältige einen rauen Kerl, der dir gerade, huch, mit etwa vier Metern Abstand folgt und dir wahrscheinlich auch weiter hinterherlaufen wird, wenn du gleich nach rechts abbiegst und deinen Weg durch das menschenleere nächtliche Klinikum fortsetzt?

»Ich sehe zu, was ich machen kann«, druckse ich rum. Aber mal ganz ehrlich: Auch wenn der Wolf nicht angerufen hätte – du merkst es doch auch: Der Albaner will was von mir. Ich muss handeln, ob für den Wolf oder zu meiner eigenen Sicherheit, es muss was geschehen. Hier wird's gerade bedrohlich. Ich brauche freie Hände … Mist … der Albaner schließt auf …

Ich höre den Wolf: »Ich mach mich gleich auf den Weg zu dir. Aber du weißt ja, eineinhalb Stunden brauch ich. Wenn du den Kerl überwältigen könntest …«

»Na klar, kein Problem … Sag mal, wie stellst du dir …«

»Und dann«, labert der Wolf hektisch weiter, »fixier ihn irgendwie, egal wie. Aber murks ihn dabei nicht ab. Wir brauchen ihn lebendig. Das ist unsere einzige Chance, okay?«

»Was redest du da? Fixieren! Ich bin schon froh, wenn er nicht *mich* fixiert. Ich muss erst mal sehen, was sich hier gerade … oh Scheiße, ich … er kommt näher«, kläffe ich gedämpft. Fuck aber auch.

»Ja. Gut, sehr gut«, redet sich der Wolf die Sache schön.

»Jetzt red nicht. Ich versuche, ihn irgendwie …«, stammle ich nur noch und muss die Pistole in meiner Handtasche wieder ordentlich umgreifen, nicht, dass sie mir aus der Hand flutscht, wenn ich sie gleich rausziehen muss. Ich taste. *Da ist der Griff, da der Abzug, so könnte ich sie sicher und …*

»Wir kommen«, sagt der Wolf zu mir. *Wir* – wer ist wir? Wurscht. Fahrt los.

Ich für meinen Teil irrlichtere nur noch: »Ich muss handeln, Mist«, woraufhin der Wolf mir einen Brei wie »Alles klar, halt durch. Bis gleich« in den Gehörgang pfeift, ich sogleich das Handy in meine Jackentasche stecke, während ich in den breiten Hauptkorridor einbiege, über den ich vorhin gekommen bin, nachdem ich mein Auto ordnungsgemäß auf dem Besucherparkplatz abgestellt hatte. Ich biege also genau in *den* ausgestorbenen Gang ein, in dem sich der *geschlossene* Kiosk und das *geschlossene* Café und das *leere* Treppenhaus befinden, na super. Einsam durch eine Provinzklinik trotten, mit einem mutmaßlichen Ex-Knacki aus Tirana auf den Fersen. Kapuzenpulli kommt nun, da ich mein Telefonat beendet habe, zügig näher, wie ich an seinen Schrittgeräuschen höre. Etwas an meinem unglaubhaften Gespräch mit dem Wolf hat ihn wohl endgültig aufgescheucht und in seinem Entschluss bekräftigt. Es geht mir nicht gut.

Der Wolf hat recht, ich muss durchgreifen.

Für mich, für ihn, für uns alle. Such dir was aus.

Und wenn Kapuzenpulli doch nur ein ganz normaler Bürger ist, der hier auf seine schwangere Freundin wartet, und ich mich irre und ihm unrecht tue? Was laber ich denn, wem mach ich was vor, was versuche ich zu vermeiden? Er folgt mir, ist nur noch eine Armeslänge entfernt, ich kann sein Fünf-Euro-Deo riechen … ich muss … Jesus Christus … ich drehe mich um, sehe, wie er nach mir hascht, also der Albaner, nicht Jesus Christus, und mache erschrocken einen Ausfallschritt zur Seite. Er greift daneben, sieht mich überrascht an. Das war knapp. Ich habe keine Zeit mehr zu überlegen. Nichts mehr zu verlieren. Schnitt.

Mit dem rechten Fuß versetze ich seinem Kopf einen Karatekick, dessen Heftigkeit sogar seine kurzen dunklen Haare durcheinanderbringt. Ich bin selbst ganz überrascht von mir. Benommen taumelt er, fängt sich aber gleich wieder. Womit ich natürlich gerechnet habe und deshalb meine Faust längst für einen massiven Rechtsausleger geballt bereithalte. Es gibt kein Zurück mehr. Sogleich donnere ich ihm genau diese Faust mit der ganzen mir zur Verfügung stehenden Wucht, nämlich der Wucht einer verzweifelten und verängstigten Frau, zwischen Nasenbein und Wange, wodurch er erneut Sternchen sehen dürfte, wenn ich seinen benommenen Gesichtsausdruck richtig deute. Für einen schnappschusskurzen Moment kann man eine Stecknadel fallen hören, gleich darauf gerät der Gute ins Trudeln (die Kathi würde sagen: ins Strudeln), und nenn es von mir aus Verkommenheit oder Gnadenlosigkeit, aber ich ziehe die Sache jetzt durch und knalle ihm deshalb gleich noch mein Knie in die Fresse, indem ich mit beiden Händen nach seinem Hinterkopf greife und diesen ruckartig nach vorn bewege, exakt in Richtung meiner Kniescheibe, die ich wiederum zeitgleich gegen sein Gesicht schmettere. Nicht jedermanns Sache, aber wohl der finale Knockout, sollte man meinen. Mein kleiner Rumtreiber jedoch, zäh wie ein Pitbull im Blutrausch, will und will nicht zu Boden gehen, stöhnt stattdessen kurzatmig und blickt mich entsetzt an, wie um mir zwei Dinge gleichzeitig mitzuteilen. Erstens: *Was zur Hölle geht hier ab*, und zweitens: *Ich fühl mich grad echt ziemlich mies*. Ich verstehe ihn nur zu gut. Mir geht doch auch die Düse. Sogar meine Perücke ist mir verrutscht. Aber nicht schlimm. Siehste, da ist es wieder gut, dass hier keine Kameraüberwachung installiert ist. (Wie seh *ich* denn aus?)

Der Hoodie-Albaner stößt, wohl auf gut Glück, ein gestöhntes »Aufhöre!« aus, eam schaug o!, und ich hab beim besten Willen keine Ahnung, was das sein soll, *Aufhöre*, und was er mit *Aufhöre* meint, einfach weil dem Wort vermutlich hinten ein N fehlt. Aber das ist eben nur eine Vermutung! Vielleicht meint er mit *Aufhöre* nämlich auch was ganz anderes, zum Beispiel etwas, das auf Albanisch ganz korrekt *Gerne mehr davon* heißt, wer weiß. Und bei so was nehm ich's in solchen Situationen dann doch ziemlich genau, das kann ich dir sagen.

Komm mir jetzt nicht mit: »Die Vikki macht sich über holpriges Ausländerdeutsch lustig, mimimi!«, dafür hab ich grad echt keinen Nerv.

Ich lächle ihn an, wie um ihm mitzuteilen, *ich nix verstehen*, weil, mit Infinitiven liegt man nie falsch, und Lächeln schadet auch nur in den seltensten Fällen. Solche Extremsituationen verbinden einen doch auch immens. Er und ich: wir hier! Ich, das Draufgängerkind, auf Du und Du mit einem südosteuropäischen Schwerverbrecher. Romantik pur. Genau das brauch ich jetzt.

Daher ist es einzig und allein der Rettung der Switch Blades geschuldet und nicht meinem Bedürfnis, dringend noch mehr Dampf am Hoodie abzulassen, als ich ihm schließlich, gewissermaßen zum Nachtisch, den finalen Schlag in die Magengrube verpasse, der ihn bewusstlos zusammenklappen lässt.

Eine gerade Linke. Kein Schnickschnack. *Nimm das!*

Im Fallen fuchtelt er noch mit den Armen wild in der Luft herum, wie ein Jongleur mit Parkinson, aber das war's dann auch.

Und wumms. Da liegt er. Krass.

Erleichterung in ihrer reinsten Form durchflutet mich.

Denn plötzlich schaut's ganz anders aus.

Alles im grünen Bereich.

Einatmen, ausatmen, ein, aus. Ich hab's geschafft. Der Typ liegt in der Tat erledigt am Boden, bereit für die Inobhutnahme durch eine Biker-Gang, die schätzungsweise nicht ganz so zart mit ihm umgehen wird wie ich gerade. Für die ist Quälen keine Randsportart.

Aber: Nicht mehr mein Problem.

Ich habe mich mit Zähnen und Klauen verteidigt. Jetzt muss ich nur noch auf Wolfs Eintreffen warten.

Fast zu schön, um wahr zu sein. Denn seien wir ehrlich: Absehbar war das nicht, was ich da gerade geleistet habe. Eher ziemlich unwahrscheinlich.

Aber denkste!

Was so alles in mir steckt!

Enorm.

Dabei darf man natürlich auch nicht vergessen, dass Adrenalin ungeahnte Seiten in einem freisetzen kann (unter anderem).

Wie auch immer, das war rundum eine Mörderaktion. Da gibt's gar nichts.

Genau so muss man es machen.

Und genau so hätte ich es machen sollen.
Wenn ich kämpfen könnte.
Kann ich aber nicht.
Deshalb hab ich diesen Unsinn ja auch erfunden.

15

Es läuft ganz anders. Ich fang noch mal da an, wo ich gerade das Telefonat mit dem Wolf beendet habe und bereits den verlassenen Hauptkorridor der Klinik entlanggehe. Auf dem Weg nach ... ja, wohin eigentlich? Ich wollte einfach nur ungestört telefonieren, habe dazu meinen Wartesitz in der Notaufnahme verlassen und befinde mich jetzt sozusagen in freier Wildbahn. Es ist ein Uhr nachts, der Albaner hat sich entschlossen, meine Verfolgung aufzunehmen, und befindet sich nur noch wenige Meter hinter mir.

Er nähert sich. Ich spüre, er will was von mir, er wird mich zu überwältigen versuchen. Um seine erschossenen Kumpels zu rächen. Vielleicht möchte er mich entführen oder sonst was anstellen. Kein noch so geringer Zweifel, ich muss die Initiative ergreifen. Bevor es zu spät ist. Denn der, der den ersten Schritt tut, ist immer im Vorteil.

Außerdem muss ich ihn ja nicht bloß abschütteln, sondern auch noch aus dem Verkehr ziehen und unschädlich machen. Vergiss bitte nicht: Letztlich erledige ich hier einen Job für die Switch Blades. Wie komm ich eigentlich dazu?

Ich muss mir immer wieder vergegenwärtigen, dass das Kasperltheater hier ja ursprünglich überhaupt nicht meine Angelegenheit war. Aber wer hat sich mal wieder eingemischt und sich das Ganze eingebrockt?

Ich.

Man ist *immer* an *allem* selbst schuld.

Das wird wohl auch auf meinem Grabstein stehen.

Es ist zum Heulen.

Aber immer noch besser als: *Na endlich.*

Egal. Albaner hinter mir, Schluss mit lustig. Lass mich nachdenken, wie soll ich's machen? (Wir erinnern uns, ich bin keine Person, die's mit Handgreiflichkeiten hat.)

Ich hab's. Das probieren wir.

Vermutlich ist das die schlechteste Idee aller Zeiten. Ich gegen einen dreißigjährigen Naturburschen mit Sneakers, Trainingshose und wildem Blick. Ein Desaster mit Ansage. Aber da ich zu einer schlechten Idee noch nie habe Nein sagen können … und in Ermangelung einer echten Alternative … Kruzitürken, ich muss mich vor Panik gleich übergeben. Geht aber grad nicht. Und was nicht geht, geht nicht. Hat die Natur fein eingerichtet.

Kurzer Selbstcheck: Herz rast, Kopf brummt, Hände zittern: Es kann losgehen.

Wie vom Blitz getroffen, beginne ich zu rennen, und siehe da, sofort startet der Albaner auch durch. Der Beleg dafür, dass meine Befürchtung berechtigt war. Wenigstens das!

Zehn Meter weit etwa geht unsere Rennerei wie durch ein Wunder gut, und er holt mich nicht ein, trotz meines Schuhwerks, das dem seinen hoffnungslos unterlegen ist. Einer flüchtenden Häsin nicht unähnlich, schlage ich zur Ablenkung einen Haken nach links, nur um dann sofort scharf rechts abzubiegen und direkt in den Raum mit dem gelblichen Licht hineinzulaufen, den man zur Krankenhauskapelle umfunktioniert hat. Das Zimmer mit Betonaltar und Holzkreuz, in dem ich beim Herkommen die Frau mit dem Infusionsständer habe beten sehen. Erinnerst du dich?

Jetzt ist niemand mehr hier drinnen. Alle gestorben. Trotz Vaterunser. Kleiner Scherz.

In diesem Kapellenraum angekommen, lauf ich nicht weiter geradeaus zum Altar mit dem Kelch und dem Blumengebinde, sondern wetze sogleich nach rechts und dann noch mal rechts, hinter die schwere, offen stehende Tür, in den toten Winkel, und stoppe ab. Du musst dir das so vorstellen: Ich stehe also wie erstarrt da, kerzengerade, genau zwischen der Innenseite des Türblatts und der Ecke des Raumes, in welche die Tür aufschwenken könnte, wenn man sie ganz öffnen würde.

Da halte ich mich verborgen. In der Sackgasse.

Das hier ist keine verblödete Versteckaktion, keine Fehlberechnung meinerseits, sondern der einzige Zeitgewinn, der mir bleibt, um die Pistole aus meiner Handtasche zu ziehen und dem Albaner ... Da ist er bereits, ich höre seinen Körper auf der anderen Seite der Tür abbremsen, als auch schon sein vorgereckter Kopf in meinem Sichtfeld auftaucht und er mich fies angrient, so nach dem Motto: »Kuckuck! Ja, wen haben wir denn da? Was hast du dir nur dabei gedacht, dich hinter der Tür zu verstecken, wo ich dir doch so dicht auf den Fersen war? Können wir jetzt mit diesem Unsinn aufhöre?« Aufhöre – ohne N, natürlich! Genau *das* sagt mir sein überheblicher Blick, im Bruchteil eines Schreckmoments ... während es gleichzeitig *Plock* macht, als ich diesem Schmierlappen den stählernen Griff der Walther PPK vom Pascal direkt auf die Nase schmettere. Und noch mal, und noch mal.

Schwer zu ertragen. Nichts für schwache Nerven – wie meine!

Weißt du, mir bleibt ja nichts anderes übrig, als hier so ein grobmotorisches Gehacke voll übertriebenem Aktionismus abzuziehen. Alles, was mir gerade zur Verfügung steht, ist Todesangst sowie das Wissen, dass ich ihn jetzt entweder in einem Rutsch niederhämmere (egal, wie ungelenk) oder geliefert bin. Wenn so ein Straßenkämpfer nämlich auch nur kurz die Oberhand gewinnt, ist *jeder* unterlegen. Auch der Willibald Kalaschnikow aus Untergiesing, der glaubt, sein wöchentliches Taekwondo-Training beim Schmetterer Hannes in der Boxfabrik Neuaubing würde ihn sogar für eine Keilerei mit Godzilla qualifizieren.

Du bist entweder kompromisslos rabiat, oder das war's.

Wir kennen es doch aus Filmen: Da gelingt es dem armen Opfer glücklicherweise endlich, seinem Peiniger eine reinzupfeffern, der geht auch zu Boden, aber anstatt noch mal nachzulegen und sicherzustellen, dass der auch wirklich nachhaltig ausgeschaltet ist, dreht das Opfer ihm den Rücken zu und atmet erst mal durch oder widmet sich irgendeinem anderen sinnlosen Mumpitz (gequält Richtung Mekka gucken, tränenerstickt die Mutti anrufen, Apfelkompott ausm Kühlschrank holen). Während der Bösewicht wieder zu Bewusstsein kommt, sich langsam erhebt, von hinten anschleicht ... und der Rest ist bekannt.

Katastrophe.

Das wird mir nicht passieren.

Ich kann es mir nicht leisten, das hier zu verkacken.

Schau jetzt besser weg.

Drei Schläge auf die Stirn-Nasen-Augen-Gegend hat Kapuzenpulli schon auf seinem Negativkonto, Blut, ja Blut, und ich zähle mit, denn es geht immer noch weiter mit meinem Geknüppel, vier, fünf, se... ooops, endlich! Er geht benommen zu Boden. (*Ich* hab das bewirkt? Mensch, ist der Typ schwach.) Doch damit nicht genug. Wie eine Berserkerin, damit er nur ja nicht wieder hochkommt, ramme ich ihm [redacted] und versehre ihm mit dem Weihwasserkessel, der in der Halterung an der Seitenwand hing, sein linkes Knie, knack, bevor ich seinen Hinterkopf und gleichzeitig seine Kehle [redacted] und schließlich, zur Sicherheit und (keine Angst) zum Abschluss [redacted] woraufhin ich dann aber doch noch mit einem amateurhaften Handkantenschlag irgendetwas in seiner Kinnpartie knirschen lasse.

Endlich liegt der Kerl reglos vor mir auf dem Boden.

Merkst du was? Was ich hier gerade abgezogen habe, klingt fast wie in meiner Fantasieorgie vorhin, als ich ihn in Gedanken bereits zum ersten Mal vermöbelt habe.

Aber denkste. Glaub mir, was ich da gerade auf diesen Stinkstiefel habe einprasseln lassen, war von einer motorischen Erbärmlichkeit und Holzigkeit, grauenerregend. Ein derart albernes Gestrampel, dass ich gar nicht ernst nehmen kann, wie ich mich da reingesteigert habe. Kein Vergleich zu dem geschmeidigen Gewaltorgasmus, den ich mir im Vorfeld ausgemalt habe.

Aber zumindest war's effektiv. Und ist deshalb, unterm Strich, als Megaerfolg zu werten.

Ich bin schweißgebadet.

Aus Gründen der Angemessenheit verzichte ich darauf, den Ohnmächtigen noch bewusstloser zu semmeln, auch wenn's mich jucken würde, weil ich solche Angst habe.

So. Wie mach ich jetzt weiter? Kurz überlegen. Es gibt noch allerhand zu tun.

Ich kneble den Hoodie-Mann mit einer halb vollen Tempopackung und meiner Strumpfhose (die ich mir hastig ausgezogen habe, Rock hoch und schwupps), *das schaut aus*, drehe ihn auf den Bauch, lege ihm die Hände auf den Rücken, als wollte ich ihm Handschellen anlegen, und fixiere ihn erst mal behelfsmäßig, indem ich mit einem Fuß auf seine Schulter und mit dem anderen auf seine Hände steige. Thai-Masseurin Vikki. Osteopathin Victoria. Domina Vikki Victoria.

Ich will's auch nicht übertreiben.

Ich werde sowieso auf ihn aufpassen müssen, bis der Wolf eintrifft. Das dürfte noch eine trostlose Stunde werden, aber sie ist gut investiert. Sicher ist sicher ist sicher ist sicher.

Wann immer der kaputte Albaner auch nur die leisesten Anstalten macht aufzuwachen, werde ich ihn wieder ins Reich der Träume befördern. Das hier ist das wahre Leben.

Ich rücke seinen Körper noch ein wenig zurecht, soll heißen, ich schiebe ihn mit den Füßen penibel genau in die Ecke hinter dem neunzig Grad weit geöffneten Türblatt und steige wieder auf ihn. So ist das wirklich am verlässlichsten. Niemand wird uns bemerken, wenn nicht ausgerechnet um die Zeit noch jemand zur Andacht hereinschneit und versehentlich bemerkt, wer da hinter der Tür liegt.

Ich will schon fast anfangen zu beten, dass keiner zum Beten kommt. Absurd.

Stille tritt ein. Der Albaner röchelt zwar durch seine gebrochene Nasenscheidewand, aber das geht lautstärkenmäßig gerade noch so in Ordnung. Erst jetzt komme ich zur Ruhe und schnaufe zum ersten Mal seit geraumer Zeit tief durch, wie jemand, der zu lang mit dem Kopf unter Wasser war und mit einem gierigen Japser endlich wieder an die Oberfläche schießt.

Allmählich bringt mein Herz sich wieder in Normalrhythmus.

Was hab ich da bloß getan!

Ich betrachte die Hinteransicht des Albaners. Wie habe ich es nur geschafft, ihn zu überwältigen?

Ich glaube, es gibt in einem so was wie ein Reservoir an Angst. Und wenn der Moment kommt, in dem dieses Reservoir vor lauter Aussichtslosigkeit ausgeschöpft ist, dann hast du plötzlich keine Angst mehr, weil diese Angst zu etwas anderem mutiert. Zu Schicksalsergebenheit. Weswegen du keine Zurückhaltung mehr kennst. Dann gibt es keine Hemmungen mehr, und es ist, als würde ein anderer vor deinen Augen handeln.

Wenn einer, der nichts mehr zu verlieren zu haben glaubt, durchdreht, kann es ungemütlich werden.

Frag den Albaner. Er kann ein Lied davon singen. In Moll.

Er ist sowieso noch glimpflich davongekommen. (Vorerst.)

Oh. Ich glaube, er hat sich vollgepinkelt. Es beginnt zu riechen.

Bezaubernd.

Erst hab ich gedacht, der Fleck unter ihm sei Weihwasser aus dem Kessel, mit dem ich ihm eins übergebraten habe, aber das bisschen Inhalt hab ich schon beim Entnehmen aus der Halterung verschüttet.

Na ja. Jedem das Seine.

Ich stehe da. Auf dem Hoodie-Dude. Sehe auf die Uhr.

Und glabst' es a, jetzt auf einmal kommen draußen aufm Gang lauter Leut' vorbei! Ich kann es deutlich hören. Vorhin, als ich mir dachte, ein bisschen Publikumsverkehr könne nicht schaden, damit sich zwischen mir und dem Albaner nichts anbahnt, da ist natürlich keine Sau aus irgendeinem Behandlungszimmer getröpfelt. Da haben alle durch Abwesenheit geglänzt.

Ich hör eine schwere Person vorbeigehen, Schmatzgeräusche von Gummisohlen. Gleich darauf noch jemanden. Ist doch immer so! Ist *so* typisch *Willkür des Lebens*, dass es sich nicht lohnt, weiter darüber nachzudenken.

Dann wird's aber auch schon wieder ruhiger, so ist es nicht.

Mit der Geduld eines Gletschers beginne ich zu warten. Der Wolf wird schon telefonisch Zwischenmeldung geben (oder?), wo sie bereits sind, wann sie absehbar eintreffen, ob er mir einen entkoffeinierten Milchkaffee mitbringen soll.

Ich schalte mein Handy auf lautlos, Vibration ist eh an.

Die Zeit vergeht, irgendwo verglimmt ein Leben, und irgendwo erblickt ein Neugeborenes das Licht der Welt. Vielleicht ja sogar hier im Gebäude.

Der albanische Bewusstlose unter mir hat bislang keinen Mucks von sich gegeben. Nach einer Viertelstunde zieh ich ihm noch einmal den Weihwasserkübel über den Hinterkopf. Aber mit Gefühl! Sicherheitshalber. Ist geschickter. Ich kann mir nämlich kaum vorstellen, dass er von meinem stümperhaften Hauehaue vorhin nach wie vor weggetreten ist. Ich ziehe in Betracht, dass er den Ohnmächtigen bloß markiert und jede Sekunde aufspringen könnte. Womit das Überraschungsmoment diesmal auf seiner Seite wäre und ich das Nachsehen hätte.

Sorry, Hoodie.

Von meiner Perspektive aus, also auf seinem Rücken stehend, sieht er aus wie eine amateurhaft drapierte Schaufensterpuppe.

Nach einer Stunde und zwei weiteren Weihwasserkessel-Einsätzen rufe ich den Wolf an.

Es tutet viel zu lang, bis er abhebt, und ich bin echt sauer, ich sage: »Du sag amoi, wieso gibst du nicht mal kurz Bescheid? Vielleicht bin ich ja schon tot, aber nicht mal das checkst du gegen. Ich wart mir hier einen Ast! Ein bisschen Zwischenstand wäre schon ganz nett. Zum Beispiel, wann ich mit eurer werten Ankunft rechnen darf!« Kurz und bündig: *Ich höre!*

Der Wolf flauscht mit seidiger Büßerstimme umgehend

zurück: »Vikki, entschuldige. Ich häng durchgehend am Telefon und mobilisiere die Jungs, es ist so viel los. Ich hätt dich gleich angerufen.« Danke für die Mitteilung. Er fragt: »Wie schaut's denn aus bei dir?«

»Ich hab den Delinquenten ausgehebelt«, murmle ich lustlos. »Er liegt ausgeknockt vor mir, bereit für dein Verhör. Darfst ihn dann selbst wecken.«

»*Wahnsinn!* Das ist perfekt, Vikki!«, bellt mir der Wolf ins Ohr. Schon wieder diese Euphorie.

Ich und sauer? Ich doch nicht.

»Schauts, dassds herkummts. Und zwar zügig. Hier geht's rasant bergab«, sage ich und schildere ihm, wo genau ich mich befinde und wie sie am gscheidsten über die Notaufnahme zur Kapelle gelangen. Der Haupteingang hat nämlich einen Pförtner, wäre also eher ungünstig.

Ich erfahre, dass der Wolf und seine unbekannten Begleiter in etwa zwanzig Minuten eintreffen dürften. In meinem Berechnungsschema entspricht das einer weiteren Kopfnuss mit dem Weihwasserkessel für den Albaner.

In zwanzig Minuten seid's da? Schön! Das Gespräch ist beendet.

Gut eine Viertelstunde später, um sieben nach halb drei, höre ich endlich den Wolf. Höre, wie er sich auf dem Gang meinem Versteck nähert. Ich erkenne ihn an seinem Schritt. Ja, so was geht. Wie zu erwarten, nehme ich auch noch ein weiteres Paar Schuhe wahr, das sich über das Linoleum bewegt. Wen er wohl im Schlepptau hat?

Ich steige von Hoodies Rücken, denn sogar wenn er jetzt aufspringen würde, wär's wurscht. Ich gehe um die Tür herum und luge aus dem Altarraum auf den Gang, vorsichtig und schüchtern, wie die Minka, wenn sie was ausgefressen hat.

Alles klar, Rückversicherung erfolgt, er ist es. »*Hier* bin ich!«, sage ich gedämpft zum Wolf und trete vollends aus dem Türrahmen in den Korridor. Aber was ist das? Was ist *das* bitte?

Ich sehe, wie der Wolf mit so einer gestelzten Cowboyhaltung auf mich zuläuft, lässig seine Hand hebt und wirklich überhaupt nicht er selbst ist, genauso wenig er selbst wie damals beim Olympiaturm. Kein schöner Anblick. Ich höre ihn sagen: »Hey, da bist du ja. Wir haben so schnell gmacht, wie's ging.«

»Ja, avanti, kommkomm!«, mahne ich zur Eile, weil, wenn du ihn sehen könntest, wie er da so animiert vor sich hin tippelt und eigentlich nur so tut, als würde er mir entgegenjoggen, letztlich nämlich lediglich die Beine etwas schneller bewegt, ohne dass es etwas bewirken würde, sei dir sicher, du würdest auch den Glauben an alles verlieren.

»Überschlag dich bloß nicht«, spotte ich und kapiere jetzt auch, woran Wolfs befremdender Moonwalk-Pseudolauf liegt. Ein paar Meter hinter ihm marschiert ein circa sechzigjähriger Mann, der mit einer, Achtung!, *kleinen Handkamera* samt einem gleißend hellen Scheinwerferchen auf den Wolf draufhält.

Wird das hier ein Video oder wie oder wer oder was? Entzückend.

Allein schon wegen des Namens, der vorhin auf meinem Handy aufleuchtete, als mich der Wolf angerufen hat, fällt mir sofort ein, dass der Macker mit der Kamera vermutlich der Herr, *logisch*, Kessler sein muss. Lars Kessler, Krimiautor, Ex-Journalist, *Ver*lebemann. *Der* Kessler, der auch *Die Dreckige Siebzehn* geschrieben hat, wo ich ja im Zusammenhang mit Kathis Entführung ebenfalls drin vorkam. Ja, stimmt, jetzt erkenn ich ihn, trotz des Dings vor seinem Gesicht.

»Wir haben so schnell gemacht, wie's gi…«, rechtfertigt

sich der Wolf gleich mal zur Begrüßung, als er endlich bei mir am Eingang des Gebetszimmers ankommt. Ein Wunder.

»Was soll das werden?«, unterbreche ich ihn barsch, verberge meinen Unmut aber hinter einem Lächeln, mit dem ich sogleich auch noch den Kessler annicke. Notgedrungen durch dessen Kameralinse. »Hallo, Herr Kessler, lange nicht mehr gesehen!«, peppe ich meine Empörung durch tadelloses Benehmen noch a bissi auf.

»Hallo, Frau Victoria, jaha, das stimmt. Und dann gleich unter solchen Umständen.« Während der Kessler das sagt, filmt er stoisch weiter.

Ich wende mich wieder dem Wolf zu, der erklärt: »Wir drehen eine Doku, lass dich nicht stören. Beachte die Kamera einfach gar nicht!«

»Wie bitte? Eine Doku?«, hauche ich, als sei mir bislang völlig entgangen, was hier abläuft.

»Wo ist der Dreckskerl?«, will der Wolf wissen und übergeht meine Frage.

»Moment. Wieso dreht ihr eine Doku?« Ich schüttele den Kopf. Das gefällt mir gar nicht.

»Ist was für Streamflexx. Über uns, also die Blades.«

»Was hältst du von einer Therapie?«, steigere ich mich unnötig rein und sehe ihn künstlich besorgt an. (Eher sauer.)

»Der Lars«, der Wolf dreht seinen Kopf und nickt nach hinten zum Kessler, »hat da was initiiert. Erzähl ich dir später. Wo ist der Typ?«

»Hinter der Tür!« Ich zeige ums Eck.

Telegen souverän stürmt der Wolf in den Raum, wirft gleich einen Blick rechts hinters Türblatt und stößt einen Pfiff aus, so eine Uh-la-la-Melodie. Muss ich erwähnen, dass der Kessler ihm auf dem Fuße folgt und hektisch an mir vorbeihetzt? Er stinkt nach kaltem Rauch und – ach herrje – auch nach Alkohol.

Ich betrete ebenfalls wieder den Kapellenraum und stelle mich neben den Kessler, der auf die Szenerie draufhält wie ein hyperaktiver Geier. Unser aller Augen sind nun auf den Wolf gerichtet.

»Was hast du mit ihm gemacht?«, fragt mich der Wolf, der bereits neben dem Albaner kniet, ihn auf den Rücken dreht und dessen Taschen durchsucht, derweil der Kessler mit seiner Kameralampe den Albaner über Wolfs Schulter hinweg unwirklich hell ausleuchtet.

»Nichts Besonderes. Ich hab nur versucht, ihn verlässlich im Dämmerzustand zu halten«, drücke ich auf die Tube, ich hab's nach eineinhalb auslaugenden Stunden Aufpasserei schlagartig eilig. Du doch auch, oder? Alles a bisserl zäh hier. »Mach hinne, Wolf. Ich möchte schauen, wie's dem Pascal geht und außerdem …«

»Himmel, der hat sich ja in die Hosen gepisst«, stellt der Wolf fest, allerdings erst *nachdem* er dem Albaner bereits den feuchtelnden Geldbeutel aus der Jogginghosentasche gefischt hat. »Der Typ ist ja *richtig* platt. Sag halt, was genau hast du mit ihm angestellt, Vikki?«

Ich gehe auch auf diese Frage nicht näher ein, sage stattdessen: »Wolf, braucht's ihr mich hier noch? Ich würde wirklich gern …«

Und plötzlich stürmt ein weiterer Mensch ins Zimmer, und ich fahre zusammen wie nichts Gutes. Mensch, bin ich erschrocken. Wer ist denn das jetzt? Dieser perfekt gescheitelte Mittzwanziger, der eine schicke Stehkragenjacke trägt, stößt ein atemloses »Hey-yo, *da* seid ihr!« aus, glotzt mich seltsam an, hebt dann sofort sein Handy und beginnt, zuerst den Altar und den Raum samt der Gebetsbänke abzufilmen, bevor er anschließend auf unser Grüppchen draufhält – den Kessler, den Wolf, auf mich und den Vierten natürlich, den Niedergestreckten. Ich komme mir vor wie in einer surrealistischen Kunstperformance. Filmt er gerade den filmenden Kessler, der den Wolf dabei aufnimmt, wie der an dem Albaner rumtastet?

»Wolf, was soll das hier werden? Könntest du mich aufklären?« Ich verziehe peinlich berührt das Gesicht, als ich das frage. Doch der Wolf murmelt nur beiläufig: »Das ist der Mario. Mario, das ist die Vikki. Die kennst du ja schon!«

Was? Der Typ kennt mich? Worauf spielt das denn nun wieder an?

»Hi, freut mich«, sagt dieser Mario in meine Richtung, ohne seinen Handybildschirm aus dem Auge zu lassen. Ganz der Oberwichtl.

Bevor ich antworten kann, liest der Wolf laut vor: »Clemens Demler, aus Augsburg, aha«, und hält den aus dem Portemonnaie hervorgekramten Personalausweis des Albaners in der Hand. Haben Verbrecher tatsächlich ihre Papiere bei sich? Na ja, die geraten ja auch in Führerscheinkontrollen et cetera.

Clemens Demler heißt er? Aus Augsburg. Typischer bayerischer Albaner! Meine Menschenkenntnis! Sigstamoi!

Der Wolf tätschelt Demlers Wange, versucht, ihn zum Aufwachen zu bringen. Zärtlichkeit ist die wahre Härte, wie ich immer sage. Und siehe da, der ehemalige Albaner kommt zu sich. Öffnet langsam seine schwäbischen Augen, allerdings nur, um sie gleich wieder zu schließen, nachdem er halb bewusst wahrnimmt, was um ihn herum vorgeht. Simulant vom Feinsten, könnt ich mir vorstellen. Ja, ich persönlich würde meinen, dass er uns was vorspielt, aber wir wissen inzwischen auch um die Genauigkeit meiner Menschenkenntnis. Nicht, dass ich ihm schon wieder was unterstell. Vier Wasserkesselstöße auf den Schädel fordern nämlich auch ihren Tribut, das ist mir schon klar. Sogar wenn der Kessel zuvor gesegnet worden ist.

»Der braucht noch ein bisschen«, seufzt der Wolf, lässt den Kopf vom Augsburger Clemens Demler los, erhebt sich und tritt zurück. »Er hat kein Handy dabei, komisch.« Der Wolf schaut mich mit in die Hüften gestemmten Händen an: »Du wolltest mir noch erzählen, was genau im Stall passiert ist.«

Ich antworte nicht. Muss ich auch nicht. Stattdessen bedeute ich dem Wolf, mit mir den Kapellenraum zu verlassen, und zwar ohne seine beiden Kamerahanseln.

Ich werd ihm grad noch vor zwei laufenden Kameras gestehen, dass ich zwei Typen abgeknallt hab! Aber sicher doch! Also, so weit bin ich noch nicht.

Auf dem Gang stellen wir uns unverfänglich neben einen Farn und das Schild mit den Richtungsweisern (Orthopädie, Urologie, Reha), ganz so, als gäbe es einen guten Grund, warum wir hier herumlungern, falls jemand vorbeikommt. Wenn mich nicht alles täuscht, sieht der Wolf wahnsinnig frisch und fit aus. Als käme er direkt aus dem Wellnessurlaub. Wie das?

Er dürfte wie das äußerliche Gegenteil von *meiner* momentanen Verfassung wirken.

Ich erzähle ihm von dem Abenteuer, das ich in Rimming erlebt habe, samt Pengpeng durchs Stallfenster, von der Einlieferung Pascals hier ins Haus sowie davon, wie ich unseren Augsburger Albaner im Kapellenraum überwältigt habe. Und siehe da, der Wolf kann auch ohne Kamerabegleitung zuhören. Ungelogen, er ist gleich ein ganz anderer.

Ich hatte schon Angst, er wäre gar nicht mehr in der Lage, überhaupt zu agieren, wenn niemand ihn aufzeichnet.

So, wie das mittlerweile bei vielen der Fall ist. Musst mal drauf achten. Wenn bestimmten Menschen was Tolles widerfährt, freuen die sich nicht gleich aus dem Stand heraus aufrichtig und spontan, sondern richten zunächst ihr Handy auf sich selbst und beginnen erst zu jubeln, sobald sie auf Aufnahme gedrückt haben.

Keiner bekommt mehr sein eigenes Leben mit. Alle dokumentieren es nur noch. Das Echte findest du mittlerweile nur noch im Inszenierten.

Sag ich auch nicht zum ersten Mal, ich weiß.

»Seit wann dreht ihr schon an dieser, äh, Doku?«, will ich gleich nach meinem Monolog wissen, woraufhin der Wolf mir ziemlich stark gekürzt und zensiert (ich kenn ihn doch) mitteilt, dass der Kessler ihm die Idee vor ein paar Monaten unterbreitet habe und sie gleich darauf gemeinsam begonnen hätten, so gut wie alle Unternehmungen der Switch Blades aufzuzeichnen, weil das mit Streamflexx schon »ein fettes Ding« werden könnte.

In welchem Sinne denn? Fame? Money? Fancy Bullshit?

Wäre es angebracht, ihm zu gratulieren?

Weil dieses Vorgehen meiner Meinung nach so total Wolfs Natur widerspricht, hake ich gleich nach, ob denn unser Treffen auf dem Olympiagelände (sein großer theatralischer Abschied) *etwa auch gefilmt worden sei*, und als der Wolf das bejaht, bin ich nicht nur tief bestürzt (unter anderem auch, weil es ja ohne mein Wissen erfolgte), sondern mir wird auch klar, dass er … vermutlich … nicht der Mensch ist, für den ich ihn gehalten habe.

Nie hätte ich geglaubt, dass ihn die Eitelkeit derart am Kragen packen könnte. Sich als halb kriminelle Vereinigung, die die Switch Blades nun mal sind, auch noch filmisch begleiten zu lassen, ist so dermaßen hirnrissig … Es ist wahr, die Selbstdarstellungsepidemie hat längst alle Altersgruppen erfasst.

Egal. Es geht um den Wolf. Wenn ich's recht bedenke, ist er für mich sowieso längst nicht mehr der Alte. Nimm allein den Umstand, dass er was mit der Madame Marougé am Laufen hat … Nein, ich habe das Gefühl, ich kenn ihn nicht mehr, meinen Wolf. Wahrscheinlich war er schon immer so, und ich habe es nur nicht bemerkt.

Auf diese Desillusionierung hätte ich gut verzichten können.

Ohne dass ich mich auch nur mit einem weiteren Wort zur Doku äußere (weder jetzt noch in Zukunft), habe ich das bizarre Gefühl, dass das hier unser erster echter Streit ist. Wenn auch ein wortloser. Denn auch der Wolf merkt, dass er irgendwie in meinem Ansehen zu sinken droht.

Es bringt halt eine gewisse Unschärfe in unser Verhältnis.

»Ist das sein Autoschlüssel?« Ich zeige auf Wolfs linke Hand.

Er hebt sie an und starrt auf den am Finger baumelnden Autoschlüssel, als hätte der was Ansteckendes an sich. Wurde vielleicht ebenfalls angepinkelt. »Ja, den hatte er in der Tasche.«

»Dann lass uns doch bitte schauen, wo das Auto steht«, sage ich, damit wir wieder auf einen grünen Zweig kommen.

»Jetzt gleich?«

»Könnte doch sein, dass der Augsburger seine vermeintlichen Kollegen in seinen Wagen geladen hat. Die zwei, die ich abgeknallt hab. Wer weiß, die Mischpoke hat sicher auch was zu verbergen. Gut möglich, dass ein Verwischen der Spuren in ihrem Sinne ist. Wäre mir auch ganz recht. Dann wären die Leichen entsorgt und lägen nicht auf unserem Grundstück rum«, sage ich. Ganz schön hartgesotten, findest du nicht auch? Aber bei mir ist heute Abend eine Sicherung durchgeschmort. Und zwar nicht erst seit Wolfs Ankunft.

»Gute Idee, das mit dem Wagen checken wir. Lars?«, schreit der Wolf viel zu laut in die Kapelle (meine Güte, dieser Eifer!).

Der reichlich verwitterte Lars Kessler in seinen Cargojeans kommt zu uns auf den Gang gehechtet, genauso agil wie der Wolf, alle offensichtlich hoch motiviert, geldgeil, ruhmgeil, und der Kessler fragt: »Was steht an?«

Oh Gott, soll das Jugendsprech sein? Der Wolf meint: »Die Vikki und ich gehen mal eben nach dem Wagen von dem Typen dadrinnen schauen. Komm bitte mit. Könnte sein, dass wir dort was Interessantes find…«

»Wolf!«, unterbreche ich ihn harsch und starre ihn an. Mein entsetzter Blick brüllt ihm entgegen: Sollen wir jetzt allen Ernstes vom Kessler filmen lassen, wie wir eventuell in einem Kofferraum zwei männliche Leichen finden, die *ich* auf dem Gewissen habe? Bist du von allen guten Geistern verlassen? Seid ihr beiden jetzt die Unzertrennlichen? Jetzt glab i's aber! Du, es fehlt nicht mehr viel, und ich hole den Weihwasserkessel von drinnen und klatsche ihn auch gleich noch dem Wolf ins Gesicht!

»Mach dir keine Sorgen, Vikki. Wir können völlig offen vorm Lars reden und auch alles gefahrlos mitschneiden. Ehrlich, der Lars weiß sowieso über alles Bescheid, und welches Material wir am Ende verwenden und welches nicht, entscheiden schließlich wir, und nur wir allein.«

»Vergiss es, Wolf, des fang ma uns gar ned erst an! Entschuldigen Sie, Herr Kessler«, sage ich nacheinander zu den beiden, die ich mittlerweile nur noch als völlig verblendete Schwachköpfe wahrnehme. Ich wünschte, es wäre nicht so.

Der Wolf lässt sogar noch einen Jetzt-sei-halt-ned-so-

Blick vom Stapel, aber es ist zu spät. Ich fühle mich ganz allein. Einsamer als die ganze Zeit über, die ich auf dem Rücken des Augsburgers gestanden und auf Wolfs Ankunft gewartet habe.

»Ihr habt's an Arsch offen«, blaffe ich den Wolf an und zieh a ganz schöne Lätsch'n. Glaubt er wirklich, er hätte alles unter Kontrolle? Die Medienheinis bei Streamflexx (oder wer auch immer) werden mit dem Material machen, was sie wollen.

Plötzlich schaltet sich der Kessler ein: »Was haltet ihr *davon*? Ich bleibe hier und passe auf den Gesellen dadrinnen auf, und der Mario begleitet euch, aber ohne zu filmen. Und wenn sich was ergibt, von dem ihr meint, es lohnt sich, dann kann der Mario immer noch draufhalten.« Der Kessler blickt uns abwechselnd gütig an und schaut dabei aus wie ein Uhu mit geröteten Augen. Wie zwei geprügelte Hunde lassen der Wolf und ich Kesslers harmonisch klingenden, gar nicht mal so blöden Schlichtungsversuch gelten. Wir nicken müde. Sind bereit, es genau so zu machen.

Schrei, wenn du willst. Ich tu's innerlich auch.

»Mario, kommst du mal?«, ruft der Kessler nach seinem jungen Assistenten, auf dessen rechter Stirnhälfte der Ausläufer eines tintenblauen Lorbeerblatt-Tattoos prangt, wie ich jetzt feststelle, als er eilfertig aus der Kapelle getrabt kommt. Der Rest des Lorbeerblatts verläuft entlang seiner makellos geschnittenen Schläfe und zieht sich sogar bis zum Hinterkopf. Hat was von einer Fetischtätowierung. Aber es ist vornehmlich Marios ambivalentem Blick geschuldet, weswegen ich einfach nichts mit ihm anfangen kann. Unsauberer Charakter.

»Mario, du kommst bitte mit uns mit. Und Lars, du passt dann also hier auf unseren Hosenbiesler auf! Wir schauen, ob wir seinen Wagen finden«, instruiert der Wolf seine beiden

Pappenheimer, mit denen er sich wohl den Goldenen Löwen für die beste Dokumentation International teilen wird. Er fährt sich durch den gestutzten Zweiwochenbart. Augenscheinlich hat er während seines Rückzugs wirklich viel Zeit und Muße für Körperpflege gehabt. Hat ihm gutgetan.

Und auf geht's. Wir drei – der Wolf, der Mario und ich – laufen den Korridor entlang, biegen links ab Richtung Notaufnahme, wo mir, kurz bevor wir völlig unbehelligt die elektrische Schiebetür erreichen, aus dem verglasten Büro jemand zuruft: »Da sind Sie ja! Ihr Bruder ist längst fertig und im Aufwachraum. Wo waren Sie denn? Wir haben Sie gesucht.« Gott sei Dank nicht besonders sorgfältig, denke ich mir und frage: »Ist alles glattgelaufen?«

»Ja, die OP war erfolgreich«, antwortet die unheimlich freundliche Krankenschwester*in* mit dem dicken Zopf von vorhin durchs Sprechloch in der Scheibe. (Senta?) »Wollen Sie gleich mal nach dem Herrn Herzberg schauen?«

»Unbedingt«, sage ich, füge hinzu: »Ich bin sofort wieder da«, und verheddere mich erst gar nicht in Erklärungen, weshalb ich hier so spät mit zwei Männern durch die Gänge schleiche. Mit unverhohlener Selbstverständlichkeit kommt man am ehesten davon, habe ich festgestellt. Und das ist doch auch das Schöne an schmählich unterbezahlten Pflegekräften. Sie identifizieren sich – völlig zu Recht – nicht mehr allzu sehr mit ihrem Arbeitgeber, weshalb es dieser Krankenschwester ganz offensichtlich auch vollkommen scheißegal ist, was wir drei fragwürdigen Figuren hier überhaupt machen.

Draußen erwartet uns ein Eishauch, und wir ziehen die Schultern hoch, während wir zum Besucherparkplatz hasten.

»Dann schauen wir mal, ob wir den Wagen von unserem

Augsburger Kollegen finden«, sagt der Wolf. »Nicht, dass er doch mit'm Radl gekommen ist und den Schlüssel nur so eingesteckt hatte.«

»Wo habt *ihr* denn geparkt?«, frage ich.

»Aufm Besucherparkplatz«, sagt der Wolf und deutet in die Richtung, in die wir eh gehen.

»Mh, alles klar, ich auch«, murmle ich, etwas zurückhaltend, weil mich die Anwesenheit von diesem Mario, rechts von mir, befangen macht. Gern hätte ich mit dem Wolf noch ein paar persönliche Dinge besprochen, aber nein, wir arbeiten ja jetzt im Team. Zu allem Überfluss streckt mir genau dieser Störfaktor Mario plötzlich übereifrig seine Hand entgegen, was ich nun wirklich reichlich übertrieben finde, und sagt: »Jetzt noch mal in Ruhe: Hallo, ich bin der Mario«, wobei er mir seinen Atem ins Gesicht pustet. Selbst in der relativen Dunkelheit der Klinikzufahrt kann man das aufgeregte Glänzen in seinen Augen erkennen.

Ich reiß mich zusammen und erwidere seine Annäherung mit einem aufgeschlossenen: »Hi, ich bin die Vikki.« Das sollte dann aber auch reichen. Ich tue so, als bemerkte ich seine ausgestreckte Hand nicht, weil ich doch so arg konzentriert den vor uns liegenden Parkplatz scanne. Mein Getue ist zugegebenermaßen etwas unglücklich.

Der Wolf drückt unentwegt auf den Infrarot-Autoschlüssel, damit uns ein hoffentlich aufleuchtendes Paar Abblendlichter oder ein zuckendes Quartett aus Warnblinkern mitteilt: *Hier ist der Wagen, nach dem ihr sucht.* Schon auf zwanzig Meter Entfernung werden wir fündig. Ein Kombi wird auffällig, weil seine Frontleuchten jedes Mal flackern, wenn der Wolf den Schlüssel betätigt. Und weißt du, wo genau sich dieser Wagen befindet? Direkt neben Pascals Volvo, den ich vorhin umgeparkt habe. Der Gedanke, dass der Augsburger

Albaner uns tatsächlich vorhin entweder hierher gefolgt ist oder uns aufgrund von Pascals Verletzung im Krankenhaus vermutet hat, lässt mich einmal mehr das Verhängnisvolle unserer Situation erkennen.

Schnurstracks eilen wir zu dem dunklen VW mit Münchner Kennzeichen, öffnen ohne weiteres Geplänkel den Kofferraum, und ich mach's jetzt nicht spannend, auch weil ich selbst aus dem letzten Loch pfeife: Unter der Hutablage erwartet uns der Anblick eines toten Mannes in Embryonalhaltung. In sich gekrümmt, ganz in schwarze Baumwolle gekleidet, Wollmütze aufm Kopf, ohne sichtbare Schussverletzung.

»Oh, nur einer?«, fällt mir als Erstes ein, weil ich *zwei* tote Körper erwartet hatte.

Da liegt er also, im Kofferraum, mein erster Ermordeter. (Oder zweiter.)

Ein einschneidendes Erlebnis.

Müsste mich das nicht mehr berühren?

Ich meine, es gibt eine Zeit davor und eine Zeit danach.

Wo bleibt die Betroffenheit?

Ehrlich gesagt, ist da nichts. Nichts, was mir beim Anblick des Leichnams die Synapsen durcheinandergewirbelt hätte. Nicht wenigstens ein Anflug von Erhabenheit? Andacht? Irritation? Niente.

Man wird ganz bescheiden.

Dem Wolf ist es sowieso egal. Er öffnet der Form halber noch eine der Hintertüren des Kombis, lugt hinein und geistesblitzt: »Nix! Niemand!«

Mir kommt in den Sinn, dass eventuell der Augsburger selbst jener zweite Mann gewesen sein könnte, auf den ich vorhin im Blindflug durchs geöffnete Fenster geschossen habe. Gut möglich, dass ich ihn gar nicht getroffen habe und er vor lauter Schreck über meinen Blankoschuss einfach spontan den Abgeknallten gegeben hat, um sicherzugehen, dass nicht noch weitere Kugeln auf ihn abgefeuert werden. Simulant, weißt schon, wie vorhin im Kapellenraum auch vermutet. Aber Spekulation hilft jetzt nicht weiter.

Ich muss mich vielmehr über Fakten dem Geschehen annähern. Und nun, obwohl der Wolf da ist und mir doch ein paar Fragen (Tausende) beantworten könnte, kann ich nicht so, wie ich möchte, weil dieser Mario völlig begeistert das Auto durchsucht, sogar ungefragt ein paar Aufnahmen macht und uns ständig im Visier hat.

Hin- und hergerissen sage ich zum Wolf: »Kann ich dich kurz allein sprechen?«

Der Wolf, den ich seit den letzten Minuten zwar nicht mehr besonders gut zu kennen glaube, der *mich* aber sehr wohl nach wie vor in- und auswendig kennt, weiß natürlich, dass auf meine säuerliche Aufforderung nur eine Antwort denkbar ist. *Ja, aber sicher doch.* Wir gehen ein paar Meter zur Seite, damit der Mario nichts mitbekommt, und ich möchte vom Wolf wissen: »Hast du eine Ahnung, wer die sind? Der Tote hier und der Vogel in der Kapelle? Wen hab ich da für euch erledigt?« So ganz blöd zieht's dem Wolf die Lippen zusammen, und er schaut mir gequält in die Augen. Dauert mir schon zu lang. Keine Antwort ist auch eine Antwort.

»Hör zu!«, fahre ich ihn an. Herrgott, es ist drei Uhr nachts! Durst hab ich schlagartig auch. »Was geht hier ab, wo bin ich da reingeraten?«

Stille. Der Wolf dann: »Ich kann dir das noch nicht …«

»Lass gut sein«, winke ich genervt ab. »Ich will nur eines wissen, du großer Regisseur und Hauptdarsteller: Diese beiden Witzfiguren da, mit denen du hier auftauchst« – ich zeige auf den zwielichtigen Mario und meine damit selbstverständlich zugleich auch den abgehalfterten Kessler, der gerade im Gebetsraum Wache hält –, »haben die dich die ganzen letzten Monate ernsthaft begleitet? Durchgehend?«

»Äh, so ziemlich, ja. Meistens war nur der Lars dabei«, stottert der große Switch-Blades-Anführer Wolf Wolff in seiner aufgeplusterten Lederjacke etwas kleinlaut.

»Ich glaub's ja nicht«, pruste ich und stemme meine Hände in die Hüften, meine Glanzpose. »Dann will ich nur noch eines von dir wissen. Und drucks jetzt nicht rum: War der Kessler dabei, als du den Typen im Labor gekillt hast?«

Zögerlich nickt der Wolf, und ich frage: »Hat er es auch gefilmt?«

Wieder nickt der Wolf. Ich auch. Oh. Mein. Gott.

Irre ich mich, oder durchfährt es bei dem Punkt auch den Wolf selbst bis ins Rückenmark?

Das große Unbehagen.

»Gut, danke für die Information. Lass uns wieder reingehen«, sage ich und das tun wir. Natürlich erst nachdem wir festgestellt haben, dass im Auto lediglich ein paar Zigarettenschachteln und eine Fantaflasche liegen, nichts, was uns weiterhelfen könnte, und, ach ja, dass der Tote im Kofferraum von mir genau in den Brustkorb getroffen wurde, was man aber erst sieht, wenn man ihn auf die Seite dreht. Papiere finden wir auch keine bei ihm. Profis. Sobald tot, wird alles entsorgt.

Den Kofferraum haben wir zugemacht und abgeschlossen, später sehen wir weiter. Lass Nachsicht walten. Sei so gut.

Zurück am gläsernen Empfangsbüro der Notaufnahme, trennen wir uns. Das heißt, der seltsam stille Wolf und der aufgekratzte Mario, mit dem ich einfach nicht warm werde (er mit mir aber irgendwie schon, er ist da nicht so), gehen weiter geradeaus, um mit ihrem Partner Kessler das zu tun, was zu tun ist. Was immer das sein soll. (Den Augsburger wecken und bestausgeleuchtet vor dem Altar interviewen? Verhören? Foltern? Dramaturgie und Location sind alles!)

Ich hingegen lasse mir von Schwester Senta zeigen, wo der Pascal liegt, schleiche in sein nachtbeleuchtetes Zimmer, das er ganz für sich allein hat (nett hier, das zweite Bett ist leer) und schließe leise die Tür. Er döst vor sich hin, mit seiner Bandage um den Kopf, und da vibriert es in meiner Handtasche. Erschrocken entschuldige ich mich flüsternd beim schlummernden Pascal und sehe auf meinem Display, zum zweiten Mal schon heute, Kesslers Namen aufleuchten. Was so viel bedeutet wie: der Wolf schon wieder. Was ist denn jetzt noch? Braucht's des? Ihr habt doch, was ihr wolltet! Ich hab euch den Typen geliefert. Darf ich mich nun vielleicht um den Pascal kümmern?

Ich sträube mich, gehe aber natürlich doch ran und hauche ins iPhone: »Ja?«

Wolfs sonore Stimme dringt an mein Ohr: »Vikki, der Augsburger ist tot.«

Du, und da gefriert doch sogar einem Schneemann schon wieder das Blut in den Adern.

16

Der alte Trottel Kessler ist jetzt ja *richtig* munter. Schau ihn dir an! Wenn man bedenkt, dass er bis zu Wolfs Klingeln an der Wohnungstür vor nicht mal einer Stunde den Schlaf der Scheintoten geschlafen hat, ist das schon eine enorme Wandlung. Oder hat er was genommen?

Mario hockt in Kesslers alter Scheese hinten rechts, Kessler direkt vor ihm auf dem Beifahrersitz. Und der selbst ernannte Häuptling Wolf Wolff thront am Steuer des Peugeot. Klar Chef, hau rein!

Irgendwie stinkt's hier im Wagen nach Banane. Nichts riecht impertinenter als geschälte Bananen. Nur findet Mario die Geruchsquelle nicht, sosehr er auch unter den beiden Vordersitzen rumfummelt. Dafür liegt dort allerhand anderes Kleinzeug. Centstücke, ein Einmalhandschuh, ein zerknülltes Tempo. Mal durchsaugen könnte auch nicht schaden.

Während Wolf durch die Dunkelheit brettert, erzählt er, dass ihn in seinem Langzeitversteck in Rimming (geiler Ortsname, klingt nach einer Kategorie auf Pornhub) seit Tagen das Gefühl beschlichen habe, dort nicht mehr sicher zu sein. Mit anderen Worten: Er hat angenommen, sein Unterschlupf sei aufgeflogen. (Er nennt die Bude, in der er wochenlang gehaust hat, *Stall*, sic!)

Mario wundert sich noch darüber, wie vertraut Wolf und Kessler miteinander sind, als Wolf verrät, dass er und die anderen abgetauchten Switch Blades die ganze Zeit über in Kontakt standen, mittels eines E-Mail-Systems, auf das sie nur in Internetcafés zugriffen. Oh, wie ausgeklügelt! Und nun planten sie ihr Comeback. Es lägen zwar keinerlei neue Informationen zur Anwaltskanzlei des Pharmakonzerns Klauber vor, und wer genau deren Einschüchterungsterror eigentlich in die Tat umsetzte, aber: »Genug ist genug. Das kann ja nicht ewig so weitergehen mit der Versteckerei.« Man habe bereits eingehende Recherchen zu Klaubers illegalen Machenschaften angeleiert und ... Wolf labert noch etwas von Verstrickungen Klaubers mit Politik und Medien (hui, so was kommt gar nicht gut, auch wenn Mario weiß: Wahrheit = Verschwörungstheorie + Zeit. Aber wer will das hören?) und weshalb die Switch Blades deshalb auch keine Möglichkeit sähen, auf polizeiliche oder sonstige Hilfe setzen zu können.

Alles in allem wollten die Blades aus diesem Grund also auf eigene Faust zum Gegenangriff blasen. Ohne Rücksicht auf Verluste. Auch wenn es schon genügend Verluste in ihren eigenen Reihen zu beklagen gab: Ein Bladesler wurde auf offener Straße heftig verprügelt, ein anderer angeblich in den Selbstmord getrieben (wohl mit handfestem Nachdruck), einem weiteren haben sie die Bude angezündet, noch ein anderer wurde wohl in seinem Unterschlupf nahe Landau abgemurkst, und wer war noch gleich der Fünfte? Mario kriegt's grad nicht mehr zusammen.

Neue Ausgangslage auf jeden Fall. Es gebe eine Menge zu tun und so weiter.

Mario merkt, wie Kessler aufgrund von Wolfs Ankündigung fast zu sabbern beginnt. So begierig ist er, dass es weitergeht. Mario schon auch. Und Mario ist nicht leicht zu beeindrucken. Meint er zumindest. Seine Toleranzschwelle für Abartigkeiten ist längst futsch. Er ist überzeugt, nichts kann mit den Dingen mithalten, die er schon auf Bahnhofstoiletten, in Parks oder Hotelzimmern am eigenen Leib erlebt hat.

Und wenn es dann noch lediglich um Dinge geht, die anderen zustoßen, kann es ihm gar nicht durchgeknallt genug sein, damit es überhaupt noch irgendwas in ihm auslöst.

Eine Live-Hinrichtung? Die würde ihm keine schlaflosen Nächte bereiten.

Noch vor einer Stunde hat er geglaubt, ihre Streamflexx-Kooperation könnte eventuell im Sande verlaufen. Bis Wolf unerwartet bei Kessler auftauchte. Und schwupps sieht die Welt ganz anders aus, und es geht direkt nach Übertreibling, weil diese Vikki einen Verdächtigen an den Hacken zu haben scheint. Wolfs Anweisung an sie lautete, den Typen zu *fixieren* … Klingt schon mal vielversprechend.

Nicht hyperventilieren.

Schön einen Schritt nach dem anderen.

Mario lehnt sich auf der Rückbank zurück, beobachtet die Hinterköpfe der beiden Männer auf den Vordersitzen. Wolf: mittelalt-grau-melierte Haare, Kessler: alt-strubbelig-graue Haare. Lederjacke links, Military-Jacke rechts. Kann alles weg.

Erneut wird Mario bewusst, dass er mittlerweile ebenfalls mit drinhängt in diesem Gefahrensumpf, dem sich die Switchler ausgesetzt sehen. Und es verschreckt ihn nicht die Bohne. Er hat sich schon immer eher als Gefährder denn als Gefährdeten gesehen. So ist man oder ist man eben nicht.

Mario tätschelt die Plastikkiste auf dem Sitz neben ihm. Sieht aus wie ein Kindersarg und beinhaltet alles, was er auf die Schnelle an Kameras, Lampen, Akkus und sonstigem

Equipment in Kesslers deprimierender Wohnung zusammenraffen konnte. Damit sie gut ausgestattet sind. Wie Profis halt. Auch wenn sie den Großteil mit ihren iPhones filmen werden.

Die Landstraßenkilometer fliegen nur so unter ihnen dahin. So viel Wald, so viel Natur. Dass es überhaupt so viel unbebautes Land gibt! Erschreckend!

Er hört Wolf, der die letzten Minuten pausenlos telefoniert hat und gerade einen neuen Anruf annimmt, mit Arschkriecherstimme in sein Handy schleimen: »Vikki, entschuldige. Ich häng durchgehend am Telefon und mobilisiere die Jungs, es ist so viel los. Ich hätt dich gleich angerufen. Wie schaut's denn aus bei dir?« Sieh an, er hat die Transtante wieder dran. Der scheint's gar nicht schnell genug gehen zu können, dass sie in der Klinik ankommen.

Keine zwanzig Minuten später ist es so weit. Heilige Scheiße, es ist fast drei, als sie auf dem Besucherparkplatz aussteigen. Aber Mario ist kein bisschen müde. Es ist stockduster! Der moderne Betonkasten von Landkrankenhaus sieht angeleuchtet ja ganz hübsch aus. Überhaupt wirkt das Gebäude urbaner, als Mario es erwartet hatte. In einem Kaff braucht's ja auch medizinische Versorgung, das vergisst man als Stadtmensch gern mal. Man denkt immer, diese Bauern gehen halt einfach zum Tierarzt, wenn ihnen was fehlt, oder zur Kräuterhexe oder so.

»Wir müssen dadrinnen einen *Kapellenraum* finden, hat die Vikki gemeint. Dort wartet sie auf uns«, behauptet Wolf, der auf dem Teerweg vorausgeht und sinnloserweise die Hand ausstreckt. Was soll das denn bitte sein, ein Kapellenraum?, überlegt Mario, aber er hat natürlich eine Ahnung. So blöd ist er auch wieder nicht. Die Grattler aufm Land beten doch bestimmt alle dauernd. Wie im Mittelalter halt. Wie die

Naturvölker auch. Alles klar, suchen wir diesen obskuren Kapellenzinnober. Kessler nickt. Mario auch. Ihre Atemluft bildet Kältewölkchen.

Wie durch ein Wunder gelangen die drei ungleichen Männer problemlos am Glaskabuff der Notaufnahme vorbei, in dem niemand sitzt, und kombinieren sich ihren Weg zum Andachtsraum zusammen. Nämlich »geradeaus und dann rechts«, laut Vikkis Beschreibung, wie Wolf sagt. Dabei begegnen sie auch dem ein oder anderen desinteressierten Menschen vom Personal, und Mario fragt sich, ob die alle bescheuert sind.

Es ist nämlich ebenfalls Mario, der währenddessen Kessler dabei filmt, wie dieser Wolf dabei filmt, wie der wiederum forsch durch den Gang schreitet. Also Making-of-Material, wenn man so will. Zur Unzeit im Krankenhaus. Und keinen stört's. Echt krass.

Als Wolf und Kessler hinten rechts, wo's nicht mehr weitergeht, in den Hauptkorridor biegen, verliert Mario die zwei aus dem Blick, hört aber eine eher tiefe weibliche Stimme Wolf begrüßen. Als Mario schließlich selbst abzweigt, ist in dem Korridor niemand mehr zu sehen.

Kurzfristig irritiert, verfällt er in einen leichten Trab und entdeckt nach wenigen Metern jenen offen stehenden Kapellenraum, über dessen Türrahmen ein Fahnenstangenschild mit Kreuz abgebildet ist. Es ist die dritte Tür rechts.

»Hey-yo, *da* seid ihr!«, verkündet er, als er eintritt und den filmenden Kessler entdeckt wie auch die nervös wirkende, große blonde Vikki Victoria, die neben Kessler steht. Was'n los? Verwirrt glotzt Mario sie an und folgt dann ihren Blicken, bis auch er den reglosen Körper eines hinter der Tür liegenden Mannes wahrnimmt. Das dürfte er also sein, der Bösewicht, den Vikki auf Wolfs Geheiß hin dingfest machen sollte. Hat sie dann ja wohl auch getan. Und zwar ordentlich. Respekt!

Mario hebt verwundert die Brauen. Diese Nacht hat Potenzial.

Wolf kniet bereits neben dem Hoodie-Typen und fummelt an ihm rum.

»Wolf, was soll das hier werden? Könntest du mich aufklären?«, zischt Vikki, wohl weil Mario aufgetaucht ist. Wolf erklärt beiläufig: »Das ist der Mario. Mario, das ist die Vikki. Die kennst du ja schon!«, weshalb Mario mit besten Manieren »Hi, freut mich« sagt, aber keine Antwort erhält. Sie ist offensichtlich richtig angepisst. *Oh, hält sich für was Besseres, die Bitch! Nicht mal ein Hallo hat sie sich abgerungen.* Eines von Marios Augenlidern flattert. Wie immer, wenn er sich degradiert fühlt.

Wenn man einer Sache keine Bedeutung beimisst, hat sie auch keine. Dieses Mantra sagt er sich innerlich vor. Bringt aber leider nichts, rein gar nichts …

Wie um seine Empörung abzuleiten, beginnt Mario sofort, sich durch die Linse seines iPhones in dem Kapellenzimmer umzusehen. Er nimmt den Gesamteindruck in sich auf und beschließt, den kleinen Uralt-Camcorder, den er vor dem Aussteigen aus dem Wagen zur Sicherheit noch schnell in seine Pullitasche gesteckt hat, auf dem Altar zu postieren, damit man eine Totale des Raumes erhält. Was definitiv nie schadet – später, zum Gegenschneiden. Atmosphärenaufnahmen kannst du nie genug haben. Und so eine sakrale Räumlichkeit mit Kreuz, Kerzen und Kelch – und vor allem mit einem Ohnmächtigen – hat schon was Geiles. Mega-Atmo. Mario drückt auf *Record.*

Dem Personalausweis des Niedergestreckten zufolge heiße er Clemens Nochwas (irgendwas mit D, Mario hat es akustisch nicht richtig verstanden) und komme aus Augsburg, meint Wolf. Aha.

Es folgt so eine zickige Lass-uns-mal-auf-den-Gang-gehen-und-sprechen-Geste von der Transe, weshalb sie mit Wolf sogleich aus dem Raum dackelt. Bald darauf wird auch Kessler nach draußen gerufen. Was Marios Blut schon wieder in Wallung bringt, weil: Ist er hier der Arsch vom Dienst, oder was? AvD? Der Pfadfinder, den man von Absprachen ausschließt?

Mario steht ziemlich blöd im Kapellenraum herum, motiviert, aber zu Tatenlosigkeit verurteilt, und er besieht sich gerade den Mann am Boden, der sich in die Hosen gemacht hat, Hoppla, Kollege, als Mario Kessler rufen hört, er solle mal zu ihnen rauskommen.

Und es ist Musik in seinen Ohren, als Wolf ihn bittet, mit ihm und Vikki, die unverändert den Charme eines Tiefdruckgebiets ausstrahlt, auf den Parkplatz zu gehen, um den Wagen des Ohnmächtigen zu finden. Vielleicht birgt er brauchbare Hinweise. Das lässt Mario sich nicht zweimal sagen.

Bereits draußen in der Nachtkälte, auf dem Weg zum Parkplatz, startet er noch mal eine Sympathieoffensive und hält Vikki seine Hand hin, was sie allerdings ganz offenkundig als restlos deplatziert empfindet. Kann sein, dass sie recht hat. Zu spät. Er sagt trotzdem: »Jetzt noch mal in Ruhe: Hallo, ich bin der Mario« und versucht, all sein Entgegenkommen in diese Worte zu legen. Und gnädig, ach Gottchen, antwortet sie leise, nach einer viel zu langen Pause: »Hi, ich bin die Vikki.« Mehr ist wohl nicht drin. Brotkrumen für den Assistenten Mario, den Handlanger, den Abschaum. Macht doch nichts … Er will Eurer Königlichen Hoheit Vikki der Ersten Großzügigkeit auch nicht über Gebühr strapazieren. Zwischen ihnen stimmt einfach die Chemie nicht. Ihm gelingt die Kopie eines Lächelns. Daran muss er noch arbeiten: an seinem Mann-von-Welt-Gesichtsausdruck. Betreten fährt er sich vorsichtig durch seine mustergültig sitzenden Haare. Mit denen hat er Glück gehabt.

Wolf, der dauernd auf den Autoschlüssel des Ohnmächtigen drückt, in der Hoffnung, dass die Scheinwerfer eines der Autos auf dem in Sichtweite befindlichen Parkplatz aufleuchten, kriegt das Ganze sowieso nicht mit. Was ebenfalls einer Art Herablassung gleichkommt.

Wieder mal ein Fall von *Mario gegen alle.* Als hätte er nichts an sich, was man mögen könnte. Aber das geht in Ordnung. Nur zu! Er lässt sich nicht kleinmachen. Da haben sie sich geschnitten. *Ihr werdet schon sehen, ihr Arschlöcher.*

Wie ein Schlag trifft es Mario, als sie kurz darauf das Auto ausfindig machen, das zu dem Bewusstlosen aus der Kapelle gehört. Mario ist sprachlos, lässt es sich aber nicht anmerken, denn: kein Zweifel! Bei dem Wagen handelt es sich um den dunklen Kombi, den er und Kessler vor Madame Marougés Haus beobachtet haben. Neulich nachts, vor ein paar Wochen. Das ist *eindeutig* der VW-Kombi der Typen, die Marougés greisen Vater abgemetzgert haben.

Okay, bei dem Kennzeichen ist Mario sich nicht hundertpro sicher, außer, dass es ebenfalls eine Münchner Zulassung war (lässt sich später noch prüfen), aber fuck yeah, das ist die Kiste. *Erzähl mir nix.* Wie überkrank.

Damit nicht genug. Diese Entdeckung ist nämlich rein gar nichts im Vergleich zu dem Fund, den sie im Kofferraum machen, als Wolf die Heckklappe öffnet.

Der Anblick der zusammengekrümmten männlichen Leiche, der sich ihnen bietet, lässt Mario vor Begeisterung beinah aufstöhnen.

Ein vielleicht dreißigjähriger Typ mit Nike-Wollmütze

und schwarzen Sneakers liegt auf seiner rechten Schulter, angezogene Knie, halb geöffnete Augen, ein Bild für die Götter, Tragik Nebensache. Marios ureigene Streamflexx-Doku – vorhin schon beinah abgeschrieben, auf einmal in voller Blüte.

Noch mal gut gegangen? Mehr als das!

Mario hört Vikki etwas sagen wie: »Oh, nur einer?« Scheint das Erste zu sein, was ihr zum Inhalt des Kofferraums einfällt. Es klingt, als hätte sie lieber mehrere Leichen vorgefunden, sieht er das richtig? Ihn wundert gar nichts mehr.

Die Olle ist echt ein Härtefall.

Aufgepeitscht macht er sich daran, den Wageninnenraum zu inspizieren, was auf der anderen Wagenseite auch Wolf zu tun beginnt, bevor Vikki Wolf erneut zur Seite zieht und bittet, mit ihm unter vier Augen sprechen zu können.

Was denken die sich eigentlich dabei? Schon wieder kommt sich Mario wie ein Bettvorleger vor, den man ausschließt und dem man alles Relevante vorenthalten will. Ihm steht's bis hier!

Untersucht er den Wagen eben alleine weiter. Leider findet sich in dem Kombi nichts, was auf irgendwelche Personen oder einen Besitzer hinweist, abgesehen davon, dass der, der in dem Wagen gefahren sein mag, Fanta in Eineinhalbliterflaschen konsumiert und leer gerauchte Lucky-Strike-Schachteln erst mal zerknüllt im Handschuhfach zwischenlagert.

Bevor der ehemalige Kurzzeit-Privatdetektiv Mario Ricardo Pit Sulfak aus Ramersdorf seine erfolglose Durchsuchung abbricht, steckt er sicherheitshalber noch eine der knisternden Zigarettenschachteln in die Tasche seines Kapuzenpullis und kommentiert das in seiner Mario-typischen Selbstgesprächsart mit einem heroisch geflüsterten *Dank mir später*.

Wolf und Vikki kommen von ihrer Unter-vier-Augen-Besprechung zurück, und nachdem sich die beiden den Toten noch mal genauer angesehen und festgestellt haben, dass ihm offensichtlich in die Brust geschossen wurde, drückt Wolf Wolff den Kofferraumdeckel behutsam zu, als dürfe man sich ab jetzt keiner Auffälligkeiten mehr schuldig machen.

»Komm, Mario, wir gehen wieder zurück«, ruft er und hat es plötzlich ziemlich eilig. Vielleicht weil allen Beteiligten langsam klar wird, dass ein paar der Vorgänge in dieser klirrend kalten Novembernacht in absehbarer Zeit auf ein Gerichtsurteil der Größenordnung *lebenslänglich* hinauslaufen könnten.

Wieder im Gang der Notaufnahme angekommen, seilt Vikki sich ab, um ihren Freund Pascal aufzusuchen, dessen Ohr-OP (Haha. What?) wohl längst abgeschlossen zu sein scheint. Tschau, bis später. Oder auch nicht. Keine Ahnung. Wir haben einfach keinen Groove miteinander, denkt sich Mario und schaut Vikki nach. Da geht sie dahin, im Schlepptau einer Krankenschwester mit ziemlich dickem kupferrotem Zopf, die ihr den Weg zeigt.

Mario, der ein paar Fotos vom Wagen gemacht und auch ein paar kurze Videoschnipsel aufgenommen hat, lässt sein Handy jetzt stecken und läuft Seite an Seite mit Wolf schweigend zurück zum Kapellenraum. Eine Spur von Ralph Laurens Fragrance weht von Wolfs Hals in Marios Nase, als sie den auffällig unebenen Gang entlanglaufen. Vielleicht stammen die vielen Dellen im Boden ja von Kühen. Mario kommt mit dem Ländlichen nicht so zurande.

Als er direkt nach Wolf den Kapellenraum erneut betritt, merkt er sofort, dass etwas nicht stimmt. Kessler steht ein paar Meter von der Eingangstür entfernt, mit dem Rücken zu den Gebetsbänken, und sein flirrender Blick bestätigt Marios Vermutung.

»Was ist los?« Offenbar hat auch Wolf den Eindruck, dass etwas passiert sein muss. Mario schickt übermütig nach: »Hast du dir Sorgen um uns gemacht, Lars? Oder uns vielleicht sogar vermisst?«

Aber bezüglich seiner Humorlosigkeit kennt Kessler keinen Spaß. Er reagiert nicht, weder auf die Frage des einen noch die des anderen, sondern starrt stattdessen auf die Ecke hinter dem Türblatt, genau dahin, wo nach wie vor der bewusstlose Hoodie-und-Jogginghosen-Träger liegt, und brabbelt: »Ich glaube, er ist tot!«

Mario reißt's. Was soll denn *die* Scheiße jetzt? Blankes Entsetzen durchfährt ihn, und zuerst denkt er sich noch, was erwartet man von einem alten Mann, der sich blöd gesoffen hat, Kessler täuscht sich bestimmt. Aber dann sieht er, wie Wolf sich, genau wie vorhin, neben den am Boden liegenden Typen kniet, dessen Vitalwerte checkt (sagt man das so?), sich Mario und Kessler aus der Hocke heraus zuwendet und stumm nickt: *tot*. Und da wird es sogar Mario zu viel. Einen Moment lang fühlt er sich überlastet und kann gar nicht alles verarbeiten.

Was geht hier ab? Der Typ hat doch noch gelebt, als sie zum Parkplatz aufgebrochen sind. Und man sieht ihm nicht an, woran er so plötzlich krepiert sein könnte. Keinerlei Spuren von Gewalteinwirkung.

Dieses ganze Zeugs rappelt durch Marios Kopf, aber dann fällt ihm etwas ein.

Noch während Kessler asthmatisch röchelt: »Ich hab keine Ahnung, was passiert ist, plötzlich hat er nicht mehr geatmet«, holt Mario sein iPhone aus der Hosentasche, beginnt zu filmen und tut so, als wolle er eine Aufnahme des gesamten Raumes machen, wozu er langsam rückwärts auf den Altar zugeht.

Wolf spuckt derweil die Worte »Lars, gib mir mal dein Handy« aus und springt Kessler vor die Füße, was Mario wie ein Geschenk des Himmels vorkommt, da es ihm erlaubt, den vorhin neben dem Kelch auf dem Altar platzierten Uralt-Camcorder unbemerkt wieder in seiner Tasche verschwinden zu lassen.

Mario hört Wolf noch »Vikki, der Augsburger ist tot« in Kesslers Handy stammeln, bekommt dann aber nicht mehr viel von dem Telefonat mit, weil er vollauf mit seiner Heimlichtuerei beschäftigt ist. Der Camcorder ist gerettet! Amen.

Eine düstere Vorahnung kriecht Mario durch die Eingeweide.

Er befindet sich auf bestem Weg, die abartigste Doku in der Geschichte der Menschheit zu produzieren. Leichen bis zum Abwinken. Vom Hundertsten ins Tausendste. Wieder sieht er bereits die Credits mit seinem Namen in edlen Lettern im Abspann – und natürlich auch im Intro!

Ist alles im Werden.

Soll er sich vielleicht noch ein schickes Pseudonym zulegen? Was Englisches? Nicht zu plastikmäßig natürlich, sonst klingt's gleich nach Pornodarsteller. Pete Turner? Ridley Stone? Mike O'Flynn?

Später.

Ein paar hektische Anweisungen und Absprachen hallen durch den Kapellenraum (»Wir müssen hier raus!«), bevor Wolf, Kessler und Mario sich einig sind, was zu tun ist.

»Pack du ihn da … so … ja … warte. Hab ihn. Los!«

Wie im Nebel und zugleich wie auf Speed nimmt Mario gleich darauf wahr, wie er selbst zusammen mit Wolf den Körper des Augsburgers durch die Korridore schleppt (zwischen Wolfs und seine Schultern gespannt), einem lächerlichen Laienschauspiel gleich. So von wegen: *Wir bringen bloß unseren besoffenen Kumpel raus.* Schmierentheater. Aber was willste machen!

Kessler macht die Vorhut und winkt immer, wenn die Luft rein ist. Sakradi, ist das erbärmlich.

Wie durch ein weiteres Wunder an diesem Tag (ein gutes Omen!) passieren sie schließlich auch diesmal wieder unbehelligt den heiklen Eingangsbereich der Notaufnahme, aber nur, weil die inzwischen herbeigeeilte Vikki Victoria ein perfekt getimtes Ablenkungsmanöver fährt, um die beiden Schwesterntussis und den dämlich dreinguckenden Pfleger mit dem Flaumbart hinter der Glasscheibe abzulenken.

Der Masterplan lautet: die Leiche des Augsburgers in den Kofferraum des Kombis mit dem anderen Toten zu verfrachten. Anschließend steuert Wolf die Karre wer weiß wohin. »Ich kümmer mich drum«, hat er gemeint. Wird schon wissen, was er tut! Haha. Genau! Gibt's überhaupt jemanden auf diesem armseligen Planeten, der auch nur den Hauch einer Ahnung hat, *was er da tut*?

Jeder schlawinert sich doch durchs Leben und markiert den Bescheidwisser. Ich, du, er, sie, es, wir, ihr, sie.

Der Masterplan lautet des Weiteren: Mario und Kessler machen sich umgehend aus dem Staub und sehen zu, dass sie mit Kesslers Wagen schnellstmöglich wieder zurück nach München kommen. Und verhalten sich erst mal, als wär nichts gewesen.

Vikki Victoria ist sowieso mit ihrer eigenen Kiste da und hat mit ihrem verletzten Pascal genug zu tun. Die ist safe.

Mario und Wolf wuchten den Leichnam zu dem anderen Körper im Kofferraum des Kombi. Kessler steht daneben und schaut wachmannmäßig wichtig durch die Gegend, ob sie auch keiner bemerkt. Pff, große Hilfe.

Die Verabschiedung von Wolf ist die kürzeste der Welt. *Also dann.* Mario und Kessler hasten zu Kesslers Wagen.

Zündung, Abfahrt. Das Übertreiblinger Klinikum samt grün-weiß leuchtendem Schriftzug an der Gebäudewand verschwindet zügig im Rückspiegel.

Die Fahrt nach München kommt Mario wie eine Ewigkeit vor.

Er sitzt schweigsam am Steuer, während Kessler auf dem Beifahrersitz unaufhörlich labert. Irgendwelche Kommentare zu den Ereignissen der vorangegangenen Stunden, als würde er alles schon mal in Manuskriptform für eines seiner Bücher gießen wollen. Kessler ist überdreht wie noch mal was. Im Alter kommt die untere Zahnleiste mehr und mehr zum Vorschein, wenn man spricht, so auch bei ihm, stellt Mario fest, als er zwischendrin mal von der Fahrbahn weg hin zu Kessler schaut. Quack quack quack. Allmählich geht Kessler Mario echt massiv auf den Sack. Kommt noch sein Mundgeruch dazu, der aus Magen *und* Mundraum quillt: *Double whammy.*

Wirklich die ganze Strecke über, seit sie losgefahren sind, textet Kessler ihn zu. Mario beteuert derart oft »Mmh« und pflichtet Kessler nickend bei, dass Kessler ihn mitunter prüfend ansieht, ob sein Assistent ihn vielleicht auf den Arm nimmt, aber Marios Blick ist unschuldig wie der eines Neugeborenen.

Sie biegen auf die A9, endlich. Es ist unerträglich: Kann Kessler nicht mal für einen Augenblick sein Maul halten? Ist das normal? Und immer wieder fragt Mario sich: Was hat es mit dem plötzlichen Tod des Typen in der Kapelle wirklich auf sich? Und erneut die Frage: Warum hat Kessler eigentlich

Mario für diesen Doku-Assistenzjob ausgesucht? Könnte das alles hier nicht doch eine Nummer zu pervers für den kleinen Mario sein?

Mario ist erschöpft, die Autobahn zieht sich wie Kaugummi. Aber: Wer einschlafen will, bleibt wach. Also versucht er am Steuer einzuschlafen … Hä? Er ist offenbar nicht mehr zurechnungsfähig. Findet er selbst.

Es ist sechs Uhr früh, als sie endlich vor Kesslers Haus ankommen, wo Mario in seinen eigenen Wagen umsteigt (»Schlaf gut, Lars!« – »Du auch, Mario! So gut es geht, schwall schwall schwall …«) und wie ein Berserker heimpest, weil er es kaum erwarten kann, nachzusehen. Rote Ampeln dienen ihm auf der Heimfahrt lediglich als Vorschläge, die es nicht unbedingt zu beachten gilt.

Angekommen im warmen Mief seines Rattenlochs in Ramersdorf, lässt Mario das Wohnzimmerrollo runter, greift sich mit fahrigen Bewegungen den Camcorder, stellt fest, dass er versäumt hat, ihn auszuschalten, als er ihn vorhin vom Altar genommen hat, und muss ihn daher erst mal an das verfickte Ladekabel anschließen, das er volle zwei Minuten ums Verrecken nicht findet. Schreien könnte er, knurren!

Doch dann ist es so weit, und er sieht sich auf dem kleinen Bildschirm des am Strom hängenden Camcorders die Aufnahme aus dem Kapellenraum in Übertreibling an.

Kessler bleibt mit dem bewusstlosen Hoodie-Träger zurück, während Mario mit Wolf und Vikki zum Parkplatz unterwegs ist, um nach dem Wagen des Typen zu suchen.

Mario spult im Zeitraffermodus vor, weil Kessler erst mal nur mitten im Raum steht und nichts macht, so als würde er etwas abwägen, bis er nach etwa vier Minuten – Stopp, Mario schaltet auf Normalgeschwindigkeit – nachdenklich zu dem

Ohnmächtigen in der Ecke schlendert und sich über ihn beugt, eine schmale Spritze aus der Innentasche seiner Military-Style-Jacke zieht, was zum Henker!, schlampig den linken Ärmel des Bewusstlosen hochkrempelt, die Spritze aus ihrer Plastikverpackung pfriemelt, die Nadelschutzkappe von der Kanüle entfernt, den Zylinder leer aufzieht, *leer!*, und die Nadel in eine Vene der Armbeuge des Typen sticht – um vermutlich eine *Luftembolie* zu verursachen, so viel weiß Mario auch ohne Medizinstudium.

Kesslers Daumen drückt auf den Kolben! Betont langsam. Er verabreicht die Injektion beinah genüsslich; zumindest auffallend sorgfältig. Dann krempelt er dem Ohnmächtigen den Hoodie-Ärmel wieder runter, als ob nichts gewesen wäre. Da beginnt der arme Kerl auch schon, heftig zu zappeln, sein Körper bäumt sich auf und zieht sich wieder zusammen und vollführt kurz darauf spastische Seitbewegungen, denen der streng dreinschauende Kessler ein rasches Ende bereitet, indem er dem Todgeweihten mit beiden Händen Mund und Nase zudrückt, wie ein gottverdammter Profisöldner, der keine Skrupel kennt.

Unser Bestsellerautor. Künstler. Feingeist. Von wegen!

Nach endlos scheinenden etwa dreißig Sekunden geht der Augsburger hops. Keine Chance. Mario starrt mit offenem Mund auf den Bildschirm und sieht, wie der traktierte Körper nach einem allerletzten Aufbäumen unvermittelt erschlafft und förmlich in sich zusammensackt, als entfleuchte nicht nur jegliche Luft aus dem Torso, sondern auch ein gehöriges Maß an Körpermasse, genau in dem Moment, in dem jegliches Leben erlischt.

Und dann: finito.

Kessler steht auf, verstaut die Spritze samt dem Verpackungsabfall wieder in seiner Jackeninnentasche, macht ein paar Schritte rückwärts und wirkt, als sei ihm ein Stein vom Herzen gefallen.

Mario Sulfak, der im Stehen die Aufnahme in seinem Wohnzimmer verfolgt, setzt sich taumelnd auf eine Chipstüte, die auf seinem Couchtisch liegt, auch schon egal, kann kaum fassen, was er da gerade gesehen hat, fühlt sich schlecht, gut, zwiespältig, denkt sich: Hat Kessler jeglichen Realitätssinn verloren, oder ist gerade das Gegenteil der Fall?

Kessler und Mord! Jetzt der auch noch! Wie auch immer man zu diesem rückgratlosen Nasenbohrer steht: Das ändert doch einiges.

Verfolgt er eine groß angelegte Strategie? Ist das mit Wolf gar abgesprochen? Ein gigantischer Betrug? Und Mario soll das Bauernopfer werden? Ist das des Rätsels Lösung? Brennt etwa eine Zündschnur an Marios Arsch und er wurde unwissentlich zum Helfershelfer?

Letztlich ist es unerheblich, was hier abgeht.

Jegliche menschliche Tragik oder Schäbigkeit perlt an Mario ab, denn er hat nur einen Gedanken: *Jetzt gehört ihr mir!*

Und er wird die Rolle des Spielverderbers voll auskosten.

Ob Kessler allein der Drahtzieher ist oder Kessler und Wolf unter einer Decke stecken oder ob alle Switch Blades mit drinhängen oder ob diese Vikki die Krasseste von allen ist: Mario hat sie *alle* erwischt! Ganz allein. Auf eigene Faust. Hat geklappt.

Das muss ihm erst mal einer nachmachen.

Erstaunlich, wie dumm die Leute so sind.

Aber ganz plötzlich, wie aus dem Nichts, kommt Mario in den Sinn, dass vielleicht *ihm* ein Denkfehler unterlaufen sein könnte. So aus der Abteilung: Bescheiße niemals einen Bescheißer. Oder so ähnlich. Und er wundert sich, dass ihm das nicht schon früher eingefallen ist.

17

Nur so am Rande: Hast *du* schon mal jemanden erschossen?

Sagen wir, zum Beispiel aus einem geöffneten Fenster heraus, in Rimming, jenseits von Verhausen?

Hast *du* schon mal jemanden dingfest zu machen versucht, der dir anschließend weggestorben ist?

Sagen wir, zum Beispiel in dem Kapellenraum des Klinikums Übertreibling?

Falls jemand fragt: Ganz ohne ist das nicht, unterm Strich.

Auch wenn es gute Gründe gegeben haben mag oder es ein Versehen war.

Ich spiele auf den mittlerweile vier Tage zurückliegenden Abend an, an dem Pascals Ohr im Stall in Fetzen geschossen wurde und er anschließend notoperiert werden musste.

Viel hat sich seitdem nicht getan. Dem Pascal geht's gut, er ist schon wieder bei sich daheim, ohne linkes Ohrwaschl. Das Ansetzen der künstlichen Muschel erfolgt im Januar.

Um den Switch Blades und mir den Rücken freizuhalten, hat der Pascal bei der Polizeibefragung, die bei Schussverletzungen unausweichlich ist, freundlicherweise angegeben, dass eine nicht identifizierte Person bei einem Waldspaziergang aus dem Gehölz heraus auf ihn geschossen habe.

Die Polizei geht deshalb nun von einem Wilderer aus, der den Pascal entweder mit einem Hirsch verwechselt oder einen an der Waffel hat. Wilderer sind im Bayerischen

Wald nicht selten. Leute, die einen an der Waffel haben, auch nicht.

Siehe mich.

Wie so oft bei Lügen musste der Pascal also gar nicht viel an der tatsächlichen Faktenlage ummodeln. Ich meine, Wilderer – das waren die beiden Hoodie-Schützen vor dem Stall doch irgendwie auch. Und der Stall liegt im Wald, also … hat der Pascal letzten Endes die Wahrheit gesagt.

Aber das ist fast nebensächlich, angesichts der Geschehnisse, die sich rund um Pascals Ohrverlust ereignet haben.

Und so lief's ab: An besagtem Abend kamen ja noch der Wolf und seine zwei Dokufilmer ins Krankenhaus nach Übertreibling, und der Wolf hat den Leichnam des völlig unerwartet verstorbenen Albaners, der sich ja als Augsburger entpuppte, vom Kapellenraum in den Kofferraum des Kombis verfrachtet, in dem bereits die Leiche des anderen Krawallbruders lag, den ich kurz zuvor per Glückstreffer mit Pascals Pistole durchs Stallfenster niedergestreckt hatte. (Stichwort: *Wilderer.*)

Ganz unprätentiös, wie es Wolfs Art entspricht, ist er sogleich mit dem Wagen der beiden Toten abgedüst, um deren Entsorgung zu übernehmen. Nicht, ohne mir vorher noch kurz und knapp mitzuteilen, dass er im Rahmen dieses Abtransports erneut untertauchen werde, um die Switch Blades wieder zu mobilisieren, und »dann sehen wir weiter«. Jaja. Wieso nur rückt er nicht endlich damit raus, was hier eigentlich vorgeht?

Alles nicht so einfach!

Es zieht sich.

Er gebe Bescheid, hat er gemeint. »Ganz bald.« Und: »Keine Sorge.« Mein Lieblingssatz. Gleich nach »Kopf hoch!« und »Alles wird gut«. So ein Schmarrn. Da verliert man doch sofort alle Hoffnung. Wobei das manchmal auch nichts schadet.

Heute haben wir also Freitag, und, du ahnst es, natürlich muss ich abends im Palazzo Fantastico auftreten, wie es sechs Tage die Woche der Fall ist. Du erinnerst dich? Noch bis April gebe ich die mondäne Conférencieuse in der *Magic for Eternity*-Show von unserem Starkoch Hans Ziegler. Also noch um die neunzig Mal, mon Dieu.

Um vier muss ich los. Anfahrt, Hair, Make-up, Ankleiden ...

Es ist gerade 14 Uhr 19, als ich im REWE stehe, gleich ums Eck von meiner Münchner Wohnung, um für den Stollberg Hundefutter zu kaufen und für die Mama und mich noch dies und jenes zu besorgen, als vor dem Kühlregal mit dem laktosefreien Diät-Halbfett-Bullshit-Käse mein Handy klingelt: Kessler.

Weil ich logischerweise annehme, dass es einmal mehr der Wolf ist, der inkognito von Kesslers Telefon aus anruft, hauche ich erfrischend blöd ins rechteckige Kasterl: »Ja, heiliger Leichenbestatter, so bald hätt ich wirklich nicht erwartet, wieder von dir zu hören, schau an! Ist alles gut bei dir?«

»Vikki, ich bin's, der Lars«, höre ich statt dem Wolf nun doch den Kessler höchstselbst rasseln. Gefolgt von einem bombigen Abhuster aus nikotinperforierten Bronchien. Mmmh, köstlich.

»Hallo, Lars«, antworte ich erstaunt, auch weil wir anscheinend per Du sind. Womöglich erinnere ich mich ja nur deshalb nicht mehr daran, vom Kessler das Du angeboten bekommen zu haben, weil wir vor vier Tagen in und um Übertreibling gar so viele Tote zu beklagen hatten. Könnte mich etwas abgelenkt haben.

Ich merk's schon, diese Geschichte wirkt zunehmend wie eine Schlachtplatte.

»Geht's grad bei dir?«, fragt er, und in dem Moment knallt ein Lackl hinter mir die Glastür des Kühlregals mit solcher Wucht zu, dass ich zusammenzucke, aber grad noch ein »Klar, was kann ich für dich tun« an den Kessler gerichtet rausbringe.

»Du, wir würden gern heute Abend bei dir im Palazzo Fantastico vorbeischauen und ein paar Aufnahmen machen«, teilt mir der Kessler mit, und ich stutze einen Moment.

»Äh, okay … ja. Und mit *wir* meinst du dich und den … Wolf?«, versuche ich, die Lage zu sondieren, weil, merkwürdig finde ich das schon, und eine leise Ahnung, worauf das hinauslaufen könnte, hab ich auch.

»Nein, nein, der Wolf ist nach wie vor auf Tauchstation. Nein, der Mario und ich würden gern einfach ein bisschen was von dir und deinem Umfeld aufnehmen.«

»Für eure Doku?«, rate ich und schätze, ich liege richtig.

»Genau. Was meinst du? Könntest du uns heute Abend auf die Presseliste oder die Gästeliste setzen lassen? Hauptsache, wir können 'n bisschen was filmen«, schusselt der Kessler.

»Ähm, Lars, ich möchte ehrlich gesagt nicht unbedingt in eurer Doku vorkommen, ich wüsste auch nicht, was ich damit zu tun hätte … ich meine …« Ich spreche geziert.

»Aber ja doch, Vikki. Versteh mich nicht falsch: Nach allem, was vergangenen Montag vorgefallen ist, bist du spätestens seitdem definitiv Bestandteil unserer Storyline«, grätscht der Kessler dazwischen, und ich denke mir, oh verdammt, darüber hab ich ja noch gar nicht nachgedacht, über meine Rolle in dieser halbseidenen Doku über die Blades. Und dass das ja auch bedeutet: Der Kessler sowie dieser ölige Mario sind Mitwisser par excellence! In Bezug auf so gut wie alles. Da weiß ich jetzt gleich gar nicht, wie ich das finden soll.

Doch, ich weiß es. Katastrophe.

Ich winde mich innerlich, ein unvorteilhaftes Schweigen entsteht, während mir klar wird, weshalb mir Kesslers bisheriger Tonfall so unterschwellig bedrängend vorkam. Kann das sein? Ich überprüfe diesen Eindruck umgehend auf seine Richtigkeit, indem ich mehr oder weniger wiederhole: »Lars, versteh mich nicht falsch, aber ich würde gerne aus der Doku-Nummer rausgelassen werden, weil …«

Er wiederum, tatsächlich ganz Trampeltier, hört auf, an seiner Zigarette zu ziehen, um mich zu unterbrechen: »Tja, dafür ist es jetzt zu spät, Vikki … nachdem du den Typen im Krankenhaus umgebracht hast. Ganz zu schweigen von dem, der schon im Kombi lag.« Mir stockt der Atem. Der Kessler klingt schroff, nur um nahtlos mit weicher Stimme anzufügen: »Sei so gut und klär das mit der Organisation im Palazzo für uns, ja? Mario und ich würden dann gegen acht dort aufschlagen und die Show filmen, dich, die Location, die Leute – halt Rundumeindrücke sammeln.« Wow! Eine Nötigung, unter Missachtung jeglicher Benimmregeln. Innerlich bin ich außer mir. Er redet weiter: »Vielleicht hättest du im Anschluss auch noch Lust auf ein Interview. Wir werden sehen. So machen wir das! In Ordnung, Vikki?«

Was soll ich denn darauf antworten? Ist der Kessler durchgeknallt? Er klingt, als wäre er der alleinige Bestimmer in dieser Sache. Unser möchtegern-künstlerischer Intellektuellendarsteller und Alt-Achtundsechziger Lars Kessler als Dr. Jekyll und Mr. Hyde? Kann das sein? Ich bin perplex. Irgendwie entsetzt, ratlos und auch in Eile, stimme ich, der Zeitersparnis halber, einfach zu, indem ich gespreizt nuschle: »Macht's, was'ds woits. Bis später«, um wenigstens so halbert meine Würde zu wahren. Eine hilflose Mischung aus *Was soll's!* und *Was jetzt?*. Das ärgert mich. Aber hilft nix. Für den Moment. Den Kessler vor den Kopf zu stoßen, wäre unklug. Egal wen vor den Kopf zu stoßen ist unklug. Das muss man anders lösen ... also *on with the show*. Ich lege auf und deponiere mein Handy geistesabwesend auf dem Einkauf im Korb. Mach ich sonst nie. Sagt alles.

Dann hol ich noch die von der Mama angeforderten Biotomaten, die kernlosen Trauben und drei Brezn und mach mich auf zur Kasse, wo selbstverständlich keiner der ewig vor mir in der Schlange Stehenden während der Wartezeit auf die Idee kommt, schon mal Geldbeutel oder Karte aus der Manteltasche zu holen, weil, wer hätte gedacht, dass man an der Kasse zahlen muss.

Vorschlag: Wer Geldscheine oder EC-Card schon einsatzbereit in der Hand hält, wenn der Endpreis aufgerufen wird, erhält ein Prozent Rabatt auf alles.

Wieso bereitet sich denn keiner vor?

Ich glaub's einfach nicht.

Ich werd mich nie dran gewöhnen.

Überleg mal: Wenn die defizitäre Zahltechnik der Leute an der Supermarktkasse stellvertretend für ihre Weitsicht bezüglich *sämtlicher* Dinge im Leben steht, dann, ja dann ist es doch kein Wunder, dass die Menschheit so ein Haufen schwachsi...

Aber was red ich denn? Aller Wahrscheinlichkeit nach gehörst ja auch du zu den neunundneunzig Prozent, die einen Scheißdreck gezückt haben, wenn die Kassiererin den Betrag nennt.

Also nichts für ungut. Ich hab nix gesagt. Is' nicht schlimm. Weiter so. Wahrscheinlich bin ich nur neidisch, weil mir diese totale Sorglosigkeit abgeht.

Solche Leute schlafen bestimmt himmlisch.

Zurück in der Wohnung, flippt der Stollberg samt all seiner süßen schwarzen Fellflecken komplett aus, als hätten wir uns eine Ewigkeit nicht gesehen (ich war alles in allem gerade mal zwanzig Minuten beim REWE), während mir die durchtriebene Geheimkomplizin vom Wolf (die Mama) mein spätes Mittagessen macht (meine Essenszeit ist vor abendlichen Auftritten genau getimt), und ich fühle mich wieder wie zwölf. Seit die Mama vorübergehend bei mir wohnt, auf den Stollberg aufpasst und sich nebenbei noch um den Haushalt kümmert – ihre Idee, nicht meine –, komme ich mir genauso umsorgt vor wie damals, als ich noch daheim gelebt habe, weshalb mich derzeit vermehrt so was wie nostalgische Anwandlungen heimsuchen, wenn die Mama mir was bringt oder ich ihr beim Rumwuseln zuschau.

Ist das jetzt was Gutes, sich zurückversetzt zu fühlen? Alte Zeiten wachzurufen? Ja, nein, vielleicht? Es ist zumindest eine Angelegenheit, die es in sich hat.

Ich bin für mich schon vor längerer Zeit zu dem Schluss gekommen, dass die Vergangenheit grundsätzlich kein gesunder Ort ist. Sogar wenn man sich an was Schönes erinnert, schwingt immer eine gewisse Fragwürdigkeit mit. Jedes auch noch so positive frühere Erlebnis schwimmt in einem Meer aus seinerzeitigen Problemen und Konflikten. Kein Gefühl war und ist eindeutig. Zurückzuschauen sollte man lieber sein lassen. Es ist, wie alte Fotoalben durchzublättern. Man tut es mit einem Gefühl des Vorbehalts und beendet es in einem Zustand der Entfremdung. Jedes Mal dieselbe Scheiße. Die Vergangenheit ist vermintes Gelände. So einfach ist das.

Mamas Drei-Gänge-Menü ist hervorragend, und doch muss ich mich zum Essen zwingen, weil ich nach Kesslers

Anruf noch nervöser bin als sonst vor einem Auftritt, fast schon aufgepeitscht. Sein Verhalten fügt dem ganzen Fiasko rund um den Wolf, die Blades und Rimming urplötzlich einen neuen Aspekt hinzu.

»Na, heut geht's aber schwer her«, kommentiert die Mama meine Rumstocherei im wieder mal mehr als perfekten Rehragout, was ich mit einem lahmen Lächeln quittiere. Übrigens hab ich ihr nur eine abgespeckte Version der Ereignisse des vergangenen Totenmontags in Rimming und Übertreibling aufgetischt. Ich will sie nicht unnötig belasten. Außerdem: Mir reicht schon, wenn *du* weißt, dass ich ab sofort als doppelte Killerin klassifiziert werden kann.

Du, das muss *wirklich* unter uns bleiben! Zumindest vorerst. Ich will dir nämlich auch kein komplizenhaftes Mitwissen aufhalsen, kannst mir glauben. Du hältst den Mund, oder? Sei ehrlich!

Sei so gut.

Um Punkt 16 Uhr, an meinem täglichen Energietiefpunkt, stehe ich vor der Haustür und warte auf mein Taxi, das verlässlich wie eine Atomuhr zweieinhalb Minuten zu spät vorfährt. Wohlgemerkt sind es täglich andere Taxis, aber auf jedes einzelne ist gleichermaßen Verlass. Geschieht mir recht, die Warterei. Gerechte Strafe für eine, die ihren Führerschein verrast hat.

Fünfeinhalb Stunden später ist es 21 Uhr 36.

Die dreihundert Gäste, die an ihren Tischen die runde Bühne in der Zeltmitte des Palazzo Fantastico umrahmen, kreischen, als hätten sie Panik, sind aber vollauf begeistert, während sie die spektakulären Kunststücke der beiden halb nackten Trapezkünstler weit oben unterm Zelthimmel verfolgen. Zwei Scheinwerferkegel sind zielgenau auf die zwei muskulösen Traumkörper gerichtet. Ich warte neben dem Mischpult im Halbdunkel auf das Ende ihrer Nummer und somit auf meinen Einsatz, der dann auch kommt, als die beiden Jungs einander abseilen, sich unter tosendem Applaus verbeugen und hinter dem Vorhang verschwinden.

»Das waren Denis und Oleksandr vom Duo Linova Jump, meine Damen und Herren. Unglaublich, oder?«, frage ich ins Mikrofon meines Headsets und schlendere scheinbar entspannt zurück ins Scheinwerferlicht, mitten ins Rund der zirkushaft anmutenden Bühne, immer darauf bedacht, dass mir meine Pfauenperücke nicht runterrutscht oder ich über den Saum meines bislang dritten Kostüms des Abends stolpere.

»Ich wundere mich jedes Mal aufs Neue, wie die beiden das machen, allein der doppelte Salto … und dann auf einem Bein landen und sooo elegant ausschwingen … also nein«, schmunzle ich leise sprechend und gebe kopfschüttelnd vor, mich ganz langsam wieder zu fassen, bevor ich wehmütig die Halbzeit einläute: »Meine verehrten Damen und Herren, hätten Sie gedacht, dass unsere gemeinsame Zeit so schnell vergeht? Also, ich nicht. Wir sind nämlich, oh Wunder, bereits am Ende der ersten Hälfte dieses sagenhaften Festes der Illusionen und Attraktionen angekommen – ja, da schauen Sie, gell, Monsieur?« Ich nehme Blickkontakt mit einem beliebigen kahlköpfigen Herrn in der ersten Reihe auf und tue so, als hätte er überrascht gekuckt, was gar nicht der Fall war. »Aber zur Entschädigung, Ladies and Gentlemen, serviert Ihnen unser wundervolles Team nun den Hauptgang des heutigen Abends, wozu ich Ihnen aufs Herzlichste guten Appetit wünschen darf. Im Anschluss geht es mit unserem Programm aus Artistik, Zauber und noch mehr fantastischen Welten weiter … also bleiben Sie gespannt, Mesdames et Messieurs.«

Mysteriös dreinschauend lasse ich eine ausladende Handbewegung folgen und hauche lasziv: »Bis gleich.«

Während ich mir meinen Weg hinter den Vorhang und durchs Gewusel des kleinen Backstagebereichs bahne, hin zu meiner Garderobe, kommt mir auf halbem Weg der Kessler in schicker Militärstyle-Jacke entgegen, als hätte er mir aufgelauert, und ruft: »Vikki, hi!« Sein Assistent Mario folgt ihm auf dem Fuße und filmt uns zwei, als wir uns begrüßen.

Ich halte inne. Ach ja, die beiden. Bimmel und Bommel. Die haben mir gerade noch gefehlt.

»Hat's also geklappt mit der Gästeliste?«, frage ich ziemlich unbeeindruckt. Es gab schon herzlichere Begrüßungen, das geb ich zu.

»Ganz toll, ja, danke. Da wären wir nun also. Tolle Show bislang. Tolle Moderation«, gurgelt mich Kesslers Raucherorgan an. Ich übergehe das mit einem Nicken (kann er ja nicht wissen: Komplimente sind mir verdächtig) und grüße über seine Schulter hinweg den Mario, der heute irgendwie zackiger rüberkommt. Trotzdem ein komischer Kauz, irgendwie unangenehm. Aber das gilt letztlich für alle Männer mit gezupften Augenbrauen. Der Mario winkt mir lebhaft zu, ohne seine Aufnahme zu unterbrechen.

»Wir haben jetzt genügend Shots von dir beim Moderieren, das ist ganz wunderbar geworden«, teilt mir der Kessler regisseurhaft mit und bezieht sich damit wohl auf seine eigene To-do-Liste, die mich ja nicht das Geringste angeht.

»Ich hab euch gar nicht gesehen«, wundere ich mich, höflich.

Er zuckt mit den Schultern, gespielt bescheiden, will wohl auf diese Art einen trockenen Witz über seine eigene Unaufdringlichkeit vermitteln, wirkt aber in seiner ganzen überengagierten Geschäftigkeit lachhaft.

Unvermittelt dreht er sich zu Mario um und weist ihn an: »Mach mal von da drüben.« Mario reagiert bereitwillig und verändert die Position, aus der er uns filmt. Seine zur Schau getragene Fügsamkeit Kessler gegenüber ist beinahe noch entwürdigender, als wenn er ihm offen seine Verachtung gezeigt hätte. Komisches Team.

»Sag mal, Vikki, dürften wir dir vielleicht in deine Garderobe folgen?«, flötet der Kessler, in demselben Ton wie vorhin am Telefon, als ob alles bereits beschlossene Sache wäre. »Nur kurz! Du weißt schon, ein paar *Behind the scenes*-Aufnahmen! Könnten wir gut gebrauchen! Du vor dem Spiegel, konzentriert, deine intime Künstler-Innenwelt, nachdenklich und so weiter. Das Interview machen wir dann nach der Show!«

Ach wirklich? Interview? Sonst noch was? Jetzt mir beim Umziehen zugucken, und nach meinem Auftritt zeichnen wir dann ein zielloses Gespräch auf, das ich nicht führen will, das dir aber Content für dein Projekt bietet. Ist das so? Über was wollen wir überhaupt sprechen? Über all die Dinge, die letztens *derart* an der Grenze zur Illegalität entlanggeschrammt sind, dass ich nachts kein Auge mehr zubekomme? Ernsthaft? *Ich möchte nicht in diese Doku …*

»Sei mir nicht bös, Lars«, wimmle ich ihn ab und sage, mal wieder zum Zeitgewinn: »Wir schauen einfach, ja?« Ich bin so frei. Ich lasse die beiden Männer stehen und verschwinde in meine Garderobe. Wo kämen wir denn da hin?

Eisern meiner üblichen Routine folgend, wechsle ich mein Kostüm (mit Stola) und meine Schuhe (Christian-Louboutin-Stiefeletten), eine Heidenarbeit, setze mich anschließend vor den Spiegel, um mich ein bisschen aufzuhübschen, trinke stilles Wasser aus der Flasche, habe noch fünf Minuten bis zum Beginn der zweiten Hälfte der Show und – darauf bin ich nicht stolz – greife zu meinem Handy, schalte den Flugmodus aus und checke mögliche eingegangene Nachrichten. Ich bin halt doch auch ein Suchtl.

Hab ich nie bestritten!

Eine Handvoll frischer WhatsApps scheint auf, scroll, scroll, check ich später, und exakt eine neue Mail finde ich in meinem Account vor, die ich von einem unbekannten Absender erhalten habe (lies-das@web.de). Meine Mail-Adresse kriegt man ganz leicht über meine Homepage raus, es passiert also häufiger, dass ich ungebetenen Unsinn geschickt bekomme. Ich will die Nachricht schon löschen, weil ich so was gar nicht mag, sehe aber im Vorschaufenster gerade noch ein dunkles Foto … und bin wie paralysiert, da ich sofort ahne, um was es sich dabei handelt.

Sofort erfasst mich ein kräftiges Zittern. Über und über. Meine Nerven sind einfach am Arsch. Schad drum.

Mit schlotternden Spinnenfingern ziehe ich das Bild auf meinem Handyscreen groß, noch größer … und sehe nichts weniger als

mich
im Stall
hinterm Sofa stehend
mit schreckgeweiteten Augen
Pascals Pistole in meiner rechten Hand haltend
fiebrig aufs Fenster zielend
icherinneremichgenau

das muss gewesen sein – kurz bevor ich zum zweiten Mal abgedrückt habe … genau in dem Moment, in dem dieser ominöse Blitz durch die Nacht gezuckt ist.

Jetzt kann ich auch nachvollziehen, woher der stammte. *Von einem Handy.* Vermutlich ist das Blitzlicht sogar ungewollt losgegangen, weil der Fotografierende nicht daran gedacht hat, dass es bei entsprechenden Lichtverhältnissen automatisch aktiviert wird. Ist mir auch schon mal passiert, dass ich versehentlich kurz alles erleuchtet habe, obwohl ich niemanden mit meinem Fotografieren belästigen wollte.

Und nun wird mir dieses Stillleben, sowohl mit mir als Hauptmotiv als auch mit dem nach oben gereckten Hinterteil vom ohnmächtigen Pascal daneben, freundlicherweise zuge-e-mailt. Das ist aber lieb.

Wer tut so was? Noch dazu pünktlich zu meiner Verschnaufpause während einer Palazzo-Vorstellung. Moment, ich sehe nach: abgeschickt wurde die E-Mail vor … *zehn Minuten*!

Kunststück also, dass ich, wie du vermutlich auch, sofort an den Kessler denke, der wahrscheinlich gerade draußen vor der Tür auf meine Reaktion wartet. Auf einen spitzen Schrei oder dass ich panisch rausrenne oder so was. Und er und sein Mario würden das dann gleich aufnehmen.

Ich könnte wetten, dass der Kessler hinter dieser Verquickung von Umständen steckt. Wie genau, das muss ich mir freilich noch zusammenklauben, aber so viele Zufälle auf einmal gibt's doch gar nicht.

Wobei!

Wäre der Kessler tatsächlich so dreist, mich zu bitten, mit in meine Garderobe kommen zu dürfen, wo ich dann – Surprise! – eine E-Mail vorfinde, die nichts weniger als eine Warnung darstellt?

Würde der Kessler so was offensichtlich Orchestriertes machen?

Wäre das nicht zu auffällig? Sogar für ihn?

Das Naheliegende ist auch das Wahrscheinliche?

Ratlos starre ich wieder aufs Handy. Augenblick mal! Als

ich mir das Bild noch einmal ansehe, entdecke ich darunter einen kurzen Text. Völlig perplex lese ich:

Sie wollen mitspielen?

Können Sie haben!

Wie bitte? Was ist das denn jetzt? Das kommt ja rüber, als wollte mir jemand einen Streich spielen. Oder die Leviten lesen. Eine Feststellung und eine Drohung! Oder umgekehrt. Noch dazu irgendwie gewollt förmlich formuliert. Würde ich nicht bereits sitzen, ich würde sagen: Ich muss mich setzen.

Was genau soll das denn heißen, *Sie wollen mitspielen? Können Sie haben!*?. Es hat was von *Ich weiß, was du letzten Sommer getan hast*, aber in der seriösen Geschäftssprachen-Variante.

Zu allem Überfluss entdecke ich unter diesem Zweizeiler ein weiteres Foto. Herrgott, das auch noch! Hab ich zuerst gar nicht bemerkt, vor lauter Größerziehen des ersten Bildes.

Dieses zweite, deutlich hellere und schärfere Foto besiegelt endgültig mein Schicksal, wie mir unverzüglich klar wird, als ich es eingehend mustere.

Es zeigt den geöffneten Kofferraum des Kombis, der vor der Klinik stand. Mitsamt dem gekrümmt darin liegenden Hoodie-Mann, den ich vorm Stall erschossen habe. Ich identifiziere ihn nicht nur aufgrund seiner Wollmütze und Kleidung, sondern erkenne auch so halbwegs sein Gesicht wieder, kleine Nase, fliehendes Kinn, buschige Augenbrauen. Wie zuletzt mit eigenen Augen gesehen. Unverändert tot. Schön und gut. Schlimm genug. Alles klar. Nur dass über ihn drapiert nun auch noch sein Kollege liegt, der albanische Augsburger. Der, den wohl ebenfalls ich auf dem Gewissen habe, weil ich ihn vermutlich einmal zu oft mit dem leeren Weihwasserkessel zurück in die Bewusstlosigkeit gehämmert habe. Was mich immer noch wundert, denn so wuchtig waren meine Kopfnüsse nun auch wieder nicht.

Hoodie 2 flackt also mit herabhängendem Arm (wahrscheinlich noch in genau derselben Position, wie der Wolf ihn bei der Entsorgung reingestapelt hat) auf Hoodie 1. Beide irgendwie verschwistert aussehenden Burschen: vereint im Diesseits, vereint im Jenseits. Von mir aus. Kann ich nachvollziehen.

Aber das ist nicht mehr wichtig, denn – und ich muss jetzt ganz stark sein, sonst kriege ich einen Totalzusammenbruch – auf diese beiden Leichname wurde der Körper eines weiteren Mannes gelegt. Und dieser Mann, der dritte Mann ganz oben, der genauso entrückt und vermutlich mausetot bäuchlings auf Hoodie 2 liegt, geschlossene Augen, aschfahle Haut und alles ... das ist der Wolf!

18

»Noch zwei Minuten, Vikki«, tönt es durch die geschlossene Tür meiner Garderobe, nach sensiblem dreimaligen Klopfen. Der übliche Bühnenaufruf. Pause vorbei, es geht weiter.

»Danke!«, rufe ich unserem Stage-Manager Jean-Claude nicht minder einfühlsam zu, leider aber auch reichlich shaky. Ich schnappe nach Luft, als würde ich hyperventilieren. Ich sitze fertig angekleidet vor meinem Schminkspiegel mit seinem Rahmen aus Glühbirnen, doch mein Blick geht ins Leere. Plötzlich ist alles ganz anders.

Obwohl ich es fast nicht ertrage, schaue ich mir noch mal das Bild mit dem toten Wolf und den beiden anderen Männern auf dem von meinen Händen schwitzigen iPhone an.

Unkonzentriert, aber hoffentlich halbwegs folgerichtig versuche ich zu rekonstruieren, was in jener vor-vor-vorgestrigen Nacht passiert sein muss, damit es zu diesem erschütternden Foto mit den drei übereinanderliegenden Männerkörpern kommen konnte.

Soweit ich weiß, hat der Wolf – zusammen mit dem Kessler und dem Mario – den überraschend verstorbenen Hoodie-Typen aus dem Kapellenraum des Klinikums in den Kofferraum des Kombis auf dem Besucherparkplatz verfrachtet. In jenem Kofferraum befand sich ja bereits der andere tote Hoodie-Mann. Da lag das Gschwerl nun, wiedervereint, im Partnerlook, im Kofferraum, alle beide. Deckel zu.

Dann verabschiedete sich der Wolf vom Kessler und vom Mario (ich war währenddessen beim Pascal im Aufwachraum), stieg in den Kombi, der augenscheinlich den beiden Hoodie-Jungs gehört hat, und fuhr davon, um sich um die Entsorgung der Leichen sowie des Wagens zu kümmern.

Und dann setzt es aus. Was danach passiert sein mag, lässt sich für mich gegenwärtig nicht nachvollziehen.

Entschuldige, dass ich den Ablauf noch mal so idiotensicher Revue passieren lasse und dir damit deine Zeit stehle (circa zwanzig Sekunden), ich will dich nicht nerven, aber ich brauch das, um die Fakten bestmöglich zu ordnen.

Ich weiß schon, in den üblichen Thrillern und Krimis und Romanen, die du sonst konsumierst, sind alle immer solche Schnellchecker – aber davon bin ich weit entfernt. (Lach ruhig!)

Also weiter.

Dann wäre da noch das grobkörnige Foto in der E-Mail, das mich im Stall zeigt, kurz bevor ich zum zweiten Mal aus dem Fenster schieße.

Bedenke ich nun, dass die dazugehörige Nachricht *Sie wollen mitspielen? Können Sie haben!* lautet, lässt das doch nur eine Schlussfolgerung zu: Der Absender dieser E-Mail ist über das Geschehen jenes folgenschweren Abends voll und ganz im Bilde. Die beiden Hoodie-Typen (Gott hab sie selig) waren demnach wohl nicht allein, sondern mindestens *zu dritt*. Die ganze Zeit über. Ein dritter Hoodie-Kollege muss mich beobachtet haben, mehr oder weniger permanent. Von meinem Eintreffen im Stall über die Fahrt mit dem Pascal zur Notaufnahme bis hin zur Ankunft von Wolf und Konsorten im Krankenhaus, inklusive Wolfs schlussendlicher Abfahrt ins Ungewisse mit besagtem Kombi und besagten Leichen.

So muss es gewesen sein. Falls dir das weiterhilft. Mir tut's das nur so halb. Aber demnach könnten wir wiederum den Kessler als Verantwortlichen für diese schreckliche E-Mail erst mal ziemlich sicher ausschließen (Arbeitshypothese). Denn als das Foto geschossen wurde, auf dem ich im Stall auf Wildwest-Lady mit rauchendem Colt mache, war er schließlich in München, und zwar bis zu dem Zeitpunkt, als der Wolf bei ihm aufgetaucht ist und sie gemeinsam nach Übertreibling aufgebrochen sind.

Es ist fast beruhigend, dass der Kessler, der hier gerade irgendwo ganz in der Nähe meiner Palazzo-Umkleide durchs Veranstaltungszelt wuselt, also eher nicht in den Kreis der Verdächtigen aufgenommen zu werden braucht. Wenigstens etwas. Es wäre schrecklich, wenn ich jetzt gleich rausgehen und die frivole Conférencieuse geben müsste, während ich ihn für den Verantwortlichen hinter der anonymen Mail und dem ganzen scheußlichen Rest halte.

Ich muss los. Die Bühne ruft. Bin ich überhaupt in der Lage zu performen? Diese Nachricht kam jetzt wirklich genau zum richtigen Zeitpunkt ... aus Sicht des Teufels. Ziemlich ausgeklügelt! Der Absender ist wirklich ein Pro. Er weiß, was er tut. Oder es war einfach Zufall, kann natürlich auch sein.

Ich hab noch über eineinhalb Stunden Moderation vor mir und keine Ahnung, wie ich mich konzentrieren soll.

Ich hangel mich echt von Tiefpunkt zu Tiefpunkt. Die Lage brutalisiert sich immer noch ein Stückchen mehr. Alles ist längst außer Kontrolle geraten. Mit dem Unterschied, dass ich spätestens *jetzt* bis zur Halskrause mit drinstecke. Der Erhalt dieser Message scheint den Beginn eines Hase-Igel-Spiels zu markieren.

Auf geht's in die zweite Runde. Gerade noch pünktlich betrete ich wieder die Bühne, platziere mich millimetergenau in der Mitte, heiße das Publikum zur Fortsetzung unserer Show willkommen, kündige Sahila und ihren Mann James an, deren Barren- und Schleuderbrett-Nummer von einem Saltowirbel gekrönt wird, der Sahila vermutlich irgendwann einmal zur Pflegebedürftigen machen dürfte, gleich danach kommt Jongleur und Comedian Rodondo auf die Bühne, er ist nüchtern, wir Eingeweihte atmen durch, dann mach ich ein paar launige Sprüche, weitere Artisten werben um die Gunst des Publikums, daraufhin bin wieder ich an der Reihe, gescriptete Selbstironie, die Nachspeise wird während einer Hand-auf-Hand-Akrobatik-Darbietung serviert, was ich irgendwie respektlos gegenüber den Athleten finde, aber bitte, und die ganze Zeit über versuche ich, mich, so gut es geht, zusammenzureißen, um diese Veranstaltung durchzuziehen, doch ein paar Verhaspler unterlaufen mir schon, weil meine Gedanken unterschwellig permanent um den Wolf kreisen: Es wäre ja auch kein Wunder, wenn er tatsächlich ins Jenseits befördert worden sein sollte, was durchaus ins Konzept der geheimnisvollen Täter passen würde, wegen denen die Switch Blades doch überhaupt erst die Biege gemacht haben. Es ist einfach nicht besonders unwahrscheinlich, dass das Foto mit dem mutmaßlich dahingeschiedenen Wolf echt ist.

Hab ich recht?

Halleluja, endlich naht das Ende des Abends, als unser Gastgeber und Starkoch, der guade oide Ziegler Hans, auf meine Ankündigung hin durch den Vorhangschlitz auf die kreisrunde Bühne trottet, scheiße drauf wie eh und je, und das Publikum mal wieder – quasi zur Verabschiedung – begrüßt, rhetorisch wie gehabt unterirdisch, fast schon blasiert, nur um sich gleich darauf die schwarz lackierte Akustikgitarre reichen zu lassen, vors herpesvirenverseuchte Mikro zu wackeln und in seiner blütenweißen Kochjacke, genau!, ein cremiges »What a Wonderful World« zu intonieren.

Ich stehe derweil professionell mitwippend etwas abseits, zähle die Sekunden, lasse meinen simuliert entspannten Blick übers Publikum gleiten und sehe, wie hinten, geradeaus durch, da, wo sich die Ausgänge befinden, der Kessler mit der Geschäftsführerin des Palazzo Fantastico plaudert – also mit der Madame Marougé. Und zwar auf die Weise, wie Menschen miteinander konversieren, die sich bereits länger kennen. Das lässt sich eindeutig an der Körpersprache ablesen. Und mir geht auf, dass die beiden einander höchstwahrscheinlich über den Wolf vorgestellt wurden und womöglich auch im Rahmen der Doku längst miteinander zu tun haben.

Wäre keine Überraschung, denn die Marougé ist ja immerhin Wolfs Gspusi! Bumsi! Wumpsi! Was weiß ich!

Ja klar! Der Kessler und sie, die kennen sich.

Ich könnte schreien vor Glück.

Natürlich nicht! Im Gegenteil! Beim Anblick der gewohnt beerdigungsmäßig eingehüllten Marougé fällt mir nämlich siedend heiß ein, dass ich trotz der vorhin erhaltenen eindeutigen Droh-E-Mail völlig außer Acht gelassen habe, dass die Mama in Gefahr sein könnte! Immerhin gehöre ich doch spätestens jetzt ebenfalls zum Kreis der Zielpersonen, und es würde ins Muster der Täter passen, die für alle bisherigen Anschläge verantwortlich waren, dass sie nun auch *mein* privates Umfeld miteinbeziehen. So, wie sie es bei Marougés Vater ebenfalls getan haben, von dessen grausiger Abschlachtung die Marougé mir erst vor einer Woche an der Bar im Foyer berichtet hat.

Noch dazu befindet sich die Mama derzeit durchgehend in *meiner* Wohnung. Ausgerechnet. Die Zeichen stehen auf Gefahr!

Gut, dass mir das noch eingefallen ist. Gut aber auch, dass es mir nicht schon früher eingefallen ist, sonst hätte ich meinen Auftritt ganz sicher nicht bis zum Ende über die Bühne gekriegt.

Der letzte Akkord von »What a Wonderful World« verklingt, gerührter Applaus brandet auf. Ist doch einem abgefeimten Promikoch wurscht. Da geht er dahin, der Hans. Pfeffert die Gitarre einem Helfer in die Hand und verzieht sich schleunigst mit seinen breiten Rundschultern von der Bühne. »Servas!« Schluss für heute.

Auch ich verschwinde durch den Vorhang und lege einen Zahn zu.

Im Sauseschritt fege ich Richtung Garderobe, höre noch, wie die Miranda mir zuruft: »Vergiss meine Party morgen nicht, im Anschluss an die Vorstellung. Wir feiern in meinen Geburtstag rein. Hast du aufm Schirm, oder?«, und hebe meinen Arm, drehe meinen Kopf, soll heißen: »Aber natürlich, dein Geburtstag, steht dick angestrichen in meinem Kalender«, trotzdem gut, dass sie mich noch mal erinnert hat. Es ist interessant, in welchem Maße wir Ensemblemitglieder während einer Spielzeit wie dieser emotional zusammengewachsen sind. Wir sind eine durchweg kompatible Truppe, jeder schätzt den anderen, die meisten mögen sich. Ist immer Glückssache. Für gewöhnlich gibt's ein paar Ausreißer, die das ganze Gefüge durch destruktive Ego-Dünnbrettbohrerei sprengen, aber nein, dieses Jahr könnte das Miteinander nicht idealer sein.

Was laber ich. Keine Zeit, mich hier zu verzetteln.

Ich entere meine Garderobe, fetze mein Kostüm ungewohnt schlampig schnell schnell über den Stuhl, werfe mir meinen Mantel über und kralle mir die Handtasche, haste durch zwei enge Gänge (während ich die Mama auf dem Handy anrufe, hebt nicht ab) und bin schon draußen in der Kälte, vor dem Zelt, beim Künstlereingang, der auch ein Ausgang sein kann. Zu den Taxis geht's da lang. Ich hab schon ein paar hektische Schritte über den Schotter gemacht, da höre ich eine muffige Stimme nach mir rufen: »Bist du scho' fertig? Heit unter Dampf, oder was?«

Merkst es? Alles, was der Ziegler Hans sagt, wirkt irgendwie gschert. Ich drehe mich um, sehe, wie er da vor der offenen Fahrertür seiner laufenden S-Klasse steht, im XXL-Kochjackett, ohne das man ihn womöglich gar nicht erkennen würde, Ohren wie eine Fledermaus. Wie immer verliert er keine Zeit. Er ist wieder mal knapp vor Show-Ende auf den letzten Drücker vorgefahren, hat die Besucher angepflaumt und seinen Song performt, um jetzt *umgehend* wieder abzuhauen. Schelmisch sagt er zu mir: »Wuist du zu de' Taxis? Ich kann di' a mitnemma, wennst'd' in d' Stadt muasst.«

Oh nein, bloß das nicht. Dann muss ich Konversation machen. Dafür bin ich gerade wirklich überhaupt nicht in Stimmung. Eng an eng mit dem Hans, mindestens fünfundzwanzig Minuten in seinem Mercedes hocken bis zum Viktualienmarkt, voll anstrengenden Geredes. Eher sterbe ich. Ich sage: »Ja, klar. Gern. Danke.«

»Kumm, steig ei.«

Ich will es nicht verschreien, aber wir haben schon die Hälfte der Strecke hinter uns, und der Ziegler Hans erzählt mir von seinen euphorischen Plänen für eine neue Produktlinie, die mit Müslis, Gewürzen, Pasta und Eis gleichzeitig zu tun hat, was mich auf angenehme Weise von jeglicher aufgesetzter Themenfindungspflicht entbindet. Seine Gesprächigkeit kommt mir wirklich entgegen (ich rufe nebenbei unauffällig die Mama an, Versuch 2, geht nicht ran), und wenn er mal versehentlich entscheidet, offenkundig desinteressiert, *mir* eine Höflichkeitsfrage zu stellen, wehre ich das souverän ab, indem ich sofort wieder auf ihn zu sprechen komme. Die meisten Menschen schenken dir ihre Aufmerksamkeit nicht mit der Absicht, etwas zu erfahren; sie gewähren dir ihre Aufmerksamkeit mit der Absicht, gleich im Anschluss wieder von sich selbst erzählen zu können.

Aber das ist mir gerade recht. Red nur weiter, Hans.

Sein Gastro-Imperium, dessen Restaurantflaggschiff *Eisacktaler Kuchl* beim Promenadeplatz schon seit Langem keinen Michelin-Stern mehr führt (Hans Ziegler: lediglich Sternekoch der Herzen), erlitt kürzlich finanziell leichte Schlagseite. Aber was heißt das schon! Du kennst das ja: Da fährt einer seinen millionenschweren Laden an die Wand, häuft noch dazu einen abstrus hohen Schuldenberg an, muss Insolvenz anmelden, wird von den Medien ein paar Wochen lang so richtig vorgeführt und in jede Öffnung durcherniedrigt, und doch ändert sich nicht allzu viel in seinem Leben, und er macht recht komfortabel einfach weiter wie bisher. Ich meine, der völlig überheizte Mercedes, in dem wir sitzen, fährt einwandfrei, und laut Anzeige ist noch eine Menge Benzin im Tank. Und der Palazzo Fantastico findet diesen Winter ja ebenfalls uneingeschränkt statt … Der Hans macht's schon richtig. Immer Vollgas. Was heißt schon *pleite*! »Steuerliche Ungereimtheiten« – ich bitte dich! Die ganze Regierung besteht aus Leuten mit Verbrecher- und Versagerbiografien, skrupelloser Wirtschaftslobbyismus ist die einzige Leitlinie politischen Handelns, und sämtliche Zeitungsverlage und Sender berichten machtarrogant das Gleiche, als wären sie ein einziger Wokeness-Fanclub, der sich als Presseorgan ausgibt. All diese Schieflagen interessieren keine Sau, und alles bleibt folgenlos. Da lasst's mir doch bitte den Ziegler Hans und seine klammen Girokonten in Ruh! Rock on, bro.

(Dritter Versuch, die Mama telefonisch zu erreichen, vergebens.)

Auf seine ureigene gedämpfte Aggroart nutzt der Hans auch den Rest unserer Fahrt für das Skizzieren großer Pläne, die für mich so aufgeblasen und abgehoben klingen, dass ich mir einen Gedanken nicht verkneifen kann: Sicher ist auch der Hans einer der Promis, nach dessen Tod man nicht nur feststellen wird, dass sämtliche Unternehmen bereits zu Lebzeiten *immer* nur auf tönernen Füßen standen, sondern dass noch eine vollkommen andere Seite im Verborgenen lag. Von seiner Kokserei und den zahllosen ungewollten One-Night-Stand-Kindern ganz zu schweigen.

(Unbezahlbarer Tipp für die Armee aus tollen Hechten da draußen: Zieh ihn raus, kurz bevor du kommst! Besonders dann, wenn du nur einen bedeutungslosen Nebenbeischnacks absolvierst. Ist das denn so schwer?)

Hans' Wohnung liegt in der Nähe von meiner, passt also ganz gut, und als er mich schließlich direkt vor der Haustür rauslässt, ist mein Dankeschön ehrlich gemeint, da mach ich mich nicht schuldig. Aber das war es dann auch. Ich bin halt total angespannt. *Negativ* wäre noch positiv ausgedrückt.

Ich winke dem Hans zu, nachdem ich ausgestiegen bin, und im kalten Licht der Wageninnenbeleuchtung sieht er ziemlich alt aus, als würde er jeden Moment sterben.

Nicht der auch noch …

»Tschau, Hans.«

Hastig stolpere ich die Treppen hinauf in den obersten Stock, klopfe an meine eigene Wohnungstür, während ich den Schlüssel ins Schloss stecke, höre schon die Mama vom Sofa aufstehen und mir entgegenkommen (der Stollberg ist längst da), und als ich die Tür aufschwenke und beide sehe, bin ich so erleichtert wie vielleicht noch nie in meinem Leben. Das sagt man immer so, aber manchmal stimmt's wirklich.

Alle unversehrt! Kein Mord, keine besonderen Vorkommnisse, sagt zumindest die Mama, und ich leg erst mal ab, tue so, als wär nichts Besonderes, wasch mir die Hände und setz mich zu der Mama auf die Couch, von wo aus sie sich gerade eine der Freitagabend-Talkshows in einem der dritten ARD-Programme angeschaut hat, die ich bei aller Liebe nicht voneinander unterscheiden kann.

»Wie lief's heute?«, erkundigt sich die Mama, während sie den Kopf vom Stollberg tätschelt, der das unmissverständlich einfordert. Dalmatinerjungs können penetrant sein. Dagegen ist die Minka direkt eine Schlaftablette.

»Ein bisschen strapaziös«, antworte ich nur, weil ich die Mama nicht beunruhigen will. Es würde nichts helfen, ihr von der lauernden Gefahr zu berichten. *Ich* muss mir überlegen, wie ich meine Familie in Sicherheit bringe – den Papa schon auch. Und zwar so bald wie möglich.

»Du bist vorhin ned rangegangen, als ich dich angerufen hab«, spiele ich weiter die Entspannte.

»Hast du angerufen?«

»Ja.«

»Wann?«

»Zweim… Dreimal, die letzte halbe Stunde über.«

»Ah geh? War's dringend?«

»Ich wollt mich nur ankündigen«, flunkere ich.

»Ach so. Wart, ich schau mal.« Die Mama lehnt sich zurück, langt über die Lehne und stellt fest, dass ihr Handy auf lautlos gestellt ist. Na perfekt.

»Ich muss es vorhin verstellt haben, als ich es mit dem Reinigungsfeuchttuch geputzt hab. Wo ist der Schalter zum Lautmachen noch mal? Ah, da!«

Ich schüttel zänkisch den Kopf, aber die Mama sieht es eh nicht, weil sie konzentriert am Handy rummacht, das sie wie einen Fremdkörper in der Hand hält. Da wird nix draus.

»Naa, war ned dringend«, lasse ich die Sache auf sich beruhen. Alles andere wäre vergebliche Liebesmüh. Stattdessen frage ich die Mama, wie ihr Abend bislang war und wie lang sie mit dem Stolli Gassi gegangen ist.

Der Fernseher läuft auf halblaut. In der Talkshow wird ein nerdiger Unternehmer interviewt, der gerade auf schaurig kindliche Weise von seinen Idolen Elon Musk, Bill Gates, Steve Jobs und den ganzen anderen Sonderlingen aus der Riege falscher Propheten schwärmt und idealisierte Zukunftsvisionen spinnt, für die man vor zwanzig Jahren eingewiesen worden wäre, als die Kamera bereits auf die nächste Person aus der heutigen Gesprächsrunde schwenkt, eine gewisse Nele. Nele, Nachname unbekannt. Sie ist jetzt dran. Ach, schau, sie ist heute hier, um von ihrer Umwandlung vom Mann zur Frau zu berichten! Die Mama und ich schauen uns mit hochgezogenen Augenbrauen an, weil wir mit dem Thema schon so was von durch sind, brechen unsere kleine Unterhaltung aber dennoch ab, weil uns die Geschichte von dem vielleicht achtundzwanzigjährigen Transidentmädchen mit dem hippen Pony dann halt doch interessiert. Is' ja klar.

Du, und ich muss wirklich schlucken, weil es gar so blöd ist, als die Neufrau Nele der Barbara Schöneberger, deren Augen unheimlicherweise bei jedem Auftritt immer *noch* größer sind, erzählt, dass sie sich jetzt, nach nur einem Jahr als »vollwertig umoperierte Frau« (wortwörtlich), bald wieder rückoperieren lassen möchte, da sie das Gefühl hat, *doch* lieber ein Mann sein zu wollen!

Wie gehabt also. Mann zu Frau – zu Mann. Einmal im Karussell um die eigene Achse gedreht und wieder das Ursprungsgeschlecht in Betracht gezogen. Sauber! Was für eine

Tragödie. Alle in der NDR-Talkshowrunde gucken ganz betroffen. Natürlich total *empathisch* … klar.

Die Mama und ich schauen uns ebenfalls an, weil, da möchte man doch nur seufzen. Sogar der Stollberg lässt ein Bäuerchen. Die Nele ist schon ein Aufreger. Selbstverständlich nur für die Mama und mich. Der Rest der Welt kriegt logischerweise sofort einen Schluckauf vor lauter Mitgefühl.

Ach, Nele! Von deiner Sorte gibt's gerade nicht wenige.

Und warum? Weil die Meinungsmacher mit ihrer glorifizierenden Geschlechter-Identitätsdebatte da draußen den Eindruck entstehen lassen, es sei nichts Besonderes, mal eben an sich rumschnippeln zu lassen. Ganz so, als ob ein bisschen Hormontherapie und Angleichungsoperation vergleichbar wären mit Lippenaufspritzen und Brustvergrößerung. *Spannendes Spiel. Macht doch jeder …* Als sei es fast zwingend, grundsätzlich mit seiner sexuellen Identität zu hadern. Diese fanatische Umarmungsattitüde sexuell anders getakteter Persönlichkeiten fällt bei jungen Menschen auf schrecklich fruchtbaren Boden und führt mitunter zu verheerenden Fehlentscheidungen. Da will man dann mal eben, nach halbschariger Umorientierung, das Geschlecht wechseln, easy. Stell ich gleich auf Instagram, »Hey Leute, ich muss euch was sagen …«

So ein Schmarrn.

Erde an FAZ-Redaktion, Erde an FAZ-Redaktion! Ihr da oben: Bitte landen! (»FAZ« beliebig durch so ziemlich jedes andere Leitmedium austauschbar.)

Ihr und eure frömmelnden Kollegen seid für dieses Phänomen der sozialen Ansteckung mindestens mitverantwortlich. Die derzeitige Flut von fahrlässig Umoperierten und »sich auf total individuelle Art definierenden Kids« hat mit akuter Bedürftigkeit nach Neuorientierung größtenteils rein gar nichts zu tun. Es ist eher albern. Schaut doch vielleicht, dass ihr das wieder hinbiegt.

Zu spät? Ja, fürcht ich auch.

Ihr seht das anders? Ja, fürcht ich auch.

Ihr wollt mich für meine Meinung gleich morgen in einem fiesen Artikel an den Pranger stellen? Von mir aus.

You got the power.

Aber sagt nicht, ich hätte euch nicht gewarnt. Viel Spaß, wenn euch eure heute fünfjährige Tochter in sechs Jahren mit dem ganz und gar unausgegorenen Wichtigtuerwunsch nach medizinischer Radikalveränderung kommt.

Mum, Dad, ich bin anders!

Das ist das Wichtigste.

Pff! Aller Wahrscheinlichkeit nach hat sie nur 'nen Spinnerten. Fraglich bloß, ob ihr sie dann noch stoppen könnt. Sich hineinzusteigern ist nämlich auch gerade in Mode.

Denkt an meine Worte, wenn's so weit ist und eure Kleine oder euer Kleiner zu eurem Kleinen oder zu eurer Kleinen werden will. Schätzungsweise ein dramatisches Missverständnis.

Meine Nummer lautet … Ach was. Schreibt lieber morgen den fiesen Artikel über mich (an irgendwas muss ich ja sterben) und ruft in sechs Jahren die Zeitansage an (die Nummer wäre die 040 428990).

Hab ich die Daumenschrauben zu sehr angezogen?

Eigentlich bin ich gar nicht so.

Aber die Welt wird mir immer fremder. Und deshalb vielleicht ja ich mir selbst auch.

Als die Nele, die also bald wieder der Nick zu sein gedenkt (bevor sie sich in zwei Jahren eventuell *doch* wieder umentscheidet, es ist eine freie Welt), mit ihrem Segment in der Sendung durch ist und ich die amüsiert dreinschauende

Mama rhetorisch frage: »Was sagt man dazu?«, stehe ich von der Couch auf, was auch den Stollberg aufscheucht, und wir gehen dann eben beide ins Bad, wo ich mich abschminken will, umziehen und alles. Plötzlich ruft eine unbekannte Nummer an.

Im Spiegel sehe ich mein fix und fertig aussehendes Ich. Da ich aber um meine prekäre Situation weiß und es auch der Wolf sein könnte, überwinde ich mich und gehe halt ran, obwohl ich unbekannte Nummern nur selten annehme, schon gar nicht gegen Mitternacht.

»Hallo?«, maule ich, ohne dass man's merkt.

»Hallo, Vikki, hier ist der Mario. Sorry, dass ich so spät noch stör.«

Ich atme ein, schinde Zeit und sage: »Entschuldigung, wer ist da?«

»Der Mario Sulfak. Der Mario vom Lars Kessler … von vorhin.«

»Ach, *Mario*. Jetza! Entschuldige! Ja, klar.« Der seltsame Assistent vom Kessler? Der mit dem perfekten Fönhaar? Was will *der* denn? »Der Lars hat mir vorhin schon eine WhatsApp geschickt«, versuche ich mich gleich mal an einer Verkürzung des Gesprächs, als sei damit alles gesagt. Dabei stimmt es sogar. Während ich vorhin mit dem Ziegler Hans im Benz mitgefahren bin, hat mir der Kessler Lars eine »Wo bist du denn?«-Nachricht gesendet. Hab ich dir vorhin nur nicht erzählt, weil ich so damit beschäftigt war, die Mama zu erreichen. Ich hab auf Kesslers WhatsApp sowieso nicht geantwortet. Er wollte wohl sein Interview mit mir einfordern, weil er mich in den Palazzo-Räumlichkeiten nirgends finden konnte, nachdem ich so schnell abgehauen war.

»Mein Anruf hat nichts mit dem Lars zu tun«, klärt mich

der Mario nachdrücklich auf, und das klingt gleich noch dubioser.

»Ach so? Um was geht's denn dann?« Was ich damit sagen will, ist: Geh, lass mi doch in Ruah.

»Ich muss dich sprechen, es ist ziemlich dringend. Aber nicht am Telefon«, sprudelt der Mario hervor, und ich fürchte sogleich, es handelt sich hier um irgendeine erotische Annäherung oder was Ähnliches. Was ich schon alles erlebt hab – wenn du wüsstest!

»Mario, das ist jetzt eher … ich …«, würge ich hervor, weil ich diesen Typen generell abwehren möchte. Aber er unterbricht mich und missachtet dabei jede Schmerzgrenze, indem er auf so eine Schnellsprech-Labertaschenart rattert: »Du hast doch vorwiegend ein Interesse daran herauszufinden, wer die Switch Blades so unter Druck setzt und für den ganzen Ärger verantwortlich ist, oder?«

»Ja, schon«, antworte ich ungläubig, weil, er will doch wohl damit nicht sagen, er wüsste, was Sache ist? Dieser schmierige Bengel, der mir vom ersten Eindruck an zuwider war. Aber selbst wenn er nur Kesslers Hiwi ist, muss ich mir doch auch immer wieder vergegenwärtigen, dass er und der Kessler bestens über das ein oder andere Detail im Bilde sein dürften, wenn sie die Blades schon seit Monaten dokumentarisch begleiten.

»Ich glaube, ich kann dir da weiterhelfen«, behauptet er.

»Wirklich?« Ich trau mich sogar, sarkastisch zu klingen, obwohl mir das Wasser bis zum Hals steht und ich jede Hilfe gebrauchen könnte. Ich überlege, woher das wohl kommt.

»Hey, ich meine, der Wolf ist wieder abgetaucht, die Blades haben immer noch kein Lebenszeichen von sich gegeben, und du bist, so wie's aussieht, auch in …«

»Schon gut, schon gut!«, rüffle ich ihn, bevor er mir noch

mit der Todesserie in Rimming und Übertreibling kommt. Und das am Telefon! Zumindest scheint er mit der E-Mail, die mit dem Foto vom womöglich toten Wolf, nichts zu tun zu haben. Gut zu wissen!

Er lässt nicht locker: »Außerdem hätte ich noch eine weitere Info, die dir gerade gelegen kommen könnte.« Marios Entschiedenheit macht mich jetzt doch stutzig, da sie seine Aufdringlichkeit zu legitimieren scheint. Weshalb ich letztlich mit einem knarzigen »Okay« klein beigebe. »Wann und wo magst du dich denn treffen? Morgen?«

»Jetzt gleich«, haut der Mario raus, und sagen wir's mal so: Wenn es stimmt, dass er etwas Wichtiges weiß – und das könnte ja sein –, dann ist sein Vorschlag durchaus gerechtfertigt. Auch um null Uhr. Weshalb ich nur noch ein Wort von mir gebe.

»Wo?«

19

Der alte Trottel Kessler steht mit dem Rücken zu den Toiletten im Foyer des Spiegelzelts Palazzo Fantastico, genau zwischen den beiden Türen *Gents* und *Ladies*, und wirft einen letzten Blick auf die herauströpfelnden Besucher, die nach der längst beendeten Vorstellung noch auf einen Drink an der Bar haltgemacht haben. Er fährt sich über seine Bartstoppeln und murrt Mario an: »Sie ist wohl abgehauen.« Er meint Vikki Victoria. »Auf meine WhatsApp hat sie auch nicht reagiert. Wie's aussieht, sind wir fertig für heute. Kannst heimfahren.«

Das lässt Mario Sulfak sich nicht zweimal sagen. Höchste Zeit, dass er hier rauskommt, das bringt doch alles nichts. Seit er herausgefunden hat, was er herausgefunden hat, schiebt er den Cut, den es zu machen gilt, nur unnötig vor sich her. Mit ziemlicher Sicherheit war der heutige Einsatz, bei dem er sich ein weiteres Mal als Kesslers Gehilfe hat unterjochen lassen, seine Abschiedsvorstellung. Assistent eines unberechenbaren, kontrollsüchtigen Möchtegernfilmemachers zu sein, ist kein Job für einen wie Mario. Auf dem Gebiet braucht er keine Fortbildung.

Eine halbe Stunde benötigt er vom Palazzo Fantastico vor den Toren Münchens bis in die Stadt, und die gesamte Fahrt über hadert er mit sich. Spricht sich selbst Mut zu. Überzeugt sich davon, das Richtige zu tun.

Auf Höhe Ostbahnhof wählt er Vikki Victorias Nummer,

macht ihr den Mund wässrig, versucht, sie zu überzeugen, sich mit ihm zu treffen, eine zähe Geschichte, bis er es doch schafft und sie für »Jetzt gleich« in die Shishabar auf der Schwanthaler Höhe bestellt. Ins Sheherazade. Da kennt er sich aus. Home Ground. Es ist wichtig, dass du Leute da triffst, wo du dich auskennst und heimisch fühlst, um nach deinen Regeln spielen zu können. Mafioso-Style.

Einen Parkplatz zu finden ist wie immer die Hölle, aber wenigstens kostet es nach 23 Uhr nichts mehr. Nach endloser Suche stellt Mario seine Kiste ewig weit ab und ritzt dem BMW-Arsch, der in einer der Lücken für zwei parkt, heute keinen Kratzer mit der Schlüsselspitze in den Lack. Ausnahmsweise, Motherfucker! Auf die Seitenscheibe spuckt er ihm natürlich trotzdem.

Mario betritt betont lässig die in verschiedenen Violettabstufungen schummrig beleuchtete Shisha-Lounge Sheherazade, ganz der Checker, der er ist. Souverän, aber nicht *zu* cool. Genau richtig eben. Der typische süßliche Apfelduft und das übliche Gesäusel von The Weeknd, das aus den Boxen schallt, umhüllen ihn, als er sich durch die Tischreihen und vorbei an dem abgefahrenen Sindbad aus Pappe schlängelt.

Mario nickt diesem und jenem Kellner mit zusammengebissenen Zähnen zu. Die arabischen Angestellten und der geschniegelte Oberperser von Barmann kennen ihn zwar, Ehrensache, lassen aber nie auch nur die leiseste Vertrautheit erkennen. Und das seit Jahren! Merkwürdig, zugegeben, aber so gehört sich das wohl in deren Kulturkreis. Auch wenn Mario exakt die gleiche Frisur und Klamotte trägt wie der Großteil der hier anwesenden Männer mit Nahost-Migrationshintergrund. Man muss sich als Deutscher anpassen. Den Jungs hier gehört die Zukunft dieses Landes, bald stellen sie die

Mehrheit dar. Wenn nicht schon längst. Also besser nicht unangenehm auffallen. Sie hassen einen schon so genug.

Bereits auf der Hauptschule hat Mario zum Selbstschutz einen Balkanakzent imitiert und behauptet, Ausländer zu sein. Bloß nicht täglich eins aufs Maul kriegen. Zum Glück war er wenigstens nicht auch noch blond, so wie Lukas, das arme Schwein.

Der Laden ist ziemlich voll, aber Marios Lieblingsplatz an der geriffelten Wand mit den orientalischen Verzierungen und den verstaubten Seidentüchern ist frei. Er fläzt sich auf die schwarz bezogene Kunstlederbank und bestellt bei Abdul, der ihm vermutlich noch nie in die Augen gesehen hat, einen alkoholfreien Cocktail und noch keine Wasserpfeife. Erst mal. Klaren Kopf bewahren und nicht mit Mundstück zwischen den Lippen dasitzen, bis das mit Vikki vorbei ist. Danach kann er sich immer noch zulöten und seine Lungen mit Brombeeraroma durchdampfen, ist immerhin Freitagnacht.

Kann das denn die Möglichkeit sein? Während er auf seinen Virgin Sunrise wartet, sieht er durch die bodentiefen Fenster, wie draußen auf der Straße, aber wirklich *direkt* vor dem Sheherazade, ein Parkplatz frei wird und nahtlos ein Mini herangedüst kommt, auf dessen Beifahrersitz er Vikkis unverkennbare Silhouette ausmacht. Sie ist da. (Erleichterung, Anspannung sowie nutzloser Neid auf den geilen Parkplatz.)

Mario wappnet sich innerlich für den Vortrag, den er gleich zu halten plant, während er weiter durch die Scheiben starrt. Beschissener kann man nicht rückwärts einparken, für so ein Vor-und-zurück-Kunststück muss man echt behämmert sein, denkt er sich, als er dem mühsamen Spektakel zusieht. Wirklich interessant aber ist doch, dass in diesem Mini *drei* Menschen und ein – what? –, ein Hund sitzen!

Mario stutzt. Was soll das sein, verdammt noch mal? Ein kuscheliger Familienausflug?

Vikki steigt aus dem Wagen, orientiert sich, kommt endlich zur Tür des Lokals herein, hochhackig, offene bauschige Winterjacke, darunter aufgetakelt, ganz Femme fatale, und wenn Mario nicht alles täuscht, trägt sie immer noch ihr volles Show-Make-up von vorhin.

Der schief geparkte Mini bleibt draußen stehen, mit den zwei Frauen und der mittelgroßen Töle darin! Echt strange. Bringt Vikki ihre Entourage mit und lässt sie dann im Wagen warten! Mario gedenkt keinen Bezug darauf zu nehmen. Scheißegal letztlich. Er hat das Heft in der Hand, so oder so. Er winkt ihr zu, hier bin ich.

Sie bahnt sich ihren Weg durch die größtenteils männliche Gästeschar, schlängelt sich geschickt durch das Tischemeer und kassiert verblüffte Blicke, scheint ihr am Arsch vorbeizugehen, erreicht Marios Platz, und Mario kann schon bei der Begrüßung wieder ihren gottverdammten Vorbehalt ihm gegenüber spüren.

Sie kann ihn nicht leiden, als wäre er ihr verdächtig. Oder sie nimmt ihn einfach nicht für voll. War vom ersten Moment an der Fall. Aber damit ist sehr bald Schluss. Das ist mal sicher.

Vikki bestellt »Ein Mineralwasser, bitte«, als Abdul an den Tisch kommt und bereits Marios Cocktail serviert. Wasser, na ja, wer's braucht. Ist doch eigentlich nur zum Waschen da, haha … alter Witz.

Come on jetzt. Mario setzt sein Dauergrinsen auf und schlägt vor: »Wollen wir gleich zur Sache kommen?« Geil, das klingt entschlossen. Kommt gut! Sie haben sich ja sowieso erst vor wenigen Stunden im Palazzo gesehen, als Kessler ihr mit seinem Interview-Wunsch auf den Sack gegangen ist. Wozu also noch smalltalken?

»Unbedingt«, hört er Vikki sagen. »Du meintest am Telefon, du hättest Informationen darüber, wer hinter den Switch Blades her ist … und mehr!«

»So ist es.«

»Das kommt unerwartet. Jetzt muss ich ganz blöd fragen, weil wir uns ja am Montag im Krankenhaus zum ersten Mal gesehen haben und kaum miteinander sprechen konnten … wegen der ganzen Hektik: Bist du denn Lars' Kollege? Oder Freund? Oder Kompagnon? Ich meine, ich weiß nichts über deine Rolle bei dieser Doku … Erzähl doch mal!«

»Ja, ich bin der Geschäftspartner von Lars, was die Produktion der Doku betrifft. Eine Koop mit Streamflexx übrigens«, trägt Mario dick auf, ohne dass es inhaltlich falsch wäre. »Lars und ich, wir machen alles zu zweit.«

»Aha. Und jetzt kontaktierst du mich, aber *ohne* Lars! Ich bin gespannt«, sagt sie resigniert.

»Kannst du auch sein!« Mario lächelt siegesgewiss, wird ernst und macht Anstalten, seine Jacke auszuziehen, aber das käme gerade blöd. Lieber schwitzen. Clever, wie er ist, beschließt er, noch eben zu eruieren, auf welchem Kenntnisstand Vikki sich eigentlich befindet. Er möchte sichergehen, dass er sie gleich mit voller Wucht aus den Socken haut. »Bevor ich dich hier zulaber: Was weißt du denn darüber, wer hinter den Blades her sein könnte und für die bisherigen Opfer verantwortlich ist? Hat dir zum Beispiel der Wolf irgendwas gesagt oder angedeutet?«

»Nichts«, behauptet Vikki. »Was den Grund für den Rückzug der Blades angeht, wenn du das meinst, tappe ich im Dunkeln.« Und genau das hat Mario sich auch gedacht. Ob es wirklich stimmt oder nicht, wird er gleich an ihrem Gesichtsausdruck ablesen können.

Jetzt mal ran an den Speck, er sagt: »Alles klar. Also: Der

ganze Trouble ging ja los, nachdem die Switch Blades einem dieser Tierquäler-Löcher einen ihrer üblichen Besuche abgestattet haben. Irgendwo bei Gerolsbach. Das sagt dir aber was? Von der Aktion weißt du, oder?«

Vikki nickt, versucht, sich neutral zu geben. »Ich glaub schon. Ich weiß, dass da was war. Ob es jetzt genau die Aktion bei Gerolsbach war, wo sie auch den Ärger hatten, keine Ahnung, ob du das meinst, aber … ja, ich glaub schon«, macht sie auf Holperdistolper.

Mario bietet an: »Die Location, die ich meine, hat sich als eine Art Tierfabrik herausgestellt, also nicht das übliche …«

»Ja, genau, dann war das das«, bestätigt Vikki. Na also. Warum nicht gleich!

»Alright«, nickt Mario. »Das Problem war nur, dass diese Zuchtanstalt einem Konzern namens Klauber gehört! Und die sind durch den Aufschlag der Blades hellhörig geworden …«

»Klauber? Das hab ich irgendwo schon mal gehört. Aber nicht in dem Kontext. Ist das nicht so was wie Monsanto und Nestlé oder so?«

»Ist ein Zulieferer für die Pharma- und Kosmetikindustrie, ja. Ich hatte das davor auch schon mal gehört, aber ich musst's dann erst mal nachchecken«, erklärt Mario und knirscht mit den Zähnen, so sehr steht er unter Spannung. Er zieht eine DIN-A4-Seite aus der Hosentasche, entfaltet sie und schwenkt sie halbherzig vor Vikkis Gesicht. Im lilafarbenen Dunkel der Lounge besteht keine Chance, dass sie Näheres darauf erkennen könnte.

Vikkis Wasser kommt. Als Abdul, der kantige Kellner, sich verzupft, verkündet Mario: »Jedenfalls sollen diese Klauber-Leute und ihre Anwälte den Switch Blades nach dieser Aktion in Gerolsbach ihre Häscher auf den Leib gejagt haben, damit die Blades sich nur ja nicht noch weiter einmischen … oder sich halt nicht in das ganze Thema verbeißen, also in diese Laborsache.«

»Klau-ber«, sagt Vikki stockend, als müsse sie die plötzliche Konkretheit und die Größenordnung des Feindbilds, die dieser Name suggeriert, erst mal verdauen. Das hat also schon mal gesessen, denkt sich Mario. Bäng, zum Ersten! Sozusagen. An Vikkis Reaktion lässt sich *eindeutig* ablesen, dass sie keine Ahnung hatte. Offensichtlich hat ihr niemand aus dem Umfeld der Switch Blades was verraten. Krass! Respekt! Nicht mal ihr lieber Wolf scheint ihr von der Bedrohung durch Klauber berichtet zu haben, so groß muss die Panik aller Beteiligten sein, bloß niemanden mit reinzuziehen.

Diesen Moment der Verdutztheit nutzt Mario und prescht vor: »Das mit Klauber klang für uns alle irgendwie schlüssig. Großes Unternehmen wird aufgescheucht und versucht mit allen Mitteln, seine Geschäftspraktiken zu verschleiern, weil solche Konzerne eben generell die Öffentlichkeit meiden.«

Vikki zuckt mit den Schultern, als wäre sie von der Drastik, die in Marios Satz mitschwingt, irritiert (gut so), und schon geht es weiter. Mario zischt: »So weit, so eindeutig!« Er hält kurz inne, betrachtet das Papier, das er noch nicht wieder weggesteckt hat. »Aber dann … kam das hier!« Er wartet Vikkis fragenden Blick erst gar nicht ab, sondern verrät gleich im Anschluss: »Das ist eine Passwortliste. Vielmehr eine Word-Datei aus Kesslers Computer. Darin vermerkt er sämtliche seiner Zugangsdaten. Für alles, was er so hat. Seine Mail-Accounts, seine Vodafone-Seite, Kabel Deutschland, Stadtwerke München, Stromanbieter, Dropbox, WLAN, Hausverwaltung, Google-Konto, Skype, Mastercard, Onlinebanking bei der Kreissparkasse und zwei anderen Banken, PayPal, tausend Dinge halt.« Mario lässt seinen Blick über die eng bedruckte Liste gleiten, entscheidet sich aber dagegen, noch weitere Beispiele zu nennen. Es dürfte kapiert sein.

»Und diese Liste hast du … geklaut?«, stößt Vikki mit unterdrückter Stimme hervor. Leider klugscheißt sie auch noch voreilig los, indem sie meint: »Also, ich weiß wirklich nicht, ob mich interessieren sollte, was du hier abziehst … ehrlich gesagt.«

Halt doch deine Fresse! »Warte, kommt noch. Ich glaube, du verstehst es gleich!«, beschwichtigt Mario diese miesepetrige Tussi, der er doch gerade entgegenkommt, checkt die das nicht?, und versucht zu lächeln, während er innerlich kocht. Sein Dauergrinsen ist ihm entglitten, denn sich hier rechtfertigen zu müssen kotzt ihn, gelinde gesagt, mega an.

»Anhand dieser Liste«, Mario hält sie ein letztes Mal hoch und stopft sie unordentlich zurück in seine Hosentasche, schaut sich konspirativ um, nimmt wieder Vikki ins Visier und flüstert: »Anhand dieser Liste kann ich definitiv belegen, dass nicht Klauber, sondern …

20

... Kessler hinter dem ganzen Scheiß steckt«, höre ich den Mario behaupten, und zuerst brauch ich einen Moment, um das auf die Reihe zu kriegen. Aber dann haut es gut rein, mein lieber Schieber. Doch ich lasse keine Reaktion erkennen, kaschiere meine Fassungslosigkeit.

Ich weiß nicht, wie es dir geht, aber ich würde sagen, hier stimmt doch was nicht. Finde den Fehler: Erst überrumpelt der Mario mich damit, dass nach Meinung aller Beteiligten dieser Weltkonzern Klauber die Blades die ganze Zeit über in Schach gehalten haben soll (wovon mir nicht mal der Wolf erzählt hat – etwa, um mich zu schützen?), und nur wenige Sekunden später tischt mir derselbe Mario auf, dass man mit Klauber als vermutetem Verursacher einem Irrtum unterlegen sei, ällabätsch. Weil nämlich der *Kessler* hinter den Vergeltungsschlägen steckt!

Ausgerechnet der Korrektheimer Kessler? Old Zitterhand?

Wolfs Vertrauensperson und Best Buddy gibt in unserem Verwirrspiel den Kriegstreiber? Und jetzt kommst du! Es wird immer lustiger und zugleich trauriger.

Marios Blicke durchbohren mich. Kein tolles Gefühl. Mario! Ein junger Typ, der sich entschlossen hat, mir in einer Shishabar reinen Wein einzuschenken und seinem Kollegen Kessler in den Rücken zu fallen. Was, wenn dieser straßengeschniegelte Whistleblower einfach nur ein Blender ist? Sich bloß aufspielt? Große Klappe, nix dahinter?

Trau, schau, wem. Ganz dünnes Eis.

Ich schiebe mir ein Strähnchen meines Kunststoffhaars aus der Stirn und schaue nervös durch die Fensterwände raus auf die Straße. Die Mama samt Stollberg auf dem Rücksitz und die Kathi, die so nett war, uns zu fahren, warten in meinem Mini auf mich. Der Stollberg noch dazu nicht angeschnallt. So, wie sich das hier anlässt, werden die drei noch etwas Geduld aufbringen müssen. Ich drehe meinen Kopf wieder dem Mario zu.

»Klaubers Anwälte haben auf dicke Hose gemacht, mit Unterlassungserklärungen gedroht und ein paar gepfefferte Andeutungen fallen lassen, so von wegen: Die Blades würden es bereuen, wenn sie keine Ruhe geben. Aber abgesehen davon hat der Konzern nichts weiter veranlasst!«, betont er noch einmal, damit ich es auch wirklich kapiere. »Dieses Säbelrasseln hat Lars sich zunutze gemacht, um als Trittbrettfahrer das Ruder zu übernehmen, während alle glauben, dass Klauber hinter den Vergeltungsschlägen steckt.«

Ich höre zu, wie sich die Dinge in dieser stinkigen Bar zum ersten Mal zu entdröseln beginnen, sage: »Kühne These«, und möchte noch mal Klarheit schaffen: »Und deine Behauptungen haben mit dieser Passwortliste zu tun? Woher hast du die überhaupt?«

»Lars und ich haben ein … relatives Vertrauensverhältnis. Deshalb hab ich auch Zugang zu seinem Computer, auch weil wir bei ihm daheim unser Filmmaterial bearbeiten.«

»Interessantes Vertrauensverhältnis, wenn du dabei persönliche Daten von ihm abgreifst«, finde ich und ziehe einen Mundwinkel hoch, Marke garstiges Cowgirl.

»Verhältnisse ändern sich«, lässt der Mario vieldeutig verlauten und klingt dabei plötzlich eine ganze Ecke erwachsener. Bis eben fand ich seine Art nämlich noch … fast kindlich.

»Ich will hier niemanden diffamieren, das darfst du nicht falsch verstehen. Aber es gab kürzlich ein paar Vorkommnisse, die mich dazu gezwungen haben, umzudenken und mal Lars' E-Mail- und sonstigen Message-Verkehr zu sondieren. Was eine Heidenarbeit war. Das alles durchzuforsten dauert ganz schön lang, das macht man nicht nur so zum Spaß, glaub mir. Aber ich war mal Privatdetektiv, deshalb hab ich etwas Ahnung, wie man da am effektivsten vorgeht.«

Ich nicke beeindruckt, weil er das anscheinend erwartet. Sein Bedürfnis, mir was aus seiner Biografie mitzuteilen, wirkt plötzlich wieder reichlich naiv, und ich frage mich, ob man eine Ausbildung braucht oder ob jeder Blindenhund, der meint, bloß mal eben ein bisschen das Darknet des kleinen Mannes durchstöbern zu müssen (also die reguläre Google-Suche ab Seite 2), sich Privatdetektiv nennen darf.

Der Mario erklärt: »Kessler archiviert jede noch so kleine Korrespondenz aufs Penibelste. WhatsApp-Nachrichten, SMS, bis hin zu Voicemails. Alles, was im Zusammenhang mit unserer Doku steht. So gesehen ein Vorteil. Ich hab mit meiner Sichtung auf dem Stand von vor gut einem Jahr begonnen. Unter anderem hab ich die ersten Telefonate, die er mit Wolf geführt hat, ausgewertet. Die Gespräche, bei denen die beiden beschlossen haben, die Switch Blades für eine Doku zu begleiten.« Er nimmt den ersten Schluck von seinem Cocktail und stößt mit der Nasenspitze an den Glasrand. »Ich habe alles von Anfang an ausgewertet, aber ich spring jetzt der Einfachheit halber gleich mal zu dem Abend, an dem der Vater von Madame Marougé abgemurkst wurde … Ich saß mit Kessler im Wagen gegenüber von ihrem Haus, als diese drei Gestalten vorgefahren sind, die Marougés Vater aufgeschlitzt haben«, sagt er, und ich horche auf, spüre ein zartes Augenzucken, weil: Die Marougé ist hier ja auch noch mit von der Partie, stimmt, das hatte ich schon fast wieder vergessen. Ihr Vater wurde abgeschlachtet, genau. Aber, Augenblick mal, ich bin durcheinander. Der Mario war an dem Abend vor Marougés Haus? Ich wusste nicht, dass es Zeugen gab.

»Womit wir auch schon beim Thema wären, Vikki«, hebt der Mario an, als könnte er meine Gedanken lesen. »Zwei dieser drei Gestalten waren die Jungs, die wir letzten Montag mit dir im Krankenhaus Übertreibling wiedergetroffen haben. Den einen tot im Kofferraum des Kombis, den anderen in diesem Kirchenzimmerchen. Fehlt nur noch der Dritte …!«

Ich glaub's ja nicht. Langsam wird's relevant.

»Ich habe das Kennzeichen des Kombis der Männer vor Marougés Haus mit dem des Wagens abgeglichen, der vor dem Krankenhaus geparkt war. War dasselbe, wurde aber nie behördlich vergeben. Und ich hab die Daten des Personalausweises von dem Typen, den du in dem Kirchenzimmerchen festgehalten hast, gecheckt. In dem Personalausweis stand doch der Name Clemens Demler und dass er aus Augsburg kommt, du erinnerst dich? Aber auch über diesen Namen hab ich nichts Verifizierbares finden können. War ebenfalls gefälscht. Da bin ich also nicht weitergekommen. Bis ich!« Der Mario setzt ab und verlangt meine volle Aufmerksamkeit. Die hat er. »Bis ich vorgestern in Kesslers WhatsApp-Verlauf auf den möglichen Dritten im Bunde der Killer-Crew von Marougés Vater gestoßen bin. Auf den potenziellen Chef. Einen gewissen Arian. Arian Dervishi …« Der Mario stoppt seinen Vortrag abrupt ab, wohl weil mir die Kinnlade runtergefallen ist. Aber du kennst mich, die Verfechterin absoluten Misstrauens (»Glaube nichts, hinterfrage alles«). Ich halte mich bedeckt, reiße mich zusammen. Der Mario kommt wieder in Fahrt und lässt mich wissen: »Dieser Arian betreibt einen Inkassoladen, genannt MRK Inkasso. Wenn jemand bei dir Schulden hat und dir die Kohle nicht zurückzahlen kann oder will, dann gehst du zu MRK, und für fünfunddreißig Prozent der einzutreibenden Summe werden die bei deinem Schuldner vorstellig und sorgen mit Gewaltandrohung für reibungslose Rückzahlung.«

»Und alle sind glücklich!«, murmle ich wie in Trance, man kennt diese Inkasso-Eintreiberphilosophie ja. Ich bin vielmehr hauptsächlich dabei, zu verdauen, dass der Mario gerade den Namen Arian Dervishi ausgesprochen hat. Vor achtzehn Jahren hatte ich mit dem Arian nämlich mal ein kurzes Verhältnis, als er im Lifeline, einer Schwabinger Disco, als Türsteher und Security-Mann gearbeitet hat. Hielt ich damals für eine gute Idee (jaja, ich schäme mich). Den *Derwisch* haben ihn alle genannt, weil sein Nachname Dervishi förmlich dazu einlud.

Du, jetzt will ich auch aus den hinteren Reihen bitte kein Geflüster hören, von wegen: »Schau an! War die Vikki mit *dem* auch noch beisammen. Der Wolf, der Pascal und nun ein gewisser Arian! Was ist das denn für ein Flittchen?« Gar nicht wahr! Eigentlich bin ich ein scheues Reh! Weißt du doch! Das mit dem Arian ist purer Zufall, wir verkehrten nur eine Zeit lang in denselben Kreisen. Ich bin hochanständig, komplett mit mir im Reinen ... Wenn man die vierzig erst mal überschritten hat, fährt man seinen Lebenserfahrungsschatz halt längst nicht mehr nur auf zwei oder drei Rädern durch die Gegend. Brauchst gar nicht so zu tun, als ob das bei dir anders wär.

Da schaust, gä?

Aber jetzt kommt's. Das Lifeline, also der Laden, in dem der Arian gearbeitet hat, war einer von Madame Marougés Clubs. Den gab's nur relativ kurz, höchstens ein Jahr, aber die Marougé hat sich seinerzeit darin versucht, neben der WunderBar und ihren zig anderen Läden auch noch eine Großraumdisse zu etablieren, weil das gerade in war. Leider nicht mehr allzu lang, dann war die Zeit der bombastischen Techno- und Dance-Tempel auch schon wieder vorbei, andere Konzepte setzten sich durch, und das Lifeline war Geschichte.

Soso, und der Arian macht mittlerweile also in Inkasso, ich glaub's ja nicht. Ich erinner mich noch, dass seine damalige Moosacher Wohnung ein einziger Sauhaufen war und dass er bei unserem Schubidu immer nur schwer einen hochbe…, aber das ist jetzt egal. Eigentlich hat er sich die paar Monate, die wir was am Laufen hatten, ganz charmant und putzig verhalten. Dann war plötzlich Schluss, wie das eben manchmal so ist, und unser Kontakt ist abgerissen. Aber schau an, kaum geht alles den Bach runter, hör ich wieder von ihm.

Ich tauche aus meinen Gedanken auf und lote gleich mal aus: »Heißt das, dieser Arian Dervishi und sein MKR-Inkasso …«

»MRK, ja«, verbessert Mario mich.

»MRK-Inkasso wurde direkt vom Kessler beauftragt, den Switch Blades einzuheizen?« Ich setze vorausgreifend schon mal einen Was-geht-denn-hier-ab?-Blick auf, und tatsächlich nickt der Mario mit triumphierendem Grinsen: »So ist es! Die Jungs sind ziemlich flexibel und erledigen auch gern mal Auftragsarbeiten radikalerer Natur. Ich habe recherchiert, dass Kessler genau einen Tag, nachdem die Switch Blades den ersten Brief von Klaubers Anwaltskanzlei erhalten haben, in dem ihnen Ärger angedroht wurde, falls sie nicht eine Schweigevereinbarung wegen der Laborgeschichte unterzeichnen … dass also Kessler einen Tag nach Erhalt dieses Schreibens Kontakt mit MRK aufgenommen hat. Und zwar eben mit deren Chef Arian Dervishi persönlich.«

»Das kann nicht wahr sein!«, sage ich stotternd, weil nicht wahr sein kann, was nicht wahr sein soll … Mir explodiert gerade das Vorstellungsvermögen. Einer meiner Ex-Lover terrorisiert gegen Bares die Gang eines anderen meiner Ex-Lover Arian versus Wolf. Aus purem Zufall – weil die Welt eben klitzeklein ist. »Interessant«, sage ich, als ich mich wieder eingekriegt habe. Und das ist mein voller Ernst. »Bist du dir ganz ganz ganz ganz ganz ganz sicher, Mario?«

»Wie gesagt, wie nahezu alle seine Telefonate hat Kessler auch seine Gespräche mit Dervishi aufgezeichnet. Kessler hat MRK für sauviel Geld angeheuert, damit der die Blades nach Strich und Faden drangsaliert. Die Telefongespräche sind wirklich sick in ihrer Krassheit!«

»Das heißt, die Klauber-Anwälte haben mit dem handgreiflichen Tohuwabohu nichts zu tun?«

»So schaut's aus.«

»Demnach hat Kessler kurzerhand eine eigene Storyline für seine Doku entworfen und für das knackige Futter selbst gesorgt?«

»Genau. Er hat das Drehbuch dafür geschrieben und die dafür notwendigen Protagonisten aus eigener Tasche bezahlt.«

»Weil es ihm gar nicht bunt genug zugehen konnte«, schnaufe ich durch. Der Augenblick der Wahrheit. Das fängt ja schon wieder gut an. »Es sollte der Eindruck entstehen, man würde gegen einen Großkonzern kämpfen, der brutal zurückschlägt, nur um die Dokumentation aufzupeppen … Nicht bloß *Die Switch Blades: Rocker und Tierschützer*, sondern auch gleich noch *Die Switch Blades gegen einen skrupellosen Industriegiganten*«, dekliniere ich den ganzen Kladderadatsch einmal durch. Verzeih mir meine Ausdrucksweise, aber: Leck mich am Arsch. Der Kessler Lars scheint wirklich nicht ganz dicht zu sein.

»Ziemlich genau!«, entgegnet der Mario höchst nachsichtig, weil er die Hintergründe natürlich längst überreißt. »Lars will, dass das die größte Doku aller Zeiten wird. Sein Vermächtnis.«

Ich hake nach: »Wieso Vermächtnis?«

»Es war unvermeidlich, dass ich auch auf seine sonstige Korrespondenz gestoßen bin. Auf Privates, darunter auch Medizinisches! So, wie's aussieht, hat er nur noch ein paar Monate zu leben. Bauchspeicheldrüsenkrebs. Er ist vollgepumpt mit Medikamenten. Ohne geht gar nichts mehr.«

»Ach Gott. Das auch noch.« Ich klinge genervt. Ich werde dir jetzt nicht vormachen, dass ich erschüttert bin, und hier eine Pietätssimulation vom Feinsten rauslassen, nur weil das Wort Krebs gefallen ist. Das muss alles schon auch seinen Sinn im Gesamten ergeben. Eher kühl hechle ich weiter: »Und dann macht er auf seine letzten Tage ausgerechnet noch *so* was. Hauptsache unsterblich. Als ob so eine blöde Dokumentation das wert wäre!« Versteh einer die Menschen und ihr Bedürfnis nach einer Hinterlassenschaft. Ich frage: »Mario, ist wirklich *alles*, was du gerade gesagt hast, belegbar?« Ich wiederhole mich, schon klar. Aber das hier ist die Realität, sorry. Ich hab dich gewarnt.

»Allerdings«, versichert er mir genauso genervt, wie du es bist, und jetzt, wo es ans Eingemachte geht, spüre ich, dass ich ihm zunehmend zu vertrauen beginne. Das kann ja nur schiefgehen.

»Wie viel Geld ist denn schon an Dervishis Inkassofirma geflossen?«, frage ich.

»Ich würde sagen, round about fünfhunderttausend. Kann auch mehr sein. Lars hat sich ein paarmal mit Dervishi persönlich getroffen, zur Geldübergabe. Aber davon gibt es keine Audioaufnahmen oder Notizen. Laut der Kontoauszüge über

Barabhebungen würde ich daher sagen: so was um die fünfhundert K.« (Der Buchstabe K wird hier englisch ausgesprochen, also »kej«, und bedeutet tausend. Anmerkung für die weniger coolen People da draußen, die das nicht wissen. Gerne!)

»Wow«, brabble ich geplättet. (Wow wird fast wie Wau ausgesprochen, hat aber mit Bellen nichts zu tun. Anmerkung an mich selbst. Wundern Sie sich nicht!)

Und weiter: »Hat der Kessler so viel Kohle flüssig?«

»Er hat noch viel mehr flüssig. Keine Ahnung, ob seine Bücher so viel einbringen oder ob er geerbt hat. Der Dude ist *fucking filthy rich*!«

Is ja 'n Ding. »Wie auch immer«, bringe ich uns wieder auf Spur. »Mit seinem Geld hat er also diese Inkasso-Mistviecher angeheuert. Fünfhunderttausend ist eigentlich gar nicht *so* viel, wenn man bedenkt, dass da auch ein paar Morde inklusive waren. Wie viele Typen arbeiten denn bei MRK? Nicht grad wenige, nehm ich an, wenn die so einen Druck auf eine ganze Biker-Gang ausüben können.«

»MRK-Inkasso ist ein überschaubarer Laden …«, lächelt der Mario schief, nur auf der linken Seite. »Die bestehen aus drei Brüdern. Striktes Family Business. *Drei Brüder*! Merkst du was?«

Ich nicke wie eine Wackeldackelin, auch weil mir jetzt wieder einfällt, dass der Arian tatsächlich ein paar Brüder hatte, die ich aber komischerweise nie kennengelernt habe, wie überhaupt niemanden aus seiner Familie. Das hat er immer elegant umschifft. Aber jetzt krieg ich auch die Brücke zu dem Vorfall im Klinikum Übertreibling geschlagen, wo ich meinen Verfolger mit dem Hoodie, der sich im Wartebereich der Notaufnahme mir gegenübergesetzt hat, doch gleich als Albaner eingeordnet habe. Aller Wahrscheinlichkeit nach, ach, was red ich, hundertpro war das einer der Brüder vom Arian! Logisch! Weil, ja rate mal: Der Arian *ist* Albaner.

Du musst mich ja für unzurechnungsfähig halten, dass ich da nur so nach und nach draufkomme. Aber den möchte ich sehen, der bei dieser Flut an Fakten jeden neuen Aspekt sofort im Sichtfeld hätte.

Mein Gott, und der totgeschossene Hoodie-Boy im Kofferraum stammte aller Wahrscheinlichkeit nach ebenfalls aus derselben genetischen Dervishi-Schmiede. Ein weiterer Bruder. Alles ergibt plötzlich Sinn … na ja, halbwegs.

Ich mach's kurz: Hab ich ernsthaft Arians Brüder auf dem Gewissen?

Ich stülpe meine Unterlippe vor. Ganz ohne Mimik geht's nämlich nicht. Weißt ja selbst. Gerade, wenn's innerlich rundgeht. Schon die ganze Zeit sinniere ich parallel zum Gespräch mit dem Mario, worauf das mit ihm hinauslaufen wird und wie ich mich am besten verhalte. Sicherheitshalber.

Wo waren wir? Der Mario erzählt weiter von den Dervishis: »Alle drei Brüder sind als ziemliche Brutalos verschrien. Arian, Avni und Alban Dervishi, manche nennen sie auch die Todesschwadron.« Die Fakten sprudeln weiter nur so aus ihm heraus, aber mich beschleicht das Gefühl, dringend auf die Bremse treten zu müssen, ganz einfach, weil hier was ganz und gar nicht stimmt. Regelrecht zum Himmel stinkt. Der Mario heckt etwas aus. Mich im Sheherazade mit diesen brisanten Interna vollzuschwallen, folgt einem Kalkül, das ich mir gar nicht ausmalen möchte … aber sollte. Ich muss mich vorsehen. Bislang hab ich den Mario für eine staatlich geprüfte Dumpfkachel gehalten, aber mittlerweile ist er der Erste und Einzige, der mir auf diesem furchtbaren Blindflug ein paar Orientierungspunkte bietet. Und die hab ich bitter nötig. Aber stimmig … stimmig ist sein Verhalten nicht.

Komm, das machen wir jetzt, hilft ja nichts. Ob gleich oder später, ich setze eine neutrale Miene auf: »Mario?« Ich hebe meine Hände, Handflächen nach außen, wie bei der Priesterweihe: »Was du mir hier mitteilst, ist wirklich irre … und ich danke dir schon jetzt dafür, dass du mich ins Vertrauen ziehst. Aber warum erzählst du mir das alles?«

»Arian will dich umbringen«, schießt es aus dem Mario nur so raus, als hätte er bloß darauf gewartet, dass ich das frage. »Und Kessler assistiert ihm dabei«, enthüllt er sogleich weiter. »Ich weiß auch von der E-Mail, die du heute Abend erhalten hast. Die Mail mit den beiden Fotos: dem einen von dir im Stall und dem anderen mit den drei im Kofferraum verstauten Leichen … inklusive Wolf. Die Mail war Kesslers Idee, um dich dabei gefilmt zu bekommen, wie du auf den Erhalt der Mail reagierst, bevor Dervishi sein Finale mit dir als Hauptgang serviert bekommt. Dramatik ohne Ende! Aber dann hast du uns vorhin ja nicht mit in deine Garderobe kommen lassen.«

»Äh, Moment. Noch mal zurück. Wieso will mich der Arian umbringen?«

»Du hast seine beiden Brüder getötet.«

Ich dürfte dreinschauen wie ein Lamm. Ja klar, ich verstehe. Beide Brüder kaputt. Durch mich, mehr oder weniger.

Der Mario bringt gleich noch ein bisschen mehr Schärfe rein: »Der Plan war, dass wir heute die Location auschecken, also den Palazzo, damit wir uns auskennen – und morgen sollte der Arian Dervishi dazukommen, und dann passiert, was passiert. Und wir halten drauf.«

Ein einschüchternder Gedanke. Ich stammle: »Während der Show?«

»Besseres Licht kriegen wir nicht.«

»Mein Ableben perfekt inszeniert!«

»Mit zwei Kameras!«

»Äh.« Jetzt *kling* ich auch schon wie ein Lamm. Aber ich fange mich und habe das Gefühl, *sofort* wissen zu müssen: »Warum warnst du mich? Du gehörst doch zum Team Kessler. Wieso erzählst du mir das alles?«

»Ich habe meine Gründe«, kommt es vom Mario.

Ach, echt? Diese Antwort ist von der Art, wie man sie Lämmern gibt. Passt.

»Interessiert dich, wie der Abend im Bayerischen Wald aus Arians Sicht abgelaufen ist?«, bietet der Mario mir an, statt näher auf meine Frage einzugehen.

Ich nicke, als ob's das Wichtigste auf Erden wäre. Denn sobald du in Lebensgefahr schwebst, sind alle Informationen das Wichtigste auf Erden.

»Arian war zum Zeitpunkt deiner Ankunft in Rimming Essen holen, für sich und seine beiden Brothers. Die zwei haben währenddessen die Hütte beschattet. Als du mit deinem Freund dann dort aufgekreuzt bist, rumgestöbert hast und das Fenster geöffnet haben musst, haben die beiden Dervishis, die euch aus dem Dickicht heraus observiert haben, deinen Freund wohl für den Wolf gehalten und auf ihn geschossen. Dann hast du anscheinend unerwartet zurückgeschossen und den Avni oder Alban – keine Ahnung, welchen – tödlich getroffen, und dann gleich auch noch auf den anderen geschossen, den Alban oder Avni, oder andersrum, whatever. Den zweiten Bruder hast du allerdings nicht getroffen, aber er hielt es für klüger, einen auf toten Mann zu machen, bis die Gefahr vorüber ist. Und dieser Tote-Mann-Simulant war es auch, der dich dann später im Krankenhaus beschattet hat, während der inzwischen zurückgekehrte Arian draußen, vor der Klinik, die Stellung gehalten hat.«

Ich folge dem Mario wie gebannt. »Woher weißt du das alles?«

»Hat Arian dem Kessler gegenüber am Telefon rausgelassen. Kessler hat auch das aufgezeichnet. Die Aufnahmen werden sofort im Anschluss automatisch in seiner Cloud gespeichert. Hat er so programmiert. Und sobald was Neues in Lars' Cloud rauscht, hör ich's mir gleich an.«

»Der Arian möchte also an mir seine beiden Brüder sühnen. Wie lächerlich.« Und als würde es was bringen, wenn ich mich dem Mario gegenüber rechtfertige, sage ich noch: »Den einen Bruder hab ich aus Notwehr durchs Fenster hindurch erschossen, und bei dem anderen ... da weiß ich bis heute nicht, was den im Kapellenraum dazu bewogen hat, einfach so zu sterben. Ich kann mir nicht erklären, wieso er derart überraschend dahingeschieden ist. Ich war nie und nimmer so rabiat, dass es dafür gereicht hätte.«

»Ich weiß.«

»Wie – *du weißt!* Wie meinst du das?«

»Ein andermal!«, tut es der Mario ab. »Aber jetzt weißte erst mal Bescheid, was da draußen abgeht.«

Der Mario und ich, wir versinken schlagartig in Schweigen. Abartig.

Reflexhaft starre ich wieder nach draußen, zum Mini, in dem meine drei Kumpaninnen sitzen und auf mich warten. Die Mama, die Kathi, der Stollberg. Ich muss sie tatsächlich in Sicherheit bringen. Den Papa haben die Mama und ich schon auf der Fahrt hierher angerufen. Er hockt ja derzeit allein daheim in Übertreibling, weshalb wir ihm gesagt haben, er solle wenigstens heute beim Gustl übernachten, seinem Bruder, meinem Onkel. Sicherheitshalber. Der Onkel Gustl wohnt nicht weit weg. Sturkopf, wie der Papa aber einer ist, und ganz Mann alter Schule, bin ich mir nicht sicher, ob er unseren Rat befolgt oder sich denkt: *Ich werd mit allem fertig.*

Apropos Sturkopf und sich für unverwundbar halten: der Wolf! Allmählich dämmert mir, dass es jetzt mehr oder weniger offiziell bestätigt ist: Ich muss den Wolf nicht mehr suchen. Nie mehr. (Beinah hätte ich's eben überhört.) Ich sage zum Mario: »Was genau ist mit dem Wolf denn passiert?« Und er schildert es mir.

Wenn ich dem Mario also glauben kann, wurde der Wolf, gleich nachdem er mit dem Kombi samt den beiden toten Hoodies im Kofferraum das Krankenhausgelände verlassen hat, vom Arian Dervishi »vergeltungsmäßig durch die Windschutzscheibe erschossen«. Marios Worte.

Der Wolf ist also tot. Aus und vorbei. Vorausgesetzt, der Mario zieht hier nicht *doch* etwas ab. Bloß: Ich fürchte, er sagt die Wahrheit. Wie man es immer merkt, ob was stimmt oder eben nicht.

Mir entgleisen die Gesichtszüge.

»Nun weißt du alles, Vikki«, beteuert der Mario ernst. Eine düstere Pause entsteht. Die ich beende mit: »Und jetzt?«

Seine Antwort lautet: »Wir könnten Kessler und Dervishi gemeinsam das Handwerk legen.«

Klingt verlockend! »Und wie soll das aussehen?«, frage ich lahm.

»Ich verrat's dir«, dreht der Mario auf, und mir schlottern in den nächsten Minuten die Knie, als ich höre, wie seine ureigene Vorstellung des letzten Akts dieser *Doku des Grauens* aussehen könnte. Während seiner Schilderung sieht er mich wechselweise hypnotisch an, betrachtet dann wieder seine Hände, als würde ihn jemand rügen, und macht ab und an einen auf lustig.

Er versichert mir, dass er etwas in der Hinterhand habe, das mich von Arians Rache verschonen werde (»Ehrenwort«). Das müsse ich ihm einfach mal glauben. Würde er es mir jetzt schon verraten, hätte er kein Druckmittel mehr, mich zum Mitmachen zu bewegen. Offene Worte ... Als der Mario sein ausgefuchstes Referat beendet, mag ich ihn zwar immer noch nicht, habe aber eine ziemlich genaue Vorstellung davon, worauf er hinauswill. Und weiß jetzt vor allem, warum er mich überhaupt miteinbeziehen möchte, statt auf mich zu pfeifen und mich den Löwen zum Fraß vorzuwerfen.

Vielleicht waren es durchaus moralische Skrupel, die ihn dazu bewogen haben, mich zu warnen, nach allem, was er über den Kessler herausgefunden hat. Aber diese Doku steht für ihn doch fraglos über allem. Er ist geradezu besessen davon und bereit, alles dafür zu tun. (Ich versteh's nicht.)

»Lass uns beide doch einfach zusammenarbeiten«, sagt er in den sicheren Lärm der Bar hinein. »Im Gegenzug für deinen Goodwill sorge ich dafür, dass dir auf den letzten Metern nichts geschieht und dass Dervishis und Kesslers kranker Scheiß endlich endet – und mehr noch, dass jeder seine gerechte Strafe bekommt.«

»Und *du* bekommst einen Haufen wilder Bilder und reißt dir die Doku untern Nagel«, vervollständige ich Marios Win-win-Aufzählung und heuchele nicht mal mehr Bedenken oder Abscheu gegenüber seiner miesen Masche, die schließlich auch nicht mieser ist als das, was sämtliche anderen Beteiligten bislang abgezogen haben.

Ist doch wahr!

Ich muss fast lachen. Du musst dir mal meine Situation vorstellen: (a) Der Wolf ist tot, weswegen ich mich nicht mal mehr darum zu sorgen brauche, ihm den Rücken wegen *seines* Mordes freizuhalten. Dann hat (b) der Pascal im Stall ein Ohr verloren. (c) Ich selbst habe zwei Männer auf dem Gewissen. (d) Ein gewisser albanischer Ex-Freund von mir will mich – aus völlig absurden Rachegelüsten heraus – umnieten. Und zu allem Übel (e) habe ich es mit den zwei Wahnsinnigen Kessler und Mario zu tun, die für ein Streamflexx-Real-Life-Filmchen Himmel und Hölle aus den Angeln zu heben und einander gegenseitig zu hintergehen bereit sind, um ihre winzigen Egos zu befriedigen … Und ich? Ich blöde Kuh, die sich mal wieder ungefragt einmischen musste, sitze spätnachts in einer verranzten Shisha-Kaschemme und kriege den ganzen Firlefanz vor den Latz geknallt, weil einer dieser beiden profilneurotischen Doku-Schrumpfhirne seinem Holzkopf-Kollegen eine private Passwortliste geklaut hat, aufgrund derer sich vor meinem inneren Auge ein Albtraum entfaltet, den ich nicht hätte ersinnen können, selbst wenn du mich mit Halluzinogenen im zweistelligen Kilobereich zugeballert hättest.

Und zu allem Überfluss bekomme ich jetzt einen Deal angeboten, der *mir* das Leben retten soll und dem *Mario* das Copyright …

Aber letztlich muss ich ihm auch dankbar sein! Kein Zweifel!

Was mach i denn jetza bloß?

Polizei ist mal wieder keine Option. Ich hab selbst reichlich Dreck am Stecken, und vor einem wild gewordenen Dervishi wird die mich auch nicht beschützen können. Jedenfalls nicht, *bevor* er mir nicht erst was angetan hat. (Polizeilich gehandelt wird ja immer erst *nach* einem Verbrechen, kennt man ja. Für Prävention ist man selbst zuständig. Was mir durchaus einleuchtet, so ist es nicht.)

Zudem muss ich keine Hellseherin sein, um zu prognostizieren, dass der Mario alles, was er mir soeben offenbart hat, der Polizei gegenüber leugnen würde. Er steckt zu tief selbst mit im Sumpf, als dass er juristisch ohne ein gekrümmtes Haar davonkäme.

Ich habe keinerlei belastbare Belege für irgendwas von dem, was er mir da eben unterbreitet hat.

Was also soll ich tun?

Der Mario betont überdeutlich: »Kessler wird sich sicherlich gleich morgen bei dir melden und dir vorschlagen, so bald wie möglich die Aufnahmen im Palazzo fortzusetzen, zu denen er heute nicht kam, weil du sofort abgehauen bist. Du müsstest ihm also einfach zusagen.« Wir tauschen misstrauische Blicke, wenig verwunderlich. »Um den Rest kümmere ich mich«, fügt er noch an, und was er damit meint, ist, dass am Ende eine gut ausgeleuchtete Vernichtung Kesslers und Arians steht, sofern ich die mir zugedachte Rolle brav durchziehe.

Marios Plan, meine Güte, ist ein ganz schön verblendeter Rotz! Und der eindeutige Beleg dafür, dass Größenwahn ein wirklich weit verbreitetes Syndrom ist.

»Wir kriegen da was ganz Fantastisches hin, vertrau mir. In unser beider Interesse, versteht sich!« Er schaut mich frivol an, klimpert ein paarmal schnell mit den Wimpern, was besser rüberkommt, als man meinen möchte (und auch ein bisschen gay), und will wissen, ob ich also mitmache, ob ich dabei bin, und – was bleibt mir anderes übrig – ich fasel: »Ich denk schon.« Sonst nimmt das nämlich niemals ein Ende. Und außer mir macht's doch eh wieder keiner.

Trotzdem erbitte ich mir diese Nacht (die paar übrig gebliebenen Stündchen) zum Drüberschlafen.

Ich stehe auf, habe meinen Stuhl bereits ordentlich an den Tisch geschoben und will mich mit einem »Wir telefonieren morgen Vormittag« verabschieden, als dieser Wadenbeißer sagt: »Ach, *eins* vielleicht noch!«

Ich wirke ein wenig verdutzt, hebe mein Kinn. Ich halt mich selbst kaum mehr aus.

»Hast du eigentlich eine Ahnung, wofür das M R K bei MRK-Inkasso steht?« Mit diesen Worten wendet er sich seinem Glas zu, nimmt einen bemühten Schluck und stiert mich dabei an. Komische Frage. Ist doch gerade eher irrelevant, würde ich meinen.

»Hm. Vielleicht *M*oskau … *R*usski, ähm, *K*opf-ab?«, bastel ich mir was auf die Schnelle zusammen. Das Naheliegende halt. Und natürlich superlustig, wie ich eben so bin …

Er schüttelt den Kopf, als könne er nicht glauben, dass ich gleich *derart* falschliege und wirklich keinen Schimmer zu haben scheine. »Ich sag dir, was M R K heißt, Vikki. Das steht für Ma-Rusch-Ka! Also Maruschka-Inkasso.«

»Alles klar«, nehme ich das mal so hin und will jetzt aber wirklich gehen.

Der Mario jedoch lässt nicht locker: »Und weißt du, wer mit bürgerlichem Namen Maruschka heißt?«

»Sorry, keine Ahnung«, gebe ich zu, es interessiert mich auch nicht besonders, muss ich gestehen. Also dann, tschau.

»Madame Ma-rou-gé«, betont er lächelnd jede Silbe des Namens, woraufhin eine weitere staunende Schweigephase an diesem wirklich gelungenen Abend entsteht, zumindest von meiner Seite aus. Bis der Mario den Faden wieder aufnimmt und erklärt: »Maruschka ist Madame Marougés bürgerlicher Nachname. Und hier kommt noch was, das du mit in die Nacht nehmen kannst, Vikki. Madame Marougé ist die Mutter der drei Dervishi-Brüder. Und nun schlaf gut.«

Jetzt ernsthaft?

Vielleicht sollte ich mich doch noch mal einen Moment setzen.

21

»Es tut mir leid, dass ihr so lang warten musstet«, sage ich schuldbewusst zur Mama, zur Kathi und zum Stollberg, als ich endlich ins Auto steige. Sie tun, als wäre es kein Problem, sehen aber reichlich verknautscht aus. Der Motor läuft im Leerlauf, weil sie natürlich die ganze Zeit heizen mussten. Es ist eiskalt draußen, dafür fühlt sich die Luft im Wageninneren so trocken und warm an, als säßen wir in einer Savanne auf vier Rädern.

»Packen wir's?«, fragt die Kathi, die Hände bereits am Lenkrad, ihre sündteure Jacke mit dem Pelzkragen bis zum Hals geschlossen, als trüge sie darunter eine Wirbelsäulenstütze. Die Kathi ist PETA-Mitglied und Tierschutzrechtlerin, und sie behauptet steif und fest, der Pelz sei Fake. Dabei ist er das garantiert nicht. Aber wenn du vom Sponsor für deine Instagram-Werbung so eine Jacke geschenkt bekommst, hey, dann darfst du im Tragen von Tierpelz und seiner gleichzeitigen Verurteilung keinen Widerspruch sehen. Die Kathi und ihre Altersgenossen erkennen die Paradoxie des Lebens in einer Klarheit, über die in vorangegangenen Generationen nur wenige verfügt haben.

Beim Pizzaservice bestellen, aber Grün wählen? Kein Problem.

Sich immer gleich drei Größen eines Kleidungsstücks liefern lassen und mindestens zwei zurückschicken, aber sich kategorisch für den Kohleausstieg starkmachen? No prob.

Für einen Millennial schließt sich das nun mal einfach nicht aus. Such woanders nach Ungereimtheiten.

Das Scheuergeräusch war Einbildung, richtig? Wir haben das Auto vor uns nicht gerade mit der Stoßstange gestreift, als die Kathi aus der Parklücke gerumpelt ist, oder? Und wenn schon! Wir haben andere Probleme. No prob …

Erschöpft hocke ich auf dem Beifahrersitz, während wir die Shishabar mit saftigen 30 km/h hinter uns lassen. Ich schau auf die Uhr, Schock, fast halb zwei, und höre den Stollberg winseln, weil er ganz hibbelig ist. So lange auf einer Rückbank verweilen zu müssen, ist die Hölle für einen Dalmatiner.

Dabei fällt mir ein, dass der Stollberg ja jetzt womöglich *für immer* mein Hund ist! Und ab sofort ich Stollis Mama bin. *Meine* Mama kann ihn nämlich nicht fest zu sich nehmen, weil bei der Mama und dem Papa bereits die Minka wohnt, und bei ihr wissen wir ganz sicher, dass sie Einzelkind bleiben will, wie jede Katze. Hat se recht. Unsere Platzhirschin können wir nicht mit dem Zuzug eines hyperaktiven Tüpferlhunds stressen, das würde sie uns nie verzeihen. Außerdem hab ich dem Wolf versprochen, mich höchstpersönlich um den Stollberg zu kümmern, falls ihm was zustoßen sollte.

Während ich so vor mich hin überlege, merke ich, dass Wolfs Tod im Trubel der letzten Stunden fast untergegangen ist. Sosehr die Nachricht wie ein Schuss gewirkt hat, als ich die E-Mail in meiner Garderobe erhalten habe, so schnell war ich auch wieder abgelenkt. Sogar jetzt versuche ich, es wegzuschieben. Später.

Erstaunlich, wie gut so was funktioniert, wenn der sonstige Problemberg nur groß genug ist.

Wir fahren direkt zum Pascal. Weil mir jedoch der Straßenname gerade nicht einfällt, lotse ich die Kathi mit viel zu kurzfristigen Anweisungen durch die nächtliche Stadt und treibe sie damit mindestens ebenso in den Wahnsinn, wie sie der Mama und mir mit ihrem Fahrstil an die Nieren geht. Ruckel, zuckel, Scheibenwischer statt Blinker, Schleichtempo, macht ja nichts. Gehört dazu. Hauptsache Land gewinnen. Ich glaube, uns folgt niemand.

»Kommt's rein«, begrüßt uns der Pascal wenig später in seiner grandios ungemütlichen Erdgeschosswohnung. Auch wenn heute Nacht vermutlich keine Gefahr für Leib und Leben besteht – sofern ich dem glauben kann, was der Mario mir im Sheherazade erzählt hat –, so ist es mir doch lieber, wenn die Mama und ich (und der Stolli selbstverständlich) uns gerade nicht in meiner Wohnung am Viktualienmarkt aufhalten. Ich könnte kein Auge zumachen, weil ich immer daran denken müsste, dass der Kessler und der Arian womöglich doch beschließen, mir und der Mama einen Besuch abzustatten, um uns dabei – was sonst! – zu filmen. *Torture, kill, cheese!*

Und dabei bin ich mir gar nicht sicher, was ich schlimmer fände: vom Kessler und vom Arian überrascht zu werden oder mit unordentlichen Haaren, Pantoffeln und ungeschminktem Gesicht dabei auch noch per Kamera aufgenommen zu werden.

Letzteres natürlich, logisch.

Die Mama, die Kathi, der Stolli und ich, wir vier Figuren also entenmarschieren in Pascals schlicht möbliertes Wohnzimmerchen, und die Kathi hat's plötzlich verständlicherweise eilig, sich zu verabschieden, weshalb ich mich bei ihr überschwänglich fürs Fahren bedanke und erst jetzt verwundert feststelle, dass sie aus unerklärlichen Gründen die gesamte Zeit über darauf verzichtet hat, eine ausführliche Instagram-Story von unserer kleinen Odyssee zu drehen. Wunder gescheh'n.

Sie schaut uns der Reihe nach an, als wir wie bestellt und nicht abgeholt vor Pascals riesigem Fernseher stehen, und sagt: »Dann lass ich euch jetzt allein, meine Muskeltiere. Ihr schafft das schon.« Der Pascal lacht laut auf, verzieht aber gleich darauf das Gesicht, weil ihm das Lachen wehtut, was sich anhand des gewaltigen Verbands, der noch immer sein linkes Ohr überdeckt, erklären lässt. Dass die Kathi Muskel- statt Musketiere gesagt hat, ringt der Mama und mir nicht mal mehr ein Stirnrunzeln ab. Da sind wir ganz anderes gewöhnt. Auf der Fahrt zur Bar hat die Kathi eine der gelb aufleuchtenden Kontrollleuchten am Armaturenbrett meines Minis kommentiert mit: »Schaut mal, das Lämpchen. Ich glaub, das bedeutet, dass man Körperflüssigkeit nachfüllen muss.«

Klar, sie meinte Kühlflüssigkeit.

Und es war das Symbol fürs Scheibenwischwasser, by the way.

»Tschau, Kathi, und danke noch mal.«

Unser spärliches Gepäck haben die Mama und ich schnell ausgepackt, und der Pascal beobachtet uns dabei, wie wir seine Wohnung in Beschlag nehmen, was mir wirklich unangenehm ist, weil, das musst du dir mal aus seiner Perspektive vorstellen: Vor lauter Angsthasentum und Schutzbedürfnis entert deine Freundin (ich) samt ihrer Mutter (!) und einem Dalmatiner (!!), der dem Ex-Freund deiner Freundin gehört hat (!!!), deine Wohnung … Albtraum. Was hab ich mir bloß dabei gedacht. Sogar wenn der Pascal und ich nur zu zweit sind, meiden wir seine Bude und halten uns eher bei mir auf. Wieso sind die Mama und ich nicht in ein Hotel gegangen? Wäre auch gut gewesen. Kurzfristigkeit hin, Pascals Nähe her, das hab ich irgendwie denkmäßig verbockt. Großes Kompliment. Gut gemacht. Ich ärgere mich sehr über mich.

Aufgedreht und redebedürftig, wie ich bin, schlage ich dem

Pascal vor, spazieren zu gehen, nicht zuletzt, um den Stolli noch ein bisschen auszupowern. Ans Gassigehen darf ich mich eh gleich mal für den Rest meines gemeinsamen Lebens mit dem Stollbergowitsch gewöhnen, das gehört dazu.

Es ist längst nach zwei, als sich die Mama auf der von ihr selbst mit ihrem selbst mitgebrachten Laken bezogenen Couch hinlegt. Die kann nichts schocken. »Samma scho wieder in Gefahr? Schee langsam g'wöhn i mi dran«, war ihr einziger Kommentar, als ich ihr daheim eröffnet hab, dass wir heute mal besser beim Pascal unterschlupfen. Alte Schule, die Mama, einfach *durchziehen, was ansteht, nicht rumwinseln.* Sie ist echt die Größte!

»Schlaf gut, wir sind nachher ganz leise, wenn wir zurückkommen«, versichere ich ihr übereifrig, weil ich allein für ihre absurde Übernachtungssituation verantwortlich bin.

»Is' recht. Gut' Nacht, ihr zwei«, antwortet die Mama, und ich ahne, sie wird sowieso noch wach sein, wenn wir in etwa einer Stunde zurückkehren. Der Schlaf wird mit dem Alter einfach zunehmend oberflächlich. Deshalb hab ich ihr auf der Fahrt hierher auch nichts Belastendes vom Gespräch mit dem Mario berichtet. Sonst kommt sie nur noch schlechter zur Ruhe.

Dafür werde ich dem Pascal jetzt gleich alles auftischen. Mein Freund zu sein ist nicht ohne, ich bin keine leichte Kost. Weiß ich doch.

Des Lügens müde und des Verschleierns überdrüssig, schildere ich ihm, was in den vorangegangenen Stunden passiert ist, während wir unseren Nachtmarsch durch Sollns klirrend kalte Straßen absolvieren und im Wesentlichen dem Stollberg folgen, der mit seiner unbändigen Energie schnüffelnd vorwegrennt und kreuz und quer jede Duftnote gewissenhaft erkundet.

Ich erzähle dem Pascal vom Kessler, der mich während der Show im Spiegelzelt gefilmt hat, ich erzähle von der E-Mail mit dem Foto, auf dem der Pascal und ich uns im Stall befinden (ich mit Pistole in der Hand, der Pascal bereits ohne Ohr), sowie von dem anderen Foto, dem mit den beiden toten Hoodie-Albanern samt dem Wolf im Kofferraum des Kombis … und ich berichte von dem Wasserfall an sonstigen Überraschungen, die mir der Mario vorhin in der Shisha-Grotte über den Kessler anvertraut hat.

»Und dieser Mario will jetzt seinen eigenen Kollegen als Drahtzieher hinter den Anschlägen auf die Switch Blades und dem Mord an Marougés Vater überführen? Morgen, im Palazzo? Wieso *morgen*? Genügend belastende Beweise gegen Kessler und Arian Dervishi hat er doch schon, allein aufgrund des Materials, an das er durch diese dubiose Passwortliste gelangt ist«, wundert sich der Pascal völlig zu Recht.

»Der springende Punkt ist, dass der Mario sich ausmalt, er könne Kesslers und Arians Bloßstellung in mitreißende Bilder für die bescheuerte Dokumentation packen. Darum geht es! Wenn er den Kessler anschließend ausbootet, indem er ihn in den Knast schickt, hat er sowohl hübsche Aufnahmen als auch alles Geschäftliche an sich gerissen. Also, so würde ich das, was ich vorhin von ihm gehört habe, zumindest deuten …«

»So ein Spast«, drückt sich der Pascal politisch nicht ganz korrekt aus, aber er ist in den Achtzigern geboren. Da war das mit der umgangssprachlichen Deftigkeit noch etwas anders. Da hat man einfach ganz kühn vorausgesetzt, dass dein Gegenüber die Abstraktionsfähigkeit besitzt, zu kapieren, dass mit Spast kein Spastiker im medizinischen Sinne gemeint ist, sondern ein Idiot. Deshalb waren solche Wortverwendungen auch kein gesellschaftspolitischer Stolperstein, den jeder,

der Bock hatte, zum Anlass genommen hat, mal eben seine moralische Überlegenheit zu zelebrieren. Das waren noch archaische Zeiten, die gleichzeitig intellektuell unterfütterter waren. Verrückt, oder? Sachen gibt's.

Ich nicke, weil ich dem Pascal aus tiefstem Herzen zustimme. Der Mario ist nämlich sehr wohl ein Spast (= Althochdeutsch für Idiot).

Weil's mir langsam, aber sicher frostig kalt in die Knochen zu fahren beginnt, frage ich den Pascal: »Schadet die Kälte nicht deiner Wunde?«, und deute auf sein Ohr. Er und sein Verband schauen zum Gotterbarmen aus, ehrlich gesagt. Mein deformierter Freund, dem sein neues Ohr ja voraussichtlich erst im Januar angenäht werden soll, wird plötzlich ganz ernst und wiegelt ab. Irgendwas liegt ihm auf der Seele. Ihm geht's nicht besonders. Aber eher würde er sich die Zunge abbeißen, als dass er mir den Grund für seine Verzagtheit verraten würde. Dabei weiß ich eines sicher: Dieser Grund ist ein ganz anderer, als man vermuten könnte. Es ist kein gesundheitlicher Aspekt, so gut kenne ich meinen Pascal: *Jede* seiner Gefühlslagen kommt aus einer emotional anders getakteten Ecke, als man erwarten würde.

Wie zur Bestätigung meiner Vermutung lenkt er mit einer wegwerfenden Bewegung seiner sehnigen Hände vom Thema Ohr ab (»Die Kälte ist kein Problem.«) und hakt stattdessen nach: »Nur eins hab ich noch nicht kapiert: Wie genau will der Mario den Kessler und den Arian Dervishi denn überführen? Und das noch dazu vor laufender Kamera? Und vor allem: Wieso sollst ausgerechnet *du* da mitmachen?«

»Der Mario sagt, er hat was Konkretes gegen den Kessler in der Hand, das gleichzeitig auch mich von Arians Rachebedürfnis für meine Morde an seinen Brüdern befreit.«

»Und was soll das sein?«

»Das will er mir noch nicht sagen, weil er fürchtet, ich würde ihn nicht mehr unterstützen, wenn ich bereits Bescheid wüsste, *bevor* er seine Videoaufnahmen übermorgen im Palazzo eingetütet hat.«

»Durchaus berechtigte Annahme«, witzelt der Pascal, ohne lustig sein zu wollen. »Sofern es dieses belastende Material tatsächlich gibt.« Ich nicke beipflichtend, denn auf den Mario reinfallen, das kann keiner wollen. Aber ich habe wohl keine andere Wahl, als mitzumachen. Und während ich dem Stolli einen Ast zum Fangen werfe, ertönt der WhatsApp-Glockenton in meiner Jackentasche, was mich augenblicklich aus der Fassung bringt. Wer's-n-das? Um halb drei Uhr nachts? Ich fahre zusammen. (Plus die Kälte.)

Das kleine Vorschaufenster auf meinem iPhone-Bildschirm zeigt an, dass die Nachricht vom Mario kommt, dessen Nummer ich erst vorhin im Sheherazade eingespeichert habe. Wir haben doch alles geklärt! Seltsam, dass er sich jetzt noch meldet, aber so seltsam nun auch wieder nicht. Wir sind ja mittendrin, im verzwickten Kammerspiel der abertausend Absonderlichkeiten.

Einen Moment lang überlege ich, ob ich es drauf ankommen lassen und nicht gleich nachschauen soll, wie man halt manchmal zögert, wenn das mentale Energiereservoir rasant zur Neige geht. Aber so komm ich aus der Sache auch nicht raus. Also klicke ich Marios WhatsApp an und stelle fest, dass es sich dabei um ein Video handelt.

Es gibt keinen Kommentar vom Mario dazu, noch nicht mal einen Gruß oder einen kurzen Hinweis. Nur dieses Video.

Ich bleibe stehen, der Pascal tut es mir gleich und neigt seinen Kopf so, dass er auch auf mein Handy schauen kann.

Wir sehen uns das Filmchen an, und ich brauche einen Moment, bis ich begreife, dass es sich dabei um eine Aufnahme aus dem Kapellenraum im Übertreiblinger Krankenhaus handelt, mit direktem Blick auf den bewusstlos auf dem Bauch liegenden Hoodie-Albaner, dem ich kurz zuvor eigenhändig die Lichter ausgeblasen habe, also Arians Bruder Numero 2, wie ich mittlerweile weiß. Ebenfalls mit im Bildausschnitt (von uns aus gesehen rechts) befindet sich der Kessler, der zunächst reglos in der Raummitte steht, direkt vor den Gebetsbänken, im gelblichen Schummerlicht. Abwartend, nachdenklich, scheinbar abwägend. Schon bald aber ergreift er die Initiative, und es geht ab, mein lieber Freund und Kupferstecher … Der Pascal und ich verfolgen gebannt das Geschehen und halten derart simultan schockiert den Atem an, als der Kessler sich entschlossen neben den ohnmächtigen Hoodie kniet und ihm nach etwas Rumgenestel eine Spritze in die Armbeuge jagt, dass sogar der Stollberg zu uns gelaufen kommt und uns besorgt mustert, ob alles okay ist.

Dass ich nur knapp an einer Ohnmacht vorbeischramme, muss dich nicht wundern.

22

Der alte Trottel ist vom Krebs offenbar schon so geschwächt, dass er es nicht mal mehr fertigbringt, mich mit einem einzigen Hieb auszuknocken, denkt Mario verächtlich, als ihn irgendwas Knüppelhaftes am Hinterkopf trifft. Er befindet sich auf der Schwanthalerhöhe in dem neonbeleuchteten Betonkorridor, der zwischen dem Billigmöbelgeschäft und dem Bioladen hindurchführt und der ihn zu dem ewig weit entfernten Parkplatz bringen soll, wo er seine Schrottkiste abgestellt hat, bevor er ins Sheherazade gegangen ist. Mario hat gut was intus, weil er noch schön gebechert hat, nachdem Vikki abgezischt ist. Doch wie knülle er auch sein mag, ihm ist intuitiv klar, dass es nur Kessler sein kann, der ihn gerade von hinten niederzustrecken versucht, in diesem tristen Durchgang, in dem man nachts höchstens ein paar Penner vorfindet, die hier vor Wind und Wetter geschützt ihr Lager aufschlagen und sich im Schlaf einsauen.

Schwach, echt schwach. Wenn du mir schon auflauern und mich ausschalten willst, dann mach es gescheit, du Würstchen. Das also geht Mario durch seinen lädierten Schädel, als er sich kampfbereit umdreht und sich einmal mehr in seinem Leben genauso sehr selbst überschätzt, wie er seine Gegenüber stets *unter*schätzt hat. Sein unverrückbares Reaktionsschema aus Abscheu und Arroganz, das sich einmal mehr als verhängnisvoll herausstellt, als ihn nun ein Baseballschläger zum zweiten Mal trifft, diesmal mitten ins Gesicht.

Allerdings geht Mario auch durch diesen Schlag nicht in die Knie, torkelt nur ein wenig und fühlt sich in seinem besoffenen Hirn sofort wieder über die Maßen bestätigt, dass er mit seiner Einschätzung des Verursachers goldrichtig lag: Es *ist* Kessler! Korrekt. Eine Eins mit Sternchen. Mario ist und bleibt der Größte.

Not ist natürlich dennoch am Mann. Mario beginnt zu rennen, weil er für einen längeren Kampf gegen Kessler mit Baseballschläger dann doch bereits zu verpeilt ist, und schau an, er ist von den beiden Hieben stärker beeinträchtigt als gedacht. Das mag auch der Grund dafür sein, dass die beiden Männer bislang noch kein Wort gewechselt haben. Eine Begegnung wie in einem Stummfilm. Mario kommt wieder ins Straucheln, geht zu Boden, kassiert einen weiteren Schlag, diesmal von hinten zwischen die Schulterblätter, er muss kurz Kraft sammeln, ihm ist schwummerig, aber nur einen Moment lang, und da spürt er, wie ihn etwas am Hals zwickt, als stäche ihn eine Mücke. Und das mitten im November.

Entsetzt dreht er sich dem in seinem Rücken stehenden Kessler zu und sieht gerade noch, dass der eine Spritze aus Marios Nackenmuskulatur gezogen hat und sie vorsichtig in der Innentasche seiner lächerlichen Lederjacke für alte Witzfiguren und Led-Zeppelin-Fans (ist dasselbe) verschwinden lässt.

Als Mario sich entschlossen aufrafft, aufspringt, Kesslers Kopf anpeilt und rasend vor Wut zuschlägt, seine Faust Kessler aber absurd weit verfehlt, wird Mario klar, dass etwas mit seiner Motorik ganz und gar nicht zu stimmen scheint. Milde ausgedrückt.

Weg, bloß weg hier. Mario ahnt, dass er gerade vergiftet worden sein könnte, und ihm ist klar, warum. Er verachtet sich dafür, dass er offenbar aufgeflogen ist.

Kessler muss irgendwie gecheckt haben, was Mario getan hat. Er muss eins und eins zusammengezählt, Hinweise gesucht und gefunden, Mario vielleicht sogar abgehört haben, ist doch ein Leichtes, und, ach, irgend so was eben.

Letztlich kein Wunder, dass Mario aufgeflogen ist. Irgendein Patzer unterläuft ihm doch immer – is' ja gut … Er rennt los, und, siehe da, sogar mit drei Treffern von einem stählernen Baseballschläger und einer husch, husch verabreichten Injektion läuft sein junger Körper dem schlaffen, verseuchten Zellhaufen Kessler mühelos davon. *Mir kann nichts etwas anhaben*, denkt er sich. Bis Mario samt seinem tollen Körper schon nach wenigen Schritten schlagartig ins Stolpern gerät, zu taumeln beginnt, dabei aber wirklich und wahrhaftig nur *einen* Gedanken verfolgt – damit nicht alles umsonst war. Mario ist selbst überrascht, wie fokussiert er sogar jetzt noch auf diese eine Sache ist, die ihm die letzten Wochen so an die Substanz gegangen ist. Erfolgsgier, Neid, Streamflexx, es seinem Vater zeigen, seinem verwichsten Bruder beweisen, dass er vielleicht nicht so smart und talentiert ist wie der, ach ja, und womöglich auch nicht so gut aussieht, aber fuck it, dafür hat er, Mario Sulfak … dafür hat er, hat er … weiß er jetzt auch nicht, was er hat, aber er hat Eier. Eier, hörst du? Dicke Eier!

Leider ist trotz Eiern kurz darauf dennoch Schluss mit lustig. Überraschenderweise schafft Mario es zwar noch, aus dem Hochhauskorridor zu gelangen, da, wo hinten am Eck ganz früher der Saturn Hansa war, und ein paar Meter gegenüber Kessler gutzumachen. Allerdings humpelt er inzwischen eher, als dass er rennt, und zwar nach rechts, vorbei am Café Hajduk, am Handule Shop und am Çiğköfte von Linsane. Deutscher wird's nicht. Bis Mario in die nach Urin stinkende Tiefgarageneinfahrt neben dem Çiğköfte-Laden biegt, sich an die Wand lehnt, als wäre er hier sicher und unauffindbar, und hastig sein Handy rauszieht. Es fällt ihm auf den von Nachtschwärmern breitflächig bepissten Asphalt der Abfahrtsrampe, auch schon egal, er will es aufheben, verliert das Gleichgewicht, wie ein besoffener Hanswurst, dem man die Fresse poliert hat, wobei!, Moment!, das entspricht ja auch den Tatsachen, grins, hechel, brüll … Mario geht selbst zu Boden, unerwartet, dem Handy hinterher, sozusagen, hoppla, stürzt auf seine Schulter, autsch, greift nach dem Handy und gibt im Liegen den Code ein, drei drei sieben eins. Das Ding ist entriegelt, und ohne noch einen weiteren Moment zu zögern, geht er auf VIDEOS, klickt auf *das* Video, das er längst editiert und auf MP4-Format konvertiert gespeichert hat, und schickt es Vikki Victoria, weil eines doch klar ist: Nimm das und verreck, du blöder Bauer von Lars Kessler Dandy Snob Stümper Opa Wichser. Wenn ich untergeh, tust du's auch. Hast mich benutzt, ausgenutzt, belogen, dich über mich erhoben, ständig affige Worte in unsere krampfigen Gespräche eingeflochten, wie subkutan oder basal oder sakrosankt, wolltest mir damit deine intellektuelle Überlegenheit demonstrieren. *Subkutan!* Das klingt nicht gebildet; das klingt verblödet.

Aber aus der Nummer kommst du nun nicht mehr raus, du Spritzenmörder. Video ist unterwegs. An die Perückenmaus. Yep, das Video ist durchgegangen. Der Empfang hier ist super, alle Balken voll.

So viel dazu!

Und dann erscheint im fahlen Licht der Straßenlaterne, die vor der Tiefgaragenabfahrt ihr robustes Dasein fristet, Lars Kesslers Silhouette vor dem kläglich auf dem Boden liegenden Mario. Er kann Kesslers verdunkelte Gesichtszüge im Gegenlicht kaum erkennen (Motiv: Alter Trottel, von hinten angestrahlt), aber es passiert auch nicht viel. Das bronchiale Schnaufen des bauchspeicheldrüsenkrebsverseuchten Meisters ist deutlich lauter als das Hecheln des völlig verausgabten Mario, der spürt, dass es irgendwie mit ihm zu Ende gehen könnte, was er aber letztlich nicht glauben will. Sicherheitshalber besteht seine nächste Amtshandlung darin, sein Handy sorgfältig *aus*zuknipsen, damit Kessler nicht womöglich noch reinkommt, in sein Smartphone-Menü ... und dann wird Mario schwindlig, aber so richtig, und er denkt sich, das kann es nicht gewesen sein, das ist doch nicht möglich, und dann findet er, dass die ganze Situation so irreal wirkt, wie er da völlig hilflos und nahezu paralysiert von ein paar Schlägen auf den Kopf und in den Rücken und einer Injektion mit irgend'ner Plörre in den Hals, wie er da so völlig bescheuert auf seiner Schulter liegt und zu röcheln beginnt. Mutterseelenallein, abgesehen von Kessler, dem Endgegner. Hat wohl am Spritzen Gefallen gefunden, hat Blut geleckt.

Damals, noch keine vier Jahre her, hat er Mario noch was ganz anderes geleckt, nachdem er ihn im Kawumm in der Hans-Sachs-Straße aufgerissen hat, als wäre er ein Stricher. Was er seinerzeit vielleicht auch war, der Mario, kann schon sein, man könnte es auch anders nennen, wenn man wollte. Und dann haben sie's ein halbes Jahr lang, immer so zwei, drei Mal im Monat, krachen lassen. Bei Kessler daheim. Für dreihundert Euronen, Pauschale. Bis es das dann auch wieder war. Anschließend jahrelang Funkstille, bis vor wenigen Wochen eben.

Und jetzt das.

Kessler sagt zu Mario: »Na du?« Kessler sagt immer »Na du?«, und dann nichts weiter. Was soll das? Nicht nur deshalb antwortet Mario mit einem gepflegt gestöhnten »Sssffs«.

»Du musst die letzten Tage ja wahnsinnig fleißig gewesen sein«, rasselt Kessler, noch immer außer Atem. »Ich hab vorhin zufällig gesehen, dass du dich kürzlich in mein Konto bei der Kreissparkasse eingeloggt hast, mein Lieber. Auf der Homepage poppt immer ein Fenster mit dem letzten Zugangsdatum auf, wenn man sich anmeldet, und als da das Datum von vorgestern stand, war mein Argwohn geweckt, wo ich doch mindestens seit einer Woche nicht mehr reingeschaut hab. Darum bin ich gleich auch meine anderen Accounts auf ihr Last-Login-Datum hin durchgegangen, und siehe da, da hat doch jemand nahezu meinen ganzen Kram durchforstet. Kreuz und quer. Respekt! Hast du also tatsächlich meine Passwortliste stibitzt … und dabei hab ich sie doch vor tausend Jahren unter *Computer Verschiedenes* abgespeichert und dachte, ich sei clever, haha, wird schon keiner draufkommen, falls einer mal meine Dateien zufällig durchstöbern sollte. Wohlgemerkt: *falls!* Aber mit einem Schlaumeier wie dir hab ich natürlich nicht gerechnet. Kann es sein, dass du dir die Liste von meiner Privatfestplatte runtergeladen hast, als ich letzten Sonntag weggeratzt bin, während du die Back-ups vom Marougé-Interview gemacht hast? Lieg ich da zufällig richtig?«

Kessler hat es auf genau die Weise rausgefunden, wie Mario vermutet hat. Wieso war Mario nicht vorausschauender? Er ist doch schlau. (Auch wenn der Fund der Passwortliste eher Zufall war …) Mario möchte was sagen, hat auch das Gefühl, seinen Mund zu bewegen, aber es kommt nichts raus, außer »sssffs«. Er kriegt einfach keinen noch so rudimentären Vokal hin.

»Ach, Mario«, seufzt Kessler, den Baseballschläger locker in der rechten Hand, fast wie ein Gehstock. »Dass das mit uns beiden so endet … Und ich hatte gehofft, du würdest mein Nachlassverwalter werden – und nicht mein Judas …«

Judas?, denkt Mario. Ist das was aus der Bibel? Dein Reich komme, Dein Wille geschehe? Ist dieser Judas auch ein Schnüffler oder so was Ähnliches? Oder hat Kessler einfach nur Lust zu labern?

»Jetzt haben wir den Salat. Schau, zu was du mich genötigt hast!« Kessler zeigt mit einer Kinnbewegung auf den Boden, auf Marios Erbärmlichkeit. »Ich kann nur hoffen, dass du meine Notizen noch nicht weitergegeben hast. Aber weißte was?« Kessler schmunzelt defensiv. »Falls doch, ist's auch egal«, und man spürt, tief in seinem Inneren meint er diesen Satz ernst.

Kessler hat nichts mehr zu verlieren. Daher auch sein völlig angstfreier Größenwahn. Mario wäre gar nicht auf die Idee gekommen, Kesslers private Ordner zu durchkämmen, hätte nicht zufällig die Altar-Kamera im Kapellenraum Kesslers ganzes Ausmaß an Ruchlosigkeit aufgezeichnet. Durchaus möglich, dass sich Kessler früher oder später auch Mario vorgenommen und ihn in seine Verbrechen mit reingezogen hätte, vielleicht sogar als offiziellen Sündenbock. Dass Mario nun ausgerechnet aufgrund der Konsequenzen, die er vorzeitig gezogen hat, auch eines von Kesslers Bauernopfern wird: Ironie des Schicksals. Dass ausgerechnet eine von Marios seltenen Anwandlungen eines schlechten Gewissens, die ihn dazu gebracht hat, Vikki zu warnen und dem Spuk ein Ende zu bereiten, ihn in diese Tiefgarageneinfahrt geführt hat, wo er am Boden liegend langsam das Bewusstsein verliert: Perversion des Schicksals.

Zwei Autos zuckeln knapp hintereinander an der Hauseinfahrt vorbei, Mario überkommt die Hoffnung, die Insassen könnten auf den steif dastehenden Mann mit dem Baseballschläger aufmerksam werden und erkunden wollen, was es damit auf sich hat. SOS. Aber natürlich schert sich keiner einen Dreck darum.

»Als ich vorhin heimkam und den Mist, den du da angestellt hast, bemerkt hab«, zischt Kessler Mario ungerührt an, »bin ich auf Verdacht gleich mal hierhergefahren, und schwupps: Wer kommt mir aus diesem Asiloch von Lokal tatsächlich sofort entgegen? Mein Mario! Freitagabend gleich Shishabar, wusst ich's doch, wo ich dich finde. Ich kenn dich doch inzwischen. Wie damals im Prosecco oder im Kawumm, du bist ein Mann der Routine, das lob ich mir. Tut es dir denn *jetzt* wenigstens leid, dass du mir nachspioniert hast?«

Mario starrt Kessler auf diese Frage hin an, so gut es seine sich zunehmend verdunkelnden Augen zulassen. Einmal mehr sieht er nur die untere Zahnreihe, wenn der alte Trottel seinen Mund zum Sprechen öffnet. Betont fürsorglich sagt Kessler: »Falls du in meiner Cloud auch auf sämtliche Korrespondenzen und Mitschnitte gestoßen bist, was ich vermute, musst du ja Stunden damit verbracht haben, alles durchzulesen und durchzuhören. Respekt, mein Gutster. War's interessant?« Pause. »Sag doch was!«

Mario schüttelt den Kopf, um Kessler vorzumachen, er habe überhaupt nichts getan, wovon sprichst du? Aber Kessler kommt dem zuvor: »Was immer du mir auch sagen willst, Mario … auch wenn du tatsächlich nichts gesucht oder gefunden haben solltest: Ich muss so oder so auf Nummer sicher gehen, tut mir leid!«

Mario weiß, dass kein Ton über seine Lippen käme, wenn er zu antworten versuchte. Es würde lediglich so aussehen, als wollte er stumm motzen, also lässt er es gleich bleiben. Dennoch ist er noch in der Lage, zu überreißen, dass Kessler wohl nicht mehr mitbekommen haben dürfte, dass er sich vorhin mit Vikki getroffen hat. Denn wenn Kessler ihn gerade erst aus dem Lokal hat kommen sehen, war Vikki zu dem Zeitpunkt bereits seit über einer Stunde weg. Was bedeutet, dass Kessler auch nichts von dem Video ahnt, das Mario heimlich im Kapellenraum von ihm und dem Hoodie-Typen gedreht und soeben Vikki geschickt hat. Das ist doch was. *Es ist aus mit dir, Kessler. Spar dir dein dümmliches Grinsen! Noch lachst du dir ins mickrige Fäustchen! Du kapierst es nicht.* Doch leider ist Mario kaum mehr in der Lage, sich höhnisch an der Aussicht zu erfreuen, dass Kessler noch durchaus seine gerechte Strafe bekommen könnte, sofern Vikki umsichtig handelt und die Trumpfkarte Video ausspielt. Denn was hat das alles noch für eine Bedeutung, wenn du dich fühlst, als ob dir jemand einen Einlauf verpasst hat, und zwar in jede Körperöffnung. Ein Zustand wie ein Abgrund, in den man sich fallen lassen könnte … Doch dann denkt Mario noch: Das wird schon wieder und: Das hat der Kessler doch gerade eben nicht getan, Auflauern Baseballschläger Spritze, der senile Drecksack, den kannste wirklich im Klo runterspülen, kein Wunder, dass sein ganzes Umfeld mit ihm gebrochen hat, seine Ex-Weiber seine zig Kinder, so gut wie alle Nahestehenden (soweit Mario das aus ein paar ziemlich aktuellen Anwaltsschreiben herauslesen konnte, über die er beim Durchforsten ebenfalls gestolpert ist), Mario würgt, *jetzt wird mir auch noch schlecht*, er kämpft, schluckt, schielt er gerade?, da lässt sich doch sicher noch was machen, mit diesem Benommenheitsgefühl, wenn alles taub wird, verschwommen, sich dagegenstemmen, aah, das paradoxe Gefühl, etwas zu verlieren, das man im Grunde nie besessen hat, boah, Mario ist so übel, man schätzt das Leben nie so sehr wie in dem Moment, in dem es einen zu verlassen droht, akut, final, Spitz auf

Knopf, Shit, das wird irgendwie nichts mehr, aber, oder, komm schon, sei keine Mimose, nein, so schlimm wird's schon nicht sein … und beim nächsten Atemzug stirbt der fünfundzwanzigjährige Mario Sulfak um exakt zwei Uhr neununddreißig und achtundvierzig Sekunden in einer Novembernacht in München, in einer Seitenstraße auf der Schwanthalerhöhe, bei minus drei Grad Celsius.

Den Körper lässt sein ehemaliger Partner Lars Kessler einfach liegen. Natürlich erst, nachdem er Marios Handy aufgehoben, eingesteckt und mit seinem eigenen Smartphone noch zwei, drei Fotos geschossen hat.

23

Als ich am Samstag aufwache und die Augen öffne, sehe ich alles nur in Schwarz-Weiß. Wie durch einen Filter. Die Welt um mich herum erscheint ausschließlich in Abstufungen von Grautönen. Wie in einem Charlie-Chaplin-Film.

Erst erschrecke ich, frage mich, ob ich noch träume oder ob meine Augen oder mein Gehirn an etwas erkrankt sind.

Rein ästhetisch betrachtet, tut Schwarz-Weiß der Welt allerdings ziemlich gut. Alles sieht so edel aus, ähnlich wie bei einem Mode-Shooting. Sogar dem Pascal, der neben mir im Bett liegt, verpasst der Farbentzug ein optisches Upgrade. Nicht dass er es nötig hätte. Einohrhase hin oder her.

Ich frage mich, ob mein plötzliches Handicap psychisch bedingt sein könnte. Denn als Erstes fällt mir ein, dass doch der Wolf farbenblind war. Nimmt mich sein Tod derart mit, dass ich alles Bunte quasi solidarisierend ausblende?

Auszuschließen wäre es nicht.

Seit mir der Mario Sulfak ein entsetzliches Video geschickt hat, auf dem der Kessler den einen Dervishi-Bruder im Kapellenraum niederspritzt (wusst ich's doch, dass ich nicht schuld bin!), glaube ich dem Mario nämlich auch seine Schilderung von Wolfs Erschießung durch den Arian Dervishi. Und seitdem haut Wolfs Tod *so richtig* rein.

Aber gleich auch noch inklusive Farbenblindheit?

Ich sag mal so: Ich halte alles für möglich – das Einzige, was man in so einer Situation jedoch niemals tun sollte, ist, nach den Symptomen zu googeln. Dann bist du verratzt. Dann kannst dich gleich in den Sarg legen.

Der Pascal wacht auf, schaut mich von seinem Kissen aus mit einem Gesicht an, das nicht nur von zu wenig Schlaf verquollen ist, sondern auch wegen der starken Tabletten, die gegen den Wundschmerz am Kopf helfen sollen.

Wir nicken einander zu, weil wir ganz schön was vor uns haben.

Schon während ich ins Bad trotte, versuche ich, den Mario auf seinem Handy zu erreichen. Vergebens. Ich schick noch eine WhatsApp-Nachricht hinterher. Die vielleicht zehnte, seit er mir das Video gesendet hat. Aus dem einen Eingangshäkchen werden einfach keine zwei Lesehäkchen. Ich ahne, er wird auch diesmal nicht antworten.

Der Stollberg steckt die ganze Zeit seinen getupften Kopf in die Duschkabine, während ich mich einseife und abbrause, und schaut mir aufmerksam zu, wodurch er die ganzen Streuspritzer abbekommt. Als ich fertig bin und hinaussteige, muss ich zuerst seinen patschnassen Kopf mit einem extra Handtuch abtrocknen, was allerdings wahnsinnig süß ist. (Übrigens ändert meine derzeitige Farbenblindheit an Stollis Erscheinung nicht das Geringste: Er ist genauso schwarz-weiß wie immer.)

Mit einer Hingabe, die nur wenigen Menschen gegeben ist, haue ich mir die Schulter im Bad an, während ich vor dem Spiegel gerade die ersten Handgriffe zur erforderlichen Restaurierung meines Gesichts vornehme, als mein Handy klingelt und ich viel zu hektisch danach lange. Ich unterdrücke jegliches Stöhnen, weil der Stoß, der durch meinen Oberarm jagt, eine Bagatelle im Vergleich dazu ist, dass gerade der Kessler anruft.

Wir begrüßen einander, als ob nichts wäre. Dabei brennt

bei mir doch zugleich das Oberstübchen, seit der Mario mir in der Shishabar die grausigen Details über unseren Buchautor und Doku-Enthusiasten Kessler mitgeteilt hat, von denen ich lieber nie etwas erfahren hätte. Aber, kennst mich ja, die neuen Informationen über diesen satanischen Perversling, Strippenzieher und Mörder hindern mich kein bisschen daran, noch höflicher als sonst zu ihm zu sein. Weil, ich versprech mir ja was davon.

Exakt wie vom Mario vorausgesagt, tastet sich der Kessler nach einigem Guten-Morgen-Geplänkel vor: »Liebe Vikki, wie schaut's aus, dürfen wir heute Abend vielleicht noch mal bei dir im Palazzo vorbeischauen und ein paar Aufnahmen nachholen, die wir gestern nicht mehr machen konnten, weil du so plötzlich weg warst?«

Breitbeinig stehe ich im Bad, das gerade groß genug für höchstens eine Person und einen Dalmatiner ist, iPhone am Ohr, und lasse mich auf keine weiteren Kapriolen ein, weswegen ich klipp und klar antworte: »Freilich, Lars, ich lass euch wieder auf die Gästeliste setzen«, nicht, dass er noch auf die Idee kommt, dass etwas nicht stimmt. Er soll sich im Vorteil wähnen. Das einzige Pfund, mit dem ich wuchern kann.

Wissen, was der Feind weiß.

»Und zwar dich und den Mario, oder?«, hangel ich mich im Unschuld-vom-Lande-Ton weiter voran, um wenigstens noch in Erfahrung zu bringen, ob ich auch mit dem Mario rechnen kann, weil ich ihn übers Handy doch ums Verrecken nicht erreiche … Aber vielleicht brauche ich ihn für meinen Plan auch gar nicht.

Doch siehe da, der Kessler bestätigt: »Genau, den Mario und mich, bitte. Uns beide. Bis heute Abend, ich freu mich.« Ja, mit Sicherheit, du Schleimbatzen. (Entschuldige meine Eindeutigkeit, aber es ist gerade nicht der Zeitpunkt für Subtilität. Verzeih auch meine Eile, aber ich muss zügig weiter, bevor mir alles entgleitet.)

Also: Der Mario kommt anscheinend heute Abend ebenfalls ins Palazzo! Er wird sich davor schon noch bei mir melden! Seiner gestrigen Ankündigung zufolge wird der Arian Dervishi sich nämlich ebenfalls unters Publikum mischen – ich wäre dem Mario daher also schon dankbar, wenn er mir hierzu noch ein paar Infos rüberflanken könnte … bevor der Arian mich nach Kesslers Regieanweisungen telegen und dokutauglich umzubringen versucht.

Ich bringe meine Menschwerdung vor dem Spiegel hinter mich, auch wenn ich mich kaum mehr darauf konzentrieren kann.

Die Mama ist sich selbst unangenehm und will sich unsichtbar machen, das merk ich ihr sofort an, als ich aus dem Bad komme und sie ungelenk vor der Küchenzeile stehen sehe. Fertig angezogen und tipptopp wie immer.

»Du, ich hau ab, bevor der Pascal aufsteht und ich euch hier stör«, flüstert sie, während der Stolli sich mit seinem schönsten Sitz neben sie postiert. Natürlich fühlt er sich momentan der Mama näher als mir. Sie ist schließlich diejenige, die sich die ganze Zeit um ihn kümmert.

Jedenfalls ist sie unglücklich, in unserer unsäglichen Drei-Personen-Konstellation Pascals Wohnung – die einem so eng vorkommt, als würde man in einem begehbaren Kleiderschrank hausen – zu belagern, dass es sie ganz dringlich wegzieht, und ich bitte sie, sich zumindest noch für den heutigen Tag ein Hotelzimmer zu nehmen und nicht in meine Wohnung zurückzukehren. Safety first. Man weiß ja nie.

Sie schüttelt den Kopf, was aber eher damit zusammenhängt, dass sie meiner Bitte blind folgen muss, weil ich ihr nichts Genaues über die neuesten Entwicklungen berichtet habe. Was sollte das auch sein? Ein windiger, alternder, todkranker Wichtigmacher (The Kessler) scheint eine ganze Motorrad-Gang in Atem zu halten (The Blades), indem er sich anonym als Troublemaker eines Großkonzerns ausgibt (The Klauber) und zur Umsetzung ein Trio aus kleinkriminellen Brüdern (The Dervishis) für gutes Geld angeheuert hat, mit deren Oberbruder (The Arian) ich wiederum vor Urzeiten mal ein paar Wochen zusammen war (The Tote Hose)?

Und diese Aufzählung wäre bloß ein Zehntel der ganzen Wahrheit!

Oder magst du's der Mama sagen?

Siehste!

Die Mama macht sich also mit dem Stollberg davon. Vielleicht eine Viertelstunde später ist auch der Pascal bereit aufzubrechen, stopft sich aber noch zwei Toastbrotscheiben mit Streichkäse rein. Ich würde gerade nichts runterkriegen.

»Der Kessler wird wie erwartet heute Abend im Palazzo sein. Der Mario wohl ebenfalls. Und wenn alles läuft, wie der Mario gemeint hat, dann dürfen wir auch damit rechnen, dass der Arian sich irgendwo im Palazzo rumtreiben wird«, sage ich zum Pascal und fühle in dem Moment, wie mir ein Schauder über den Körper läuft und mein Gesicht heiß wird.

Ich reibe dem Pascal sanft den Rücken und frage: »Ist alles okay?«, weil er abwesend wirkt und entrückt vor sich hin kaut. Er fängt sich sofort, beschwichtigt mich mit lediglich einem lässigen Augenaufschlag, weil ihn das Kauen von allem Sonstigen befreit, doch ich spüre, dass ich nur kurz weiterzustupsen brauche, um zu erfahren, was in ihm brodelt. Und tatsächlich löst mein erstauntes »Wirklich?« aus, dass er schluckt, sich den Mund abwischt und sagt: »Je älter ich werde, desto mehr merke ich, dass ich Erniedrigungen durch Mitmenschen nicht mehr so gut verarbeite.«

Verwundert schau ich ihn an. Was für ein thematischer Schwenk! Klingt wie das Vorwort zu einem Selbstfindungssachbuch! Worauf will er hinaus?

»Beispiel!«, setzt der Pascal an, nachdem er meinen fragenden Blick aufgefangen hat. »Mich hat neulich beim Überqueren einer grünen Fußgängerampel ein Wagen, der wegen mir kurz warten musste, angehupt. Einfach so. Weil es ihm nicht gepasst hat, dass da jemand – ich – regulär die Straße kreuzt und er fünf Sekunden lang anhalten muss. Er hat einfach sturmgehupt. Entgegen aller Vernunft. Mich hat das den Rest des Tages beschäftigt. Vor allem weil es keinen Sinn ergeben hat. Er hat nur seiner Befindlichkeit nachgegeben, ohne Grund, bloß weil er Bock auf Konfrontation hatte. Aus reiner Konfliktgeilheit. Wirklich, ich ärgere mich über mich selbst, aber es hat mich nicht mehr losgelassen, und sogar jetzt, wo ich dir davon erzähle, steiger ich mich da noch rein.«

»Kann ich nachvollziehen«, nuschel ich knapp.

»Ich reg mich über mich selbst auf, dass ich ihm nicht ins Blech seines Wagens getreten hab oder mich sonst wie abreagiert habe ... Egal, was dann passiert wäre«, bollert mein seltsam aufgebrachter Pascal weiter, während er, vor der Küchenzeile stehend, die Toasttüte wieder ins Fach legt. »Ich bin inzwischen nämlich der Meinung, dass du Negatives, das dir jemand zufügt, sofort sühnen musst. Es wird keine ausgleichende Gerechtigkeit geben, die eine solche Geschichte irgendwann wieder ausbalanciert und irgendwie für dich ungeschehen macht. Mag sein, dass du eine Anzeige kassierst, wenn du für eine umgehende Bereinigung dieser Demütigung sorgst – aber im Gegenzug kannst du innerlich mit dem Erlebten abschließen und fühlst dich nicht für den Rest deines Lebens erniedrigt und ärgerst dich nicht über das eigene Versäumnis, *nicht* zurückgeschlagen zu haben – jedes vermaledeite Mal, wenn du daran denkst. Die Sache umgehend zu vergelten und die Konsequenzen zu tragen ist wertvoller, als auf juristische Unannehmlichkeiten zu verzichten – das ist letztlich das kleinere Problem. Ein bisschen Korrespondenz, ein bisschen Geldstrafe, easy. *Lass auf Gewalt keine Gegengewalt folgen* … das ist doch Quatsch. Vereinfacht gesagt: Ich käme mit einer Geld- oder gar Freiheitsstrafe für meinen Tritt ins Blech des Wagens von diesem Arschloch mental besser weg, als damit, dass ich nichts unternommen und die Situation einfach so habe verpuffen lassen, und der Hupwichser hatte seinen Spaß und fuhr ungeschoren davon. Während ich sprachlos und machtlos zurückgeblieben bin wie ein Idiot und der Vorfall mir tief in den Knochen und im Kopf steckt.«

Da siehst du, was unter einer ruhigen Oberfläche so alles brodeln kann.

Ich lasse den Pascal nicht aus den Augen, frage stirnrunzelnd: »Worauf willst du hinaus?«

»Vikki, dass mir dieser Typ von diesem Inkasso-Dreckspack das Ohr weggeschossen hat … Ich denke an nichts anderes mehr. Es lässt mir keine Sekunde Ruhe. In gewisser Weise geht es gar nicht um den Aspekt des Ohrs als Verlust als solchem. Es ist weniger die Wunde oder der Schmerz oder der ganze Ärger, den ich jetzt damit habe und vermutlich immer haben werde … es geht eher um was … um was Allgemeingültiges, verstehst du?«

»Nämlich um die Erniedrigung als solche, die du niemals vergessen können wirst?«, hauche ich, mit mittlerweile starrem Blick auf einen toten Punkt, irgendwo auf den weißen Hängeschrankfronten der Küche.

»Genau«, bestätigt der Pascal, und ich nicke einmal mehr, denn es gibt weniges, was ich mehr nachvollziehen könnte als das.

Kommt hinzu, dass ich einen gehörigen Anteil der Schuld an Pascals Entohrung trage. Schließlich habe *ich* ihn gebeten, mich in den Stall zu begleiten.

Gründe genug, vielleicht noch etwas umzudisponieren, meinen Plan nachzujustieren.

Ich murmle: »Mir geht's gerade ganz ähnlich!«, und dann sag ich nichts mehr. Denn ich hab da eine Idee. Etwas heftig vielleicht, kann sein, aber was heißt das in dieser Geschichte schon.

So machen wir's.

Die Tür zur WunderBar steht offen, weil um die Mittagszeit immer die Getränkelieferung eintrifft. Die Madame Marougé ist trotz ihres aktuellen Managementjobs im Palazzo Fantastico tagsüber meistens noch in der WunderBar und sieht nach dem Rechten, damit ihr in ihrem Hauptladen nichts entgleitet. Du musst in der Gastro immer ein Auge auf dein Personal haben, sonst tanzen die dir bald auf der Nase rum. Wissen wir ja schon von der Mama, der Ex-Gastronomin: Die Belegschaft ist der heikelste Posten, gutes Personal ist rar gesät.

Vorbei an dem auf dem Boden kauernden Obdachlosen, treten der Pascal und ich von der sonnigen Kälte der Müllerstraße durch das schachtartige Eingangsportal hinein in den Innenbereich des Clubs, der die Eckbar, die typischen Sitznischen, die DJ-Kanzel, die verspiegelten Wände und den abgesenkten Dancefloor beherbergt. Das Arbeitslicht ist eingeschaltet, zwei Angestellte wuseln herum, und ganz hinten entdecke ich sie auch schon, die Madame, an dem Tisch vor dem Hinterausgang sitzend, über ein paar Unterlagen brütend. Bilanzen, Kündigungen, Abrechnungen, ihr Chefinnen-Tätigkeitsfeld eben.

Mit dem Pascal im Schlepptau geh ich über die Tanzfläche direkt zum anderen Raumende. Normalerweise sorgen die Girlanden und der Wandschmuck für bunte Akzente, aber heute könnte ich mit meinen Schwarz-Weiß-Augen nicht sagen, ob das Gehänge neben der Lichtanlage rot oder violett ist. Für mich ist alles grau in grau, und rein anhand der Schattierungen kann ich unmöglich rückschließen, um welche Farbe es sich im Original handelt.

Die Madame Marougé schaut auf, nimmt ihre kleine, goldgefasste Brille ab. »Wen haben wir denn da?«, ruft sie uns entgegen und verzieht keine Miene. »So früh schon unterwegs?«

»Grad wichtig haben wir's«, entgegne ich ihr im Gehen und überlege, ob sie uns beleidigen wollte.

»Hi, Pascal, lang nicht mehr gesehen«, begrüßt sie gleich auch noch den Mann neben mir, der aus gegebenem Anlass seine dicke Wollmütze aufbehält. Optisch so mittel, aber hält halt warm.

»Was verschafft mir die Ehre, Vikki? Muss ja wirklich dringend sein, wenn es nicht bis heute Abend warten kann, wo wir uns doch eh sehen«, fährt die Madame mich an, fehlt noch, dass sie mit den Augen rollt. Seit unserer Konfrontation in meiner Garderobe herrscht zwischen uns Flaute. Wir haben einander seitdem bestmöglich gemieden. Ausweichbögen aufm Gang und so. In ihrer üblichen dunklen Umhangkleidung sieht Marougés Gesicht irgendwie mehlig aus, was allerdings an meiner heutigen Sehstörung liegen könnte. Doch auch unabhängig davon wirkt sie ziemlich erledigt.

Ich presche voran, weil uns die Zeit davonläuft: »Suchst du immer noch nach dem Wolf?« Ich muss erst mal herausfinden, ob die Madame überhaupt weiß, was in den letzten Tagen alles passiert ist. Ich gehe nämlich davon aus, dass sie von Wolfs Tod noch nichts mitbekommen hat. Das würde man doch wohl merken. Denn, bitte erinner dich: Die Madame Marougé war bis vor Kurzem Wolfs Bettmaus. Nach eigenem Bekunden.

»Ob ich noch nach dem Wolf suche? *Wüsstest* du denn, wo er ist?«, versucht die Marougé, Kante zu zeigen, so gut es geht.

»Ich denke schon«, lasse ich sie kommen. Und sie kommt, sie sagt nämlich: »Bist du denn inzwischen bereit, es mir zu verraten?«

»*Noch* nicht, aber sobald wir uns erschöpfend ausgetauscht haben, vielleicht, Frau *Maruschka*«, starte ich endlich in die entscheidende Runde und betone den Namen überdeutlich, als würde ich ihn aus mir rauswürgen.

»Oh! … Aha.« Die Madame fährt sich sofort runter, um mir nicht zu zeigen, wie bestürzt sie ist, dass ich sie zum ersten Mal ever bei ihrem bürgerlichen Namen nenne – wo sie doch ihr Leben lang versucht hat, ihre persönlichen Daten vor ihrem Umfeld geheim zu halten.

Dass ich ihren Namen kenne, dürfte der Knackpunkt sein und ihr klarmachen: Ich verfüge über Wissen, das mich befähigt, uns durch diese Verhandlung zu führen. Oder anders formuliert: Drück mir die Daumen …

Ich lasse erst gar keine Verschnaufpause aufkommen: »Kann ich dir vertrauen, Marougé? Wer garantiert mir, dass, wenn ich dir sage, wo der Wolf ist, du ihn nicht den Wölfen zum Fraß vorwirfst – statt ihn *vor einer großen Gefahr zu warnen*, wie du mir letzte Woche gesagt hast? Bist du Freund oder Feind?«

Sie stöhnt, für meinen Geschmack immer noch etwas zu frech: »Das hatten wir doch alles schon. Wie soll ich dir denn bitte beweisen, dass ich nur Wolfs Bestes will?«

In dieser Antwort steckt doch zumindest so was Ähnliches wie ein Beweis dafür, dass die Marougé von Wolfs Ableben keine Ahnung hat. Ich mach hier mal weiter: »Fangen wir doch am Anfang an: Von wem hatten die Switch Blades den Tipp, das Großlabor in Gerolsbach aufzusuchen?«

»Bo bo bo bo bo, Moment, Moment, schön langsam, Vikki. Erst bist *du* dran, mir eine Frage zu beantworten«, tänzelt sie rhetorisch um mich herum. »Wie kommst du überhaupt auf meinen … bürgerlichen Namen?«

»Ich verspreche, ich verrate es dir, sobald du meine Basisfragen befriedigend beantwortet hast. Du bist hier in der Bringschuld, du bist die ambivalente Komponente … Verstehst du das?«

Sie schaut mich fragend an. Tonlos formen meine Lippen Ma-rusch-ka. Sie versteht. Deshalb wiederhole ich: »Wieso hast du den Wolf und die Blades seinerzeit in dieses komische Labor geschickt? Das warst doch *du*!«

Die Marougé schüttelt grimmig den Kopf, ich spüre, dass irgendein Funke überspringt, wir verharren einen Moment mit ineinander verschränkten Blicken, bis sie schließlich herauswürgt: »Dass ich dem Wolf den Tipp mit dem Labor gegeben habe, war ein unglücklicher Zufall. Eine Freundin von mir wohnt in der Gegend, und sie hat da was mitbekommen … ich will niemanden hinhängen, sie hat es nur gut gemeint … es ist … es war allein meine Schuld. Ein unverzeihlicher Fehler.«

Wie sich die Marougé windet, wie sie gar nicht mehr sie selbst ist, weil sie mit einem Mal verletzlich und von schlechtem Gewissen zerfressen eine Beichte vor uns ablegt, führt dazu, dass ich mich innerlich derart zusammenkrampfe, dass ich mich frage, wieso ich bloß auf die Welt gekommen bin.

Zum Glück werden wir von einem der Angestellten unterbrochen, der von der Lagertür aus herüberruft: »Du, Marougé, hier steht, die Lieferung für nächste Woche beinhaltet vier

Träger Cola, vier Mal Augustiner Hell und dreißigtausend Träger Fanta. Kann das sein?«

»Das darf doch nicht wahr sein, was für ein Schwachkopf«, murmelt die Marougé, schlagartig ganz die Alte, bevor sie quer durch den Club schreit: »Könnte es sich dabei vielleicht um einen Schreibfehler handeln, was meinst?«

Der Angestellte mit der verkehrt rum aufgesetzten Baseballmütze antwortet mit einem »Ähm«, dem wiederum die Marougé ein »Dann mach doch aus dreißigtausend Trägern einfach mal nur drei. Vorerst. Was hältst davon?« entgegenbrüllt.

Sie sieht wieder mich an und atmet durch: »Ich wollte dem Wolf einfach auch einen Tipp geben, wo die Switch Blades mal eine ihrer Interventionen durchziehen könnten ... und der Schuss ging nach hinten los. Wie leichtfertig von mir!«

Ich weiß gar nicht, ob ich ergriffen bin oder wütend. Ich sehe in der toughen, roughen Madame Marougé plötzlich eine verliebte ältere Dame, die auf verrückte Weise ihren Romantischen hatte – was ich, ich trau's mir fast nicht selbst einzugestehen, irgendwie nachvollziehen kann.

»Dass es sich um eine so heikle Tierfabrik gehandelt hat, mit all den Konsequenzen, war ein unglücklicher Zufall«, presst die MM hervor, derart emotional, wie ich sie noch nie erlebt hab. Was Schuldgefühle alles bewirken können. Brauchst du mir nicht zu erzählen.

Sie, weiter: »Das Schlimme ist, dass der Wolf seit der Intervention jeglichen Kontakt zu mir abgebrochen hat. Er hält es für möglich, dass ich ihn verraten hab, hat er gesagt. Und ich kann es ihm nicht mal verdenken. Aber: Aus welchem Grund sollte ich das tun?«

Breites Schweigen tritt ein. Vermutlich flunkert sie nicht.

Ich werde ihr jetzt nicht sagen, dass der Wolf wahrscheinlich tot ist. Das wäre der falsche Zeitpunkt. Es könnte bewirken, dass ich nicht mehr mit ihr rechnen kann bei dem, was ich vorhabe.

Die Marougé fasst sich, schaut mich an, versucht, ganz die Alte zu sein, aber dafür hab ich ihr schon zu tief in die Seele geblickt. Sie trotzt a bisserl, als sie »Zufrieden?« fragt. Aber dann fasst sie sich in Rekordgeschwindigkeit und versucht, wieder Herrin der Lage zu werden: »Jetzt zu dir! Noch mal: Woher kennst du auf einmal meinen bürgerlichen Namen?«

»Ich kenne ihn, weil ich von MRK-Inkasso erfahren habe. Magst du mir dazu vielleicht was sagen?«

»Da gibt es nichts zu sagen«, hofft sie darauf, dass ich nur diesen Firmennamen kenne und nicht, was oder wer dahintersteckt. Versuchen kann man es ja mal. Würd ich auch so machen.

Bislang standen der Pascal und ich der sitzenden Marougé frontal gegenüber. Das ist als Gesprächsposition natürlich scheiße. Während der Pascal stehen bleibt, die Arme vor der Brust verschränkt, setze ich mich an den Tisch, seitlich auf die Sitzkante der Lederbank, rechts von der Madame. Sodass einem nach zehn Minuten Popo *und* Rücken schmerzen.

Bevor es so weit ist, doziere ich: »Marougé, pass auf! Wenn das hier funktionieren soll, müssen wir einander einen gewissen Vertrauensvorschuss gewähren. Sonst kommen wir nicht weiter. Ich verspreche dir, deine Fragen zu beantworten, wenn du zuerst meine beantwortest. Wollen wir uns darauf einigen?«

Pause. Was für ein Hin und Her. Die Marougé überlegt. Mir hingegen ist nicht danach, denn ich bin mir längst darüber im Klaren, was ich tun werde, und klammere mich daran wie an eine Vorschrift.

»Na schön!«, betont sie, wie um mich loszuwerden. »Also? Was willste noch wissen?«

Jetzt muss ich selbst kurz überlegen, in welcher Reihenfolge ich sie ausquetschen soll, um an mein Ziel zu gelangen. Ah ja, so. Ich hab's: »Was hast du mit dem Kessler zu schaffen?«

»Mit dem Kessler? Wieso?«

»Ich hab dich gestern im Palazzo mit ihm sprechen sehen.«

»Ich weiß, dass er die Switch Blades monatelang begleitet hat«, labert sie.

»Wegen der Doku, jaja, aber was hast du persönlich mit ihm zu tun?«, beharre ich auf einer anderen Antwort. Ich höre die Spülung im Klo laufen, Wahnsinn.

»Ich hab ihn übern Wolf kennengelernt. Nicht weiter erwähnenswert. Der Kessler hat dann ein paar Tage mein Haus observiert, nachdem der Wolf verschwunden war. Er wollte Kontakt mit ihm aufnehmen und glaubte, vielleicht würde der Wolf bei mir auftauchen – weil wir doch ein … privates Verhältnis hatten …«, stottert die Marougé herum, und ich denke mir, dann hat der Wolf seinerzeit offenbar tatsächlich öfter bei dir übernachtet, wenn der Kessler sogar dein Haus observiert hat, um den Wolf eventuell anzutreffen. Aber ich scheine voreingenommen zu sein. Ich verkneife mir eine Handbewegung, die um mehr Tempo bittet, und stichele ungewollt: »Gut, und weiter?«

»Während seiner Observierung hat der Kessler dann unbeabsichtigt mitbekommen, wie eine Gruppe Männer in mein Haus eingedrungen ist … die Männer, die meinen Vater abgestochen haben.«

Sie lügt auch jetzt nicht. Ich weiß ja, dass es so war – sehr gut. Hätte auch anders kommen können.

»Der Kessler hat mich daraufhin zum ersten Mal direkt kontaktiert«, behauptet die Marougé mit ernster Miene. »Ich hab ihm für seine Doku sogar ein Interview gegeben, weil plötzlich alles irgendwie zusammenhing.«

»Du meinst die Probleme der Blades mit dem Mord an deinem Vater?«, hake ich mit angespannter Stimme nach.

»Genau. Über Kessler hab ich dann auch bestätigt bekommen, wer den Blades nachstellt und sie zum Rückzug gezwungen hat.«

»Klauber?«, biete ich ihr den Konzernnamen einfach mal an.

»Genau!«, steigt die Marougé sofort darauf ein, weswegen ich sie regelrecht anfege: »Bullshit, Marougé, Bullshit. Wieso lügst du?«

»Was meinst du?« Ihre Augen sind so weit aufgerissen, dass ich sehr viel Weiß sehen kann.

»Wie wäre es mit: MRK? M-R-K? Maruschka-Inkasso? Was hältst du davon? Die hatten wir doch heute schon mal!«, rufe ich, als wäre ich gedemütigt worden.

»Woher weißt du das?«

»Was! Dass *MRK* dahintersteckt?«, rückversichere ich mich und starre sie einige Sekunden lang an.

Die Marougé guckt ja-mäßig. Ich nein-mäßig, weil ich ihr noch nicht zu viel verraten will.

»Von nun an keine Lügen mehr! In Ordnung?«, warne ich sie, und völlig ungewohnt kleinlaut buckelt die Madame Marougé etwas arg rum, lässt einen Blick vom Stapel, den ihr Gesicht erkennbar noch nicht allzu oft vollführt hat und der auch nicht so recht zu ihr passt, da er so was wie »klein beigeben« bedeutet. So was wie »In Ordnung!«, was sie auch begleitend murmelt.

»Wieso hast du nie erwähnt, dass du Kinder hast?«, greife

ich einfach mal thematisch vor, weil sie ganz genau weiß, was und wen ich meine. Den Arian, den Avni, den Alban. Einer ein größeres Arschloch als der andere.

»Ich wollte mein Privatleben nie mit der Arbeit vermischen. Bringt nur Ärger«, sagt sie, als sei meine unvermittelte Überleitung überhaupt nichts Besonderes.

»Ich war vor tausend Jahren mal mit dem Arian zusammen …«, helfe ich nach.

»Ich erinnere mich.« Sie schiebt ihr Glas mit dem Orangensaft einen Zentimeter zur Seite. Übersprungshandlung.

»Wie habt ihr beiden es geschafft, dass ich nie herausgefunden habe, dass er dein Sohn ist?«, frage ich kopfschüttelnd.

»Wir wollten das so! Wir sind eine diskrete Sippe.« Sie lacht. Aber Humor ist was anderes.

»Der Arian hat mir damals gesagt, er sei Albaner. Außerdem hieß er doch Dervishi. Wie kommt's?«

»Sein Vater war Albaner.« Im umrahmenden Putzlicht des Clubs wirkt die gebürtige Russin Marougé mit ihren Falten um die Augen und ein paar Fleckchen auf der Haut herb und abgespannt.

Unangenehm berührt sage ich: »Und zwei weitere Brüder gibt's auch noch, richtig?«

»Keine Ahnung, woher du das alles hast, aber: Ja. Avni und Alban. Die sind aber deutlich jünger als Arian.«

»Und deine drei Jungs arbeiten für dich unter dem Firmennamen Maruschka-Inkasso? Was soll das denn?«, komme ich zum Punkt, der vielleicht darüber entscheidet, ob die Marougé Täterin oder Opferin ist. (Himmelherrgott, ist das Gendern ein massiver Denkfehler. Merkt das denn keiner?)

»Ich habe mit meinen Jungs seit gut zehn Jahren keinen Kontakt mehr.«

»Wie bitte?«, maule ich skeptisch.

»Sie … haben mir nie … es gibt ein Problem zwischen uns, mehr möchte ich dazu nicht sagen. Es spielt keine Rolle.«

»Ich fürchte, es spielt sehr wohl eine Rolle.« *Zwei deiner Söhne sind tot, der dritte will mich töten, und ich weiß, dass …* ach, das sage ich ihr gleich später direkt, aber vorerst stocher ich mich mit folgenden Worten voran: »Marougé, stimmt es wirklich, dass es deine drei Söhne waren, die deinen Vater – also ihren Opa – abgestochen haben? Stimmt es, dass sie es waren?«

Und dann entsteht ein Schweigen, das so schrecklich ist, dass ich es brechen muss: »Stimmt es wirklich, dass deine Söhne, alias MRK, auch hinter den Anschlägen auf die Blades stecken?« Ich *muss* es aus ihrem Mund hören. Ich muss Marios Behauptungen zumindest einmal verifiziert bekommen, dann können wir loslegen.

Fortsetzung des Schweigens. Sie versucht, Pascals und meinem Blick auszuweichen, und ich muss mir eingestehen, dass sie mich reizt, noch direkter zu werden.

Ich schiebe etwas an, indem ich behutsam frage: »Ist dir klar, wer deine Söhne dafür bezahlt, den Blades einzuheizen?«

Die MM schaut auf und starrt mich verdutzt an. So verdutzt, dass ich zurückgaffe. Ein Wettbewerb, wer depperter dreinschaut.

Gott sei Dank beendet sie den Spuk sogleich, indem sie stottert: »Na, Klauber, hast du doch vorhin selbst gesagt?«

Und da fällt mir ein Stein vom Herzen, denn ganz offensichtlich hat die Marougé keine Ahnung davon, dass der Kessler hinter dem Ganzen steckt. Sie hat keine Ahnung von irgendwas. Ave Maria, sie hat nicht gelogen. Eine Sorge weniger. Sie wollte den Wolf tatsächlich vor ihren Söhnen warnen und nahm gleichzeitig an, dass Klauber ihre missratenen Söhne beauftragt hatte. Vielleicht wollte sie dadurch letztlich sogar auch ihre drei entfremdeten Nachkommen vor Schlimmerem bewahren. Wer weiß.

Keiner wusste, wem man trauen konnte, wen man fürchten sollte … Niemand wusste irgendwas. Wie so oft. Also alles geklärt? Tun wir halt mal so. Bleibt einem ja nichts anderes übrig.

Worauf warten wir?

Ich setze die Marougé in Kenntnis, dass Klauber nur gedroht, aber nichts weiter veranlasst hat. Dass der gute Lars Kessler auf eigene Faust Marougés Jungs angeheuert hat, um dringend benötigten Schwung in seine geile Doku zu bringen, durch ein bisschen Einschüchtern, Verletzen, Morden, Verstümmeln et cetera.

Dann kommt der unangenehmere Teil, nämlich dass der Avni oder der Alban von mir in Rimming erschossen wurde. Dass der Alban oder der Avni von Kessler in Übertreibling totgespritzt wurde. Dass der Wolf aller Wahrscheinlichkeit nach vom Arian abgeknallt wurde … was uns zu der seltsamen Erkenntnis bringt, dass Marougés Ältester somit ja nicht nur Marougés Vater, sondern auch noch ihren Lover ins Jenseits befördert hat.

Ein bisschen absurd für meinen Geschmack.

Unsere Höllenfahrt von Gespräch dauert bereits eine Stunde und ist in etwa so unangenehm wie eine Stretching-Session auf der Folterbank.

Als Belohnung für meine Offenheit mutmaßt die Madame vor dem Pascal und mir doch tatsächlich, dass der Kessler ihre Söhne eventuell bei einer früheren Buchrecherche über Geldeintreiberbanden kennengelernt haben könnte (maybe yes, maybe no). Sie verrät mir, dass sie sich mit ihren Söhnen vor vielen Jahren überworfen hat, weil die Jungs ihren Opa wegen sexueller Übergriffe in ihrer Kindheit vor Gericht gezerrt hatten (was Arians sexuelle Schwierigkeiten erklären würde) und ihrer Mutter, also der Marougé, nicht verzeihen konnten, den mittlerweile dementen pädophilen Tattergreis nach dessen Freilassung zu beherbergen und zu pflegen (was ich jetzt ehrlich gesagt auch fragwürdig finde, aber ich hake nicht weiter nach). Ich erfahre, dass die drei Dervishis MRK-Inkasso vor ein paar Jahren gegründet und dafür bewusst den Namen ihrer Mutter benutzt haben (damals war ihr Verhältnis noch in Ordnung), weil er was Russisches vermittelt, was im Inkassogeschäft einfach supergut kommt, wie jedes Kind weiß.

Brutalowitsch! Sowjetowski! Ritschratschow! Und so weiter!

Vorurteile? Ich?

Lass stecken.

Die haben doch den Namen gewählt!

Und plötzlich ergibt alles einen Sinn. Kennst du das, wenn sich mehrere Kreise aus mehreren Epochen deines Lebens mit einem Mal schließen?

Ich bin so durcheinander, dass ich mir ernstlich überlege … nee, doch nicht. Ich hab's eilig. Worauf ich hier hinauswill, ist: Wir haben den Wolf verloren, die Blades ihren Frieden, der Pascal sein Ohr, die Madame ihren Vater (um den es jetzt vielleicht eher weniger schade ist!), weshalb ich also zur Marougé sage: »Ich würde alles, was passiert ist, und alles, was ich in Erfahrung gebracht habe, … gerne mit dem Kessler persönlich klären. Und ich bin hier, weil ich dich fragen möchte: Magst du mir dabei helfen?«

Sie nimmt einen kurzen, sparsamen Atemzug, lehnt sich zurück und wischt den Schwarm ihrer sich überschlagenden

Gedanken mit einer Handbewegung beiseite: »*Klären*? Was meinst du damit?«

»Na ja, man könnte es auch *regeln* nennen«, halte ich mich nur mäßig bedeckt.

»Wir sollen die Racheengel mimen? Du und ich?«, entgegnet sie. Sie scheint zu verstehen.

»Warum nicht? Co-Racheengel sozusagen! Ich brauche deine Unterstützung. Bist du dabei?«

»Was erwartest du, dass ich tue?«, erkundigt sie sich, neugierig und unangenehm berührt zugleich.

Ich lächle, schaue den Pascal komplizenhaft an, Zielgerade, und dann sage ich es ihr.

»Laut Simone haben beide eingecheckt«, flüstert die Kathi mir zu, als ich sofort nach Ende der ersten Showhälfte hinter die Bühne des Palazzo Fantastico komme. Sie meint den Kessler und den Mario. Nach Aussage der Simone, die am Eingang die Gästeliste kontrolliert, befinden sich die zwei also bereits im Spiegelzelt und müssten demnach hier irgendwo herumwuseln. Mechanisch schaue ich durch die Gegend, entdecke aber keinen Kessler, keinen Mario, nur gschaftige Techniker und Artisten, die ein bisschen drängeln und sich durchschlängeln. An die herausgeputzte Kathi gerichtet, sage ich: »Kommt ihr mit in die Garderobe?«

»Aber so was von«, antwortet sie motiviert und fügt hinzu: »Zeit, auf Tauchfühlung zu gehen.« Natürlich heißt es *Tuchfühlung*, aber ich weiß, was gemeint ist. Sie winkt ihrer Freundin zu mitzukommen. Die Nina Nougat ist ebenfalls Influencerin und YouTuberin, steht allerdings noch ganz am Anfang ihrer Karriere (keine sechshundert Follower). Für sie ist die achtzehnjährige Kathi eine Internet-Legende und auf gewisse Weise Ikone, Vorbild und mütterliche Förderin in einem, weshalb die siebzehnjährige Nougat Nina bei der Kathi derzeit so was wie ein Instagram-Volontariat absolviert und sich bereit erklärt hat, heute alles so gut wie möglich mitzufilmen. Für umme. Für die Ehre.

(Übrigens spezialisiert sich die Nina in ihren eigenen Blogs auf die Probleme kultureller Aneignung, auf sexy Windräderdesign und auf vegane Süßigkeiten mit Schwerpunkt Stracciatella. Wir sind alle verloren.)

Okay, wo waren wir? Im Backstage vom Palazzo Fantastico, die erste Hälfte der Show wäre geschafft. Die Kathi ist von mir in den geplanten Ablauf des weiteren Abends eingeweiht und geht davon aus, dass er »sagenumwo*r*ben« werden könnte, mit all den *cholesterin*gesteuerten Männern. Sie meint vermutlich Testosteron. Aber vielleicht auch nicht.

Sie und ich und die gelbblonde Nina Nougat im Schlepptau, wir entern meine Garderobe, als auch schon, wer hätt's gedacht, der Kessler nach einmaligem Pseudoklopfen zur Tür hereinschaut und sagt: »Hey, Vikki, da wäre ich.« Aber ich rege mich nicht auf. Im Gegenteil. Ich klatsche laut in die Hände, die reine Begeisterung, und entgegne: »Sehr schön, da seid ihr ja! Kommt doch gleich mal rein.«

Der Kessler gibt ein Ächzen von sich und meint: »Der Mario konnte heute leider nicht mitkommen, Magen-Darm. Ich bin allein da«, und sein Tonfall hört sich für mich wie irgendwas an, das mir nicht bekommen wird. Ich schaue zur Kathi, die auch merkt, dass hier was nicht stimmt, wenn doch die Simone an der Tür angeblich zwei Personen eingecheckt hat, der Kessler aber behauptet, ohne Begleitung erschienen zu sein.

»Oh, der arme Mario. Hat's ihn erwischt?« Ich bin ehrlich bestürzt und mache mir sofort Sorgen. Nicht wegen eines eventuell verdorbenen Magens, sondern weil der Mario den ganzen Nachmittag über nicht erreichbar war und nicht mal jetzt an Kesslers Seite ist – was nichts Gutes verheißt.

»Weißt ja, Magen verdorben, alles im Eimer. Haha. Wir schaffen das auch ohne den guten Mario. Darf ich also ein paar Aufnahmen von dir hier drinnen machen? Beim Schminken, beim Konzentrieren, so was«, fragt der Kessler, tritt unaufgefordert ein und nickt der Kathi und der Nina zu. Dass die Nina ihr Handy am gestreckten Arm hochhält und uns filmt, scheint dem Kessler nicht im Geringsten erwähnenswert vorzukommen. Hab ich da soziokulturell was verpasst?

Ich tippe schnell auf meiner Handy-WhatsApp-App ein schlichtes Ausrufezeichen ein und schicke es an die Madame Marougé.

»Darf ich?«, versichert sich der Kessler noch einmal, fährt sich über seinen struppigen Paar-Tage-Bart, schaut mich wie einen Objektausschnitt an, richtet die Minikamera, die er in seiner Hand hält, auf mein Gesicht, schwänzelt um mich herum, was ich etwas übertrieben finde, während er mit seiner Frage »Und, gibt's sonst was Neues?« wohl auf die E-Mail von gestern anspielt, nämlich die mit den beiden Fotos und der Drohnachricht. Das hätte der Kessler wohl gern, dass ich ihm, mit einem Tag Verspätung, noch eine schockierte Miene für seine Aufnahmen nachliefere. Allerdings wird es sowieso zu überhaupt keiner weiteren filmischen Interaktion zwischen ihm und mir kommen, weil unser Überfallkommando, bestehend aus dem Oleksandr und dem Danylo, *genau jetzt* und ohne Vorwarnung in meine Garderobe stürmen und den Kessler sofort in den Schwitzkasten nehmen und ihn dadurch in eine Körperposition zwingen, die ja bekanntermaßen keinem besonders gut steht.

Die Madame Marougé hat unseren beiden ukrainischen Trapezkünstlern also umgehend Bescheid gegeben, nachdem ich ihr wie vereinbart das

!

geschickt habe. Ich höre, wie der Oleksandr schreit: »Chier rieber, halte schtiell, du Aschelohch«, und dann schleppen er und sein Kollege den sechzigjährigen Lars Kessler ohne viel Federlesens raus aus meiner Garderobe. Wobei der Kessler mit seinen Wichsgriffeln noch vergeblich in der Luft rumrudert, während sein Kopf unentrinnbar unter Danylos Schraubstockachsel klemmt. Dazu schreit er den Klassiker: »Was soll das?«, und ist alles in allem recht aufmüpfig. Never give up. Alte Schule.

Die Kathi steht mit offenem Mund in der Ecke und ist begeistert, wohingegen die Nougat Nina sogar ihr Handy hat sinken lassen, was ihr eventuell das Abschlusszeugnis, das ihr die Kathi nach Volontariatsende ausstellen wird, zensurentechnisch verhageln könnte. Aber den möchte ich erleben, der nicht baff ist, wenn der Oleksandr und der Danylo noch in ihrem Auftritts-Outfit, ärmelfrei, muskelbepackt und mit durchgedrückten Rücken, mit jemandem kurzen Prozess machen und ihn aus dem Zimmer zerren.

Die Madame Marougé kommt durch die noch offen stehende Tür gehastet, sieht mich vor dem Spiegel sitzen und sagt: »Das hätten wir schon mal.«

»Der Kessler hat gesagt, er sei allein gekommen, aber laut der Simone sind zwei Mann auf der Gästeliste eing…«

»Ist schon geklärt. Ich hab ihn bereits gesichtet. Er ist es! Er ist da!«, sagt die Madame vieldeutig und letztlich erschüttert. Sie spricht vom Arian. Ihrem Sohn. Meinem Ex. Wolfs Mörder. Dem MRK-Chef. Dem einen der drei Dervishi-Brüder. Einem von den dreien, die ihren eigenen Opa abgestochen haben. Dem Kollaborateur vom Kessler. Dem, der sich mich heute Abend kameratauglich vornehmen möchte.

Gott, ist das alles krank.

»Er trägt eine Sonnenbrille und eine Cap. Außerdem hat er einen Vollbart.« Die Madame Marougé betont jedes Wort.

»Fasching?«, frage ich flapsig.

Sie lacht: »Volle Verkleidung. Ich habe ihn natürlich trotzdem erkannt … Aber nur weil ich wusste, dass er es sein könnte. Weiter geht's.« Und mit diesem Satz verschwindet die Madame wieder aus meiner Garderobe.

Längst kann ich nicht mehr sagen, welchen Plan wir hier gerade umsetzen und wessen Idee dieses oder jenes war, um den vor uns liegenden Abend zu einer gelungenen Vorstellung werden zu lassen. Es ist ein Mix aus Marios Version, meiner eigenen und der von Madame Marougé. Alles greift ineinander.

Sicher ist nur, die Madame hat das Ruder übernommen. Dieser Abend liegt organisatorisch mittlerweile ganz in ihrer Hand.

Vielleicht weil sie letztlich die Person mit den meisten Verlusten und Berührungspunkten gegenüber sämtlichen Beteiligten ist.

Vielleicht auch, weil es längst Zeit für mich ist, meine ewige Nachbohrerei gut sein zu lassen und mich zurückzuziehen.

So. Der Kessler wäre also vorübergehend entsorgt. Ein kleines Zwischentief weht mir durch die Seele. (Was machen wir hier bloß?)

Mit überraschend intensiver Konzentration absolviere ich auch noch die zweite Hälfte der *Magic for Eternity*-Show, die ganzen siebzig Minuten, zirpe zum Abschluss »Vielen Dank und kommen Sie gut nach Hause« ins Publikum und folge dem Hans Ziegler einmal mehr hinter die Bühne. Der drückt seine Gitarre dem Hermann derart lustlos in die Hand, dass ich beschließe, den Hans nicht darauf aufmerksam zu machen, dass sein linker Schnürsenkel offen ist.

Noch bevor ich mich durch das Gewusel im Backstagebereich geschlängelt habe, fasst mich der Pascal von der Seite am Arm, was mich erschreckt zusammenzucken lässt, aber nicht schlimm.

»Wir haben ihn«, flüstert er mir ins Ohr, und es ist schwer zu beschreiben, wie erleichtert ich mit einem Mal bin. Wie aller Zwänge entbunden! Sie haben sich den Arian gekrallt! Und merkwürdigerweise frage ich mich als Erstes, wo der Mario Sulfak wohl gerade stecken mag und ob ihm vielleicht wirklich was Schwerwiegendes zugestoßen ist. Aber zurück ins Hier und Jetzt.

Ich antworte dem Pascal mit einem gehauchten »Perfekt«, und ehrlich gesagt bin ich schlagartig raus aus der Nummer. Er und der Oleksandr und der Danylo und vermutlich auch unser Stage Manager Jean-Claude sowie die beiden kroatischen Hand-auf-Hand-Akrobatik-Genies haben den Arian Dervishi ausfindig gemacht und überwältigt. Dies beruhigend zu nennen, wäre eine unvorstellbare Untertreibung.

Wenn die Madame Marougé die brillante Kapitänin auf unserem Kriegskreuzer ist, dann ist der Pascal wohl ihr Erster Offizier. Ich bin ganz einfach beeindruckt davon, wie sie das alles arrangiert haben.

»In etwa einer Stunde dürften wir so weit sein«, sagt der Pascal zu mir, während er mich zur Garderobe begleitet, aber an der Tür abbiegt, um sich in den hinteren Teil des Zelts zu begeben. Die Kathi und die Nina, die sich im Zuschauerraum herumgetrieben haben, während ich auf der Bühne stand, leisten mir wieder Gesellschaft, aber nenn es, wie du willst, die folgenden Geschehnisse nehme ich nur noch wie durch einen Nebel wahr.

Durch die Tür ist nach einiger Zeit zu hören, dass die Vorbereitungen für die Feier von der Miranda, unserer Löwen- und Schimpansen-Dresseurin, getroffen werden. Sie feiert heute ja in ihren Geburtstag rein, weshalb auch das Publikum zügiger als sonst gebeten wurde, den Gastro-Bereich zu verlassen. Aber ich weiß, was das außerdem noch heißt.

Es ist zehn vor zwölf, als der Pascal mich abholt. Abholen ist schon das richtige Wort. Er versucht, durch Lustigsein der Drastik ihre Schärfe zu nehmen: »Unsere Truppe wäre dann so weit.« Aber ich überlege und überlege, ob das hier nicht doch der größte Fehler ist, den man begehen kann.

Doch andererseits …

Der Pascal vorweg, ihm nach die Kathi und die Nina und dann ich, trotten wir zum heute letzten Mal Richtung Hauptzelt. Vorbei am Aufwärmraum, den Catering-Holzbänken, den Toiletten (nicht zu vergessen) und dem Organisationsbüro (Türaufschrift: Orga).

Als wir durch einen der Seiteneingänge das Spiegelzelt betreten und nun leicht erhöht hinter der äußersten Stuhl- und Tischreihe stehen und das ganze Rund des Zelts im Blick haben, nickt mir der Pascal zu, ich nicke zaghaft zurück, und er macht sich auf zur runden Bühne, die komplett umstellt ist von sämtlichen Ensemble-Mitgliedern und Beteiligten der diesjährigen Spielzeit: den Trapezkünstlern, dem Revue-Zauberer, dem James und der Sahila von der Barren- und Schleuderbrettnummer, dem Rodondo, unserem Jongleur und Comedian, von den beiden Kroaten-Muskelakrobaten, von der Sissi, der Luftartistin, den Beleuchtern, Technikern, Köchen, Kellnern und sonstigen Hilfskräften.

Sie alle bilden einen Kreis, stehen locker rum und unterhalten sich, zum Teil mit Sektgläsern in der Hand, bereit für die Geburtstagsfeier.

Wenn die wüssten.

Die Kathi, die filmende Nina und ich bleiben auf unserem Beobachtungsposten an der Zeltwand stehen und sehen uns das entspannte Grüppchen an.

Die Madame Marougé hat ihnen gegenüber also auch keine Andeutung gemacht. Meine lieb gewonnenen Kollegen haben null Ahnung davon, was sie gleich zu sehen bekommen werden. Ob das so klug ist?

Mitten auf der Bühne wurde inzwischen wieder der runde Käfig aufgebaut. Also die Gitterkonstruktion, die benötigt wird, damit die Miranda die Dressurnummer mit ihrer Löwin Makumba und dem Schimpansen Drake (wie der Rapper, du erinnerst dich?) aufführen kann. Nur dass gleich weder die Makumba noch der Drake oder die Miranda selbst innerhalb der großen Gitterkonstruktion irgendwelche Kunststücke vollführen werden.

Es mag gut sein, dass die Madame den Leuten aus unserer Truppe angekündigt hat, dass noch ein besonderes Spektakel auf sie wartet (oder so), quasi als Partyüberraschung, denn anders sind das Gejohle und der Applaus nicht zu erklären, als der Oleksandr den humpelnden Lars Kessler, dem die Hände hinten auf dem Rücken gefesselt wurden, durch den Bühnenvorhang zerrt.

Als die Zuschauer allerdings erkennen, um was für eine eigenartige Konstellation es sich bei den beiden Männern handelt, erkenne ich sofort erste Irritationen auf ihren Gesichtern.

Gleich darauf stößt auch noch der Danylo einen völlig derangiert aussehenden Arian Dervishi, dem sie wohl die Brille und das Cap weggenommen haben, durch die Käfigtür, ebenfalls mit gefesselten Händen, dem Kessler direkt hinterher. Die Käfigtür wird daraufhin sorgfältig mit einem Schloss verriegelt, während auch die letzte Stimme unter meinen Artistenfreunden jäh verstummt.

Da wären sie also: der Kessler und der Arian. Mitten im Palazzo-Zelt, im Bühnenkreis, eingeschlossen von breiten, vermutlich goldenen Gitterstäben. Ich sehe nämlich nix Goldenes, sondern lediglich eine Grauabstufung. Nach wie vor bin ich im Schwarz-Weiß-Modus. Es wird kein bisschen besser.

Die Vorstellung kann beginnen.

Kessler versus Dervishi. Lars versus Arian. Aggressor gegen Aggressor. Da stehen sie. Einander ratlos gegenüber.

Was für ein gladiatorengleiches Spektakel. Die Madame kennt wirklich keine Gnade. Eisenhart gegenüber dem Kessler, stahlhart gegenüber dem Arian, ihrem eigenen Sohn. Und schmerzfrei gegenüber dem, was sie der Zuschauerschaft hier gleich zumuten wird. Sie ist wieder ganz die Alte.

Vor ein paar Stunden in der WunderBar sah das noch anders aus, als ihre Fassade für ein paar Momente Risse bekam. Risse, gegen die ich nicht das Geringste einzuwenden hatte.

Aber davon ist nichts mehr zu merken.

Weil gar so viele Menschenrücken um den Käfig stehen, machen sich die Kathi und die Nina auf, ebenfalls vor zur Bühne zu gehen. Mit einem aufmunternden Blick bestätige ich der Kathi, dass das völlig in Ordnung ist, ich aber lieber bleibe, wo ich bin. Ich bin groß genug, um von dem Plateau der letzten Reihe aus über die Anwesenden hinweg in den Käfig zu blicken.

Ich sehe, wie der Pascal den Arian zu sich winkt, ihm durch die Gitterstäbe ein Tablet hinhält und ihn ermahnt, sich das Filmchen, das er ihm zeigen will, anzuschauen.

Widerwillig und hitzköpfig blickt der Arian, der nach zwanzig Jahren dem Menschen, den ich damals kannte, optisch wirklich kaum mehr gleicht (ob er das wohl auch über mich sagen würde?), auf den Bildschirm des Tablets und wird Zeuge, *wie der Kessler vor fünf Tagen, im Kapellenraum im Übertreiblinger Klinikum, Arians übrig gebliebenem Bruder Luft in die Venen spritzt.*

Warum der Kessler Arians Bruder *überhaupt* totgespritzt hat?

Weil die akute Gefahr bestand, dass dieser Bruder, wenn er wieder zu Bewusstsein gekommen wäre, in Wolfs Anwesenheit hätte ausplaudern können, dass *Kessler* und nicht *Klauber* sein Auftraggeber ist.

Jahaha, das wissen du und ich. Jetzt! Das weiß aber doch der Arian nicht aus dem Stand, wie er da so mit gefesselten Händen in einem Tierdressur-Käfig steht und ein Tablet vors Gesicht gehalten bekommt.

Verblüfft schaut er, nachdem das Video zu Ende ist, den Pascal an, dann den Kessler, der höchstens zwei Meter hinter ihm im Käfig steht, und dann raunt mein Pascal dem Arian etwas zu, das ich von hier aus nicht verstehen kann. Der Arian dreht sich sogleich um und hält Pascal seine gefesselten Hände durch die Gitterstäbe hin. Der löst die Fesseln, und dann, ja dann sollte es losgehen können.

Lautlosigkeit setzt ein. Keiner der Anwesenden sagt auch nur ein Wörtchen. Die Ruhe vor dem Sturm ist genauso grenzenlos wie die Fassungslosigkeit, die sich einstellt, als nach einem kurzen Besinnungsmoment der Arian wie ein Wilder auf den Kessler zustürmt, ihm den ersten von vermutlich mehreren verheerenden Faustschlägen ins Gesicht drapiert – es geschieht so schnell, dass man es fast nicht mitbekommt –, und man sieht, wie der Kessler einen Moment lang erstaunt ist, wie wenig es wehtut. Vorerst. Trotzdem blutet er aus einem Nasenloch, zuckt zwei Mal am ganzen Leib, als hätte er sich den Oberkörper verbrannt, hat aber ansonsten nur drei rote Flecken im Gesicht zu beklagen. Das geht.

Der Kessler und der Arian mustern sich: Schlagartig sind sie zu Gegnern geworden, und das, was nun folgt, möchte ich nicht sehen.

Für schätzungsweise eine Minute schließe ich meine Augen und kriege nur die Geräuschkulisse dieses ungleichen Jahrmarktkampfes mit, der vor einem total perplexen Publikum abgehalten wird, welches – durch Marougés von einem Lächeln untermalten Abwinken hin – in dem Glauben gehalten wird, dass es sich um so was wie eine Showeinlage handelt, der eine völlig plausible Konzeption zugrunde liegt.

Der Kampf klingt so gruselig, dass man tatsächlich am liebsten von einer Inszenierung ausgehen möchte. Es gibt keine Worte, die dem gerecht werden könnten.

Ich beobachte, wie der Pascal fast schon vergeistigt dem Spektakel zusieht, sich plötzlich einen Ruck gibt und in seine Jackeninnentasche greift.

Von der Madame Marougé ist auf einmal nichts mehr zu sehen. Wohin sie wohl so schnell verschwunden ist?

Es spielt eh keine Rolle.

Es ist an der Zeit.

Der Plan – der längst nicht mehr der meine ist – wird in wenigen Sekunden in die Tat umgesetzt werden.

Oh Gott.

Ich drehe mich um, entschwinde durch den Seiteneingang, durch den ich auch gekommen bin. Und lasse das Bühnenspektakel und alles, was damit zusammenhängt, ein für alle Mal hinter mir.

Vorbei is' es.

Merkwürdiges Ende?

Ganz deiner Meinung. Ganz meine Meinung.

Und während ich zurück in meine Garderobe gehe, mich umziehen will und dann nichts wie heim, höre ich noch eine markerschütternde Salve aus dem Spiegelzelt durch die gesamten angeschlossenen Räumlichkeiten hallen. *Vier* Schüsse, um genau zu sein.

Für jedes Ohr der beiden Akteure einen.

STREAMFLEXX

Wir haben gerade eine
Dokumentation hinzugefügt,
die Ihnen gefallen könnte

Switch Blades

Biker, Gewalt und Tierschutz

Die unglaubliche Geschichte eines
tödlichen Betrugs

Fesselnd Enthüllend Wahre Verbrechen

Die Songs aus ›Jenseits von Verhausen‹ zu finden auf: vikkivictoria.de

Glorias bayerischer Club-Marsch

So fesch, und außerdem so schlau,
von Deutschland bis in die Moldau,
von München bis Berlin,
tut's keine Besseren geb'n.

Bei uns gibts noch Gemütlichkeit,
da ist der Stress noch nicht so weit,
da ist ein Wort halt noch ein Wort,
so was gibts an keinem anderen Ort.

REFRAIN 3x
Ja, ja, wir san aus Bayern ju-che,
Wir san die Bayern-Leit' ju-che,
und was a echter Bayer is',
der kommt in' Himmel, des is g'wiß!

Egal, wo'st herkommst aus da Welt,
Bayern is, wos die Leut' so g'fällt
ob Berge, Seen oder Woid,
des is hoid, wos die Leit' so gfoit.

Und magst wos guads zum Essen ham,
brauchst ned lang umeinander frag'n
dann gehst ins nächste Wirtshaus nei,
und a Bier dazu, des muass scho sei!

REFRAIN 3x

Bonus Text:
Und wer schon mal bei uns da war,
der kommt g'wiss wieder, des is klar,
des wird a Freund dann gleich fürs Leb' n.
es kann nix Schön'res auf der Welt nicht geb'n!

Musik: Traditional/Text: Gloria Gray

Augenblicklich Depression

Für an Moment hab' i's fast vergessen
Mei' Leb'n is' Luxus und Perfektion
Haufenweis' Geld und Frau'n ohne Ende
Wenn i bloß dran denk! Augenblicklich: Depression

I hab' a Haus, riesengroß am Stadtrand
Dreifach-Garasch, Pool, a Sensation
Sagt ma mei' Gärtner, er kummt heit' später
Der macht mi' fertig! Augenblicklich: Depression

CHORUS
Des hörd gar nimmer auf
Des hoit doch koa Mensch aus
Mei Leb'n is' zu perfekt
A andrer war' längst scho' verreckt

I spür' im Bauch so a leichtes Drucken
Des war ja klar, i bleib' ned verschont
Mei' Arzt moant, die Tests war'n komplett in Ordnung
Des derf ned wahr sein! Augenblicklich: Depression

CHORUS
Wann hört des endlich auf
A endlos goid'ner Lauf
Zum Glück passiert des mir
A and'rer war' längst scho' krepiert

Zwoa, vier, sechs, acht, elf und vierazwanzge
I kaff an Schein, a wenn's si's ned lohnt
Und wia verhext ziagn's genau die Zahlen
A Sechser im Lotto! Augenblicklich: Depression

I kann's ned fassen! Des is' nix ois blanker Hohn
Der Tag is' g'laffa! Augenblicklich: Depression

Musik & Text: Robin Felder